AF124932

Pete Smith

wurde 1960 als Sohn einer Spanierin und eines Engländers in Soest geboren. An der Universität Münster studierte er Germanistik, Philosophie und Publizistik. Er schreibt Kinder- und Jugendbücher, Essays und Romane, für die er mehrfach ausgezeichnet wurde, unter anderem mit dem Robert-Gernhardt-Preis des Hessischen Ministeriums für Wissenschaft und Kunst. Er lebt in Frankfurt am Main.

PETE SMITH

2033

VERSCHOLLEN IN DER ZUKUNFT

Edition Gegenwind

ISBN 978-3-7386-2416-8

Bibliografische Information der Deutschen Nationalbibliothek
Die Deutsche Nationalbibliothek verzeichnet diese Publikation in der
Deutschen Nationalbibliografie; detaillierte bibliografische Daten sind
im Internet unter http://dnb.ddb.de abrufbar.

Herstellung und Verlag: BoD – Books on Demand, Norderstedt

Neuauflage Edition Gegenwind, Frankfurt am Main 2017
Reihe Belletristik/Jugendbuch

Alle Urheberrechte, insbesondere das Recht der Vervielfältigung,
Verbreitung und öffentlichen Wiedergabe in jeder Form, einschließlich
einer Verwertung in elektronischen Medien, der reprografischen
Vervielfältigung, einer digitalen Verbreitung und der Aufnahme in
Datenbanken, ausdrücklich vorbehalten.

Covergestaltung: CirceCorp Design
Innenlayout und Satz: Hans-Jürgen Maurer, Frankfurt am Main

© 2017 Pete Smith, Frankfurt am Main

www.pete-smith.de
www.editon-gegenwind.de

PROLOG

Die Luft brannte. Senkrecht stand die Sonne über der riesigen Insel aus Asphalt und Beton. Der Schatten, den die Trägerrakete warf, war nur wenige Meter lang und machte sich geradezu winzig aus in Anbetracht ihrer gigantischen Größe. Eine unheimliche Stille lag über dem Tal. Dabei wimmelte es rund um den weiträumig abgesperrten Weltraumbahnhof nur so von Menschen. Viele harrten schon seit Tagen in der sengenden Hitze aus, um hautnah dabei zu sein in der Stunde des Menschheitstriumphs. Einige hatten Zelte aufgebaut, andere die Nächte in ihren Autos verbracht. Jetzt ahnten sie, dass der ersehnte Augenblick gekommen war.

Im Kontrollzentrum herrschte konzentrierte Ruhe. Vor jedem der etwa fünfzig Bildschirmplätze saßen Männer und Frauen, die zwar geschäftig taten, im Grunde aber nur noch auf den unmittelbar bevorstehenden Countdown warteten. Eine Projektion an der Stirnseite des Kontrollzentrums zeigte die Raumfähre in einem Kokon von vor Hitze flirrender Luft. Irgendwo knackte ein Lautsprecher.

„Flight Controller Stand-by."

Die Anwesenden sahen auf.

In der Mitte des Raumes hatte sich ein Mann erhoben und schritt langsam nach vorn. Er trug als einziger einen Anzug, einen dunkelblauen Zweireiher, dazu ein schwarzes Hemd mit schwarzer Krawatte. Vorne angekommen, blickte er seine Kollegen erwartungsvoll an.

„Comm check", sprach er in das Mikrofon seines Headsets, und seine Lautsprecherstimme hallte vielfach verstärkt durch den Raum.

„Five-by-five", antwortete eine Stimme von irgendwoher.

Der Mann nickte noch einmal. Er räusperte sich.

„Geben Sie mir ein Go oder No Go für den Start", sagte er ruhig. „Booster?"

Die Frau, die ihm am nächsten saß, reckte den Daumen nach oben. „Wir haben Go."

„EECOM?"

Vor ihr erhob sich ein Mann und nickte. „Go."

„Network?"

„Go, Flight."

„Recovery?"

„Wir haben Go!"

„TELMU?"

„Go."

„FAO?"

„Go, Flight."

„GNC?"

„Go."

„FIDO?"

„Wir haben Go, Flight."

„CAPCOM?"

„Go."

„MEM Controller?"

„Go, Flight!"

Der Flugdirektor blickte zur Leinwand.

„Wir haben Go für den Start", sprach er in sein Mikrofon. Als unterhalb der Startrampe die Treibstoffpumpen ansprangen, erreichte die Spannung ihren Höhepunkt. Es hatte den Anschein, als ob sich die Vibration auf die Menschen übertrüge, sowohl auf die Techniker, die in weißen Schutzanzügen um die Startrampe herum wuselten, als auch auf die Hunderttausende von Zuschauern, die erwartungsvoll ihre Smartphones in die Höhe hielten.

„Wir haben Startfreigabe", hörte man eine weibliche Lautsprecherstimme und kurz darauf: „T minus 30."

Dann begann die Stimme rückwärts zu zählen:

„29, 28, 27, 26, 25, 24, 23 ..."

Die Vibration ging über in ein dumpfes Grollen, das lauter wurde, bis es die Halterungen und die Rakete selbst erfasste.

„... 18,17,16,15,14,13,12,11 ..."

Der Mann im Kontrollzentrum blieb die Ruhe selbst.

„Wir beginnen mit der Zündungssequenz", sagte er.

„... 10, 9, 8, 7, 6, 5, 4, 3, 2, 1."

Ein ohrenbetäubendes Brüllen und Zischen erklang. Weiße Flammen schossen aus dem Triebwerk der Rakete, und dichter Qualm wälzte sich in riesigen Wolken über das Gelände. Gleichzeitig sprangen nacheinander die Halterungen ab. Schwerfällig und majestätisch zugleich erhob sich die Trägerrakete, wie von einem Polster aus Glut und Qualm getragen. Begeistert schrien die Zuschauer auf und klatschten in die Hände. Unterdessen nahm die Raumfähre über ihren Köpfen langsam Geschwindigkeit auf. Rasch wuchs die Glut zu einer riesigen Stichflamme an. Während sich das Ungetüm und mit ihm das infernalische Dröhnen und Fauchen von der Erde entfernte und die kilometerhohe Rauchsäule langsam auseinanderquoll, kehrte allmählich die Stille zurück und senkte sich wie ein Tuch über das wogende Menschenmeer.

Im Kontrollzentrum waren alle aufgesprungen. Wissenschaftler und Techniker beobachteten gebannt, wie sich die Trägerrakete in den blassblauen Himmel bohrte.

„Eine Minute, fünfzehn Sekunden", ertönte eine Stimme von irgendwoher. „Höhe neun nautische Meilen."

„Geschwindigkeit nach Plan", antwortete jemand.

„Höhe Four 0", sagte ein anderer.

In diesem Moment kippte die Spitze der Raumfähre zur Seite. Die ausgebrannten Boosterraketen wurden abgeworfen und glitten an Fallschirmen zurück zur Erde. Wie ein Pfeil schoss die Raumfähre weiter, bis sie im weißblauen Nichts verschwand.

Im Kontrollzentrum brandete Applaus auf. Die Gesichtszüge des Flugdirektors entspannten sich. Seine Augen verrieten die Andeutung eines Lächelns.

„Okay, Leute, das war's!", sagte er und blickte in die Runde. „Dann also an die Arbeit!"

ERSTER TEIL

„Es kommt nicht darauf an,
die Zukunft vorauszusagen,
sondern darauf,
auf die Zukunft vorbereitet zu sein."

Perikles (490–429 v. Chr.)

1

"Seht nur! Schon wieder eine! Ich glaub, ich werd verrückt!" Sie lagen auf dem Sportfeld unterhalb der Burg und sahen hinauf in den glänzenden Nachthimmel. Sarah schien völlig weggetreten. Immer wieder stupste sie Levent an und deutete nach oben, wo sich den vier Freunden in der Tat ein überwältigendes Schauspiel bot.

Selbst Nelson, der das Weltall kannte wie kein anderer im Internat, konnte sich nicht daran erinnern, jemals zuvor eine schönere Nacht als diese erlebt zu haben! Der Himmel war übersät mit Sternen, Myriaden winziger Leuchtdioden, einige strahlend hell, andere matt und weißlich glänzend, manche schienen zu blinken, während das blasse Licht weit entfernter Gestirne zu einem einzigen Sternennebel verschwamm. Von Zeit zu Zeit wischten Silberfäden über den tiefschwarzen Himmel, immer an einer anderen Stelle, Sternschnuppen und Feuerkugeln, deren unvermutetes Aufflackern wie ein göttliches Augenzwinkern, wie ein kosmischer Schabernack erschien.

Unwillkürlich musste Nelson an seinen Opa denken. Vor vielen Jahren einmal hatte ihm sein Großvater die Sternbilder erklärt: Pegasus und Orion, Andromeda und Kepheus, die Nördliche Wasserschlange, Luchs und Jungfrau.

"Aber was sind alle Sterne dieser Welt gegen das kleine Glück einer Sternschnuppe?", hatte er seinen Vortrag beendet. "Wenn du am Nachthimmel eine entdeckst, dann darfst du dir etwas wünschen, mein Junge. Schließ die Augen, denk fest daran, und dein Wunsch geht bestimmt in Erfüllung. Aber nur wenn du niemandem davon erzählst. Wirklich niemandem, hörst du?"

Nelson schloss die Augen. Er musste nicht lange überlegen. Eigentlich hatte er nur einen Wunsch. Allerdings wusste er, dass er sich noch etwas gedulden musste, bevor dieser Wunsch in Erfüllung gehen konnte.

Drei Tage, dachte er. Und drei Nächte. Aber vielleicht ...

Aus den Augenwinkeln heraus beobachtete er, wie Sarah

ihren Kopf auf Levents Schulter legte. Er wischte den letzten Gedanken beiseite.

Keine Chance, dachte er. Sonst hätte sie doch längst angerufen.

Es war die letzte Ferienwoche vor Beginn des neuen Schuljahrs. Nelson konnte kaum glauben, dass bereits sein zweites Jahr im Hochbegabten-Internat Burg Rosenstoltz bevorstand. Vor zwei Tagen erst war er aus dem Urlaub zurückgekehrt und von Berlin aus gleich nach Köln weitergereist. Seine Eltern mussten arbeiten, und in der Hauptstadt hatte er sowieso keine Freunde. Was vor allem daran lag, dass er und seine Eltern erst seit gut einem Jahr wieder in Deutschland lebten. Da sein Vater viele Jahre als Botschafter im Ausland beschäftigt gewesen war, hatte Nelson seine Kindheit überall auf der Welt, nur nicht in seinem Geburtsland verbracht. Sie hatten in Indonesien, später in Bolivien, Venezuela und in Namibia gelebt. Vor einem Jahr hatte man seinen Vater zurückbeordert. Seither arbeitete er im Auswärtigen Amt in Berlin. Weil seine Eltern jedoch in ganz Deutschland nur eine einzige Schule ermitteln konnten, die imstande war, sowohl dem Wissensdurst als auch dem Lerntempo ihres Sohnes Rechnung zu tragen, hatten sie Nelson schweren Herzens auf ein 580 Kilometer entferntes Internat gegeben, eben jenes Hochbegabten-Internat Burg Rosenstoltz, das in der Nähe von Köln auf einem Hügel direkt über dem Rhein thronte.

Sein Freund Luk, der in diesem Moment neben ihm lag und von Zeit zu Zeit gestelzte Kommentare über die fortwährenden Himmelserscheinungen von sich gab, war erst am Morgen wieder eingetrudelt. Er wolle sich in Ruhe auf das neue Schuljahr vorbereiten, hatte er verkündet. Aber Nelson war sich ziemlich sicher, dass auch ihm daheim einfach die Decke auf den Kopf gefallen war.

Levent, der Älteste von ihnen, hatte die meiste Zeit seiner Ferien auf Burg Rosenstoltz verbracht. Er war Waise und kannte auch sonst niemanden, bei dem er die unterrichtsfreie Zeit hätte zubringen können. Immerhin kannte er Sarah, die im Dorf unweit der Burg wohnte. Mit ihr war er zwei Wochen in der Türkei gewesen. Die beiden waren seit geraumer Zeit immer mal wieder ein Paar.

Nelson setzte sich auf und rieb die Hände gegeneinander. Ihn fröstelte, obwohl die Nacht lau und trocken war. Einige hundert Meter entfernt ragten die Türme von Burg Rosenstoltz in den glitzernden Himmel. Sein Herz machte einen Sprung, als ein weiterer Bolide aufleuchtete und im selben Augenblick ins Nichts verlosch.

Er lächelte still. Sternenstaub, dachte er. Wie im Märchen.

Nelson, dessen größte Leidenschaft die Astrophysik war, wusste natürlich, dass sie dieses nächtliche Schauspiel bloß millimeterkleinen Meteoren verdankten, die mit 30 bis 70 Kilometern pro Sekunde auf die Erdatmosphäre trafen und dort verglühten. Er wusste, dass es nicht das verglühende Teilchen selbst, sondern die Elektronen der Luftmoleküle waren, die aufgrund der Reibung am Nachthimmel aufleuchteten. Und selbstverständlich war ihm auch klar, dass die Häufung der Sternschnuppen in dieser Nacht nur darauf zurückzuführen war, dass die Erde den Meteorstrom der Perseiden kreuzte, wie in den Sommermonaten eines jeden Jahres. Aber jenes Wissen blieb ohne Widerhall in seinem Herzen, weil es die Schönheit dieses Feenzaubers nicht zu erfassen vermochte.

Es war genau dieses Gefühl, das sein Opa *das kleine Glück einer Sternschnuppe* genannt hatte.

„Wieder eine", bemerkte Luk, aber diesmal klang es schon nicht mehr so begeistert wie noch am Anfang ihres nächtlichen Picknicks.

Zu viele Wünsche auf einmal, dachte Nelson, der ahnte, dass auch sein Freund im Grunde nur einen einzigen Wunsch hegte.

Der Gedanke blitzte plötzlich auf. Wie eine Sternschnuppe.

„Was ist?", raunte er Luk ins Ohr. „Wollen wir Madonna einen Besuch abstatten?"

Luk sah ihn verdutzt an. „Du meinst jetzt? Jetzt sofort?"

„Warum nicht?" Nelson rückte noch etwas näher an ihn heran. „Mitternacht vorbei, keine Lehrer auf der Burg, Kunkel schläft den Schlaf der Gerechten, und die beiden hier werden uns nicht allzu sehr vermissen, fürchte ich."

Luk grinste. „Oo-kay", hauchte er gedehnt. „Vielleicht ist ja Post für mich da."

„Liebesgrüße aus der Zukunft", entgegnete Nelson und grinste.

Levents Kopf tauchte aus dem Schlafsack hervor. „Liebesgrüße? Zukunft? Was habt ihr vor?"

„Nur ein kleiner Spaziergang", erwiderte Nelson leichthin. „Wollen das junge Glück ein paar ausgedehnte Momente allein lassen." Dabei zwinkerte er Levent zu und deutete mit dem Kopf auf Sarah, deren Silhouette mit der Levents zu einem Bild der stillen Eintracht verschmolz.

Levent schnaubte verächtlich. „So viel Rücksicht bin ich von euch gar nicht gewohnt", brummte er und blickte seine Freunde argwöhnisch an.

„Sei doch nicht so", warf Sarah ein. „Ist doch süß."

Nelson vermutete, dass sie ganz bestimmt nichts dagegen hatte, wenn er und Luk sich eine Zeit lang verkrümelten.

„Ich kann mir schon denken, wohin euch euer *kleiner Spaziergang* führt", murmelte Levent.

Nelson grinste. „Na dann."

„Benehmt euch", warf Luk den Turteltäubchen noch zu. Dann machten er und Nelson sich an den Aufstieg zur Burg.

Als sie die Auffahrt zum Burghof erreichten und unter ihren Füßen der Kies knirschte, war sich Nelson mit einem Mal nicht mehr sicher, ob sie wirklich unbemerkt von Hausmeister Kunkel ihr unterirdisches Ziel erreichen würden. Der Schlüssel, den er ins Schloss des Eingangsportals steckte und vorsichtig herumdrehte, quiekte wie ein Ferkel, und die schwere Pforte knarzte beim Aufdrücken so jämmerlich, als ob sie für irgendeinen dämlichen Gruselschocker extra so präpariert worden wäre. Er und Luk hielten die Luft an und lauschten in die Nacht. Aber während von fern her das Grollen eines Flugzeugs an ihr Ohr drang, blieb es in den Fluchten der Burg totenstill.

Sie zogen die Schuhe aus und flitzten die Treppen hinab in

den Keller. Nelson knipste seine Taschenlampe an. Der Heizungsraum lag hinter einer schweren Eisentür. Hier hielt Hausmeister Kunkel jene Schlüssel versteckt, die er nur selten benötigte, weil sie Türen öffneten, die in die kaum genutzten Katakomben unterhalb der Burg führten. Das Versteck war so geheim, dass mindestens die Hälfte aller Internatsschüler davon wusste.

Luk drehte an einem der Rohre, die nur zum Schein aus dem Heizungskessel ragten, und fischte ein Schlüsselbrett heraus.

„Alois, wir haben dich ja so lieb", flüsterte er und grinste.

Er nahm einen kleinen Schlüssel vom Haken, dann liefen sie weiter.

Vom Heizungsraum drangen sie tiefer in die Eingeweide der Burg vor. Die Lichtkegel ihrer Taschenlampen wischten über Wände, deren Felsgestein jahrtausende-, wenn nicht jahrmillionenalt war. Als sie ein in den Fels geritztes Kreuz entdeckten, hielten sie inne. Die Falltür zu ihren Füßen war kaum zu erkennen. Gemeinsam zogen sie sie auf und leuchteten nach unten. Eine in den rohen Stein gehauene Treppe führte 86 Stufen weit in die Tiefe. Nelson setzte einen Fuß auf die oberste Stufe. Kalt kroch es ihm das Bein hoch. Er kam nicht gern hierher und hätte sich gewünscht, dass sich Madonna bequemer erreichen ließe. Aber zumindest schien sie dort, wo sie ruhte, vor Entdeckungen halbwegs sicher zu sein.

Unten angelangt, wandten sie sich nach links und folgten dem Gang, bis sich der zu einem höhlenartigen Raum weitete. Dort wählten sie einen weiteren Schacht, der noch tiefer in den Berg hineinführte, und stoppten schließlich vor einer hohen Felswand, die auf den ersten Blick so abweisend wirkte wie alle anderen Höhlenwände auch. An einer Stelle jedoch spaltete sich die Formation in zwei überlappende Fronten, die einen schmalen Durchlass gewährten. Luk und Nelson schlüpften hindurch und fanden sich mit einem Mal im weitaus größten Gewölbe der Katakomben wieder – im Dom!

Die kathedralenartige Höhle kannten im Internat bloß wenige Schüler vom Hörensagen. Aber dass es sie wirklich gab, wussten außer Nelson und Luk nur Levent, Judith und eine Handvoll ehemaliger Schüler, unter ihnen Luks ältere Schwester Paula, die ihr Wissen an ihren Bruder weitergegeben hatte.

Vom eigentlichen Geheimnis dieses sagenhaften Ortes hatten jedoch auch die Ehemaligen nicht die blasseste Ahnung. Der Dom nämlich barg die vielleicht bedeutendste Erfindung der Menschheit! Levent, ihr Konstrukteur und Entwickler, hatte sein Baby liebevoll auf den Namen Madonna getauft – Madonna, die Jungfrau, Madonna, der schillerndste Popstar aller Zeiten!

Die Freunde blieben unweit der Zeitmaschine stehen.

„Sie haben Wort gehalten", flüsterte Luk.

„Hattest du etwas anderes erwartet?", antwortete Nelson.

Sie näherten sich der Apparatur, deren gläserne Front das Licht ihrer Taschenlampen reflektierte. Hinter dem Glas wurde ein abgewetztes schmales Sofa sichtbar, das vor einem Schaltpult mit mehreren Bildschirmen und Rechnern stand. Auf dem Sofa lag ein eingerolltes Blatt Papier, das von einer Schleife gehalten wurde.

Luk grinste. „Hab ich's nicht gesagt?"

Er löste die Schleife und rollte das Papier auf. Ein Medaillon fiel heraus. Luk zögerte. Er sah erst auf den Brief, dann auf das Schmuckstück, entschied sich dann aber für den Brief, den er laut vorlas:

Liebe Freunde,
wie ihr seht, sind wir wohlbehalten in unserer Zeit gelandet. Wir fühlen uns beide noch sehr schwach, haben aber leider kaum Muße, um uns wirklich auszuruhen. Denn hier steht ein epochales Ereignis bevor, das die Welt verändern wird, und wir befinden uns plötzlich mittendrin. Ich werde euch ein andermal davon berichten, versprochen!
Für das, was wir empfinden, gibt es keine Worte, daher an dieser Stelle nur ein einziges Wort: Danke!
Wir sprechen oft über euch und darüber, was ihr im Amphitheater und danach auf euch genommen habt, um unser Le-

16

ben zu retten. Wir beide haben vorerst genug von Zeitreisen, das könnt ihr uns glauben. Dennoch hegen wir die Hoffnung, dass wir uns irgendwann – in eurer Zukunft oder unserer Vergangenheit? – einmal wiedersehen werden. Bis dahin senden wir euch die herzlichsten Grüße und freuen uns darauf, bald von euch zu hören!

Miriam und Vincent

PS: Das Medaillon soll euch an uns erinnern!

Luks Augen leuchteten, als er den Anhänger in die Hand nahm und den filigranen Deckel aufschnappen ließ. Miriam und Vincent lächelten ihn an. Luk lächelte zurück.

„Ich hab's doch gewusst", murmelte er. „Hab ich's nicht gesagt?"

Unterdessen hatte Nelson den Brief zur Hand genommen, um ihn noch einmal zu lesen. Was meinte Miriam, wenn sie von einem epochalen Ereignis sprach, das die Welt verändern würde? Und dass sie sich plötzlich mittendrin befänden?

Miriam und Vincent waren der Grund dafür gewesen, weshalb sich Nelson und seine Freunde vor einigen Monaten zu ihrer zweiten Zeitreise aufgemacht hatten. Ein seltsamer Fund im Garten der Burg hatte Nelson auf die Spur zweier Zeitreisender gebracht. Er hatte herausgefunden, dass ein Jugendlicher aus der Zukunft im Jahr 168 nach Christus gestrandet und dort als Gladiator versklavt worden war. Nelson, Luk und Judith hatten ihn und seine Schwester aufgespürt und mit Levents Hilfe befreit. Madonna schließlich hatte sie alle zurückgebracht: Nelson und seine Freunde in die eigene Gegenwart, Vincent und Miriam ins Jahr 2033.

Luk war Miriam während ihres Abenteuers im römischen Köln sehr nahegekommen. Jetzt erwies sich, dass ihren Gefühlen zueinander auch die Zeit nichts anhaben konnte.

„Wir müssen ihnen zurückschreiben!", rief Luk. „Am besten sofort!"

Nelson blickte ihn geistesabwesend an. Langsam kehrte er in die Gegenwart zurück.

„Zurückschreiben … Ja, natürlich." Er zögerte. „Nur, meinst du nicht, wir sollten warten, bis Judith wieder da ist?"

Luk reagierte genervt. „Aber das dauert doch noch ewig!"

„Höchstens drei Tage", präzisierte Nelson. „Und außerdem: Levent würde unsere Grüße bestimmt auch gern unterschreiben."

„Ach der", erwiderte Luk. „Der hat schließlich andere Dinge im Kopf, oder etwa nicht?"

Als Nelson darauf beharrte, die Freunde nicht zu übergehen, verwandelte sich Luk vor seinen Augen in das Leiden Christi.

„Drei Tage", klagte er theatralisch. „Aber keinen Tag länger!"

2

Als sich drei Tage später kurz nach Mittag an der Haltestelle vor der Einmündung zur Burg Rosenstoltz die hintere Tür des Linienbusses öffnete, stieg ein einziger Fahrgast aus. Anderswo hätte die Erscheinung sicher neugierige Blicke auf sich gezogen. Aber hier gab es weit und breit niemanden, der hätte aufmerken können. Allenfalls ein paar Kühe, die sich aber nicht stören ließen, sondern weiter träge in der Mittagshitze dösten.

Die junge, barfüßige Frau wartete, bis der Bus wieder anfuhr, öffnete dann ihre Reisetasche und fischte ein Paar schwarze Turnschuhe heraus, in die sie schlüpfte. Währenddessen sah sie sich in der Gegend um. Als sie die Schuhe gebunden hatte, blickte sie einen Moment versonnen ins Nichts. Schließlich warf sie sich ihre Tasche über die Schulter und machte sich an den Aufstieg zur Burg.

Vor dem Hintergrund der sommerlichen Naturidylle – den sattgrünen Wiesen, den Weinbergen und dem bis zum Horizont mäandernden Rhein – wirkte die junge Frau wie jemand, der sich hierher verirrt hatte und eigentlich in einer Metropole wie Mailand oder Paris heimisch war. Ihre blauschwarze, von weißen Strähnchen durchzogene Pagenfrisur war ebenso stylish wie ihre weiß umrandete Sonnenbrille, deren Katzenaugenform an Leinwandstars der Fünfzigerjahre erinnerte. Ihre weite schwarze Flickenhose wurde von einem breiten weißen Stoffgürtel gehalten, dessen Silberschnalle das Wort TABU formte. Darüber trug sie ein kurzes schwarzes Top mit einem kleinen weißen Pfeil, der auf die bunten Glasperlen in ihrem Bauchnabel deutete.

Wenngleich die Sonne brannte und der Weg zur Burg steil war, ging ihn die junge Frau leichtfüßig und mit einem Lächeln im Gesicht. Doch kaum hatte sie das Tor zum Burghof erreicht, da erlosch ihr Lächeln, und sie hielt abrupt inne. Direkt vor dem Eingang parkte ein Krankenwagen! Die hintere Tür stand offen. Davor wartete ein junger, bärtiger Mann in Rettungsweste und rauchte eine Zigarette.

Obwohl der Kies unter ihren Schuhen knirschte, bemerkte er sie erst, als sie fast hinter ihm stand. Sein eben noch schlaff wirkender Körper straffte sich. Ungeniert gaffte er sie von oben bis unten an.

„Aber hallo!", rief er. Sein Blick blieb an ihrem Piercing hängen.

„Was ist los?", fragte sie, ohne auf seinen schmierigen Blick zu reagieren. „Ist etwas passiert?"

Das Gesicht des Sanitäters verzog sich zu einem anzüglichen Grinsen. „Passiert? Noch nicht", erwiderte er, „aber was nicht ist, kann ja noch werden." Dabei starrte er weiter auf ihren braun gebrannten Bauch.

„Hey, ich hab dich gefragt, was hier los ist!", fauchte die junge Frau. „Warum ihr hier seid!"

„Was soll schon los sein, Süße?", entgegnete ihr Gegenüber ungerührt. „Bis eben war hier tote Hose, würde ich sagen."

„Idiot!", zischte die Schwarzhaarige und ließ den Bärtigen ohne ein weiteres Wort stehen.

In der Eingangshalle traf sie auf Alois Kunkel, den Hausmeister des Internats Burg Rosenstoltz.

„Ah, Judith", begrüßte er sie. „Auch wieder da? Schön, schön. Wie waren denn deine Ferien?"

„Was ist mit dem Krankenwagen da draußen?", erwiderte Judith ungeduldig. „Hatte jemand einen Unfall? Ist irgendetwas passiert?"

„Unfall? Passiert?" Der Hausmeister blickte sie erschrocken an. Dann entspannten sich seine Gesichtszüge wieder. „Ach ja, der Krankenwagen ... Nein, nein, das ist nur wegen ... Ein neuer Schüler, gelähmt. Oder war es eine Schülerin? Was weiß denn ich, mit mir redet ja keiner. Aber wenn's ernst wird, bin ich doch wieder der Gelackmeierte." Er sah auf die Uhr. „Der Neue ist gerade bei Professor Papadopoulos. Der zeigt ihm – oder ihr? Ist ja auch egal, jedenfalls muss ihm doch einer zeigen, wie das hier alles funktioniert. Wenn man mich gefragt hätte, aber ich bin ja ...."

„Ich dachte schon", unterbrach ihn Judith erleichtert. Sie schob ihre Sonnenbrille ins Haar und grinste den Hausmeister an. „Vielen Dank. Ich geh dann mal. Und einen schönen Tag noch!"

Auf dem Weg hinauf in den Mädchentrakt kam ihr eine Schar aufgeregt plappernder Erstklässlerinnen entgegen. Als sie Judith wahrnahmen, blieben einige von ihnen abrupt stehen und begannen zu tuscheln. Judith nahm keine Notiz von ihnen. Sie war es gewohnt, dass ihre Mitmenschen auf sie reagierten, manche bewundernd, andere feindselig. Manchmal nervte sie das, meistens jedoch nicht. Heute jedenfalls konnte ihr niemand die Laune verderben. Endlich war sie wieder da, wo sie sein wollte.

In ihrem Zimmer angekommen, sah sie sich erst einmal um. Alles war so, wie sie es vor sechs Wochen verlassen hatte. Allerdings schien der Raum ein wenig sauberer als sonst, Judith meinte sogar, Spuren von Essigreiniger zu erschnüffeln. Sie öffnete das Fenster, um frische Luft hereinzulassen. Von ihrem Zimmer aus hatte sie den ganzen Hof im Blick. Der Typ mit dem Bart zündete sich gerade eine weitere Zigarette an. Plötzlich zuckte er zusammen. Umständlich fingerte er in seiner Jackentasche herum und zog endlich ein Handy heraus. Nachdem er einige Zeit hinein gelauscht hatte, warf er fluchend seine Zigarette weg und eilte ins Gebäude. Kurze Zeit später tauchte er wieder auf. Jetzt schob er einen bunten Rollstuhl vor sich her, in dem ein Mädchen saß. Sie hatte lange blonde Dreadlocks und war etwa in Judiths Alter. Begleitet wurden die beiden von Professor Papadopoulos, dem Dozenten für Neogräzistik, der wie immer einen schwarzen Umhang trug und damit eher einem Mönch denn einem Schullehrer glich. Vor dem Wagen beugte er sich zu dem Mädchen herunter und verabschiedete sich von ihr. Judith konnte nur Wortfetzen verstehen. Das Mädchen nickte. Als Papadopoulos zurück ins Gebäude ging, schob der Zivi den Rollstuhl auf die Rampe und bediente die Automatik. Während die Plattform hochfuhr, blickte das Mädchen geradewegs in Judiths Richtung. Judith winkte. Das Mädchen lächelte zurück. Dann schob der Bärtige sie ins Wageninnere und schloss die Tür. Sekunden später fuhr der Wagen Kies spritzend los.

Judith packte ihre Tasche aus und legte ihre Kleider in den Schrank. Dann griff sie zum Telefon. Sie wählte, aber niemand hob ab. Sie versuchte eine andere Nummer, aber auch diesmal hatte sie kein Glück. Enttäuscht warf sie sich aufs Bett und starrte an die Decke. Doch schon nach wenigen Augenblicken sprang sie wieder auf und machte sich auf den Weg in die Cafeteria.

An einem Tisch saßen Mahmut und Janeck, an einem anderen brütete Hoffmann über Heideggers *Sein und Zeit*.

Der, den sie eigentlich treffen wollte, war nicht da.

Sie bestellte einen Espresso und hockte sich zu ihren Mitschülern an den Tisch.

„Schalom", begrüßte sie Mahmut, ein in Deutschland geborener Palästinenser, der gern über den Weltfrieden meditierte. „Du hast bestimmt ziemlich aufregende Ferien verbracht, hab ich recht?"

„Sicher", antwortete Judith gedehnt. „Willst du wissen, wie oft ich mich aufregen musste? Oder mit welch ungeheuer spannenden Themen ich meine Zeit vergeudet habe?"

Alarmiert vom Ton ihrer Stimme, zog es der Deutsch-Palästinenser vor, lieber nicht weiter nachzufragen. Stattdessen fing er plötzlich an, merkwürdige Schnalzlaute auszustoßen, die anderswo den Notarzt auf den Plan gerufen hätten.

Seinem Tischnachbar Janeck hingegen war der Ausbruch seines Freundes nur ein müdes Gähnen wert.

„Xhosa, eine Khoisan-Sprache der afrikanischen Buschleute", erklärte er Judith. „Damit nervt er schon die ganze Zeit."

Mahmut grinste. „Hab ich mir in den Ferien draufgeschaufelt."

„Die neunundvierzigste?", fragte Judith, um Höflichkeit bemüht. Mahmut war das Sprachgenie auf Burg Rosenstoltz.

„Die fünfzigste", erwiderte er stolz. „Die nächste wird Shona sein, eine Niger-Kongo-Sprache der Bantu-Gruppe. Weißt du, dass die Menschen in Simbabwe mehr als 200 Wörter für gehen kennen?"

„Ich geh dann auch mal", erwiderte Judith, dankbar für das Stichwort, trank ihre Tasse leer und stand auf. „Übrigens. Hat einer von euch Nelson gesehen?"

Janeck erwachte aus seinem Tiefschlaf. „Nelson?" Er warf Mahmut einen vielsagenden Blick zu. „Nein, tut mir leid." Er zögerte. „Ihr beide, ihr hängt in letzter Zeit ganz schön oft zusammen ab." Dabei kniff er ihr ein Auge zu und grinste. „Sag schon, läuft da was zwischen euch, was ich wissen sollte?"

„So wie zwischen dir und Mahmut?", fauchte Judith. „Ihr beide, ihr hängt ja auch ziemlich oft zusammen ab. Was läuft denn zwischen euch beiden Süßen, was *ich* wissen sollte?"

Noch bevor Mahmut und Janeck protestieren konnten, hatte sie ihnen bereits den Rücken zugewandt und marschierte mit weit ausholenden Schritten hinaus.

Kaum hatte sie die Eingangshalle erreicht, vernahm sie plötzlich einen spitzen Schrei, dem unmittelbar darauf ein weiterer folgte. Sie brauchte nur den Bruchteil einer Sekunde, um sich auszumalen, was ihr jetzt bevorstand. Schon kamen Kim und Lea auf spitzen Absätzen die Treppe herunter getrippelt.

„Liebes!", rief Lea.

„Judy-Maus!", tönte Kim.

Dass sich genau in diesem Augenblick das Eingangsportal öffnete und sich Nelsons Silhouette im Türrahmen abzeichnete, erschien Judith im Nachhinein wie der Prolog eines schlechten Films, in dem man ihr die Hauptrolle zugedacht hatte. Während Kim und Lea an ihr herummachten, Küsschen links und Küsschen rechts, nahm das Schicksal seinen Lauf. Luk im Schlepptau, kam Nelson näher und blieb, da er Judith entdeckte, wie vom Donner gerührt stehen. Zwischen zwei Schmatzern konnte Judith erkennen, wie ihn Luk in die Seite stieß und dabei angewidert in ihre Richtung wies. Verzweifelt versuchte sie sich aus der Umklammerung ihrer Freundinnen zu befreien, doch in dem Moment, da es ihr gelang, drehte sich Lea nach den beiden Jungs um und keifte quer durch die Halle:

„Was glotzt ihr denn so blöd? Sind wir Kino, oder was?"

Woraufhin Luk postwendend zurückschoss: „Splattermovies in echt sieht man halt nicht alle Tage!"

Daraus entwickelte sich ein fieser Schlagabtausch, der im Nu Zuschauer fand und letztlich unentschieden endete, als Frau Kodiak aus ihrem Sekretariat herbeieilte, um die Streithähne und -hennen zu trennen. Judith blieb nichts anderes übrig, als Kim und Lea die Stange zu halten, während Nelson den tobenden Luk zu beruhigen suchte. Ein unverfänglicher Blick war das Einzige, was den beiden an diesem Nachmittag vergönnt war.

Später lag Judith auf ihrem Bett und überlegte, ob sie Nelson anrufen oder doch lieber warten sollte, bis er den ersten Schritt tat. Eigentlich, so fand sie, war es an ihm, zum Hörer zu greifen, schließlich hatte sie vor ihrer schicksalhaften Begegnung mit den beiden Grazien bereits die halbe Burg nach ihm abgesucht. Sie wartete eine viertel Stunde lang, eine halbe Stunde lang, dann weitere zwanzig Minuten. Als die Stunde voll war, gab sie ihm noch eine letzte Gnadenfrist von fünf Minuten. Nachdem auch die verstrichen war, sprang sie wütend aus dem Bett und beschloss, nie wieder auch nur ein einziges Wort mit ihm zu reden. Aus Florida konnte er sie anrufen, aber hier, wenige hundert Meter von ihr entfernt, tat er so, als ob es sie gar nicht gäbe!

Wirst schon sehen, dachte sie. Was du kannst, kann ich schon lange!

Als sie sich halbwegs beruhigt hatte, meldeten sich Stimmen zu Wort, die für den Angeklagten Partei ergriffen:

Vielleicht glaubt er, dass du immer noch mit Lea und Kim

zusammen bist, und will dich vor deinen Freundinnen nicht blamieren.

Oder er selbst findet einfach keine Gelegenheit zu telefonieren, weil Luk ihn nicht lässt.

Oder Gottfried telefoniert die ganze Zeit.

Und gleichzeitig ist der Akku seines Smartphones leer.

Nachdem sie den Entlastungszeugen eine Weile gelauscht hatte, griff sie selbst zum Telefon und wählte erneut Nelsons Nummer. Zehn Mal ließ sie es klingeln. Beim elften Mal knallte sie den Hörer auf die Gabel und stampfte wütend durchs Zimmer. Eine Runde nach der anderen drehte sie, bis sie plötzlich wie angewurzelt am Fenster stehen blieb. War er das nicht? Der da unten? Der mit dem Rücken zu ihr am Hoftor lehnte? Sie war sich nicht sicher, weil sie nicht allzu viel erkennen konnte. Anscheinend war er nicht allein. Er schien sich mit jemandem zu unterhalten, der von der Mauer verdeckt wurde. Du hattest recht, dachte sie, Luk hält ihn noch immer in Beschlag. Einigermaßen besänftigt wollte sie sich gerade wieder abwenden, als Nelsons Gesprächspartner plötzlich aus dem Schatten ins Licht trat. Einen ewigen Moment lang setzte Judiths Herz aus. Nicht Luk war es, der sich dort unten vor Lachen krümmte, sondern Chantal, die hübscheste Rechenmaschine der Schule!

Judith traute ihren Augen nicht. Chantal lachte und lachte, während Nelson dastand und sie offenbar mit Witzen fütterte, auf dass sie ihm noch mehr von ihrem Honigkuchenpferdstrahlen schenke. Es dauerte eine Ewigkeit, bis seine Spaßquelle endlich versiegte. Mit dem Handrücken wischte sich Chantal die Tränen aus dem Gesicht und hakte sich bei Nelson unter. Wie zwei Verliebte schlenderten die beiden zum Eingang der Burg, wo sie Judiths Blicken entschwanden.

3

Es hatte lange gedauert, bis sich Luk endlich wieder einkriegte. Während er über die Weiber im Allgemeinen und die Internatszicken im Besonderen hergezogen war, hatte Nelson die meiste Zeit geschwiegen. Nur einmal war er unvorsichtig gewesen. Als er eingeworfen hatte, dass ja nicht alle Mädchen auf der Welt gleich seien, schließlich gebe es auch noch solche wie Judith und Miriam.

„Auf wessen Seite stehst du eigentlich?", hatte ihn Luk angepfiffen. „Bist du mein Freund oder ein Frauenversteher?"

Später, als er Luk bei Levent geparkt hatte, war er noch einmal an die frische Luft gegangen, um den Kopf freizubekommen und fern von allen Lauschern Judith anzurufen. Er wollte ihr vorschlagen, mit ihm den Abend bei Enzo, ihrem Lieblingsitaliener, zu verbringen. Sie könnten hinlaufen. Vielleicht würden sie auf dem Rückweg gemeinsam eine Sternschnuppe entdecken.

Am Tor, im Schatten der Burgmauer, blieb er stehen und spähte hinauf zu Judiths Zimmer. Zunächst konnte er nichts erkennen, doch dann sah er hinter der spiegelnden Scheibe einen Schatten, der gleich darauf wieder verschwand. Er zückte sein Smartphone und ...

„Hab ich dich erwischt!", zischte plötzlich eine Stimme direkt an seinem Ohr.

Nelson fuhr so heftig zusammen, dass er vor Schreck sein Smartphone ins Gebüsch warf. Als er sich umwandte, stand seine Mitschülerin Chantal vor ihm. Einige Sekunden lang blickten sie sich stumm an. Dann entgleisten Chantals Gesichtszüge, und sie wurde von Lachkrämpfen regelrecht durchgeschüttelt. Zwischen Glucksen und Luftholen presste sie einzelne Wortfetzen heraus – „Tschuldi" und „wollt ja nich" und „Spann" und „stör" – aus denen sich Nelson seinen eigenen Reim machen oder es auch bleiben lassen konnte. Er pickte sein Smartphone aus dem Gebüsch und wartete, bis sich Chantal endlich wieder beruhigt hatte. Sie trocknete ihre Tränen und blickte Nelson um Gnade heischend an.

„Du hast einfach so putzig ausgesehen", gluckste sie. „Wie ein kleiner Junge, der sich ertappt fühlt. Komm schon! Auf den Schreck lad ich dich ein. Lass uns einen Cappuccino trinken, du hast doch Zeit?"

Noch bevor Nelson zustimmen konnte, hatte sie sich schon bei ihm untergehakt und dirigierte ihn zum Haupteingang. Als er zu Judiths Zimmer hochsah, war ihm, als ob sich der Vorhang bewegte. Er überlegte noch zu winken, doch in der nächsten Sekunde war der Schatten schon wieder verschwunden.

Vor der Cafeteria trafen sie auf Mahmut und Janeck, die ihnen, merkwürdige Blicke tauschend, den Weg versperrten.

„Schalom", begrüßte ihn Mahmut übertrieben freundlich. „Vorhin war Judith hier. Sie hat dich gesucht."

Nelson versuchte sich seine Überraschung nicht anmerken zu lassen. „Judith? Wann denn?"

„Ist schon 'ne Weile her", antwortete Mahmut, und Janeck grinste blöde.

„Is was?", zischte Nelson.

„Schien ziemlich verzweifelt zu sein, deine Freundin", bemerkte Janeck. Sie traten zur Seite, um die beiden durchzulassen.

Nelson zögerte. „Was meinst du mit verzweifelt?"

Janeck war schon weitergegangen. „Weiß nicht. Verzweifelt eben. Am besten, du fragst sie selbst."

Mit einer aufgesetzt wirkenden Miene des Bedauerns wandte er sich ab und ließ die beiden stehen.

„Seid ihr zusammen?", fragte Chantal neugierig, als sie sich einen Platz im hintersten Teil der Cafeteria gesucht hatten.

„Fängst du jetzt auch noch an?", erwiderte Nelson gereizt.

Sie blickte ihn forschend an. Plötzlich blitzte es in ihren Augen.

„Aber ja doch, vorhin, das war *ihr* Zimmer, zu dem du hochgesehen hast, nicht wahr? Habt ihr euch gestritten?"

Nelson verdrehte die Augen. „Zwischen uns ist nichts!", schnaubte er wütend. „Du musst nicht alles glauben, was dir irgendwelche Idioten einflüstern!"

Noch im selben Augenblick bereute er seine heftige Reaktion.

26

Doch Chantal reagierte ganz anders als erwartet. Statt ihn mit seinem Cappuccino einfach sitzen zu lassen, strahlte sie ihn aus ihren rehbraunen Augen an.

„Dann bin ich ja beruhigt", flötete sie. „Du und Judith, ihr passt einfach nicht zusammen."

Später konnte er sich an keine Einzelheiten ihres Gesprächs erinnern. Nur daran, dass ihm die ganze Zeit Chantals Satz im Kopf herum gespukt war. *Du und Judith, ihr passt einfach nicht zusammen.* Irgendwann waren sie auseinandergegangen. Dass sich Chantal bei ihm am Ende für den *wunderschönen* Nachmittag bedankt hatte, wertete er als ironische Kommentierung seiner Einsilbigkeit.

Auf seinem Zimmer angelangt griff er sofort zum Telefon und wählte Judiths Nummer. Doch kaum ertönte das Freizeichen, drang aus dem Bad das Geräusch der Klospülung an sein Ohr. Ein untrügliches Zeichen dafür, dass jeden Moment sein Zimmernachbar Gottfried über ihn hereinbrechen würde. Schleunigst machte er sich wieder aus dem Staub, jedoch nicht ohne sich vorher zu vergewissern, dass er sein Smartphone eingesteckt hatte.

Auf dem Gang fand er ein ruhiges Plätzchen und drückte auf die Wahlwiederholung. Er ließ es lange klingeln und wollte schon auflegen, als Judith endlich abnahm und ein genervtes „Was?!" in die Muschel blaffte.

„Hi! Ich bin's", meldete sich Nelson leise.

„Wer?" Ihre Stimme kam ihm ganz und gar fremd vor.

„Ich, Nelson", erwiderte er.

„Du Nelson, aber ich nicht Jane!"

Nelson schluckte. Lustig klang anders. Hatte er irgendetwas nicht mitbekommen?

Fürs Erste beschloss er, einfach über ihre seltsame Begrüßung hinwegzusehen.

„Ich dachte, wir könnten Pizza essen gehen", sagte er bemüht locker. „Ich lad dich auch ein, was häl..."

„So, dachtest du", unterbrach sie ihn. „Hab aber leider keine Zeit. Musst du dir schon jemand anderen suchen. Aber das fällt dir ja sicher nicht schwer. Und außerdem, bezahlen kann ich allein!"

Ihre Angriffslust brachte ihn völlig aus dem Konzept. Er zögerte. Was war nur mit ihr los?

„Kannst du mir bitte mal erklären, was ...", begann er, aber sie unterbrach ihn erneut.

„Ich muss dir gar nichts erklären!", fuhr sie ihn an. „Ich hab keine Zeit, basta! Bin ich dir Rechenschaft schuldig? Wär ja noch schöner! Ich frag dich ja auch nicht, mit wem du deine Freizeit verbringst."

Nelson verstand überhaupt nichts mehr. „Aber ...", erwiderte er, doch dann regte sich sein Stolz. „Okay. Sorry", beendete er das Gespräch in förmlichem Ton. „Vergiss es einfach." Damit legte er auf.

Wie betäubt schlich er zurück auf sein Zimmer und legte sich aufs Bett. Was um alles in der Welt war bloß in sie gefahren? Von der Nähe, die er während seiner Anrufe aus Florida verspürt hatte, schien nichts mehr übrig zu sein. Dabei war das doch kaum mehr als eine Woche her. Judith konnte ätzend sein, das schon. Aber so ätzend wie eben hatte er sie noch nie erlebt!

Er stand wieder auf und ging zum Fenster. Von Osten her zogen dunkle Wolken auf.

Gottfried bemerkte er erst, als der ihm seine nasse Pranke auf die Schulter legte.

„Hey, Alter, hörst du schlecht?"

Als sich Nelson umwandte, stieg ihm eine Wolke aus Deo in die Nase, die ihm schier den Atem verschlug.

„Hi", krächzte er und blickte konsterniert an Gottfried herunter. Sein Zimmernachbar trug knallrote Boxershorts, die mindestens zwei Nummern zu klein waren und nass an seinen prallen Oberschenkeln klebten. Als er näher kam, sah Nelson näher hin. Waren das kotzende Nikoläuse?

„Cool, stimmt's?", strahlte Gottfried. „Kann ich dir auch besorgen, Alter."

Nelson schluckte. „Nett von dir, aber ich ..." Plötzlich wurde er von einem Hustenanfall geschüttelt. Keuchend riss er das Fenster auf.

Gottfried verzog das Gesicht. „Muss das sein?", stöhnte er. „Bei Zug hol ich mir bestimmt wieder 'n Fips."

Genervt schlug Nelson das Fenster zu. „Okay", flüsterte er heiser und zwängte sich an seinem Zimmernachbarn vorbei. „Ich geh ja schon."

Ohne nachzudenken, schlug er den Weg zu Levents Zimmer ein. Im Unterschied zu den meisten anderen Internatsschülern wohnte Levent allein. Oder besser: fast allein. Denn seit ein paar Monaten hatte er einen blechernen Diener, den er selbst konstruiert und zusammengeschraubt hatte: Loddar, einen Haushaltsroboter im Dress der deutschen Fußball-Nationalmannschaft.

Daher zeigte sich Nelson auch nicht überrascht, als ihm statt Levent der mechanische Butler die Tür öffnete.

„Hi, Loddar", begrüßte er ihn müde.

„Wir haben heute das Wunder von Kaiserslautern geschafft, aber ich denke, man sollte das nicht überbewerten", antwortete Loddar mit hohler Stimme.

Levent hatte seinen Roboter auf Dialog programmiert. Nannte man ihn bei seinem Spitznamen, dann wählte ein Zufallsgenerator die Antwort aus dem großen Zitatenschatz des deutschen Rekordnationalspielers aus – wahlweise auf Deutsch oder Englisch.

Nelson folgte dem Roboter durch den Flur in Levents Wohnreich. Dramatische Musik empfing ihn. Alle Rollläden waren heruntergelassen. Aus dem Dunkeln vernahm er Levents Stimme.

„Hi, setz dich. Getränke gibt's später. Wir landen gleich. Mach's dir bequem."

Auf einem Barhocker in der Mitte des Raumes thronte ein Video-Beamer, dessen Linsen ein nächtliches Panorama an die Zimmerwände zauberten. An einer Wand entdeckte Nelson eine kleine blauweiße Murmel, die er als Fernprojektion der Erde identifizierte. Aus dem Nichts tauchte plötzlich eine Raumfähre auf. Sie schwebte auf eine helle Fläche zu, die, da die Kapsel näher kam, zu einer kargen, zerklüfteten Landschaft heranwuchs. Bald nahm sie den ganzen Raum ein. Fasziniert beobachtete Nelson, wie sich die Raumfähre zeitlupenhaft senkte und in der Nähe eines Kraters landete. Er kannte die Aufnahmen. Aber dank Levents Anlage war er plötzlich mittendrin. Die Kapsel öffnete sich, und im selben Moment brach die Musik ab. Während einer der Astronauten die Leiter herabstieg und seine ersten Schritte in den butterweichen Mondstaub setzte, erklang eine verzerrte Stimme.

„That's one small step for man, one giant leap for mankind."

Im selben Moment klatschte jemand begeistert in die Hände. Als das Licht anging, traute Nelson seinen Augen nicht: Luk und Levent schwebten in einer Art Hängematte in der Mitte des Zimmers und strahlten ihn an.

„Irre, oder?", rief Luk. „Fast wie echt."

„Das war echt", ließ sich Levent vernehmen, während seine Hängematte gemächlich herabschwebte. „Bis auf die Tatsache, dass wir in unserem improvisierten Raumschiff bedauerlicherweise nur Zuschauer waren."

Als sie sich aus der Matte herausgeschält hatten, wischte sich Levent theatralisch über die Stirn.

„Ziemlich staubig auf dem Mond", stöhnte er. „Da bekommt man richtig Durst. Loddar!"

Der Roboter mit der Nummer 10 auf dem Trikot wandte sich ihm zu.

„Ich hab gleich gemerkt, das ist ein Druckschmerz, wenn man draufdrückt", krächzte er blechern.

„Ist ja gut, Loddar", erwiderte Levent und grinste. „Drei Colas tun's auch."

„Sehr wohl, Herr", antwortete der Roboter und schlurfte geräuschvoll zum Kühlschrank.

„*Herr?* Machst du jetzt einen auf Sklaventreiber?", fragte Nelson.

„Ich habe Loddar nur ein wenig nachgerüstet", erläuterte Levent. „Wenn du dich ihm vorstellst, merkt er sich jetzt automatisch dein Gesicht und spricht dich in Zukunft mit deinem Namen an."

„Und dein Name ist *Herr*, alles klar!"

Loddar kam mit drei Flaschen Cola zurück und servierte sie den Freunden.

„Bravo!", lobte ihn Levent und fischte ein Tuch aus seiner Hosentasche. „Dafür hast du dir eine Belohnung verdient. Mund auf!"

Der Roboter gehorchte, während Levent das Tuch auseinanderschlug. Zum Vorschein kam eine platt gedrückte Pampe.

„Leberknödel", stöhnte Luk angewidert.

„Loddar steht drauf", entgegnete Levent. „Erinnert ihn an seine bayrische Heimat." Er legte den Knödel in Loddars Mund und drückte den metallenen Kiefer nach oben. „Wie sagt man, Loddar?"

„Ein Wort gab das andere, wir hatten uns nichts zu sagen", antwortete der Roboter. Daraufhin watschelte er zurück in seine Ecke, wo er regungslos verharrte.

„Wäre gern dabei gewesen", bemerkte Levent wehmütig und deutete auf jene Stelle, wo vorhin die Mondfähre gelandet war. „Den Clip habe ich mir aus den Staaten besorgt. Das Original. Ohne irgendwelchen Schnickschnack."

Er drückte auf eine Fernbedienung, und die Rollläden surrten leise nach oben. Gleichzeitig ging das Licht aus.

Eine Weile hockten die drei schweigend auf dem Sofa und schlürften ihre Colas.

„Judith ist auch wieder da, höre ich?", warf Levent irgendwann ein.

Nelson tat unbeteiligt. „Sieht so aus", antwortete er.

„Und warum hast du sie nicht gleich mitgebracht?", hakte Levent nach.

Nelson sah ihn schräg von der Seite an. „Warum sollte ich?"

„Keine Ahnung", antwortete Levent und hob die Brauen. „Weil ihr Freunde seid? Weil Judith immer dabei ist? Was soll die Frage?"

„Was heißt schon Freunde?", murmelte Nelson.

Doch Levent beschloss, das Thema nicht weiter zu vertiefen.

4

Die Nacht war kurz. Wie im Fieber wälzte sich Nelson von einer Seite auf die andere und versuchte vergeblich jenen Träumen zu entfliehen, die ihn bis zum frühen Morgen heimsuchten. Schwitzend schlug er um sich, stöhnte und keuchte, wachte zwischendurch für Sekunden auf, bis ihn die Wahnbilder wieder einholten und aufsogen.

Einmal schwebte er im All, um ihn herum nur schwarze Kälte, immerhin in der Gewissheit, an einem Versorgungsschlauch zu hängen, der ihn mit dem Raumschiff verband. Trotz seines Raumanzugs fror er. Schweiß, dachte er noch, vielleicht gefriert er in der Kälte, weil der Anzug nicht dicht ist. Er gab das vereinbarte Zeichen, um der Crew zu bedeuten, ihn zurück ins wohltemperierte Raumschiff zu ziehen. Doch zu seinem Entsetzen erschien am Eingang eine unbekannte schwarze Gestalt mit einem großen Messer in der Hand. Ein schneller Schnitt, und die Verbindung war gekappt. Hilflos mit den Armen rudernd, trudelte Nelson fort in die Tiefen des Weltalls, lautlose Schreie auf den Lippen, die nicht einmal sein eigenes Ohr erreichten.

Ein anderes Mal saß er mit seinen Eltern in einer Strandbar irgendwo in Florida. Es war brüllend heiß, die Luftfeuchtigkeit bewegte sich auf die 100 Prozent zu. Jedenfalls lief ihm der Schweiß in Bächen den Rücken hinunter. Seine Eltern dagegen schienen überhaupt nicht zu schwitzen. Völlig entspannt lästerten sie über diesen und jenen, wobei sie Nelson seltsamerweise wie Luft behandelten. Nur einmal wandte sich sein Vater ihm zu und deutete auf ein verliebtes Paar am Nebentisch, das sich innig küsste. „Ja, ja, die Jugend", seufzte er lächelnd, „kennt nur sich selbst und den Augenblick." Als sich die Verliebten voneinander lösten und zwei Augen in Nelsons Richtung blickten, erstarrte er: Die junge Frau war niemand anderes als Judith, die ihm grinsend die Zunge herausstreckte.

Vielerlei Gestalten und Kreaturen bevölkerten die Schau-

plätze seiner Träume, wächsern bleiche Mönche und mus-
kelbepackte Gladiatoren, wilde Löwen und blutrünstige Hyänen,
Lehrer und Schüler, darunter die Norton-Zwillinge, Mahmut
und Janeck, Gottfried, Stanislaus, Dr. Olbrich, Kim und Lea
sowie unzählige andere, die er nicht kannte oder an die er sich
nicht erinnerte und deren Gesichter genau in jenem Augenblick
wieder verblassten, da er schweißgebadet hoch schrak.

Benommen versuchte er sich zu orientieren. Offenbar lag er
in seinem Bett. War heute nicht Montag? Er erinnerte sich wieder.
Sein erster Schultag in seinem zweiten Jahr im Internat. Auf dem
Stundenplan standen Neugriechisch, Astrophysik und Philosophie. Nicht so schlecht. Am meisten freute er sich auf Astrophysik. Professor Winkeleisen hatte ihnen für dieses Jahr verschiedene
Exkursionen in Aussicht gestellt. Nelson rechnete fest damit, dass
er und seine Mitschüler mithilfe moderner Teleskope bald selbst
einen Blick in die Tiefen des Weltraums werfen durften.

Im Zimmer war es merkwürdig still. Er drehte sich zur Seite
und blickte auf seinen Radiowecker, dessen Ziffern hinter Tränen
der Müdigkeit verschwammen. Als seine Linsen scharf stellten,
erschrak er ein zweites Mal an diesem frühen Morgen. Zehn vor
acht! Um acht begann der Unterricht!

Nelson hechtete aus dem Bett. Gottfrieds Decke lag auf dem
Boden. Seine Schlafstatt war leer. Die Ursache der Stille

In weniger als fünf Minuten hatte er sich angezogen, ge-
kämmt und die Zähne geputzt. Das Frühstück musste ausfallen.
Er sprintete los. Am Anfang der Treppe traf er auf den fast blin-
den Joshua, der sich, an das Geländer geklammert, die Stufen
hinunter tastete.

„Hallo, Nelson", begrüßte er ihn, „hast du schon gehört?"

„Was meinst du?"

„Dass wir eine Neue kriegen." Joshuas hinter dicken Brill-
engläsern absurd vergrößerte Augen sahen ihn Beifall heischend
an. „Soll im Rollstuhl sitzen. Und so verfilzte Locken haben,
weißt du, wie Bob Marley."

„Dreadlocks", half ihm Nelson.

„Wenn du meinst."

Unten angekommen, hakte sich Nelson bei Joshua ein und rannte wieder los. Joshua protestierte, aber Nelson zog ihn einfach mit. Auf diese Weise erreichten sie in Nullkommanichts den Unterrichtstrakt. Vor ihrem Klassenzimmer wartete bereits ein Pulk von Schülern, unter ihnen Luk und Levent. Nelson hielt Ausschau nach Judith, konnte sie jedoch nirgends entdecken.

„Zu", bemerkte Dieter-Rüdiger knapp und zuckte die Achseln.

„Vielleicht haben sie in den Ferien renoviert", mutmaßte Stanislaus.

„Und schließen ab, um uns fortan im Flur zu unterrichten", ergänzte Levent mit süßsaurer Ironie.

Sie mussten nicht lange rätseln. Bald darauf bog Professor Papadopoulos um die Ecke. Hinter ihm erschien ein Mädchen im Rollstuhl. Mit zwei kräftigen Radschwüngen schloss sie auf und rollte neben dem Internatslehrer her. Hinsichtlich ihrer Haare hatte Joshua recht gehabt. Aber mehr noch als ihre Dreadlocks stachen die Farben ihres Rollstuhls ins Auge. Er war in Rot, Gelb und Grün angepinselt, den Farben Jamaikas. Allem Anschein nach stand die Neue auf Reggae.

Die meisten Schüler verstummten. Neugierig blickten sie dem seltsamen Paar entgegen und formten für sie eine Gasse.

„Kalimera!", dröhnte der Grieche wohlgelaunt und rauschte in seinem schwarzen Talar an ihnen vorbei. „Ich hoffe doch, Sie haben Ihre Ferien genutzt, um möglichst viel zu träumen. Träumen bildet, müssen Sie wissen, aber dazu später mehr."

Während er einen Schlüssel zückte und die Tür aufschloss, überlegte Nelson, worin wohl der Bildungswert seiner eigenen wirren Träume gelegen haben könnte.

Bevor Papadopoulos durch die offene Tür trat, drehte er sich noch einmal um und blickte in die Runde.

„Im Übrigen darf ich Ihnen Ihre neue Mitschülerin vorstellen: Tessa oder Tosh, wie sie auch genannt wird! Ich verspreche Ihnen, mit ihr werden Sie noch Ihr blaues Wunder erleben! Darf ich nun bitten."

Kaum hatten die ersten Schüler das Klassenzimmer betreten,

brach ein Tumult aus. Einige schrien, andere stürmten hinterher, drückten und schubsten, als gäbe es drinnen etwas zu gewinnen. Nelson wurde im Pulk mit geschoben. Als er freikam, erkannte er die Ursache für den Trubel. Sie war so nett wie banal. Auf jedem Pult lag ein in schwarzes Krepppapier eingewickeltes Geschenk. Ein paar Jungen hatten es bereits aufgerissen. Anscheinend war in jedem Päckchen eine DVD. Nelson erkannte das Cover: *Rain Man* mit Dustin Hoffman und Tom Cruise.

Schon gab es lange Gesichter. Sätze wie „Is ja geil!" und „Kein Bock auf Retro" oder ähnlich erbauliche Kommentare schwirrten durch den Raum.

Wenn Professor Papadopoulos, wie Nelson vermutete, mit seinem Geschenk auch von der neuen Schülerin hatte ablenken wollen, dann war ihm dies gelungen. Unbemerkt von allen hatte sie einen Platz am Fenster eingenommen, von dem aus sie sichtlich amüsiert das Treiben um sich herum beobachtete.

„Zugegeben, kein ganz neuer Film", ließ sich die unverwechselbare Bassstimme ihres Lehrers vernehmen. Inzwischen thronte er wie ein Patriarch auf dem Pult. „Aber ein Film, der uns zu Beginn unseres neuen Schuljahrs an ein weitgehend unerforschtes Phänomen heranführen mag. Das Phänomen der Intelligenz. Wohlgemerkt im Sinne von *noimosini,* nicht *exipnada.* Kennt jeder von Ihnen den Inhalt von *Rain Man?*"

Die meisten Schüler nickten. Nur Hoffmann und der fast blinde Joshua schüttelten den Kopf.

„Aber du bist doch selbst der Rain Man, Hoffmann!", brüllte ein Schüler, und alle anderen lachten.

„Womit wir auch die Besetzung geklärt hätten", brummte ihr Lehrer missmutig. „Dustin Hoffman mimt in unserem mit vier Oscars prämierten Film den Autisten Raymond Babbitt, der über einige außergewöhnliche Fähigkeiten verfügt, aber ohne die Hilfe seiner Nächsten kaum in der Lage wäre zu überleben."

Papadopoulos wartete, bis er sich der ungeteilten Aufmerksamkeit seiner Schüler sicher sein konnte, und fuhr dann fort.

„Raymond hat eine Entsprechung im wirklichen Leben: Sein Vorbild heißt Kim Peek und lebt in der amerikanischen Mormonenstadt Salt Lake City. Peek verfügt über ein fotografisches Gedächtnis. Er benötigt etwa acht Sekunden, um in seinem Hirn eine komplette Buchseite abzuspeichern. So wurde er zu einem wandelnden Lexikon. Er kennt die Postleitzahl jeder beliebigen Stadt in den USA sowie deren telefonische Vorwahl. Er weiß, welche Highways durch jeden Ort der fünfzig amerikanischen Bundesstaaten verlaufen und welche Fernsehsender wo zu empfangen sind. Peek hat nahezu alle klassischen Musikstücke im Kopf. Er kennt nicht nur die Komponisten, sondern auch ihren jeweiligen Geburts- und Sterbetag. Und wenn Sie ihm Ihr eigenes Geburtsdatum nennen, dann teilt er Ihnen in Windeseile sogar mit, an welchem Wochentag Ihre Rente beginnt, vorausgesetzt, es bleibt beim Renteneintrittsalter von 67, wie uns unsere Regierung vorgaukelt.“

Professor Papadopoulos glitt vom Pult und schritt durch die Reihen.

„Nehmen wir ein anderes Beispiel: Leslie Lemke ist ebenfalls US-Bürger. Eines Tages setzt sich der Junge mir nichts, dir nichts ans Klavier und beginnt, Tschaikowskys erstes Klavierkonzert zu spielen. Flüssig und fehlerfrei. Das Außergewöhnliche daran: Leslie ist vierzehn, er hat nie Klavierstunden genossen und Tschaikowskys Komposition nur Stunden zuvor zum ersten Mal in seinem Leben gehört. Übrigens im Fernsehen! Was vielleicht als Beleg dafür gelten mag, dass dieses Medium am Ende doch noch für etwas taugt.“

Einige Schüler lachten, doch ihr Lehrer verzog keine Miene.

„Beide, Peek und Lemke, sind geistig zurückgeblieben“, fuhr Professor Papadopoulos fort, „aber sie verfügen über ganz außergewöhnliche Fähigkeiten, die wir, geben wir es ruhig zu, normalerweise als Ausdruck von Intelligenz deuten. Es gibt weltweit etwa hundert Menschen mit einer sogenannten Inselbegabung. Weitere Beispiele gefällig?“

Einige Schüler nickten.

Papadopoulos knöpfte seinen schwarzen Talar auf und warf

ihn über den Stuhl. „Da ist der Schotte Richard Wawro, der es als bildender Künstler zu einigem Ruhm gebracht hat", hob er an. „Stephen Wiltshire flog mit einem Hubschrauber eine Dreiviertelstunde über Rom und zeichnete anschließend ein detailgetreues Luftbild-Panorama der Ewigen Stadt. Temple Grandin, inzwischen Professorin, kann sich in die Gefühlswelt von Tieren versetzen. Christopher Taylor versteht Dutzende von Sprachen. Und eine junge Frau ohne Namen hat ein derartiges Zeitgefühl entwickelt, dass sie zu jeder Tages- und Nacht- sowie zu jeder Jahreszeit ohne Hilfe einer Uhr auf die Sekunde exakt zu sagen vermag, wie spät es gerade ist."

Der Internatslehrer ließ seine Worte wirken.

„Aber all diese Genies", fuhr er nach einer Weile fort, „sind nach unseren Maßstäben geistig beeinträchtigt. Manche verfügen über einen Intelligenzquotienten von siebzig oder darunter, zumindest wenn man die von Psychologen entwickelten Standardtests zugrunde legt. Daneben gibt es andere, durchschnittlich intelligente Menschen, die ein plötzliches Talent entwickeln, nachdem sie eine Hirnverletzung erleiden, an Meningitis oder einer bestimmten Form der Demenz erkranken. Orlando Cerell beispielsweise hat einen Baseball an den Kopf bekommen und konnte von da an exakt memorieren, was er an welchem Wochentag wo getan hat, ob es regnete oder ob die Sonne schien, und so weiter. Tommy McHugh war ein bekannter Schläger, bevor er einen Schlaganfall erlitt und anfing, viel beachtete Gedichte zu schreiben. Was, so frage ich Sie nun, unterscheidet all diese Menschen, für die wir selbst im Übrigen nur die *Normal-Neuros* sind, von Ihnen, die Sie Ihre Aufnahme an unserer ehrwürdigen Lehranstalt ja auch nicht zuletzt Ihrer außergewöhnlichen Begabung zu verdanken haben?"

Wo eben noch Schüler miteinander getuschelt hatten, wurde es mit einem Mal mucksmäuschenstill. Einige grinsten verlegen, andere sahen sich betroffen an.

Hoffmann meldete sich. „Die Begabungen, von denen Sie uns berichtet haben, beschreiben große Gedächtnisleistungen", deklamierte er in dem ihm eigenen Singsang, der sowohl Überlegenheit als auch grenzenlose Langeweile auszudrücken schien.

„Das Gedächtnis häuft jedoch nur Wissen an, Intelligenz ist die Fähigkeit, dieses Wissen umzusetzen und in allen Lebenslagen zu nutzen."

„Sie haben vollkommen recht", antwortete Professor Papadopoulos. „Die Fachwelt spricht beim Phänomen der Inselbegabung vom Savant-Syndrom, abgeleitet von *savoir* für *wissen*. Einer Theorie zufolge entstehen Inselbegabungen, wenn die rechte Gehirnhälfte, zuständig für visuelle, motorische und künstlerische Begabungen, eine Schädigung der linken Hälfte ausgleichen muss. So weit, so gut."

Nelson, selbst mit einem Intelligenzquotienten von 184 gesegnet, dämmerte allmählich, worauf ihr Lehrer hinauswollte und warum er gerade diese erste Schulstunde für seine Demonstration auserkoren hatte. Er warf einen Seitenblick auf Tessa, die mit einem Ausdruck amüsierten Staunens zu Papadopoulos empor sah.

„Lassen Sie uns noch einen Schritt weitergehen, meine Herrschaften", nahm ihr Lehrer den Faden wieder auf und blickte herausfordernd in die Runde. „Was wäre, wenn in jedem Menschen auf dieser Welt eine besondere Begabung steckte, nur dass sie sich bei dem einen durch besondere Umstände herausbildete, bei dem anderen eben nicht? Kann man diese Begabung, wenn es sie denn gibt, wachkitzeln? Und wenn ja, womit oder wodurch? Jason?"

Ein Teenager mit Baseballmütze hatte sich gemeldet. „Sie meinen, dass auch Stephen Hawking seine Genialität vielleicht nur der Tatsache verdankt, gelähmt zu sein, und quasi seine ganze Kraft in sein Gehirn lenkt?"

Einige Schüler blickten unauffällig zu Tessa.

Über das Gesicht ihres Lehrers huschte ein Lächeln. „Wer weiß?", antwortete er und nickte Jason zu. „Vielleicht hat Hawkings Krankheit sein Genie herausgefordert? Menschen neigen dazu, ihre vermeintlichen Defizite auszugleichen, indem sie andere Fähigkeiten stärker ausbilden. Denken Sie nur an jene, die aufgrund ihrer Blindheit ihr Gehör und ihren Tastsinn schärfen. Wie wär's, wenn Sie einmal darüber nachsännen, welchem günstigen oder ungünstigen Umstand Sie selbst Ihr außerordentliches Talent verdanken? Sie alle, meine ich."

Damit war Papadopoulos am Ziel angelangt und entließ seine Schüler wenig später in die Pause.

Nelson blieb noch eine Weile sitzen. Während er so tat, als notiere er rasch eine Zusammenfassung dessen, was sie soeben erfahren hatten, beobachtete er, wie Papadopoulos einen Stuhl heran zog und sich neben Tessa ans Fenster hockte. Lebhaft redete er auf sie ein, lobte seine Schützlinge ebenso wie den sonnigen Tag und stand endlich auf, um mit der neuen Schülerin gemeinsam das Klassenzimmer zu verlassen.

„Und was hat es nun mit den Träumen auf sich?", hörte Nelson Tessa fragen, als sie an ihm vorbeirollte. Ihre Stimme klang hell wie Glas und gleichzeitig so brüchig, als könnten ihre Worte zersplittern.

„Oh ja, das habe ich vorhin vergessen zu erläutern", antwortete Papadopoulos vergnügt. „Beim Träumen, müssen Sie wissen, sondern wir den Datenmüll unseres Alltags aus und speichern die wichtigsten Informationen ab. Wir träumen also, um zu lernen, und gleichzeitig, um zu vergessen."

Nelson sah ihnen nach. Von allen Lehrern am Internat mochte er Professor Papadopoulos am meisten. Denn ihm ging es nie darum, reines Faktenwissen zu vermitteln. Viel lieber verhalf er seinen Schülern zu neuen Erkenntnissen. Nach dieser bemerkenswerten Lehrstunde jedenfalls würde jeder Schüler zunächst über seine eigenen Schwächen grübeln, bevor er sich denen der neuen Mitschülerin zuwandte.

5

In der nächsten Stunde stand Astrophysik bei Professor Winkeleisen auf dem Plan. Nelson saß zwischen Luk und Levent in der letzten Reihe. ‚Von hier genossen die Freunde einen Ausblick über den Rhein und die Weinberge ebenso wie über das Treiben ihrer Mitschüler.

Tessa saß einige Reihen vor ihnen. Sie hatte ihre Haarpracht inzwischen unter einer breiten, bunten Mütze versteckt. Nelson nahm sich vor, sie bei Gelegenheit zu fragen, mit welchem Kniff man Dreadlocks so hinbekam.

Professor Winkeleisen hatte gerade angefangen den Unterrichtsstoff der nächsten drei Monate zu skizzieren, als sich die Tür öffnete und Judith hereinschneite. Sie murmelte eine Entschuldigung, verschaffte sich einen schnellen Überblick und steuerte dann auf Tessa zu, neben der noch ein Platz frei war. Nelson würdigte sie keines Blickes.

„Wie Sie vielleicht wissen", hob ihr Lehrer ein weiteres Mal an, „wurde dieser Tage der kleinste erdähnliche Planet außerhalb unseres Sonnensystems entdeckt. Der Exoplanet ist rund 25.000 Lichtjahre von der Erde entfernt. Er hat etwa fünfmal so viel Masse wie die Erde und umkreist seinen Stern in zweieinhalbfach größerem Abstand als unser Heimatplanet die Sonne."

Nelson hörte nur mit halbem Ohr zu. Lieber hätte er mitbekommen, was Judith und Tessa miteinander zu tuscheln hatten. Gerade flüsterte Judith ihrer neuen Mitschülerin etwas ins Ohr. Die nickte und beugte sich zu ihr herüber. Judith berührte ihren Arm. Deutete mit dem Daumen nach hinten. Tessa wandte ihren Kopf. Schielte sie in seine Richtung? Jetzt lachte sie. Etwas an ihrem Lachen kam Nelson seltsam vertraut vor.

„Seit seiner Entdeckung", fuhr Professor Winkeleisen fort, „drängeln sich in den Talkshows die üblichen Verdächtigen, ziehen ihre Stirn in Falten und sinnieren darüber, ob der Mensch womöglich doch nicht die einzige intelligente Lebensform in unserem Universum ist. Welch unerhörter Gedanke!" Einige Schüler lachten. „Trotzdem denke ich, dass es sinnvoll sein könnte, der Idee vom Anfang menschlichen Seins zu Beginn unseres neuen Schuljahrs etwas Zeit zu widmen."

Er nahm ein Stück Kreide zur Hand und malte einen kleinen Kreis an die Tafel.

„Bevor sich Intelligenz entwickeln konnte", dozierte er, „musste sich zunächst einmal Leben herausbilden." Winkeleisen wandte sich abrupt um, ein seltenes Haifischgrinsen im Gesicht.

„Welche Voraussetzungen sind für die Entstehung von Leben eigentlich nötig, was meinen Sie? "

Er ließ seine Blicke schweifen und wartete eine Weile ab. Als sich niemand meldete, klopfte er mit seinem Knöchel ungeduldig aufs Pult. „Aber, ich bitte Sie, die Ferien sind vorbei! Ein bisschen mehr Enthusiasmus, wenn ich bitten darf!"

Zaghaft hob sich eine Hand in der zweiten Reihe.

„Ja, Torben?"

„Eine menschenverträgliche Temperatur." Die Stimme drang kaum bis nach hinten durch.

„Ein Anfang, immerhin", stöhnte ihr Lehrer. „Eine gemäßigte Temperatur ist, jedenfalls soweit wir Menschen dies derzeit zu beurteilen in der Lage sind, in der Tat von entscheidender Bedeutung. Aber was heißt das konkret?"

Wieder erntete er Schweigen. Als die Stille unerträglich zu werden drohte, flatterten plötzlich fünf Kolibrifinger durch die Luft. Nelson blickte auf. Winkeleisen näherte sich Judith und blickte erwartungsvoll auf sie hinab.

„Der Planet, von dem wir reden", begann Judith, und ihre Stimme klang, wie Nelson fand, unverschämt selbstbewusst, „muss einen mittleren Abstand zu seiner Sonne haben. Oder um es in einfachen Worten zu sagen: Sie soll ihn warm halten, ohne ihn zu verbrennen."

Professor Winkeleisen atmete tief ein. Seine Augen blitzten. So langsam kam die Sache in Fahrt.

„Und damit dies das ganze Jahr über so bleibt …"

„… sollte seine Umlaufbahn um die Sonne kreisförmig, nicht ellipsenförmig sein", vollendete Judith.

Nelson sah nur ihr Profil. Aber er fand, dass sie nie schöner ausgesehen hatte als an diesem Morgen.

Professor Winkeleisen schlenderte zurück zur Tafel. Neben dem Kreis, der allem Anschein nach den Exoplaneten darstellen sollte, kritzelte er untereinander zwei Begriffe:

Abstand X

Kreisbahn

„Was fehlt noch?", fragte er in die Runde.

„Flüssiges Wasser."

Eine Stimme wie Glas. Hell und brüchig.

Professor Winkeleisen lächelte. „Richtig", stellte er erfreut fest und fügte seiner Liste einen weiteren Punkt hinzu. „Tessa, nicht wahr?"

Das Mädchen im Rollstuhl nickte.

Ihr Lehrer begann durch die Reihen zu schreiten. „Fällt jemandem sonst noch etwas ein, was wir als unbedingte Voraussetzung für die Entstehung von Leben annehmen müssen?"

Wieder ergriff die neue Mitschülerin das Wort.

„Auch die Größe eines Planeten spielt eine Rolle. Jedenfalls herrscht die Meinung vor, dass ein Planet, auf dem Leben entstehen kann, relativ klein sein muss. Ebenso klein wie die Erde."

Nelson meinte, aus ihren Worten eine leise Ironie herauszuhören.

„Außerdem", fuhr Tessa fort, „ist nicht nur der Abstand eines Planeten zur Sonne wichtig, sondern auch deren Strahlkraft. Je schwächer der Fixstern strahlt, desto kälter ist es auf dem Planeten. Schließlich ..." Sie holte tief Luft, als bereitete ihr das Sprechen Mühe. „... dürfen in seiner Nähe keine Riesenplaneten kreisen, da diese unseren Bruderplaneten aufgrund ihrer Schwerkraft aus seiner stabilen Bahn um die Sonne abdrängen könnten."

Professor Winkeleisen schnalzte mit der Zunge.

„Ich bin beeindruckt", stellte er fest und vervollständigte seine Liste, bevor er sich wieder seiner Klasse zuwandte.

„Mittlerer Abstand zur Sonne, Kreisbahn, das Vorhandensein von flüssigem Wasser, ein eher kleiner Radius, eine ausgewogene Strahlkraft der Sonne und die Abstinenz eines Riesenplaneten. Ganz schön viele Voraussetzungen für die Entstehung von Leben, finden Sie nicht?" Er blickte sich um. „Doch überraschenderweise ist in jedem der bislang entdeckten 120 Planetensystem zumindest eine bewohnbare Zone nachgewiesen worden. Gäbe es in dieser Zone einen erdähnlichen Planeten, wäre die Wahrscheinlichkeit nicht gering, dass sich auf diesem

Planeten Leben entwickelte, in ferner Zukunft oder in ferner Vergangenheit, was, wie Sie wissen, nur eine Frage der Perspektive ist, die Sie einzunehmen belieben."

Während sich einige Schüler anschickten, die Gedankenkonstrukte ihres Lehrers mit eigenem Hirnschmalz zu fetten, drehte sich Judith plötzlich um und machte Levent und Luk ein Zeichen. Aus ihren Gesten wurde deutlich, dass sie mit ihnen etwas zu besprechen hatte. Irgendwie gelang es ihr dabei, durch Nelson hindurch zu sehen.

„Tatsache ist", nahm Professor Winkeleisen seinen Gedanken wieder auf, „dass das Leben auf der Erde ohne kosmischen Beistand kaum hätte entstehen können. Spätestens seit der Rückkehr der amerikanischen Raumsonde *Stardust* wissen wir, dass entscheidende Bauteile des Lebens, die sogenannten PQQ-artigen Co-Enzyme, aller Wahrscheinlichkeit nach von anderen Himmelskörpern stammen. Für die Wissenschaft war es eine Sensation, als diese Enzyme in jenem Kometenstaub entdeckt wurden, den *Stardust* mit zur Erde gebracht hat. Auf unserem Heimatplaneten nämlich konnten die betreffenden Moleküle bislang ausschließlich *innerhalb* von Lebewesen, aber nie in der *unbelebten* Natur nachgewiesen werden. Was bedeutet, dass das Leben auf der Erde entweder aus dem Nichts entstanden ist – oder unter maßgeblicher Einmischung von außen. Ich persönlich halte nichts von Zaubertricks, weshalb ich eher zur Panspermie-Theorie neige."

Die Rückkehr der NASA-Sonde *Stardust* hatte, wie Nelson bei seinem Besuch des Weltraumbahnhofs Cape Caneveral in Florida hautnah miterleben durfte, in der Tat eine wahre Euphorie unter den Wissenschaftlern ausgelöst. Kein Wunder: *Stardust* war sieben Jahre lang unterwegs gewesen und hatte dabei 5,2 Milliarden Kilometer zurückgelegt! Es war das erste Mal in der Geschichte der Raumfahrt, dass eine Sonde interstellaren Staub und Partikel aus dem Schweif eines Kometen zur Erde gebracht hatte. Bei der Untersuchung der mehr als eine Million Partikel erhoffte man sich nicht zuletzt Aufschluss über die Grundbausteine unseres Sonnensystems und seine Entstehung vor 4,5 Milliarden Jahren.

„Noch heute fallen pro Jahr rund 4000 Tonnen stellares Material auf die Erde", bemerkte ihr Lehrer gerade. „Es scheint mir daher nicht allzu weit hergeholt zu behaupten, dass das Leben auf unserem Heimatplaneten seinen Ursprung in den Weiten des Weltraums hat." Er deutete durchs offene Fenster auf die Weinberge, über die gerade ein Schwarm Vögel hinweg zog. „Zwischen Ihnen und Ihren gefiederten Artgenossen dort drüben liegen noch einmal Welten. Ganz offensichtlich hat die Evolution einen weiten Weg zurückgelegt. Einen verschlungenen zudem, reich an Irrungen und Wirrungen. Intelligenz", so schloss er, wobei ein unmerkliches Lächeln seine Lippen umspielte, „ist so betrachtet also bloß ein Zufallsprodukt, für das wir uns zwar nicht zu schämen brauchen, auf das wir aber auch nicht übermäßig stolz sein sollten."

Nelson fing einen Blick von Levent auf, der in diesem Moment wohl dasselbe dachte wie er. Offenkundig hatten sich ihre Lehrer hinsichtlich des Unterrichtsstoffs zu Beginn des neuen Schuljahres abgesprochen. Die Botschaft, die sie ihnen mit auf den Weg gaben, war eindeutig:

Egal wie intelligent ihr auch seid oder euch fühlt, bleibt ja auf dem Teppich!

Wenig später entließ sie Beethovens Neunte in die große Pause. Nelson trödelte so lange, bis sich der Klassenraum geleert hatte, und schlenderte dann als Letzter vor die Tür. Im Flur zögerte er erneut und überlegte, ob er die Pause vielleicht doch besser auf seinem Zimmer verbringen sollte. Doch schließlich siegte die Neugierde, und er folgte seinen Freunden nach draußen auf den Hof.

Er musste sie nicht lange suchen. Alle drei hockten im Schatten der Mauer, in ihrer Mitte Tessa mit ihrem Rollstuhl, die lebhaft gestikulierend auf sie einredete. Als Nelson hinaustrat, sah Luk gerade auf. Er machte ihm ein Zeichen. Woraufhin Nelson betont lässig hinüber spazierte und sich, beharrlich an Judith vorbeiblickend, zu seinen Freunden gesellte. Tessa schenkte ihm ein flüchtiges Lächeln, ohne ihren Wortfluss zu unterbrechen:

„... musst du bloß die Haarspitzen einer Strähne so lange mit den Fingern verreiben, bis ein Knoten entsteht. Dann ziehst du die Strähne auseinander, sodass der Knoten wie eine Perle auf die Kopfhaut rutscht. Ist ganz einfach. Schließlich fängst du wieder von vorn an. Knoten für Knoten, Strähne für Strähne."

„Und wie lange dauert das Ganze?", wollte Luk wissen.

„Bis sie so verfilzt?" Tessa zog ihre Mütze vom Kopf, sodass ihr Haar in dicken Wülsten auf ihren Rücken fiel. „Das hat ungefähr vier Jahre gebraucht. Am Anfang war's stressig, aber irgendwann verfilzen sie von alleine. Mit Wachs kannst du nachhelfen. Machen aber nur die Retros." Sie lachte und zeigte dabei eine Reihe strahlend weißer Zähne. Wieder hatte Nelson den Eindruck, als ob er dieses Lachen von irgendwoher kannte.

Aber er hatte keine Gelegenheit, seinem Gefühl nachzuspüren, denn in diesem Moment wandte sich Luk mit einer Frage an ihn.

„Weißt du überhaupt, warum sich die Rastafaris so viel Mühe mit ihren Haaren geben?"

Nelson schüttelte den Kopf.

„Wegen der Briten! Jedenfalls damals in der Kolonialzeit. Stimmt doch, Tosh, oder?"

Tessa nickte und Luk fuhr fort.

„Mit ihrem wilden Look haben sie den feinen Herrschaften eine Heidenangst eingejagt. Die fanden die Rastafrisuren nur schrecklich. *Dreadful* eben, daher der Name." Luk strahlte. „Coole Geschichte, oder?" Er blickte von Tessa zu Nelson. „Darf ich vorstellen: Nelson, Tosh – Tosh, Nelson."

„Hi", sagte Nelson.

„Hi", antwortete Tessa. „Du bist der Erbe von Stephen Hawking, stimmt's?"

Nelson schoss das Blut ins Gesicht. Er warf den anderen einen bösen Blick zu. „Du musst nicht alles glauben, was die ..."

Tessa unterbrach ihn grinsend. „Dein Ruf eilt dir voraus", erklärte sie und stopfte ihr Haar zurück unter die bunte Mütze. „Im Ernst. Ich bin oft im Zentrum für Luft- und Raumfahrtmedizin unterwegs. In Köln-Porz, du weißt. Einer der Ärzte dort hat vor nicht allzu langer Zeit einen Vortrag von dir gehört. War schwer beeindruckt. Irgendetwas über schwarze Löcher, richtig? Als ich ihm erzählte, auf welches Internat ich wechsle, bat er mich, dich zu grüßen."

Nelson erinnerte sich nur allzu gut an den Vortrag, den er vor knapp einem halben Jahr gehalten hatte. Damals wäre er am liebsten im Erdboden versunken! Professor Winkeleisen hatte ihn dazu überredet, sein Spezialgebiet einmal vor einem elitären Kreis von Akademikern auszubreiten. Aber eine der Zuhörerinnen hatte ihn dermaßen aus dem Konzept gebracht, dass er am Ende mindestens so heiß geglüht hatte wie das Schwarze Loch im Zentrum der Milchstraße. Deshalb konnte er sich der anderen Teilnehmer auch nur noch verschwommen entsinnen.

Tessa warf einen beiläufigen Blick auf ihre Armbanduhr.

„Oh Gott", stöhnte sie plötzlich. „Muss ja los. Habe ganz vergessen, dass ich mich noch mal im Sekretariat melden sollte. Bei einer Frau Ko... egal." Sie schwenkte ihren Rollstuhl herum und balancierte ihn einige Sekunden auf den Hinterrädern. „Macht's gut. Wir sehen uns." Mit zwei, drei kräftigen Schwüngen rollte sie zur Rampe des Haupteingangs, hinter dessen Pforte sie kurz darauf verschwand.

„Ziemlich cool drauf", bemerkte Luk.

Nelson blinzelte. Die Sonne stand über den Weinbergen und tauchte den Burghof in gleißendes Licht. *Mit ihr werden Sie noch Ihr blaues Wunder erleben.* Langsam dämmerte ihm, was Professor Papadopoulos damit gemeint haben könnte.

„Und, wie waren deine Ferien?", wandte sich Levent an Judith. „Bist du auch auf Weltreise gewesen?"

Judith verzog das Gesicht. „Mit meinen Eltern? Witzbold!"

„Gut, dass du endlich da bist", meldete sich Luk zu Wort. „Miriam und Vincent haben geschrieben. Wir wollten schon antworten. Aber Nelson meinte, du würdest auch gern unterschreiben."

„Nett von ihm", entgegnete Judith, als ob Nelson gar nicht anwesend wäre.

„Dann schicken wir den Brief heute Nacht los", drängte Luk.

„Und was wollen wir schreiben?", fragte Levent und zwinkerte Luk zu. „Dass wir die beiden bald mal besuchen kommen?"

„Genau!", stimmte ihm Luk zu. Sein Gesicht glühte regelrecht. „Wer ist dabei?"

In diesem Moment wehten die Klänge der letzten Symphonie Beethovens über den Hof.

Judith stand auf. „Vielleicht sollten wir erst auf eine Einladung warten, bevor wir uns auf die Reise machen." An Levent gewandt fügte sie hinzu: „Am besten, wir treffen uns wegen des Briefs nach dem Abendessen bei mir. Bis dahin wird uns schon etwas einfallen. Dir ganz bestimmt, Luk, oder?"

Ohne Nelson zu beachten, nickte sie den Freunden noch einmal zu und ging.

6

Die ersten Wochen des neuen Schuljahrs plätscherten dahin, ohne dass irgendetwas von Bedeutung geschah. Schüler und Lehrer des Hochbegabten-Internats Burg Rosenstoltz schienen gleichermaßen Mühe zu haben, sich nach den Ferien wieder in den Schulalltag einzufinden. Ob es am Wetter lag, wie Luk vermutete? Jedenfalls verabschiedete sich der Sommer mit einer drückenden Schwüle, die das Arbeiten zumindest nicht leichter machte.

Judith und Nelson gingen sich aus dem Weg. Den Brief an Vincent und Miriam hatte Nelson immerhin mit unterschrieben, an seiner Formulierung war er jedoch nicht beteiligt gewesen. Ein *plötzliches Unwohlsein* hatte ihn vor einer weiteren peinlichen Begegnung mit Judith bewahrt. Er konnte sich zwar nach wie vor keinen Reim darauf machen, wodurch er es sich mit ihr verscherzt hatte. Aber sie zeigte ihm so demonstrativ die kalte Schulter, dass er es tunlichst vermied, ihren Bannkreis zu betreten.

Nur wenn er Alois Kunkel begegnete, hellte sich Nelsons

Stimmung vorübergehend auf. Denn der früher so mürrische Hausmeister schien wie neugeboren. Jeden, der ihm über den Weg lief, grüßte er leutselig, und selbst ein zertrampeltes Blumenbeet konnte seiner guten Laune nichts anhaben.

Nelson und seine Freunde kannten die Ursache seiner Verwandlung. Während ihres Aufenthalts im römischen Köln hatten sie durch den Weiterverkauf günstig erworbenen Stoffs ein kleines Vermögen verdient. Da es Kunkel gewesen war, der sie durch den Fund einer Münze und einer kleinen Bleitafel im Burggarten zu ihrer zweiten Zeitreise animiert hatte, schwor Nelson feierlich, den Hausmeister auf seine Art zu belohnen. Also vergrub er kurz nach den Sommerferien einige römische Goldmünzen im Garten, die Kunkel bei seinen routinemäßigen Arbeiten einfach finden musste. Wenige Wochen später strahlte der Hausmeister plötzlich mit der Sonne um die Wette – für die Freunde ein untrüglicher Beweis, dass ihr kleines Präsent seinen Adressaten gefunden hatte.

Es war der erste Samstag im September, als Nelson und seine Freunde von den Schatten der Vergangenheit eingeholt wurden, die gleichsam im Licht der Zukunft wuchsen. Wenn er sich später an jene Folge von Ereignissen erinnerte, die an diesem Morgen ihren Anfang nahm, dann verknüpfte er die Erinnerung stets mit einem Bild aus seinem letzten Traum: ein vom Sturm aufgepeitschtes Meer vor einem dramatischen Gewitterhimmel, mittendrin ein winziges weißes Boot, in dem ein verzweifeltes Paar ums Überleben kämpft.

Die Nussschale balancierte gerade auf dem Kamm einer haushohen Welle, als Nelson durch lauten Donner aus dem Schlaf gerissen wurde. Im ersten Moment glaubte er, die Wucht des Sturms habe die Planken zerborsten. Doch obwohl das Boot schon längst im Wellental versunken war, drang das ferne Poltern unvermindert laut an sein Ohr. Tief in seinem Unterbewusstsein regte sich der Verdacht, dass jemand gegen die Tür hämmern könnte. Aber es war doch Wochenende, oder nicht? Am Wochenende durfte man ausschlafen. Kein Unterricht, keine lästigen Verpflichtungen. Es musste doch das Boot sein, das kleine Boot. Niemand klopft an einem Samstagmorgen gegen deine Tür, dachte er noch, es sei denn, es geht um einen Notfall, es sei denn, irgendetwas ist passiert, nur ...

Mit einem Mal war Nelson hellwach. Auf alles gefasst hechtete er aus dem Bett und riss die Tür auf.

„Sag mal, hast du Wachs in den Ohren oder was?"

Die Faust zu einem weiteren wütenden Pochen erhoben, stand Luk vor ihm und blickte genervt auf ihn herab. Ungläubig starrte Nelson zurück.

„Zieh dich an!", befahl Luk. „Es gibt ein Problem!"

„Was ist denn los?", quäkte eine Stimme von hinten. Inzwischen war auch Gottfried aufgewacht.

Nelson zögerte.

„Mach schon!", drängte Luk. „Es geht um Leben und Tod."

„Aber heute ist doch Samstag oder nicht?", jammerte Gottfried.

„Schlaf weiter", murmelte Nelson.

Leben und Tod? Die Entschlossenheit in Luks Blick ließ ihn nicht länger zögern. Wortlos begann er, sich anzuziehen. Gottfried grunzte noch einmal und war im nächsten Augenblick wieder eingeschlafen. Als die Tür ins Schloss fiel, träumte er bestimmt längst wieder von seinen Badenixen, die sich nach nichts mehr sehnten, als ihn auf zärtliche Weise einzuölen ...

„Verrätst du mir endlich, was das Ganze soll?", schnaufte Nelson, während er seinem Freund durch den wie ausgestorben wirkenden Flügel zum Mädchentrakt hinterherlief.

„Gleich", entgegnete Luk, ohne sich umzusehen.

Vor Judiths Zimmer trafen sie auf Levent, dessen Gesichtsausdruck dem Nelsons auffallend glich.

„Hoffe, du hast einen guten Grund, mich mitten in der Nacht aus dem Bett zu klingeln", knurrte er.

Luk klopfte. „Ihr werdet schon sehen."

Im Gegensatz zu Nelson und Levent schien Judith bereits im Bilde zu sein.

„Da seid ihr ja endlich", begrüßte sie die Freunde. Auch

sie wirkte angespannt. In ihrem Zimmer war es düster. „Da hinten", sagte sie und wies mit dem Kopf zur Sitzecke. Sie folgten ihr. Auf dem Tisch lag eine Art Rahmen. „Bedient euch."

„Ein E-Paper", erläuterte Luk.

Nelson und Levent griffen gleichzeitig danach. Es war ein Metallrahmen, in den ein dünnes, elastisches Papier eingespannt war. Etwas Vergleichbares hatte Nelson noch nie gesehen. Er wusste zwar, dass es Firmen gab, in deren Labors elektronisches Papier entwickelt wurde. Doch dieses Exemplar wirkte nicht wie ein Prototyp, sondern war ziemlich abgegriffen, so als ob es schon häufig benutzt worden wäre.

„Wo habt ihr das her?", fragte Levent.

„Von Miriam", antwortete Luk knapp.

Das konnte nur bedeuten, dass er oder Judith Madonna kürzlich einen Besuch abgestattet hatten.

Nelson starrte auf das leere Blatt. Levent nahm ihm den Rahmen aus der Hand, drehte ihn und tastete über den Rand.

„Der Schalter ist rechts unten", half ihm Judith.

Das Display leuchtete auf. Ein Text erschien. Offensichtlich eine Bedienungsanleitung. Nelson blickte Levent über die Schulter. Der tastete über die untere Leiste des Rahmens. Plötzlich tauchte Miriams Gesicht auf dem Bildschirm auf, und im selben Augenblick vernahmen sie auch schon ihre Stimme:

„Hallo! Schön, dass ihr mich empfangen könnt. Das, was ihr in Händen haltet, nennen wir ein Visit-me-visit-you oder kurz Visitou. Wenn ihr auch eines hättet, könnten wir uns ... Aber was rede ich, dazu seid ihr natürlich viel zu weit weg."

Das Bild war gestochen scharf, der Ton kristallklar, aber Miriams Stimme klang spröde, und in ihren Augen lag ein trauriger Glanz.

„Ich hoffe sehr, dass es euch gut geht und ihr euer Leben genießt", fuhr sie fort. „Ich wünschte, ihr wäret in unserer Nähe, sodass wir uns öfter mal sehen könnten." Sie stockte, als suchte sie nach den passenden Worten. Als sie weitersprach, bemerkte Nelson ein leichtes Beben in ihrer Stimme. „Dass ich heute auf diese ungewohnte Weise mit euch in Kontakt trete, hat weniger den Grund, euch unseren technischen Fortschritt zu demonstrieren." Sie lächelte schwach. „Vielmehr brauchen wir eure Hilfe. Schon wieder. Aber diesmal in einer Angelegenheit, die irgendwie auch euch angeht."

„Mach's nicht so spannend!", ließ sich plötzlich eine vertraute Stimme im Hintergrund vernehmen. Im nächsten Augenblick drängelte sich Vincent ins Bild. Nelson musste zweimal hinsehen, um ihn wiederzuerkennen. Der einstige Gladiator hatte sich in einen Manager verwandelt. Statt Lendenschurz und Armbandage trug er ein Nadelstreifensakko sowie ein weißes Hemd. Seine lange Mähne war einer modischen Kurzhaarfrisur gewichen.

„Auch von mir ein Hallo ins finstere Mittelalter", sagte Vincent und verzog sein Gesicht zu einem Grinsen, das ihm aber nicht so recht gelang. „Leider hatten wir bislang zu wenig Zeit, um uns näher kennenzulernen", fuhr er fort. „Eigentlich wissen wir kaum etwas voneinander, nur dass wir beide, Miriam und ich, rein theoretisch eure Kinder sein könnten, ihr also unsere Eltern ..." Er geriet ins Stocken. „Im Grunde genommen geht es darum, dass, wie soll ich sagen, dass ..."

„Lass mich besser erklären."

Miriam drängte sich zurück ins Bild, sodass die Geschwister jetzt beide in die Kamera blickten.

„Es geht um unsere Eltern", hob sie an. „Sie sind beide Ärzte, müsst ihr wissen. Vor sechs Jahren haben sie ihre Praxisanteile verkauft und sich dem Da-Vinci-Programm angeschlossen. Aufgrund ihrer Kenntnisse und Fähigkeiten sind sie rasch ins medizinische Kompetenzzentrum der European Space Agency aufgerückt. Dort hatten sie vor allem die Aufgabe, jene Astronauten zu schulen, die für längere Weltraum-Missionen auserkoren waren.

Doch vor sechs Wochen wurden sie plötzlich vor eine Entscheidung gestellt, die unser aller Leben verändert hat. Ein Mitglied der Da-Vinci-7-Crew hat sich den kleinen Finger gebrochen, normalerweise eine Lappalie, aber für die ESA eine mittlere Katastrophe. Der verletzte Astronaut ist nämlich Arzt. Er sollte zusammen mit seiner Frau, die ebenfalls Ärztin ist, die medizinische Versorgung an Bord von Da-Vinci-7 sichern. Weil einer allein nicht starten darf, mussten beide von der Besatzungsliste gestrichen werden. Doch kaum hatte man ihre Ersatzmitglieder darüber informiert, dass sie in das erste Team aufrücken, erkrankte deren Sohn an einer seltenen Infektionskrankheit. Pech. Denn vielleicht trugen Papa oder Mama das Virus längst in sich, weshalb auch ihre Teilnahme an der Mission unmöglich wurde. So kamen unsere Eltern ins Spiel, als Ersatz für den Ersatz, wenn ihr so wollt. Sie haben natürlich keine Sekunde gezögert zuzusagen. Schließlich geht es um das größte Abenteuer der Menschheit. Den ersten bemannten Flug zum Mars!"

Nelson hielt die Luft an. Hatte er richtig gehört?

„Ihr denkt jetzt womöglich, dass wir uns über euch lustig machen wollen", nahm Vincent den Faden wieder auf, „aber es ist so, wie Miriam sagt: Ausgerechnet unsere Eltern gehören zu den ersten Menschen, die ihren Fuß auf einen fremden Planeten setzen werden! Natürlich haben wir gefeiert und uns gefreut, denn vor allem für unsere Mutter geht damit ein Kindheitstraum in Erfüllung. Trotzdem ist uns bei dieser Vorstellung natürlich auch etwas mulmig zumute. Schließlich werden die alten Herrschaften gut zwei Jahre unterwegs sein. Zum Glück sind beide Perfektionisten. Sechs Jahre lang haben sie das komplette Programm durchlaufen, wieder und wieder: Muskelaufbautraining, Simulation von Gefahrensituationen, Vorbereitung auf medizinische Notfälle, Schulung der Koordinations- und Konzentrationsfähigkeit, was weiß ich, was sonst noch." Er machte eine ausladende Geste. „Ihr hättet sie sehen müssen! Verrückt, sag ich euch! Es gab kein anderes Thema mehr. Selbst beim Abendessen haben sie die Schwerelosigkeit simuliert. Wie das ausgesehen hat, wollt ihr gar nicht so genau wissen." Er lächelte kurz, wurde aber sofort wieder ernst. „Vor drei Wochen schließlich sind sie zusammen mit sechs weiteren Astronauten der Da-Vinci-7 losgeflogen. Das enge Zeitfenster ließ keinen späteren Start zu. Bei einer Verschiebung von nur vier Wochen hätte sich die ganze Mission um ein halbes Jahr verlängert, von den Kosten ganz zu schweigen. Sie sind an einem Sonntagmorgen aufgebrochen. Ihr könnt euch nicht vorstellen, was an diesem Tag los war. Die ganze Welt hat den Atem angehalten! Alles verlief perfekt, doch dann …"

Die Geschwister sahen sich kurz an, bevor Miriam den Faden wieder aufnahm.

„Abends fanden wir in unserer Cloud ein Dokument, in dem eine Gruppierung behauptet, die Da-Vinci-7 unter ihre Kontrolle gebracht zu haben. Aber seht selbst."

Das Bild löste sich auf, und anstelle von Miriam und Vincent erschien eine merkwürdige Zeichnung im Rahmen. Auf den ersten Blick erinnerte sie Nelson an ein Kindergekritzel. Schräg zur Mitte schoss eine Rakete in den wolkenverhangenen Himmel. Am linken unteren Bildrand blickten zwei Strichmännchen dem Raumschiff nach. Aus dem Mund der einen Figur wuchs eine Sprechblase mit den Worten „Hab dich!". Eine zweite Sprechblase enthielt eine Reihe von Ziffern und Buchstaben.

Die Zeichnung verschwand wieder.

Miriams besorgtes Gesicht tauchte auf. „Niemand von uns hätte dem Ganzen einen Wert beigemessen, wenn die wirre Zeichenfolge in der Sprechblase nicht exakt jenen Code dargestellt hätte, der die Funkfrequenz zwischen der Da-Vinci-Crew und dem Europäischen Kontrollzentrum freischaltet. Insiderwissen also. Streng geheim. Vorgestern tauchte schließlich eine zweite Botschaft auf …"

Wieder verschwanden Miriam und Vincent vom Bildschirm. Nelson erwartete eine weitere Zeichnung, doch stattdessen startete ein Trickfilm. Eine bunte Rakete, diesmal mit dem Schriftzug *Da-Vinci-7* versehen, steuerte auf einen blutroten Planeten zu, ohne sich jenem wirklich zu nähern. Gleichzeitig tanzten im Vordergrund zwei lustige Männchen durchs Bild. Aus ihren Mündern sprudelten Worte, während aus dem Lautsprecher ein Rap-Song erklang:

Nur unsere Heldentaten werden verraten,
wer wir sind, was wir suchen, durch welche Einöden wir waten
in die Zentren der Macht, habt schön Acht, seht euch vor!
Schwört dem Selbstbetrug ab, aus euren Träumen erwacht!
Habt genug geschäumt und die Wahrheit versäumt.
Wir sind doch längst da, ganz schön nah, wir wissen, was war,
und raten euch unterentwickelten Großstadtprimaten
zur Kooperation!
Wo ihr auch weidet, ihr leidet,
selbst wenn ihr die Öffentlichkeit meidet
und nur verkleidet verreist und verwaist,
macht euch bereit für den Streit mit uns, den Piraten,
in den Staaten der Amis, Down Under, im Schoß der Asiaten
und Europas strategischen Planquadraten!
Verschleiert euch nur in euren privaten,
vom Staatsschutz verwanzten Quadratreservaten.
Vergebens, so schutzlos wie nutzlos, umsonst.
Denn wir fischen die Koordinaten,
die ihr sorgsam verdeckt und versteckt,
aus den Ausgangsdaten,
nehmen uns endlich, was wir anfangs erbaten,
lassen euch ratlos zurück wie die Zuschauer im Rang,
wenn Akrobaten
sich auflösen in Luft, nur ihr Duft übrig bleibt und ihr später
Ruhm,
konserviert in Zitaten, in Sonaten besungen als Wundertaten,
expediert von zwei rabiaten,
einst schändlich belächelten Satansbraten.
Seid auf der Hut, ihr Bürokraten, Magnaten
der Welt, ihr Diplomaten und Scheindemokraten.
Wir loggen uns in euer Leben ein, kleben fein
an euch und streben, nein,
nicht nach Geld, nur eurer Macht,
vermeidet den Funken, der das Feuer entfacht!
Kooperiert!
Dann gleiten wir durch die Weiten der Zeiten,

ihr habt uns gelehrt,
uns leiten zu lassen von der Dreifaltigkeit
der Astrophysik.
Macht es jetzt klick?
Oder trübt sich der Blick?
Ohne Einsteins Latein fehlt euch der Heiligenschein,
seid ihr schutzlos und nutzlos, wir sind so gemein,
schlagen zurück, zerstör'n euer Glück,
treten als Paten eurer vergessenen Missetaten
auf die Bühne der Welt,
weil wir es sind:
die Weltraumpiraten!
Hört endlich auf zu raten, die Adressaten eures Entsetzens
sind wir, die Weltraumpiraten!
Seht ab von durchsichtigen Fahndungsplakaten,
denn wir sitzen euch längst im Nacken und backen
an eurer Angst!
Ja, greift nur zu euren Spaten
und grabt euch ein, macht euch klein, duckt euch fein
in eure Gruft, bis euch die Luft
entschwindet, ihr euch nach draußen windet.
Wir nutzen die Zeit, tut uns leid, wir sind so geraten
und laden uns eure Schicksalsdaten
in unsere Integrationsautomaten,
schrauben Nächtens an euren Tele-PC-DVD-Apparaten.
Während ihr wispernd um Hilfe fleht
bei Advokaten und Zinnsoldaten,
bei gönnerhaft lauschenden Aristokraten
des Kapitals, hörn wir euch klagen, hörn wir euch fragen:
Wo sind wir da bloß rein geraten?
Die wir gestern noch traten,
erreichen heut Zuwachsraten an Sympathie,
verteilen Dukaten und Oblaten ans Volk,
gewähren den Bettlern, was diese erbaten.
Drängst du oder hängst du nur ab,
fängst die Zeit und hörst zu?

Schon längst rühmt uns das Sein hinterm Schein
als die adäquaten Hüter geheimer Zahlen und Daten,
weil wir es sind:
die Weltraumpiraten!

Im dem Moment, da die Rakete explodierte, erlosch das Bild. Einen Augenblick lang war das Display schwarz. Dann erschien ein Briefumschlag. Eine Hand riss ihn ungeduldig auf und schüttete den Inhalt auf einen Tisch. Es war ein Medaillon, ähnlich dem, das die Freunde von Miriam und Vincent geschenkt bekommen hatten. Jemand befingerte es und klappte den filigranen Deckel auf. Die Kamera zoomte das Bild näher heran. Ein zusammengefalteter Zettel, den die Finger glatt strichen. Eine ungelenke Handschrift ...

Nelson zuckte zurück.

Es war, als hätte ihm jemand mit voller Wucht in den Magen geboxt. Neben ihm schnappte Levent nach Luft. Das Display hielt die Worte fest, auf dass sie sich ihnen einbrannten für alle Zeit:

Eine Zukunft für
Castor und Pollux!

Miriam und Vincent tauchten wieder auf. Nelson suchte in ihren Gesichtern nach einem Hinweis, dass das hier alles bloß ein Scherz war. Ein schlechter Scherz, aber doch ein Scherz.

Vergebens. Angst spiegelte sich in ihren Augen. Auch die leise Hoffnung, dass die Freunde verstünden, was hier vor sich ging.

Miriam räusperte sich.

„Der Umschlag mit dem Medaillon lag an jenem Tag in unserem Briefkasten, an dem wir auch die letzte Nachricht empfangen haben", erklärte sie mit belegter Stimme. „Es ist genauso eines, wie wir es euch geschenkt haben. Wenn ich es nicht besser wüsste, würde ich denken, dass es dasselbe ist. Vincent und ich haben als Kinder beide eines von unserer Mutter bekommen."

„Die ESA glaubt, dass es sich bei den Weltraumpiraten um Witzbolde handelt", hob Vincent an. „Sie sieht keine Veranlassung, aufgrund einer vagen Drohung die Mission abzubrechen. Wie die vermeintlichen Witzbolde an den Funkcode und das Medaillon gelangt sind, kann sich zwar niemand erklären. Aber das werde man untersuchen. In jedem Fall seien die Astronauten sicher, unsere Eltern also in keiner Weise gefährdet. Mindestens tausendmal haben sie uns das versichert, uns und den anderen Angehörigen der Crew."

Vincent räusperte sich und warf Miriam einen fragenden Blick zu, die an seiner Stelle fortfuhr:

„Tausendmal kommt ungefähr hin. Und bei jedem Mal kamen wir mehr ins Grübeln. Dabei ist uns klar, dass sie gar nicht anders können. Schließlich stecken Milliarden in dem Projekt. Da drückt man nicht einfach mal so auf Reset." Sie legte den Kopf in den Nacken, als wollte sie ihre verspannten Muskeln lockern. „Tatsache jedenfalls ist, dass Mama und Papa derzeit völlig hilflos sind. Wie die anderen Astronauten auch haben sie sich kurz nach dem Start der Raumfähre für die nächsten vier Monate in einen künstlichen Winterschlaf begeben. Nicht nur die Flugroute der Da-Vinci-7, sondern auch die Körperfunktionen der Crew-Mitglieder werden von der Bodenstation aus überwacht. Und solange die Weltraumpiraten ihren durchgeknallten Botschaften keine handfeste Demonstration folgen lassen, wird niemand dem Ganzen ernsthaft nachgehen. Dabei ..."

Sie schluckte und schüttelte den Kopf.

„Vincent und ich wissen einfach nicht mehr weiter. Was soll das alles? Warum Castor und Pollux? Wer kann von ihnen wissen? Oder sind sie es am Ende selbst? Sind sie zurückgekommen, um sich an denen zu rächen, die sie einst ihrem Schicksal überließen?"

7

„Das kann nicht sein!", beharrte Nelson zum wiederholten Mal. „Wie sollen sie denn zurückgekehrt sein? Mit einer selbst konstruierten Zeitmaschine?"

Er starrte auf das Display. Selten zuvor hatte er sich so ratlos gefühlt wie an diesem Samstagmorgen! Wieder und wieder hatten die Freunde Miriams und Vincents Hilferuf abgehört. Die Botschaft der selbst ernannten Weltraumpiraten analysiert. Jedes Detail miteinander diskutiert. Immer wieder. Vergeblich! Sie kamen zu keinem Ergebnis. Alles schien auf geheimnisvolle Weise miteinander verknüpft zu sein, aber nichts passte zusammen!

Castor und Pollux, ein wiederkehrender Albtraum ...

Es war noch nicht lange her, da sie ihre ehemaligen Mitschüler in der Römerzeit, genauer im Jahr 168 nach Christus, zurückgelassen hatten. Weder Nelson noch die anderen plagte deswegen ein schlechtes Gewissen. Schließlich waren sie von den Norton-Zwillingen dazu gezwungen worden. Castor und Pollux hatten Nelson und seine Freunde gehasst und es buchstäblich darauf angelegt, ihre Mitschüler ans Messer zu liefern. Ihr Verrat war kein harmloser Schülerstreich gewesen, am Ende war es ums nackte Überleben gegangen: Nelson, Levent, Judith, Luk Miriam und Vincent auf der einen, Castor und Pollux auf der anderen Seite. Ihre Rettung hatten die Freunde vor allem Levents Mut zu verdanken. Er war derjenige, der sie rechtzeitig gewarnt hatte, bevor die Norton-Zwillinge ihren heimtückischen Plan in die Tat umsetzen konnten. Am Ende durften die Freunde in ihre jeweilige Zeit zurück reisen, während Castor und Pollux in einer längst vergangenen Epoche zurückbleiben mussten.

Um Ermittlungen aufgrund des plötzlichen Verschwindens der Zwillinge zu verhindern, hatte Nelson während seines Urlaubs in Florida im Namen von Castor und Pollux zwei Briefe aufgegeben und einen von beiden ans Internat Burg Rosenstoltz adressiert: Mit diesem Schreiben meldeten sich die Norton-Zwillinge offiziell von der Schule ab. Den anderen hatten ihre Eltern erhalten. In ihm teilten Castor und Pollux ihrem Papa mit, dass sie in den USA, im Land der unbegrenzten Möglichkeiten, ihr Glück zu finden beabsichtigten – auf sich allein gestellt und ohne die üppigen Zuwendungen aus seinem prall gefüllten Geldsack. Bei ihren Nachforschungen, so hatten es sich die Freunde ausgerechnet, würden die Nortons zunächst in den USA nach ihren

58

Söhnen fahnden lassen. Wie intensiv sich diese Suche gestaltete, hing wohl nicht zuletzt davon ab, ob sich die Zwillinge daheim genauso abscheulich gebärdeten wie im Internat.

Judith stand auf und holte Cola aus dem Kühlschrank. Wortlos riss sie eine Packung Butterkekse auf und schob sich einen in den Mund.

„*Ohne Einsteins Latein fehlt euch der Heiligenschein*", murmelte sie. „Meinen die uns?"

Ihre Freunde blickten sie fragend an.

Judith zuckte die Achseln. „Nur so'n Gefühl."

„Das würde schon passen", erwiderte Nelson nachdenklich. „*Wir gleiten durch die Weiten der Zeiten ...*" Plötzlich straffte er sich. „Die führen sich auf wie eine Kreuzung aus Robin Hood und Darth Vader!", schnaubte er. „Dabei sind sie doch bloß ..." Er brach ab und schüttelte den Kopf. „Ich kann mir einfach nicht vorstellen, dass wirklich sie das sind."

„Aber das Medaillon", unterbrach ihn Luk, „das müssen sie doch aus Vincents und Miriams Wohnung geklaut haben, oder nicht? Auf diese Weise haben sie sich wahrscheinlich auch den Funkcode besorgt."

„Würde mich wundern, wenn eine Raumfahrtbehörde ihre verschlüsselten Codes an irgendjemanden außerhalb des eigentlichen Teams weitergeben würde", wandte Nelson ein. „Auch nicht an Verwandte. Schon gar nicht während einer solchen Mission."

„Aber vielleicht gab es ja so etwas wie einen Family-Deal", erwiderte Luk. „Geheime Kommandosache Funkcode, damit die Eltern mit ihren Kindern während ihrer zweijährigen Trennung Kontakt aufnehmen können."

„Obwohl Mama und Papa die meiste Zeit schlafen?" Judith zwinkerte ihrem Freund zu. „Vielleicht kommunizieren sie während ihres viermonatigen Komas ja im Traum oder per Gedankenübertragung."

Luk verzog das Gesicht. „Okay, okay, Wonderbrain, das mit dem Winterschlaf hatte ich vergessen."

Levent räusperte sich. Bis dahin hatte er still und in sich

gekehrt die Diskussion verfolgt, ohne sich einzumischen. Jetzt blickte er zerknirscht von einem zum anderen.

„Ich fürchte, ich habe eine schlechte Nachricht", verkündete er leise. Seine Freunde wandten sich ihm erwartungsvoll zu. „Ihr erinnert euch, warum euch Castor und Pollux damals quasi zwangsläufig nachgereist sind?"

„Sie waren einfach zu blöd, um rechtzeitig auszusteigen, als sich Madonna wieder auf den Weg gemacht hat", entgegnete Luk.

In diesem Moment machte es bei Nelson klick.

„Die Programmierung", stöhnte er. „Du hast doch nicht etwa ...?"

„Leider doch", erwiderte Levent. „Nach unserer Ankunft habe ich vergessen die Codierung zu löschen."

„Willst du damit sagen, dass Madonna die ganze Zeit wie blöde hin und her gerast ist?", erkundigte sich Judith.

Levent nickte. „Zumindest die ersten Monate", murmelte er.

Nelsons Gedanken überschlugen sich. Bevor er, Luk und Judith in die Römerzeit aufgebrochen waren, hatte Levent die Zeitmaschine so programmiert, dass sie zwischen ihrer Zeit und dem Jahr 168 im Stundentakt hin und her pendelte. Auf diese Weise wollte Levent, der zunächst daheim geblieben war, mit seinen Freunden über die Jahrtausende hinweg in Kontakt bleiben. Doch Castor und Pollux hatten ihnen hinterher spioniert und Madonna genau in dem Moment geentert, da sich diese wieder auf den Weg gemacht hatte: auf den Weg ins Jahr 168 nach Christus! Nun deutete Levent an, dass die Norton-Zwillinge auf demselben Weg zurückgekehrt sein konnten – zurück in die Zukunft.

Nelson war davon ausgegangen, dass sein Freund die Programmierung wieder aufgehoben hatte, spätestens nachdem Vincent und Miriam mithilfe der Zeitmaschine in ihrer Gegenwart angekommen waren. Aber wie es jetzt aussah, hatte er den Pendelverkehr nur ausgedehnt, sodass Madonna zwischen den Jahren 168 und 2033 hin und her gereist war.

Nelson schüttelte den Kopf. Alles in ihm sträubte sich, das Undenkbare zu glauben!

An sich war es schon unwahrscheinlich genug, dass die aneinander gefesselten Zwillinge ihren römischen Bewachern hatten entkommen können. Zudem hätten sie auch den richtigen Zeitpunkt abpassen müssen, um die hin und her reisende Madonna zu erwischen. Aber da war noch etwas ganz anderes, das Nelson an der Wiederkehr der Zwillinge zweifeln ließ: Weder die Vorgehensweise noch die Botschaft der Weltraumpiraten passten zu Castor und Pollux! Der Plan schien viel zu klug ausgetüftelt, als dass man sich die Norton-Zwillinge als dessen Urheber vorstellen konnte!

Wieder etwas später zerbröselte Nelsons Gewissheit wie eine Sandburg in der Sonne Floridas. Konnte es sein, dass er seine ehemaligen Mitschüler unterschätzte? Hatte er sie vielleicht schon die ganze Zeit verkannt? Was wusste er eigentlich von ihnen? Immerhin waren sie ihm und seinen Freunden auf die Schliche gekommen und hatten als Einzige das Geheimnis ihrer Zeitreisen entdeckt. Auch waren sie abgebrüht genug gewesen, sich mit den Legionären gegen die Freunde zu verbünden. Und waren sie nicht damals ...

Von irgendwoher flog ihn ein Bild an. Nelson erinnerte sich plötzlich. Die Karnevalsparty im Internat. Pieter Patrick, ihr Fitness-Coach, hatte ihnen ein *fetziges* Showprogramm versprochen. Mehr aus Langeweile denn aus Neugierde war Nelson dorthin gedackelt. Und just in jenem Augenblick rein geschneit, als Castor und Pollux, verkleidet als Gangsta-Rapper, auf die Bühne gesprungen waren. Mit Baseballcap und aufgeklebten Tattoos, in Oversized-Hosen und Kapuzenpulli hatten sie sich an einem Hip-Hop versucht.

Ihre Verrenkungen waren albern gewesen und ihr Song grottenschlecht! Voller Klischees, durchsetzt mit abgedroschenen Phrasen. Ohne Sinn und Verstand. Im Vergleich dazu schien der Rap der selbst ernannten Weltraumpiraten geradezu eine Hymne der Reimkunst, ein Labyrinth der subtilen Botschaften, virtuos dargeboten, als hätten die Interpreten nie etwas anderes getan.

Nelson starrte zu Boden.

Nichts passte!

Allein der Trickfilm! Im Unterricht waren die Zwillinge selten bis nie durch Kreativität oder andere besondere Fertigkeiten aufgefallen. Allenfalls durch ihre schalen Possen, die immer auf Kosten anderer gingen!

„Lord Nelson sieht aus, als ob er plötzlich an Parkinson erkrankt wäre", riss ihn Judith aus seinen Gedanken.

Verwirrt blickte Nelson auf. Hatte er die ganze Zeit den Kopf geschüttelt? Peinlich. Aber offenbar war Judith gewillt, ihn mit einem Mal wieder wahrzunehmen.

Gegen seinen Willen musste er grinsen. Als sich ihre Blicke begegneten, huschte auch über ihr Gesicht ein Lächeln.

„Ich glaub's nicht", murmelte Nelson. Laut verkündete er: „Ich glaube einfach nicht, dass die Botschaft wirklich von den Norton-Zwillingen stammt. Irgendjemand handelt in ihrem Namen. Keine Ahnung wer. Aber das werden wir herauskriegen. Zumindest müssen wir es versuchen."

„Vielleicht haben wir Glück, und das alles ist nur ein Riesenbluff", erklärte Levent. Doch seine Worte klangen nicht so, als ob er selbst daran glaubte.

„Ich kapier einfach nicht, warum die Deppen vom Raumfahrtzentrum ihre Astronauten in einen Winterschlaf versetzt haben", warf Luk in die Runde. „So sind sie doch absolut wehrlos! Wenigstens einer sollte doch immer wach sein, oder nicht?"

„Weil sie das Raumschiff auch von der Erde aus steuern können", antwortete Nelson. „Indem sie sie in den Winterschlaf versetzen, können sie Energie sparen. Die Körperfunktionen der Astronauten werden vom Kontrollzentrum aus überwacht. Sicher verfügen die auch über Möglichkeiten, ihre Schützlinge bei Gefahr wieder aufzuwecken."

„Und warum machen sie es dann nicht?", ereiferte sich Luk. „Schließlich befinden sie sich doch in Gefahr!"

„Hast du doch gehört", antwortete Levent an Nelsons Stelle. „Sie glauben, dass es sich bei den Weltraumpiraten um Scherzkekse handelt. Kann ich irgendwie sogar nachvollziehen. Oder würdest du dich durch zwei rappende Strichfiguren bedroht fühlen?"

„Wer weiß", fing Judith den Ball auf, „vielleicht ist ja nur jemandem langweilig. Irgend so ein Depp, der gerade nichts Besseres zu tun hat und sich wichtigmachen will. Oder ... Ich hab noch 'ne bessere Idee: Das Ganze ist bloß der Werbegag eines debilen Musikproduzenten, der eine neue Hip-Hop-Band nach oben bringen will."

„Und das Medaillon?", warf Luk ein.

„Schon gut, Wonderbrain", konterte Judith und wechselte die Tonart. „Aber selbst wenn die Weltraumpiraten ihre Drohung ernst meinen: Glaubt ihr wirklich, dass Terroristen ein komplettes Raumschiff unter ihre Kontrolle bringen könnten?"

Levent zuckte die Schulter. „Immerhin sind sie irgendwie an den Funkcode gelangt."

„Spekulieren bringt's nicht", brummte Nelson. „Was wir brauchen, sind Informationen."

„Und woher bekommen wir die?", entgegnete Luk.

„Am besten aus erster Hand!"

8

Am Samstagnachmittag zogen dunkle Wolken auf, die sich zum frühen Abend hin über Burg Rosenstoltz zusammenballten. Der Himmel verfinsterte sich schlagartig und nahm eine schmutzig grüne Farbe an. Wie das vom Sturm aufgepeitschte Meer in Nelsons Traum. Gerade noch rechtzeitig schafften Hausmeister Kunkel und seine Frau die im Hof abgestellten Eimer, Harken und Schaufeln in Sicherheit, bevor das Inferno über sie hereinbrach. Ein tiefes Grollen kündigte das Unwetter an. Einen Augenblick lang war es still. Plötzlich zuckte ein gewaltiger Blitz über den Himmel und fuhr mit einem ohrenbetäubenden Knall in eine Konifere oberhalb des Sportfelds. Augenblicklich stand das Gewächs in Flammen. Doch nur wenige Sekunden später sprengte der Himmel seine Schleusen auf und schickte wahre Sturzbäche zur Erde herab. Ein gleichzeitig aufkommender Sturm jagte den Regen übers Land, trieb ihn klatschend gegen die Scheiben der Burg und staute das Wasser dort, wo ihm Wände oder Mauern Einhalt geboten, hüfthoch auf.

Nelson und Levent standen am Fenster und sahen dem Schauspiel schweigend zu. Im Hintergrund sang die große Madonna von ihrer *Bedtime Story*.

„Weißt du eigentlich, dass Madonna Ciccone unsere Mutter sein könnte?", fragte Levent unvermittelt.

Nelson blickte ihn irritiert an. „Was ist denn mit dir los? "

„Mein ja nur", brummte sein Freund. „Sieht doch immer noch ziemlich cool aus, findest du nicht?"

Nelson grinste. „Ich glaube, du gehörst auf die Couch. Hast du schon mit Sarah darüber geredet?"

Levent setzte gerade zu einer Antwort an, als plötzlich ein roter Plastikeimer an ihnen vorbeiwirbelte, den die Kunkels anscheinend im Hof vergessen hatten. Der Eimer stieg höher und höher, bis er jenseits des Sportplatzes ihren Blicken entschwand. Nelson sah ihm ungläubig nach.

Erst die brennende Konifere, dann Levents Madonna-Vision und jetzt der Eimer, der sich vor ihren Augen in einen Luftballon verwandelte. Nelson kam sich vor wie in einem Traum, der ihm etwas mitteilen wollte, was er nicht verstand.

„Wie spät ist es?", fragte Levent, als sich der Sturm allmählich legte.

„Kurz vor halb", antwortete Nelson.

Levent griff nach seiner Tasche. „Dann lass uns gehen."

In der Halle trafen sie auf Max, Dieter-Rüdiger und Joshua. Sie hatten sich auf eines der speckigen braunen Ledersofas gelümmelt und schienen auf bessere Zeiten zu warten.

„Schon gehört?", fragte Dieter-Rüdiger und blickte von einem zum anderen.

„Spuck's aus", entgegnete Levent lässig.

„Maxi ist in der Endrunde!" Zu Dieter-Rüdigers Antwort nickte Joshua so heftig, als sei dessen Worten allein nicht zu trauen.

„Hilf mir mal auf die Sprünge", erwiderte Levent, wirkte aber nicht sonderlich interessiert.

„Die World Memory Championships", assistierte Max.

An diesem Wochenende fand in Dublin die Weltmeisterschaft der Gedächtniskünstler statt. Nachdem die kleine Maxi bei den deutschen Meisterschaften in der Altersklasse der Sechs- bis Achtjährigen den ersten Platz belegt hatte, war sie automatisch für die internationalen Championships qualifiziert. Wenn sie es, wie Dieter-Rüdiger behauptete, bis in die Endrunde geschafft hatte, landete sie womöglich sogar auf dem Siegertreppchen. Das wäre dann nach der Bronzemedaille von Stanislaus bei der Mathematik-Olympiade im Frühsommer bereits das zweite Mal in diesem Jahr, dass ein Schüler des Internats internationale Lorbeeren einheimste.

„Burg Frankenstein wird noch in die Geschichte eingehen", bemerkte Levent. „Wann erfährt man Genaueres?"

„Die Entscheidung fällt morgen früh", antwortete Dieter-Rüdiger. „Gleich um acht."

„Ihr habt euch hoffentlich den Wecker gestellt", neckte Levent und zwinkerte Nelson zu. „Zum Daumendrücken, meine ich."

„Klar", erwiderte Max. „Wir klingeln euch dann raus. Damit ihr mit drücken könnt."

„Wehe!"

Sie warteten draußen. Es hatte zu regnen aufgehört. Der Wind blies ihnen noch um die Ohren, aber das Gewitter war weitergezogen. Nelson beobachtete, wie die Wolken über den Himmel jagten und ständig ihre Form wechselten.

„Weißt du eigentlich, dass Madonna, wäre sie dreißig Jahre später geboren, womöglich in unserer elitären Anstalt gelandet wäre?", begann Levent plötzlich wieder und sah Nelson aus seinen dunklen Augen melancholisch an.

„Sag mal, liegt's am Gewitter?" Nelson wurden die Anwandlungen seines Freundes langsam unheimlich.

„Immerhin hat sie einen IQ von 141. Das wusstest du nicht, oder?"

Judith und Luk trudelten in dem Moment ein, da das Taxi in den Hof fuhr.

Judith schien bester Laune zu sein. „Hi!", begrüßte sie ihre Freunde grinsend. „Perfektes Timing." Während ihr der Taxifahrer die Vordertür aufhielt, stutzte sie. „Ist was, Mylord?"

Nelson schüttelte schnell den Kopf. „Äh, nein, wieso?"

Judith trug ein langes weißes Sommerkleid und hatte sich Bänder ins offene Haar geflochten. Sie sah aus wie damals. Nelson erinnerte sich nur zu gut an ihre erste Zeitreise ins Mittelalter. Um die Gunst eines kampferprobten Ritters zu erlangen, hatte sich Judith in die Jungfrau Melisande verwandelt und nicht nur jenen durch ihre Schönheit und Anmut verzaubert.

Während sie zur Pizzeria fuhren, betrachtete er Judith von der Rückbank aus. Sie hielt den Kopf leicht zur Seite geneigt. Ein unmerkliches Lächeln umspielte ihren Mund. Sie war schön. Nelson fragte sich, ob sie wusste, wie sehr er sie mochte. Warum nur hatte sie ihn wochenlang geschnitten? *Schien ziemlich verzweifelt zu sein, deine Freundin.* Was hatte Janeck damit gemeint? Chantal lächelte ihn an. *Du und Judith, ihr passt einfach nicht zusammen.* Irgendwie hatte Chantal möglicherweise sogar recht. Aus ihrer Sicht. Er und Judith waren tatsächlich grundverschieden. Aber ein alter Mann namens Einstein hatte ihn gelehrt, dass alles relativ ist und die eigene Wirklichkeit immer auch davon bestimmt wird, welchen Blickwinkel man einnimmt. Oder anders ausgedrückt: dass es eine Innensicht und eine Außensicht gibt, zwei Wahrheiten für sich, die nicht unbedingt etwas miteinander gemein haben.

Luk stieß ihn in die Seite. „Dich scheint's ja ganz schön erwischt zu haben. Du sabberst ja schon", raunte er ihm ins Ohr und grinste.

„Spinner!", zischte Nelson.

„Habt ihr Geheimnisse?", fragte Judith, ohne sich umzudrehen.

Erst jetzt bemerkte Nelson, dass sie ihn durch den Außenspiegel sehen konnte. Hatte sie ihn schon die ganze Zeit beobachtet?

„Männergeheimnisse", antwortete Luk.

„Oho!", machte Judith. „Wusste gar nicht, dass außer dem Fahrer Männer an Bord sind."

Der Taxifahrer, ein alter, bärtiger Türke, schmunzelte. Durch den Rückspiegel blickte er Nelson an und kniff ihm ein Auge zu.

Neben Nelson summte Levent Madonnas *Like A Prayer*. Mit einem Mal stieß er Nelson in die Seite. „Weißt du eigentlich, was Stephen Hawking und Madonna gemein haben?"

Nelson stöhnte. „Sag schon, darüber zerbreche ich mir nämlich schon die ganze Zeit den Kopf."

Levent grinste. „Beide sind erklärte Kriegsgegner."

Nach einer Weile bog das Taxi von der Hauptstraße ab und folgte einem schmalen Weg, der direkt hinunter zum Rhein führte. Sie hielten vor einem Häuschen, über dessen Tür in schwungvollen gelben Lettern *Da Enzo* prangte. Von Weitem hätte niemand in dem unscheinbaren Landhaus ein Restaurant vermutet. Trotzdem waren die Zeiten, da Levents Lieblingspizzeria noch als Geheimtipp galt, schon lange vorbei. Auf dem Parkplatz im Hof standen die Autos dicht an dicht. Und als die Freunde die Tür aufstießen und in das schummerige Lokal eintauchten, waren sie froh, dass sie für diesen Abend einen Tisch reserviert hatten.

Enzo stand wie immer vor dem offenen Steinofen und wirbelte Pizzateig durch die Luft. Als er die Freunde bemerkte, winkte er sie heran.

„Ciao bella, ciao amici!", schrie er heiser und wischte sich mit seinem Ärmel den Schweiß von der Glatze.

Unter den buschigen Brauen glühten seine schwarzen Augen wie die Kohle im Ofen hinter ihm. Seine zerfurchte Haut erinnerte Nelson an die Rinde eines knorrigen, uralten Olivenbaums.

„Normalerweise ich würde euch geben eine Kuss. Wenigstens die Signorina", krächzte er und strahlte Judith an. „Aber isch habe blutige Hände." Er lachte und spreizte seine Finger, von denen die Tomatensoße nur so herunter tropfte. „Wo is ..." Er wandte sich nach links zur Küche. „Riccarda!" Als niemand antwortete, begann er zu lamentieren: „Ah, mamma mia, immer die Frau, wenn man braucht sie, dann hat sie ... Riccarda!"

Eine kleine grauhaarige Frau steckte den Kopf zur Tür heraus und blitzte ihn wütend an.

„Che cosa?!", blaffte sie.

Dann bemerkte sie die Freunde und ihre Augen tauchten in ein Meer aus Lachfalten.

„Judith, come stai? Sag du mir, warum die Kerle immer maken so eine Stress?"

Judith zuckte die Schulter und lachte, während Riccarda nach vorn stolzierte und die Freunde zu ihrem Tisch begleitete. Nachdem sie eine Kerze angezündet und die Getränke aufgenommen hatte, verschwand sie hinter der Theke.

„Meint ihr, Tessa findet her?", fragte Luk.

„Könnte mir vorstellen, dass sich ihr hirnamputierter Zivi vorher dreimal verfährt", fauchte Judith.

Ihre Freunde blickten sie irritiert an.

„Nicht so wichtig", schnarrte sie und machte eine wegwerfende Handbewegung. „Ein Idiot, dem beim Anblick einer Frau der Sabber aus dem Mund tropft."

Nelson warf Luk einen schnellen Blick zu. Der grinste.

Im selben Augenblick klingelt Nelsons Handy. Er nahm ab.

„Ja?"

„Nelson? Hi, hier ist Chantal."

Vor Schreck wäre Nelson fast das Telefon aus der Hand gefallen. „Hallo", antwortete er mit belegter Stimme und spürte, wie er feuerrot anlief.

„Ich dachte, wie könnten vielleicht spazieren gehen, du und ich", sagte Chantal, „ist doch heute so schön draußen."

Nelsons Herz raste. Während er angestrengt zu Boden sah, brannten ihm die Blicke seiner Freunde Löcher in die Haut.

„Ich ... äh ...", stotterte er, „das geht gerade nicht ... ich ..."

„Ich versteh dich kaum", unterbrach ihn Chantal. „Es ist so laut bei dir. Wo bist du denn?"

„In der Pizzeria."

„Bei Enzo?"

„Äh ... ja, genau."

„Dann komm ich dahin", zirpte Chantal. „Habe auch noch

nichts gegessen. Dann könnten wir ja später spazieren gehen und uns die Sterne ansehen. Vielleicht sehen wir sogar 'ne Sternschnuppe."

Nelson brach der Schweiß aus. „Das geht nicht", sagte er. „Ich bin nicht allein hier."

Eine Weile war es still. Als Nelson schon glaubte, die Verbindung sei abgebrochen, meldete sich Chantal wieder zu Wort.

„Schon verstanden." Ihre Stimme klang plötzlich ziemlich reserviert. „Du bist mit Judith da, stimmt doch?"

„Ähm." Einen Moment lang kam er sich ziemlich feige vor. Dann entschied er sich. „Ja, stimmt, ich bin mit Judith da", sagte er lauter, „und mit Luk und Levent. Und später, nein gerade jetzt", er sah zum Eingang, wo in diesem Augenblick ein bunt bemalter Rollstuhl mit einem ebenso bunt gekleideten Mädchen herein geschoben wurde, „kommt Tessa dazu. Wir ..."

„Dann will ich nicht weiter stören", unterbrach ihn Chantal. „Viel Spaß noch." Schon war die Leitung tot.

„Ihr auch", sagte Nelson in einem Tonfall, als ob er das Gespräch gerade selbst beenden wollte. „Ich euch auch."

Er atmete tief ein und wandte sich wieder seinen Freunden zu.

„Meine Eltern", erklärte er und steckte sein Smartphone in die Tasche. „Rufen immer im günstigsten Moment an."

Er war froh, als Tessa am Tisch auftauchte und sie alle mit lautem Hallo begrüßte. Nelson fiel auf, dass es in der Gaststube merklich leiser geworden war und viele Gäste das Mädchen im Rollstuhl anglotzten.

Der Zivi, ein schlaksiger Typ mit langen Haaren und Bart, hatte es offenbar eilig.

„Wann darf ich Madame wieder abholen?", fragte er und wippte auf der Stelle.

„Wie wär's in zwei Stunden, James?", erwiderte Tessa. „Ich ruf dann an."

Der Typ nickte kurz und verschwand.

„Kennt ihr euch?", fragte Tessa an Judith gewandt.

Die verzog das Gesicht. „Gott bewahre! Wir sind uns mal

kurz im Hof begegnet. An deinem ersten Tag. Hat ein paar schräge Sprüche abgelassen. Wieso fragst du? Hat er sich über mich beschwert?"

„Nicht wirklich", antwortete Tessa. „Meinte nur *Nicht die schon wieder*. Was hast du denn mit dem armen Kerl angestellt?"

Bevor Judith antworten konnte, kam Riccarda mit den Getränken.

„Habt ihr große Hunger?", fragte sie, nachdem sie Tessa begrüßt hatte, und kniff Levent liebevoll in die Wange. „Musst du essen, damit du wirst eine starke Mann. Eine Mann, die kann tragen eine Frau auf Händen bis an die Ende der Welt." Dabei lachte sie trocken.

Sie bestellten Pizza und Salat und zum Nachtisch eine Pannacotta mit Himbeeren. Für diesen Gaumenkitzel war Riccarda weithin bekannt. Der fruchtig-süßen Nachspeise wegen kamen die Leute sogar von Köln her.

„Wirklich nett hier", bemerkte Tessa und sah sich um. „Schön familiär."

„Kommst du aus Köln?", wollte Luk wissen.

Tessa schüttelte den Kopf. „Nicht wirklich. Ich bin in Münster aufgewachsen. Wir sind bloß wegen der Schwerelosigkeit nach Köln gezogen."

„Der Schwerelosigkeit?" Luk sah sie stirnrunzelnd an.

Tessa grinste. „Na ja, das ist eine lange Geschichte. Ich will's kurz machen. Am Institut für Luft- und Raumfahrtmedizin ist ein abgefahrener Vibrator entwickelt worden ..." Als alle lachten, hob sie abwehrend die Arme. „Nein, nein, nicht das, was ihr denkt. Eher so eine Liege, auf die man geschnallt wird und die einen dann durchrüttelt. Ursprünglich wurde die Apparatur für den Weltraum entwickelt, als Trainingsgerät für die Astronauten, damit sich deren Muskeln und Knochen in der Schwerelosigkeit nicht zurückbilden. Doch dann ist irgendjemand auf den Trichter gekommen, dass das für Leute wie mich auch Sinn machen könnte. Bin für ein Modellprojekt ausgewählt worden. Fünfmal die Woche je vier Minuten Training. Seitdem wachsen meine Muskeln wie blöde, und ich kann sogar ein paar Schritte gehen."

„Is ja abgefahren", warf Luk ein. „Nur durch Vibration?"

„Konnte ich mir auch nicht vorstellen", antwortete Tessa und drückte ihren Rollstuhl vom Tisch weg. „Momentan geht bei mir da unten nicht viel." Dabei schlug sie sich mit der flachen Hand mehrmals auf ihre Oberschenkel. Ein Paar am Nebentisch blickte herüber, aber Tessa fuhr ungerührt fort. „Null Gefühl, null Regung. Wo keine Bewegung ist, sind auch keine Muskeln, klaro? Wo keine Muskeln sind, bildet sich der Knochen zurück, schließlich erhält er von niemandem mehr Signale, dass er noch gebraucht wird."

Plötzlich begann ihr Kopf, kurz darauf ihr ganzer Oberkörper zu beben.

„Es ist wie ein Motor, die Vibration kehrt den Prozess um", fuhr sie mit zitternder Stimme fort. „Ziemlich anstrengend, kann ich euch sagen. Bei einer Schwingung von 27 Hertz werden in nur vier Minuten so viele Muskeln beansprucht wie bei einem 10.000-Meter-Lauf. Die Kontraktionen regen das Wachstum der Muskelfasern an, was wiederum die Knochenmasse beeinflusst." Sie drosselte den Motor, sodass ihr bebender Körper langsam wieder zur Ruhe kam. „Hängt eben alles miteinander zusammen, wie im Leben, nicht wahr?"

„Eine beeindruckende Demonstration", stellte Levent grinsend fest.

„Heißt das, du musst nur fleißig genug trainieren und wirst irgendwann auf deinen Rennschlitten verzichten können?", warf Judith ein.

Tessa zuckte die Achseln. „Fürchte, dazu bedarf es etwas mehr als eines Ganzkörpervibrators", entgegnete sie. „Aber wie sagt der Prophet: Get up, stand up, don't give up the fight!"

Kurze Zeit später servierte ihnen Enzo höchstpersönlich das Essen. „Habt ihr gebracht eine neue Signorina, um zu zeigen, wo es gibt die beste Pizza nordlich von die Alpen, hab isch recht?"

„Was ist denn mit dir los, Enzo?", entgegnete Levent. „Bist du plötzlich bescheiden geworden? Beim letzten Mal war's doch noch die beste Pizza von die Welt!"

Enzo machte ein betrübtes Gesicht. „Musst du sparen mit die Zutaten", sagte er und zwinkerte Tessa zu. „Und mit die

71

Große. Aber die Teig – die Teig ist immer noch die beste von die Welt, was sag isch, von die Universum!" Wie zur Bestätigung riss er ein Stück von Levents Thunfischpizza ab und schob es sich in den Mund. „Ah! Isch bin eine Gott. Musst du probieren!" Damit stellte er Levent die Pizza vors verdutzte Gesicht und humpelte kichernd davon.

Alle lachten. Alle außer Levent.

„Musst du probieren", neckte ihn Judith mit vollem Mund. „Einfach göttlich!"

„Wenn du mich so nett bittest!" Im nächsten Moment fehlte auch von Judiths Pizza ein Stück, das sich Levent umgehend in den Mund stopfte. Schon bald bediente sich jeder kreuz und quer bei seinen Nachbarn, mit der Folge, dass es auf ihrem Tisch am Ende aussah wie nach einer Tortenschlacht.

Als Riccarda die Pannacotta brachte, blieb sie wie vom Donner gerührt stehen.

„Mamma mia!", rief sie aus. „Seid ihr schlimmer als die Bambini! Muss ich euch bringen eine Latz?" Mit einem „Al diavolo!" drehte sie sich um zu dem Paar am Nebentisch, das um die Rechnung gebeten hatte.

„Sag mal, Tosh", wandte sich Luk an Tessa, „wenn du nichts spürst in den Beinen, aber gleichzeitig gehen kannst, zumindest ein paar Schritte, wie du gesagt hast ... Ich dachte, wenn man gelähmt ist, dann ginge gar nichts."

„Die Bewegungen werden von der Hüfte aus gesteuert", antwortete Tessa. „Du schiebst quasi von oben ein Bein vor das andere."

„Und wie ist das passiert?"

„Ich war einfach zu neugierig", erwiderte Tessa leichthin. „Wollte unbedingt über Nachbars Hecke gucken. Vom Apfelbaum in unserem Garten ging das prima. Leider war der Ast, auf dem ich saß, etwas morsch. Vier Meter tiefer ragte eine Wurzel aus der Erde. Das Knacken des Lendenwirbels klingt mir noch heute im Ohr. Dabei hat's auch das Rückenmark erwischt."

„Und wie sind die Prognosen?", fragte Judith.

„Zurzeit eher schlecht", entgegnete Tessa. „Aber immerhin

gibt es ein paar interessante Forschungsansätze. Zum Beispiel in der Stammzelltherapie. Bei Ratten hat man mit embryonalen Stammzellen schon verletzte Nerven im Rückenmark repariert." Sie zog die Brauen hoch. „Genau darum geht's: Bei mir müssen wieder neue Nerven wachsen. Vielleicht wird das irgendwann mithilfe von Wachstumsfaktoren funktionieren oder durch Unterdrückung der Apoptose."

„Apoptose?"

„Programmierter Zelltod. Wenn man das Sterben der Zellen verhindern könnte, würden wir 200 Jahre alt! Zumindest bei Mäusen hat man die Apoptose im Rückenmark schon mal gestoppt und dadurch das Wachstum neuer Nervenzellen angeregt. Fortschritte gibt es genug. Und so weit sind Mäuse und Ratten ja nicht von uns Menschen entfernt, hab ich recht?" Sie deutete auf das Schlachtfeld vor sich und grinste.

Nachdem die Freunde ihre Pannacotta gelöffelt hatten, warf Tessa einen Blick auf ihre Uhr.

„Mein Chauffeur wartet sicher schon", erklärte sie, fischte ihr Smartphone aus der Tasche und wählte ihn an. „James? Ich wäre dann so weit. Steht der Sekt kühl?" Grinsend drückte sie das Gespräch weg.

Nelson räusperte sich. „Wenn du so oft am Institut für Luft- und Raumfahrtmedizin bist …"

Tessa unterbrach ihn. „Nicht mehr. Die haben das Trainingsgerät nur entwickelt. Zur Therapie muss ich in die Uniklinik. Warum?"

„Du könntest mir vielleicht bei etwas helfen", fuhr Nelson fort. „Ich soll nämlich einen Vortrag über künftige Marsmissionen halten. Hast du da Ansprechpartner im Institut?"

„Sicher", erwiderte Tessa. „Einen hast du ja bereits kennengelernt. Am besten, du erinnerst mich morgen noch mal daran, dann schreib ich dir seine Nummer auf. Der kennt natürlich auch jede Menge Leute in Darmstadt."

„Warum Darmstadt?", warf Luk ein.

„Weil der Nabel der europäischen Raumfahrt nicht in Berlin oder Paris, sondern in der hessischen Provinz liegt."

9

Am Sonntagmorgen machte Max seine Drohung wahr. Es war noch vor neun, als Nelson durch einen Trommelwirbel und darauf folgende Schreie aus dem Schlaf gerissen wurde. Benommen torkelte er ans Fenster. Im Hof stand Max mit einer Blechtrommel und gab wirklich alles. Einige Schüler lehnten sich wie Nelson aus dem Fenster und brüllten Morddrohungen in den friedlichen Morgen. Andere hielten Ausschau nach dem Krankenwagen, denn ganz offensichtlich war ihr Mitschüler übergeschnappt!

Dieter-Rüdiger und der fast blinde Joshua harrten im Schatten der Rotbuche aus. Nelson vermutete, dass sie zwar versprochen hatten, ihren Freund zu unterstützen, sie dann aber im letzten Moment der Mut verlassen hatte.

Mit einem Tusch brach der Trommelwirbel ab. Wie ein Schauspieler stellte sich Max in Positur und erhob seine vom Stimmbruch verzerrte Stimme.

„Hiermit darf ich verkünden, dass meine Namenscousine und allseits beliebte Mitschülerin Maxi bei den World Memory Championships den ersten, ich wiederhole: den ersten, Platz belegt hat!"

Beifall heischend blickte er hinauf zur Tribüne. Doch der Applaus blieb aus. Als die Stille bedrohlich wurde, beschloss Max spontan, doch lieber abzutreten und auf Zugaben zu verzichten. Eine weise Entscheidung. Denn schon krachten die ersten Wurfgeschosse auf die Bühne, begleitet von wilden Flüchen und Verwünschungen.

Nelson schloss das Fenster. Er gähnte herzhaft. Hinter sich hörte er Gottfried schnaufen. Manchmal beneidete er seinen Zimmernachbarn um seinen tiefen Schlaf. Nur konnte er nicht um einige Dezibel leiser träumen?

Nelson zog sich an und wankte benommen zur Kantine. Mit einem großen Pott Milchkaffee und einer Schüssel Vanillepudding verzog er sich in die hinterste Ecke des Saals. Die Sonntagszeitung, die er sich am Eingang mitgenommen hatte, gab nicht viel her. Gewalt im Nahen Osten, eine neue Hungersnot in Ostafrika, Überschwemmungen in Asien. Dazu düstere Visionen, das künftige Leben der Bundesbürger betreffend. Er nahm sich vor, Miriam und Vincent bei nächster Gelegenheit auszuhorchen, ob es um Deutschlands Zukunft wirklich so schlimm bestellt war.

Im Kulturteil entdeckte er eine Meldung, für die ihm Levent wahrscheinlich die Füße küssen würde: Madonna kündigte ihre nächste Welttournee an, auf dem Programm stand auch ein Konzert in der Köln-Arena. Die Wissenschaftsseite zeigte Bilder von wüstenähnlichen Landschaften und seltsamen Gesteinsformationen, aufgenommen von der Raumsonde *Curiosity* nach ihrer Landung auf dem Mars.

Nelson dachte an die Weltraumpiraten. Und an die Eltern seiner Freunde, die offenbar durch sie bedroht wurden. Doch bei aller Aufregung, bei aller Wut und Sorge empfand er tief in seinem Inneren auch eine nicht zu leugnende Erregung bei dem Gedanken an die unverhoffte Bestätigung jener Vision, dass die Menschen eines nicht allzu fernen Tages wirklich zum Mars reisen würden. Sein Opa hatte früher oft von der ersten Mondlandung geschwärmt. Im Juli 1969 hatte er gerade sein Abitur bestanden. Mit seinen Eltern habe er vor dem Fernseher gesessen und vor allem eines empfunden: dass die Welt eins war, ohne Grenzen und ohne Gegensätze. Dabei habe er sich erhaben gefühlt, entrückt und verzaubert durch jenen Moment, da sich ein Menschheitstraum erfüllte.

Nelson lächelte still in sich hinein. Wenn der erste Mensch auf dem Mars landete, hatte er womöglich selbst Kinder. Er hoffte, dass er dieses Ereignis dennoch auch zusammen mit seinem Vater würde erleben können.

Der Rover *Curiosity* war am 6. August 2012 auf dem Roten Planeten gelandet. Als Teil des Mars Science Laboratory hatte er die Aufgabe, das Gestein, die Atmosphäre und die Strahlung des Nachbarplaneten zu untersuchen, um seine Eignung als Biosphäre zu erforschen.

Curiosity, so dämmerte Nelson, erkundete das Terrain, das die *Da-Vinci-7* einst erobern würde.

„Vor wem versteckst du dich?"

Erschrocken fuhr Nelson zusammen. Als er über den Rand der Zeitung sah, blickte er in Luks grinsendes Gesicht.

„Hey, mach dich locker", gluckste der, „ich bin's doch nur, ein Freund."

„Wenn du ein Freund wärst, würdest du dich nicht so heimtückisch heranschleichen."

Luk hob abwehrend die Hände. „Dass du von der Welt nichts mehr mitbekommst, liegt anscheinend daran, dass deine Hormone gerade verrücktspielen."

„Hormone?" Nelson verzog das Gesicht. „Ich glaub, du hast sie nicht mehr alle!"

Luk indes ließ sich nicht aus der Ruhe bringen. Er zog einen Stuhl heran und legte Nelson väterlich einen Arm um die Schulter.

„Hast du's ihr schon gesagt?", flüsterte er, ohne sich die Mühe zu geben, das Grinsen aus seinem Gesicht zu verbannen.

Nelson gab sich geschlagen. Im Grunde sehnte er sich danach, endlich mit jemandem über seine Gefühle zu reden.

„Nein", sagte er daher. „Weiß einfach nicht, wie."

„Und wenn du sie einfach mal zum Essen einlädst oder so?"

„Habe ich ja versucht", erwiderte Nelson.

Und dann erzählte er seinem Freund die ganze Geschichte. Von seinem Magenflattern, von ihren Telefonaten während seines Florida-Urlaubs und von Judiths merkwürdigem Verhalten danach.

„Vielleicht hat sie ja in der Zwischenzeit einen anderen Typen kennengelernt", sagte Luk wenig einfühlsam, fügt aber schnell hinzu: „Scherz."

Nelson sah zu Boden. „Wer weiß", antwortete er leise.

„Mach dir nichts draus." Luk blickte seinen Freund treuherzig an. „Ich glaube, die Weiber sind einfach so. Anders als wir, wenn du weißt, was ich meine."

Nelson hatte keine Ahnung, was Luk meinte, ließ es aber dabei bewenden.

Den Nachmittag vertrödelten sie mit Kicker und Karten. Draußen regnete es Bindfäden. Levent vergnügte sich mit Sarah. Judith blieb unsichtbar. Vielleicht hatte sie eine ihrer seltsamen Begegnungen mit ihren Eltern. Oder sie traf sich tatsächlich mit einem anderen Typen. Am Ende noch mit diesem schmierigen *Phil* aus dem Römisch-Germanischen Museum, den sie im vergangenen Jahr kennengelernt hatten und der sich die ganze Zeit über bei Judith eingeschleimt hatte.

Abends fiel Nelson ein, was er noch zu erledigen hatte. Er rief Tessa an und notierte sich die Nummer ihres Bekannten. Er nahm sich vor, ihm gleich am nächsten Tag sein Anliegen vorzutragen.

Der Sonntag endete mit einer spontanen Feier für Maxi. Die kleine Gedächtniskünstlerin war am Nachmittag in Begleitung ihrer Eltern aus Dublin zurückgekehrt. Fast die gesamte Schule drängte sich in die Aula, um dem frisch gekürten Champion die Ehre zu erweisen. Sogar der dicke Max traute sich aus jenem Loch hervor, in das er sich tagsüber verkrochen hatte, um der Rache seiner Mitschüler zu entgehen. Es gab Saft und Kuchen und am Ende ein Ständchen von der Big Band des Internats.

Die neue Woche begann, wie sich die letzte verabschiedet hatte. Schon am Morgen goss es wie aus Kübeln. Heftige Böen rüttelten an den Fenstern. Die Wolken ballten sich so dicht über der Rheinebene, dass sie kaum Sonnenlicht hindurch ließen. Das trübe Wetter wirkte ansteckend. Übellaunig schlichen die Schüler zum Unterricht und hatten Schwierigkeit, bei der Sache zu bleiben.

Nelson und seinen Freunden ging es kaum anders. Dabei stand für sie an diesem Vormittag ein Vortrag auf dem Programm, der Abwechslung vom tristen Schulalltag versprach. In regelmäßigen Abständen nämlich lud das Direktorium Wissenschaftler ins Internat Burg Rosenstoltz ein, um den Schülern lebendige Eindrücke aus der Praxis aktueller Forschungsprojekte zu vermitteln.

An diesem Morgen war Dr. Landau zu Gast, ein Biologe aus Wien, der sich schwerpunktmäßig mit der Ordnung der Araneae befasste, besser bekannt als Webspinnen. Er kam in Begleitung von Professor Papadopoulos in die Klasse und zog sogleich alle Blicke auf sich. Nelson fand, dass er selbst einer jener Kreaturen glich, deren Erforschung er sein Leben verschrieben hatte. Landau war gut anderthalb Köpfe kleiner als Papadopoulos, dabei jedoch mindestens doppelt so dick. Seine enorme Leibesfülle kontrastierte auf das Schönste mit seinen dünnen Ärmchen und Beinchen. Den kleinen, kahl rasierten Kopf, der halslos auf dem kugelrunden Leib ruhte, dominierten zwei Facettenaugen, die alles im Blick zu haben schienen und nicht den Bruchteil einer Sekunde still standen. Wie Papadopoulos trat er schwarz gekleidet vor die Klasse, was Nelsons Eindruck, dass in der Person Dr. Landaus ein Forscher zum Gegenstand seiner Forschung mutiert war, noch zu betonen schien.

„Ich will mich nicht lange mit Einleitungen aufhalten, meine Herrschaften", begann er, nachdem sich Professor Papadopoulos verabschiedet hatte, „sondern Ihnen durch eine simple Simulation verdeutlichen, warum die Menschheit ohne die Existenz von Spinnen längst dem Untergang geweiht wäre."

Während er durch die Reihen lief, schien er seine Zuhörer alle gleichzeitig zu fixieren, kurioserweise auch jene, die hinter ihm saßen. Nelson hätte sich nicht gewundert, wenn aus Landaus Jackett plötzlich zwei weitere Arme und aus seiner Anzughose zwei zusätzliche Beine gewachsen wären.

„Hören Sie gut zu, meine Damen", fuhr der Gastdozent fort und richtete seinen Blick auf Kim und Lea, deren hübsche Gesichter sich schon bei der bloßen Erwähnung von Spinnen grimassenhaft verzerrten. „Denn wenn Sie sich fortan folgende theoretische Möglichkeit vergegenwärtigen, wird sich Ihr Ekel von ganz allein verflüchtigen." Sein kleiner Mund verzog sich zu einem diabolischen Grinsen. „Gäbe es auf unserer schönen kleinen Welt keine einzige Spinne mehr, würden sich all ihre Beutetiere, vor allem die Insekten, schlagartig vermehren, bis sie selbst keine Nahrung mehr fänden und verhungerten. Im Laufe eines halben Jahres wäre die gesamte Landmasse unseres Planeten von einer 25 Zentimeter dicken Schicht toter Insekten bedeckt.

Letztlich bedeutete dies den Tod aller Pflanzen, Tiere und Menschen – es sei denn, einige von uns hätten sich aufs Wasser oder auf einen anderen Planeten hinüber gerettet."

In der folgenden Doppelstunde spann Landau ein Netz aus unterhaltsamen, aufschlussreichen und mitunter irritierenden Fakten, mit dem er jeden Einzelnen aus der Klasse einfing und anderthalb Stunden lang zu fesseln verstand. Dass Spinnen monatelang ohne Nahrung existieren und wie Geckos verlorene Gliedmaßen ersetzen können, hatte Nelson nicht gewusst. Ebenso wenig, dass ihre Spinnfäden bis zu 700 Meter lang wurden. Eindrucksvoll, gleichsam unter Einsatz seines massigen Leibes, legte Dr. Landau dar, wie Spinnen zum Schutz ihrer Brut Netze woben, ihre Beute fesselten, beim Liebesspiel auch mit den Weibchen so verfuhren, für Treibflüge Fäden spannen, die sie als Sicherheitsleinen nutzten, und um ihre Eier herum einen dichten Kokon flochten, der entfernt an einen Fußball erinnerte.

Landau war voll in seinem Element. „Glauben Sie mir, auch Spinnen haben ein Herz. Sie lachen, aber es ist wahr, sie haben ein Herz, dazu Magen, Darm und Lunge, eine Speiseröhre, Harnkanäle, Blut, Muskeln und Arterien! Und eine Afteröffnung, die man gemeinhin *Kloake* nennt."

Als der Gastdozent zur Fortpflanzung der immer possierlicher werdenden Tierchen überging, wurde ihm sogar die Aufmerksamkeit von Hoffmann zuteil, der bis dato seinem Naturell gemäß abwechselnd gegähnt oder apathisch aus dem Fenster geblickt hatte.

„Vielleicht glauben Sie mir nun, dass Spinnen uns Menschen so unähnlich nicht sind", hob Landau an. „Die Männchen haben Hoden, die Spermien produzieren, und die Weibchen Eierstöcke, in denen ihre Eier heranreifen. Doch Vorsicht, ihr Männchen, wenn ihr euch einem Weibchen zur Begattung nähert!" Landaus Augen blitzten, als sie Hoffmann hypnotisch fixierten. „Schwuppdiwupp hat euch das Weibchen gefressen, noch bevor ihr euren Stachel eingefahren habt!" Dabei schnappten seine Hände wie Spinnenzangen nach Hoffmann, worauf der heftig zusammenfuhr.

Alle lachten, am lautesten natürlich die Mädchen, die sich in ihrer Überlegenheit dem männlichen Geschlecht gegenüber vollauf bestätigt sahen.

Als sich das Ende der zweiten Stunde näherte, kam Landau an den Anfang seiner Ausführungen zurück.

„Wodurch also, frage ich Sie, ist die irrationale Angst vor Spinnen zu erklären? Die Angst, wie Sie wissen Arachnophobie genannt, ragt weit über eine Phobie hinaus. Denn die meisten Menschen empfinden Spinnen geradezu als böse Kreaturen, die man auf der Stelle töten muss, obwohl die winzigen Tierchen doch nur harmlos in der Ecke hocken und dort ganz sicher nicht auf Menschenbeute lauern."

Er sah sich in der Klasse um und breitete die dünnen Ärmchen aus.

„Die Tatsache, dass Spinnen Jäger sind, mag für manchen als Erklärung herhalten, doch glauben Sie mir, nur ein Dutzend der gut 39.000 bekannten Spinnenarten sind für uns Menschen gefährlich. Also, was versetzt uns dermaßen in Panik?"

Wieder stand er vor Kim und Lea, die ihn wie hypnotisiert anstarrten.

„Ich verrate es Ihnen", fuhr Landau fort. „Es ist im Grunde banal: Der Gang der Spinnen provoziert unsere Angst! Unser Gehirn ist einfach nicht in der Lage zu verarbeiten, dass sich die Tiere auf acht Beinen fortbewegen. Dass sie beim Laufen stets mindestens drei Beine in der Luft haben, irritiert uns. Anscheinend fühlen sich Frauen davon stärker irritiert als Männer, verfallen sie beim Anblick einer Spinne doch regelmäßig in Panik oder gar in Katalepsie ..."

Er stockte, als er Leas ratlosen Gesichtsausdruck bemerkte.

„Katalepsie bedeutete, sie stellen sich tot", fuhr er fort. „Das machen Lebewesen oft, wenn sie Feinden begegnen. Was mitunter zu absurden Situationen führt, etwa wenn ein Menschenweibchen auf eine Spinne trifft und beide ins Wachkoma fallen." Wieder breitete er seine Arme aus, gleichzeitig sackte sein Kinn auf die Brust, sodass er wie erstarrt aussah.

Diesmal waren es die Jungen in der Klasse, die am lautesten lachten. Selbst Hoffmann verzog seinen Mund zu einem Grinsen, was bei ihm als äußerster Ausdruck von Heiterkeit gedeutet werden durfte. Im nächsten Moment jedoch hatte er sich wieder im Griff und meldete sich zu einer seiner seltenen Äußerungen.

„Aber Freud sagt, die Spinne im Traum sei ein Symbol der phallischen Mutter, vor der man sich fürchtet, sodass die Angst vor der Spinne den Schrecken vor dem Mutterinzest und das Grauen vor dem weiblichen Genital ausdrückt."

Einen Augenblick lang war es so still, dass man eine Stecknadel hätte fallen hören können. Dann brach ein Sturm los, ein weibliches Tief, das Hoffmann womöglich weggefegt hätte, wenn Dr. Landau nicht eingeschritten wäre.

„Aber, meine Damen, warum so erregt, Ihr Mitschüler stellt doch lediglich eine Deutung in den Raum, die vor ihm schon Generationen von Psychoanalytikern kritiklos übernommen haben."

Der Sturm flaute ab, sodass ihr Gastdozent mit seinen Erläuterungen fortfahren konnte.

„Freuds Deutung, dass die Angst vor Spinnen in Wahrheit die Angst vor einer übermächtigen Mutter ausdrückt, ist überholt und sagt uns heute mehr über Freud als über das Wesen der Angst." Er fuhr sich durch sein nicht vorhandenes Haar. „Die Spinne hat von jeher Menschen zu Deutungen inspiriert. Wegen ihrer acht Beine etwa gilt sie manchen als Sinnbild der kosmischen Ordnung, da die liegende Acht das Symbol der Unendlichkeit darstellt. Welch blühender Unsinn! Aber es kommt noch besser: Die Fäden ihres Netzes bilden für einige die Form, die die Welt zusammenhält, für andere sind es die dünnen Schicksalsfäden der menschlichen Existenz." Landau seufzte.

„Nebenbei bemerkt ekelt man sich nur in den westlichen Industrieländern vor Spinnen, in Westafrika zum Beispiel werden sie als Gottheit und in Asien zumindest als Delikatesse verehrt." Er blickte auf die Uhr. „Wenn Sie noch Fragen haben …"

Etwas an Landaus Ausführungen hatte Nelson irritiert. Er spürte dem Gefühl nach. Es hing mit den Weltraumpiraten zusammen. Nur wie? Das Netz. Ein Netz aus Drohungen, in dem man sich verfängt. Fäden der Angst? Nein, nein. Das Gift, das sie ihren Opfern injizieren, um diese zu lähmen und sie dann auszusaugen? Nein, es war subtiler gewesen. Etwas hatte aufgeleuchtet, eine Gewissheit, die ihnen helfen konnte, den Terroristen auf die Spur zu kommen.

Aus den Augenwinkeln heraus nahm Nelson wahr, wie eine Hand in die Höhe schnellte. Fünf Finger mit bunt lackierten Nägeln.

Dr. Landau sah auf. „Ja bitte?"

„Können Spinnen träumen?", fragte Judith.

Nelson zuckte zusammen. Seine Frage!

Vor wenigen Monaten waren sie gemeinsam spazieren gewesen. Später hatten sie, auf einer Decke liegend, eine Spinne beobachtet, die über Judiths Bein gekrabbelt war. Nelson hatte sie gefragt, ob sie glaube, dass Spinnen träumen. Judith hatte ihn geheimnisvoll angelächelt und dann etwas Seltsames gesagt: „Tauschst du die Antwort auf deine Frage gegen einen eigenen Traum?"

Der Biologe reagierte überrascht und erfreut zugleich. „Sieh da", antwortete er mit einem unvermutet sanften Lächeln, „das ist in der Tat eine der bedeutsameren Fragen, wie mir scheint." Er schwieg eine Weile und schien sich seine Antwort sorgfältig zurechtzulegen. „Wissenschaftlich betrachtet", sagte er schließlich, „unterscheidet sich das Gehirn eines Menschen von dem einer Spinne nicht qualitativ, sondern vor allem quantitativ. Menschen haben schätzungsweise 100 Milliarden Nervenzellen, Spinnen lediglich eine Viertelmillion. Auf Reize reagieren beide jedoch ähnlich, nämlich mit der Synchronisierung der Gehirnwellen. Auch weiß man inzwischen, dass bei Spinnen dieselben Gene den Schlafrhythmus steuern wie bei uns Menschen, und von Fruchtfliegen ist bekannt, dass sie vor dem Einschlafen mit den Beinen strampeln. Kommt Ihnen das bekannt vor?"

Landaus Augen huschten von links nach rechts, bis sie wieder auf Judith fokussierten, die gespannt auf eine Antwort wartete.

„Wenn Sie mich so direkt fragen, entgegne ich Ihnen: Ja, ich bin überzeugt davon, dass Spinnen träumen! Denn ohne Träume könnten sie weder das Grauen noch die Schönheit der Welt ertragen, finden Sie nicht?"

ZWEITER TEIL

„Ordnung braucht nur der Dumme,
das Genie beherrscht das Chaos."

Albert Einstein (1879–1955)

10

Zwei Schatten glitten durch die mondlose Nacht. Lautlos strichen sie durch die stillen Straßen der Vorstadt, bis sie in deren Allerheiligstes, das Villenviertel, eindrangen. Hinter riesigen, schmiedeeisernen Toren führten breite Zufahrtswege ins unsichtbare Paradies, mannshohe Hecken umgrenzten Parks, in denen man die herrschaftlichen Anwesen allenfalls ahnen konnte. Plötzlich endete der Asphalt. Der Waldweg, in den die Sackgasse mündete, verlor sich im schwarzen Nichts. Die dunklen Gestalten hielten inne. Ein Feuerzeug flammte auf und erlosch sofort wieder.

Früher hatte hier eine Laterne den Waldrand ausgeleuchtet. Doch seit den Zeiten der großen Energiekrise brannten Straßenlaternen nur noch bis in die Abendstunden. Punkt Mitternacht senkte sich Finsternis über die Stadt.

Für die Bewohner bedeutete das Fluch und Segen zugleich. Ärzte bemerkten, dass kaum mehr Menschen mit Schlafstörungen in ihre Praxen kamen, weil mit der Dunkelheit auch die Ruhe einherging. Die Polizei dagegen registrierte einen sprunghaften Anstieg der Einbrüche, weshalb die reichen Bürger der Stadt ihr Hab und Gut durch ausgeklügelte Sicherungssysteme zu schützen suchten.

Wer es sich leisten konnte, ließ sein Haus mithilfe satellitengestützter Alarmanlagen überwachen. Unter ihnen war auch der Oberbürgermeister der Stadt, dessen Villa am Rande jenes Waldes lag, dem sich die Schatten näherten. Für wenige Augenblicke verschmolzen sie mit der Nacht, um kurz darauf im Schatten der Ginsterhecke, die die Villa umgab, wieder aufzutauchen. An der Einfahrt zögerten sie erneut und lauschten. Gerade wollten sie in die Dunkelheit jenseits der Hecke eintauchen, da zerriss der Schrei eines Kauzes die Stille der Nacht. Die Besucher erstarrten und hielten die Luft an.

Erst als sich die Nacht wieder wie ein Leichentuch über den Wald gelegt hatte, lösten sie sich aus dem Schatten der Hecke und schickten sich an, ihr Werk zu vollenden.

Normalerweise hätte der einsame Schrei der Eule die Bewohner der Villa aus ihren Träumen geschreckt. Schließlich stand ihr Schlafzimmerfenster sperrangelweit offen, und die Frau des Oberbürgermeisters klagte von jeher über einen leichten Schlaf. Aber da ihr übergewichtiger Mann seit vielen Jahren schnarchte, pflegte sie sich nachts Wachs in die Ohren zu stopfen. So vernahmen beide nichts von dem, was draußen geschah. Überdies hatten sie ihre teure Satelliten-Überwachungsanlage vor dem Zubettgehen ausgeschaltet, da streunende Katzen oder Hunde mehrfach den Alarm ausgelöst hatten, ohne dass das Stadtoberhaupt oder seine Frau davon erwacht waren. Mit der für alle Beteiligten unerfreulichen Folge, dass die Polizisten Nächtens in voller Kampfmontur am Bette des zu Tode erschrockenen Ehepaars gestanden hatten und angesichts des offensichtlichen Fehlalarms peinlich berührt Abbitte hatten leisten müssen.

In dieser Nacht schlichen keine Katzen um das Anwesen herum. Es waren Schemen in Menschengestalt. Zielstrebig bewegten sie sich durch den herrschaftlichen Garten auf eines der Kellerfenster im hinteren Teil der Villa zu. Wie erwartet hatte die Haushälterin das Fenster gekippt. Ein schneller Griff, und es schwang auf. Im nächsten Augenblick tauchten die Schatten in den dunklen Schlund. Stahlen sich katzenhaft die Treppe hinauf in die Diele und weiter in den ersten Stock.

Wären sie Fremde gewesen, hätten sie vor dem offenbar gefährlich knurrenden Wachhund, der sie erwartete, Reißaus genommen. Doch ihnen flößte der schnarchende Oberbürgermeister keine Angst ein. Regungslos verharrten sie im Türrahmen und betrachteten das schlummernde Paar. Im matten Schein jenes Displays, das, in die Wand über dem Bett eingelassen, abwechselnd die Uhrzeit, die Raumtemperatur und die Luftfeuchtigkeit anzeigte, wirkten die Schlafenden wie Geister. Den beiden Schattenwesen an der Tür kamen sie seltsam fremd vor. Sie waren alt geworden, gleichsam über Nacht hatten sie sich in Greise verwandelt, hilflos und verletzlich, ohne Kraft, sich der Mitleidlosigkeit ihres Schicksals zu erwehren.

Die Schemen lösten sich vom Türrahmen und näherten sich dem schlafenden Paar. Während der eine lautlos eine Schublade des Nachttischs aufzog, tastete der andere unter dem Bett nach den Pantoffeln des Hausherrn. Ein kurzer Blick, dann verließen beide mit ihren Trophäen den Raum.

Im Arbeitszimmer des Oberbürgermeisters steckten sie die Köpfe zusammen.

„Zeig her", zischte der eine.

Sein Gefährte warf ein Knäuel auf den Schreibtisch. Bei näherem Hinsehen entpuppte es sich als ein Toupet.

„Bingo", raunte der Erste. Er tastete über die Innenhaut des Haarteils und hielt im nächsten Moment eine Chipkarte in der Hand. „Jetzt du."

Der andere machte sich an dem Pantoffel zu schaffen, der, ungewöhnlich genug, einen Absatz besaß, der sich, noch ungewöhnlicher, auch noch abnehmen ließ. Darunter kam ein weiterer Plastikchip zum Vorschein.

Sie nickten sich zu.

Schließlich rollten sie den Schreibtischsessel zur Seite, hoben den feinen Teppich darunter an und betätigten einen darunter versteckten Knopf. Geräuschlos glitt eine Truhe aus dem Boden, bis sie etwa in Höhe des Schreibtischs stoppte. Als die Einbrecher die farblosen Chipkarten in die dafür vorgesehenen Schlitze steckten, sprang der Deckel auf. Sie entnahmen der Truhe das oberste Fach, in dem vorwiegend Papiere lagen, und leuchteten mit einer winzigen Stablampe ins nächste. Über ihr Gesicht huschte ein Lächeln.

Das Schubfach war randvoll mit Geld, sorgfältig gebündelt in 100- und 200-Euroscheine. Wofür der Oberbürgermeister so viel Bargeld benötigte, konnten die nächtlichen Besucher nur erahnen. Immerhin kannten sie ihn gut genug, um zu wissen, dass Bescheidenheit nicht zu seinen hervorstechenden Eigenschaften zählte und es seiner Wesensart ganz und gar widersprach, über Gefälligkeiten auch nur nachzudenken, ohne dafür im Vorfeld ein üppiges Honorar vereinbart zu haben.

Während der eine ihre Spuren verwischte, durchsuchte der

andere die Papiere. In einem der Umschläge entdeckte er tatsächlich etwas, was mitzunehmen ihm ratsam erschien.

Schließlich versenkten sie den Tresor wieder in den Boden, schoben Teppich und Stuhl darüber, deponierten die Chipkarten dort, wo sie sie gefunden hatten, und verließen die Villa auf dieselbe Weise, wie sie gekommen waren: Schatten gleich, die mit der mondlosen Nacht verschmolzen.

11

„Vorsicht an Gleis 6. Es hat Einfahrt der ICE 517 aus Dortmund zur Weiterfahrt nach München Hauptbahnhof über Siegburg/Bonn, Frankfurt Flughafen, Mannheim, Stuttgart ...“

Am Bahnsteig wimmelte es von Menschen. Unmerklich schob sich die Masse näher an die Gleise heran. Luk, Nelson und Judith verharrten im Hintergrund.

„Na dann viel Glück“, meinte Luk.

Der Zug rollte in den Bahnhof ein. Nelson pickte seinen Rucksack vom Boden.

„Glück können wir gebrauchen“, erwidert Nelson. „Hoffentlich bringt es uns weiter.“

„Für etwas wird es schon gut sein“, erwiderte sein Freund und zwinkerte ihm zu.

Dass sowohl Luk als auch Levent an diesem schulfreien Nachmittag *beim besten Willen* keine Zeit gefunden hatten, ihn und Judith nach Darmstadt zu begleiten, konnte nur einen Grund haben. Nelson war sich sicher, dass auch Judith längst mitbekommen hatte, wie sich ihre Freunde auffällig unauffällig als Kuppler versuchten.

Als sich der Bahnsteig leerte, stiegen Judith und Nelson in den Zug. Luk machte ihnen ein Zeichen. Sie winkten. Mit einem lauten Zischen schlossen die Türen. Kurz darauf ruckelte der Zug los.

Frau Kodiak, die Sekretärin des Internats, hatte ihnen zwei

Fensterplätze in einem Großraumabteil reserviert. Sie saßen sich gegenüber, zwischen ihnen ein Tisch. Neben ihnen machten es sich zwei alte Damen bequem, die schon bald an ihren Stullen mümmelten. Auf dem Tischchen lagen Spielkarten. Nicht die günstigsten Voraussetzungen, um sich näherzukommen, fand Nelson und nahm es als Wink des Schicksals.

„Wie geht's eigentlich Chantal?"

Judiths Frage klang beiläufig. Aber die Art, wie sie ihn dabei ansah, ließ Nelson aufmerken.

„Keine Ahnung", entgegnete er, bemüht, ebenso unbedarft zu klingen wie sie. „Wieso fragst du?"

Judith schürzte die Lippen. „Ich dachte nur. Du und Chantal, ihr seid doch ... befreundet, oder nicht?"

Worauf wollte sie hinaus?

„Keine Ahnung, was du meinst", antwortete Nelson etwas zu schnell.

„Ich hab euch neulich gesehen ..."

„Wann denn?"

„An dem Tag, an dem ich aus den Ferien wiedergekommen bin."

„Ach so." Nelson tat so, als ob er sich jetzt erst erinnerte. „Da haben wir uns zufällig getroffen, wenn du das meinst."

„Ihr hattet jedenfalls mächtig Spaß miteinander", bemerkt Judith.

„Die Süße wäre an ihrem Gegacker ja beinahe erstickt."

Nelson fing einen Blick der alten Dame auf, die neben Judith saß. Machte sie ihm ein Zeichen?

„Sie hat mich bloß ..." Er stockte. Räusperte sich.

Judith zog die Brauen hoch. „Was hat sie dich?"

In diesem Augenblick hörte Nelson in seinem Rücken die Stimme des Zugbegleiters. „Noch jemand zugestiegen? Die Fahrkarten bitte!"

Um sie herum begannen die Reisenden in ihren Taschen zu kramen. Auch Judiths Aufmerksamkeit war für einen Moment abgelenkt. Schon stand der Schaffner vor ihnen und sah sie mit müden Augen an. „Noch jemand zugestiegen?"

Judith lupfte ihr Handtäschchen. Schweigend wartete Nelson, bis der Kontrolleur ihnen die abgeknipsten Fahrscheine zurückgegeben hatte. Während Judith ihr Ticket wieder wegsteckte, packte er sein Brot aus. Mit vollem Mund sprach es sich nicht besonders gut. Judith schien das einzusehen. Jedenfalls ließ sie das Thema Chantal vorerst auf sich beruhen.

Inzwischen hatte der ICE seine Reisegeschwindigkeit erreicht. Fasziniert beobachtete Nelson, wie die Büsche und Bäume am Fenster vorbeiwischten. Wenn er seine Augen unscharf stellte, glichen die Bilder psychedelischen Farbsequenzen, vom Weltcomputer zusammengemischt.

„Sag mal, schielst du schon immer?", riss ihn Judiths Stimme aus seinen Gedanken.

Er stellte wieder auf scharf. „Nee, probiere nur gerade etwas aus", erwiderte er und schluckte den Rest seines Salamibrots herunter.

Ihr Blick irritierte ihn. An diesem Tag trug sie ihre meerblauen Kontaktlinsen, aber das war es nicht.

Ein Gedanke durchzuckte ihn! Hatte ihn Judith seinerzeit ebenfalls beobachtet? Woher sollte sie sonst wissen, dass Chantal *an ihrem Gegacker beinahe erstickt* wäre? Aber dann hatte Judith auch gesehen, wie sich Chantal bei ihm eingehakt hatte und sie zusammen über den Hof geschlendert waren. Janeck fiel ihm ein. Judith habe ihn gesucht ... War er von ihr am Telefon nur deshalb so kalt abserviert worden, weil sie ihn vorher mit Chantal beobachtet hatte? Aber das würde ja bedeuten, dass sie ...

„Wenn Sie wollen, können Sie gern eine Partie Karten mit uns spielen", sagte die alte Dame neben Judith plötzlich und zwinkerte Nelson verschwörerisch zu. Er ahnte, dass sie es nett meinte und ihm aus der Patsche helfen wollte. Aber gerade im Moment fühlte er sich darin pudelwohl. Er warf Judith einen hilflosen Blick zu. Doch seine Freundin wirkte ebenso überrumpelt wie er.

Ihr Zögern deutete die alte Dame offenbar als Zustimmung. „Na schön", sagte sie, „dann wollen wir mal."

Die beiden, zwei unverheiratete Schwestern aus Wuppertal, wie Nelson und Judith neben allerlei anderem schon in den ersten Minuten erfuhren, entschieden sich nicht für ein harmloses Kartenspiel wie Rommé, Bridge oder Canasta, sondern überraschten ihre Reisebekanntschaften mit dem Vorschlag, in ein Spiel einzusteigen, dem normalerweise nur Männer in dunklen Hinterzimmern frönen: Poker!

Verblüfft beobachteten Judith und Nelson, wie die eine verschiedenfarbige Chips vor jedem aufhäufte und die andere mit flinken Fingern die Karten mischte. Dann ging's los.

Bis Bonn hatte Nelson bereits die Hälfte seines Plastikgeldes verloren, eine viertel Stunde vor dem Frankfurter Flughafen stand er ganz ohne da. Judith hielt sich nur unwesentlich länger. Die alten Damen strahlten um die Wette. Nelson fragte sich insgeheim, ob in der letzten Dreiviertelstunde alles mit rechten Dingen zugegangen war. Immerhin hatten ihre betagten Mitspielerinnen gleich zweimal eine Große Straße gehabt und fünfmal einen Royal Flash! Während er und Judith sich schon über ein Paar Siebener freuen mussten.

Die eine zählte die Chips. „80.000", stellte sie zufrieden fest. „Das macht dann für jeden von Ihnen 200 Euro." Dabei umspielte ein seliges Lächeln ihre runzeligen Lippen.

Nelson und Judith quittierten ihren Witz mit einem pflichtschuldigen Lächeln.

Doch die alte Dame meinte es anscheinend ernst. Ungeduldig hielt sie die Hand auf und schnippte sogar mit den Fingern.

„Sie haben jeweils 20.000 an uns verloren", erläuterte sie, während die andere zu jedem Wort nickte. „Wir spielen um einen Cent. Das macht 200 Euro pro Person. Sie wollen doch nicht behaupten, dass sie nicht flüssig sind, oder?" Das Lächeln in ihrem Gesicht gerann.

Judith blickte Nelson ungläubig an. „Das ist ja wohl ein Scherz", stieß sie hervor.

„Oh nein", erwiderte ihre Tischnachbarin mit spitzem Mund. „Poker ist eine viel zu ernste Angelegenheit, um darüber zu scherzen." Sie betrachtete Judith mit strengem Gesichtsausdruck und wiederholte unnachgiebig: „Sie schulden uns 400

Euro. Cash, wenn ich bitten darf. Schuldscheine können wir leider nicht akzeptie ...“

Doch damit hatte sie den Bogen offenbar überspannt. Ihre Schwester konnte ein Glucksen gerade noch unterdrücken, prustete aber im nächsten Augenblick los.

„Sie ...“, dabei deutete sie mit ihrem zitternden Finger auf Judith. „Sie ...“, sie ließ ein keuchendes Rasseln hören, „Sie sollten sich mal ...“ Tränen liefen ihr die Wangen herunter.

Mittlerweile kugelte sich auch die andere vor Lachen, in das nach ihrem kurzen Schrecken auch Nelson und Judith einfielen.

Sie hörten erst wieder auf zu lachen, als der Zug seine Fahrt verlangsamte und über Lautsprecher der Frankfurter Flughafen angekündigt wurde.

„Wir steigen hier aus“, keuchte Nelson und holte seinen Rucksack aus dem Gepäckfach. „Verraten Sie mir noch eins: Sind die Karten gezinkt?“

„Aber, aber“, erwiderte die Dame ihm gegenüber und drohte mit dem Zeigefinger. „Das meinen Sie doch nicht ernst, junger Mann, oder trauen Sie uns das wirklich zu?“

Nelson ließ die Frage lieber unbeantwortet.

„Gute Weiterreise“, wünschte Judith und gab den Damen die Hand. „An diese Zugfahrt werde ich mich sicher noch lange erinnern.“

„Das hoffe ich, mein Kind“, entgegnete die Dame neben ihr und schenkte Nelson einen weiteren verschwörerischen Blick. „Das hoffe ich für Sie beide.“

Am Flughafen stiegen die Freunde aus. Als der Zug anfuhr, hoben sie die Hand. Die alten Damen winkten zurück. Neben ihnen nahmen in Gestalt zweier junger Männer bereits ihre nächsten Opfer Platz.

Über den Bahnhof spannte sich eine riesige Konstruktion aus Glas und Metall. Doch Nelson und Judith hatten kaum Zeit, um das futuristische Bauwerk zu bestaunen. Schon rollte ihr Anschlusszug ein. Sie stiegen ein, blieben aber im Gang stehen, um von dort die Skyline der Wolkenkratzer zu beobachten, die sich ihnen wenig später wie ein heran gezoomtes Foto näherte.

Der Frankfurter Hauptbahnhof empfing sie laut und hektisch. Wie Ameisen wuselten die Menschen durcheinander und gaben kaum aufeinander acht. Im Strom der Reisenden wurden die Freunde in die Halle gespült, wo Judith zwei Flaschen Bio-Limonade mit Ingwer-Orange-Geschmack erstand, die sie an einem der Stehtische tranken.

„Ich fass es nicht", schnaufte sie, „die beiden haben uns nach Strich und Faden gelinkt!"

„Dich vielleicht." Nelson grinste.

Judiths Antwort ging im Lärm der nächsten Ansage unter.

Während sie auf ihren Anschluss nach Darmstadt warteten, lästerten sie über die Leute. Die einen hetzten schwer bepackt an ihnen vorüber, die anderen schienen das Gewimmel als Bühne für ihre Selbstdarstellung zu nutzen. Ein Glatzkopf, der vor Kraft kaum gehen konnte, stolzierte sechsmal an ihnen vorbei. Der Koffer einer Stewardess verhakte sich mit dem eines Geschäftsmannes, vielleicht der Anfang einer lebenslangen Verbindung. Ein Wachmann forderte einen Obdachlosen auf, den Bahnhof zu verlassen, woraufhin ihm dieser die Füße küsste. Ein kleines Mädchen beobachtete die Szene, bis es von seiner Mutter weggezogen wurde.

Nelson konnte nicht anders, als immer wieder heimliche Blicke auf Judith zu werfen. Er mochte die Art, wie sie ihre Braue hob, wenn sie zweifelte, und wie sich ihre Nase kräuselte, sobald sie jemanden verspottete. Er fragte sich, wie andere Jungen es anstellten, um ans Ziel ihrer Träume zu gelangen. Wie näherte man sich einem Mädchen? Fragte man, bevor man es küsste, um Erlaubnis? Oder tat man es einfach? Und wenn sie nicht wollte? Nelson hatte nicht nur Angst vor der Zurückweisung, sondern auch davor, dass sein gescheiterter Versuch fortan zwischen ihnen stehen könnte.

Als es Zeit wurde, tranken sie aus und schlenderten zu ihrem Gleis. Die Regionalbahn wartete bereits. Sie stiegen ein und wählten einen Fensterplatz. Wieder saßen sie sich gegenüber. Doch diesmal blieben sie allein. Judith aß Kirschen. Die Kerne spuckte sie zurück in die Tüte. Während der Fahrt schwiegen sie sich an.

In knapp zwanzig Minuten erreichten sie Darmstadt. Inzwischen nieselte es. Sie wussten zwar, dass es zwischen dem Hauptbahnhof und der ESA, dem Europäischen Raumfahrtkontrollzentrum, eine Busverbindung gab, hatten bis zu ihrem Termin aber noch reichlich Zeit und beschlossen daher, die Strecke zu Fuß zu gehen. Ein alter Mann wies ihnen den Weg. Zunächst spazierten sie die Hauptstraße entlang stadteinwärts und bogen schließlich rechts in ein Wohngebiet. Schon bald tauchte vor ihnen ein weißer, langgestreckter Gebäudekomplex auf. Nelson sah auf die Uhr. Seit ihrem Start in Köln waren sie schon fast drei Stunden unterwegs, obwohl es ihm vorkam, als wären seither nur wenige Minuten vergangen. Einstein kam ihm in den Sinn. Im selben Moment hörte er die Stimme der Weltraumpiraten: *Ohne Einsteins Latein fehlt euch der Heiligenschein.* Er wischte den Gedanken beiseite und schritt mit Judith auf den Eingang zu.

12

Sie waren zu früh. Schon eine viertel Stunde vor dem vereinbarten Termin saßen sie auf einer Bank am Rhein und sahen den Joggern nach, die an ihnen vorübertrabten. In der Nacht war ein Gewitter niedergegangen. Der Regen hatte den Dunst weggespült. Ein strahlend blauer Himmel wölbte sich über der Stadt, und die Luft war so klar, dass die Konturen der Weinberge eine feine, durchgängige Linie in den Horizont ritzten.

Eine Frau schob ihren Kinderwagen am Fluss entlang. Als sie schon an der Bank vorbei war, drehte sie sich noch einmal um und warf einen misstrauischen Blick auf die beiden Gestalten, deren Gesichter halb unter ihren Kapuzen verborgen waren. Ihr folgte, von Stöcken gestützt, doch Hand in Hand, ein altes Paar, das nur Augen für sich hatte. Bald näherte sich auf Fahrrädern eine Familie. Als sich eines der drei Kinder nach den seltsamen Kapuzinern umsah, zeigte ihm einer der beiden den langen Finger, woraufhin das Kind sofort zu schreien begann. Der Mutter genügte ein einziger Blick, um mit ihren Kindern das Weite zu suchen.

Eine der beiden Gestalten sah auf die Uhr.

„Noch fünf Minuten", raunte er.

„Wenn die Alte diesmal pünktlich ist", erwiderte der andere.

Die fünf Minuten verstrichen, ohne dass ihre Zielperson auftauchte. Sie warteten weitere zehn Minuten und fluchten leise vor sich hin. Dann, endlich, tauchte hinter der Brücke eine hochgewachsene, hagere Joggerin auf. Sie trug helle Shorts, unter denen ihre braunen, knochigen Beine hervorstachen. Von ihren grauen Haaren lugten nur einige Strähnen unter einem altmodischen Käppi hervor. Als die Joggerin auf ihrer Höhe war, lösten sich die Kapuzengestalten von der Bank, trabten hinter ihr her und schlossen rasch zu ihr auf.

„Sie sind schon wieder zu spät", zischte der eine.

„Was daran liegt, dass *ich* im Unterschied zu *euch* einer geregelten Beschäftigung nachgehe", erwiderte die Alte bissig, ohne sich einer der Gestalten zuzuwenden. Ihre Stimme klang rau. Jetzt, da sie nebeneinander herliefen, sah man, dass sie beinahe ebenso groß war wie ihre Laufpartner.

„Haben Sie, was wir brauchen?", fragte der andere.

Die Joggerin zog unmerklich das Tempo an. „Ich brauche mehr Zeit. Und mehr Geld."

„Das soll wohl ein Witz sein?", schnaubte der Erste.

„Ich scherze nie", erwiderte die dürre Alte ungerührt. „Und wenn, dann ausnahmslos mit meiner Katze." Obwohl sie zwischen ihren muskulösen Mitläufern eher zerbrechlich aussah, wirkte sie völlig furchtlos und auf eine seltsame Weise überlegen. „Entweder ihr akzeptiert meine Bedingungen oder wir lösen unseren Vertrag. In diesem Fall erhaltet ihr selbstredend eure Anzahlung zurück – abzüglich meiner Auslagen, versteht sich."

Die beiden Kapuzenträger ließen sich zurückfallen, um sich zu beraten. Nach wenigen Minuten schlossen sie wieder auf.

„Wie viel?", fauchte der eine.

Als sie antwortete, glaubten beide, sie hätten sich verhört.

Doch ein Blick in das steinerne Profil der Alten zeigte ihnen, dass sie richtig verstanden hatten.

Wieder zog sie das Tempo an, wie um ihren Geschäftspartnern zu bedeuten, dass ihre Ausdauer größer war als die ihre.

„Die tickt doch nicht richtig!", zischte einer der Kapuzenträger, als sie wieder einige Meter zurückgefallen waren.

Die Alte stoppte so abrupt, dass sie fast in sie hineingelaufen wären.

„Was hast du gesagt, Söhnchen?", krächzte sie. Wie ein abgestorbener, aber fest verwurzelter Baum stand sie da, die knochigen Arme wie knorrige Äste vom Körper abgespreizt. Herausfordernd sah sie ihren Widersachern in die Augen.

Die Kapuzenträger tauschten einen schnellen Blick.

„Sie sollen Ihr Geld bekommen", erklärte der eine und ging einen Schritt auf die Alte zu. „Doch wehe, wenn Sie uns weiter hinhalten. Glauben Sie mir, wir haben hier nichts zu verlieren."

Die Alte wich keinen Zentimeter zurück. „Spar dir deine Drohungen, Junge. Im Alter vertrocknet die Angst. Euer Geld bringt mir keine Freude, es dient mir lediglich als Schmieröl, mehr nicht. Euer Spiel dagegen finde ich amüsant. Doch ich spiele nur so lange mit, wie ich es bin, die die Regeln bestimmt, ist das klar?"

Ihr Gegenüber antwortete nicht. Auch sein Partner schwieg.

„Ich benötige das Geld in spätestens drei Tagen", fuhr die Alte fort. „Euer Geschenk solltet ihr dann innerhalb einer Woche im Fernsehen bewundern dürfen." Damit drehte sie sich um und ließ die beiden stehen.

Angewidert blickten sie ihr nach. Erst als sie hinter der nächsten Brücke verschwunden war, setzten sich beide in Bewegung.

„Und jetzt?", fragte der eine.

Sein Kompagnon legte ihm einen Arm um die Schulter und zog dann einen Briefumschlag aus der Innentasche seiner Kapuzenjacke. Dem Kuvert entnahm er eine Fotografie und hielt sie dem anderen unter die Nase. Die Aufnahme zeigte einen grauhaarigen Mann im Bett, der von einer Krankenschwester gefüttert wurde. Bei genauerem Hinsehen fiel auf, dass der Alte einen hellblauen Strampelanzug trug. Der Kittel der Krankenschwester war so kurz, dass er ihren nackten Po nur zur Hälfte bedeckte.

„Und jetzt", antwortete er grinsend, „werden wir unseren lieben Herrn Oberbürgermeister anrufen und ihn an seinen letzten Kuraufenthalt erinnern. Wir werden ihn fragen, ob er noch Kontakt zu seiner Krankenschwester hat. Und ob wir das Foto von ihrer gemeinsamen Therapie veröffentlichen sollen. Wie ich ihn kenne, ist er schlau genug, um uns das Bild abzukaufen, meinst du nicht?"

13

Das European Space Operations Centre ESOC hat seinen Sitz in der Robert-Bosch-Straße 3-11 am Rande Darmstadts unweit der Autobahn A 5. Nelson hatte sich einen spektakulären modernen Gebäudekomplex vorgestellt, mit riesigen, futuristisch anmutenden Hallen und chromverzierten gläsernen Fronten. Doch als sie sich dem mit Maschendraht umzäunten Gelände näherten, war er enttäuscht. Der zentrale, dreistöckige Flachbau, vor dem mehrere Reihen Autos parkten, wirkte auf seltsame Art abweisend. Vielleicht lag es an der grauweißen Fassade des Gebäudes, dessen matte Schattierung sich dem trüben Nieselwetter angepasst zu haben schien, oder an den Fenstern, vor denen graue, schmucklose Jalousien hingen, die neugierige Blicke ins Innere verwehrten.

Rund um den Bau, an den sich weitere Bungalows anschlossen, ragten Masten mit den europäischen Fahnen in den bleigrauen Himmel. An diesem nassen, windstillen Tag hingen sie jedoch schlaff und traurig herab. Nur eine kleine, eher unscheinbare Rakete in einer Ecke jenseits des Zauns erinnerte daran, dass es sich bei diesem Gebäude nicht um irgendeinen bedeutungslosen Bürokomplex, sondern um die Zentrale der europäischen Raumfahrt handelte.

Sie hatten die Anweisung, sich beim Pförtner zu melden. Er begrüßte sie freundlich und bat sie, ein Formular auszufüllen, in dem sie nach dem Grund ihres Besuchs sowie nach ihrem Gesprächspartner gefragt wurden. Dann verlangte er höflich nach ihren Ausweisen. Nachdem er Judith und Nelson eingeschweißte Besucherpässe ausgehändigt hatte, wählte er eine Nummer und meldete die Gäste an.

„Bitte gedulden Sie sich einige Augenblicke", erklärte er schließlich, „Mr. McKay ist in fünf Minuten bei Ihnen."

Michael McKay war ein Mann um die fünfzig. Er trug einen dunkelblauen, zweireihigen Anzug mit weißem Hemd und heller Krawatte. Sein Vollbart war grau meliert, ebenso sein dichter Schopf. Die getönte Brille hatte er lässig ins Haar geschoben. Er begrüßte sie mit festem Händedruck, wobei seine wachen braunen Augen die jungen Besucher neugierig musterten.

„Mein Freund Jakob hat mir geraten, mich gut auf Ihren Besuch vorzubereiten", sagte er mit leicht irischem Akzent und schenkte den Freunden ein entwaffnendes Lächeln. „Ich hoffe, ich kann Ihre Fragen zu Ihrer Zufriedenheit beantworten."

McKays Freund Jakob Kaminski hatte das Rendezvous arrangiert. Als Nelson im Institut für Luft- und Raumfahrtmedizin mit ihm verbunden worden war, hatte er den Wissenschaftler sofort an seiner Stimme wiedererkannt. Vor Monaten waren sie sich in Köln begegnet. Damals hatte Nelson einen, wie er sich später eingestehen musste, total missglückten Vortrag über das schwarze Loch im Zentrum der Milchstraße gehalten. Kaminski war einer der Zuhörer gewesen. So oder so schien Nelson bei dem Kölner Raumfahrtmediziner einen nachhaltigen Eindruck hinterlassen zu haben. Denn ohne zu zögern hatte er zugesagt, ihn und seine Freunde mit einem Spezialisten der ESA zusammenzubringen.

Judith und Nelson folgten ihrem Gastgeber über den Parkplatz in das Gebäude. Junge, hemdsärmelige Männer kamen ihnen entgegen und grüßten knapp; hinter einer Glaswand saßen andere vor Bildschirmen und tippten Befehle in ihre Computer.

McKay schloss einen Raum auf und bat sie einzutreten.

„Hier finden unsere Briefings statt", erläuterte er und deutete auf einen weißen Tisch an der Wand.

Sie standen in einem eher schlichten Vorraum, hinter dem sich das eigentliche Kontrollzentrum anschloss.

„Manchmal sind wir hier zu sechst, manchmal aber auch dreißig oder vierzig Leute. Kollegen vom Bodenpersonal, Vertreter der Industrie, unsere eigene Projektmannschaft, die Flugdynamik, Softwareunterstützer, Leute von der Flugmannschaft und vom Management. Wenn es ein Problem gibt, kommen alle hierher."

„Was könnte das für ein Problem sein?", hakte Judith sofort nach.

McKay rückte seine Brille zurecht und lächelte vielsagend.

„Oh, es gibt eine Menge Probleme, für die wir Lösungen finden müssen", entgegnete er. „Ein Spannungsabfall in der Stromversorgung etwa oder unerwartete Temperaturschwankungen. Ein anderes Mal klemmt vielleicht der Regler eines ..."

„Und wie ernst könnte so ein Vorfall sein?", unterbrach ihn Judith.

„Manche Probleme sind banal, andere schwieriger." Ihr Gegenüber kniff die Augen zusammen. „Aber ich kann Sie beruhigen: Auf jede Frage gibt es auch eine Antwort. Wir nehmen jedes Problem ernst, so unscheinbar es auch sein mag. Natürlich gibt es auch kritische Fälle, doch die sind selten. Wie dem auch sei: Bei Schwierigkeiten versammeln wir uns hier und tragen die Fakten vor. Jeder kennt nur einen Teil des Problems. Wir bringen die Elemente zusammen und schreiben alles auf. Am Ende drücken wir auf diesen Knopf, und die Zusammenfassung wird an Ort und Stelle ausgedruckt. Wir treffen eine Entscheidung und können diese Entscheidung gleich hier gemeinsam unterschreiben. Es ist wichtig, dass alle dabei sind und Klarheit schaffen. Wir haben keine Zeit für Spekulationen."

Michael McKay strahlte eine ruhige Souveränität aus, wie Nelson fand. Einen Moment lang stellte er sich vor, wie das wäre, in seinem Stab mitzuarbeiten. Auf der Erde gab es kaum einen Ort, wo er dem Weltraum näher sein konnte als hier.

Während sie McKay ins Kontrollzentrum folgten, lächelte ihm Judith aufmunternd zu.

„Von diesem Raum aus werden all unsere Starts unterstützt", erklärte ihr Gastgeber. „Er ist das Herzstück der europäischen Weltraumfahrt. Kommen Sie, nicht so schüchtern."

Als Nelson eintrat, empfand er eine merkwürdige Ehrfurcht, ähnlich jenem Gefühl, wenn man ein Kloster oder alt-ehrwürdiges Museum betritt. Dabei wirkte der Raum eher nüchtern. Von seiner Architektur her, dem runden Zuschnitt und den halbkreisförmig angeordneten Sitzreihen erinnerte er an einen Hörsaal, seiner technischen Ausstattung nach zu urteilen glich er eher einem Rechenzentrum.

„Wenn wir einen Satelliten ins All schicken, kommen die Kollegen hier zusammen", hob McKay an und deutete auf die einzelnen Plätze. „Der Satellite Operations Manager, die Ingenieure, die Experten für den Strom, den Funk, die Software und andere mehr. Der Flight Operations Director ist verantwortlich für die gesamte Koordination." Er forderte sie auf, Platz zu nehmen. „Kennen Sie *Apollo 13* mit Tom Hanks und Ed Harris?"

Judith und Nelson nickten. Erst kürzlich hatten sie die Hollywoodverfilmung der gescheiterten Mond-Mission von 1970 auf Levents Großleinwand gesehen.

„Harris spielt darin Gene Kranz, den Flight Director der NASA", fuhr McKay fort. Er legte Nelson eine Hand auf die Schulter. „Sie sitzen sozusagen gerade auf seinem Platz."

Nelson sah auf. Es war ein Platz wie jeder andere. Nicht herausgehoben, sondern mittendrin.

„Und wo sitzen Sie?", wollte Judith wissen.

Michael McKay lächelte leise. „Ebendort. Auf dem Platz Ihres Freundes."

„Dann sind Sie ...?"

„Ich bin der Head of Advanced Mission Concepts and Technologies Office, kurz der Flugdirektor für alle Mond- und Marsmissionen der European Space Agency."

Über Nelsons Gesicht huschte ein Lächeln. Auf charmante Weise hatte ihnen McKay gerade bestätigt, dass sie für ihre Fragen keinen kompetenteren Gesprächspartner finden konnten als eben jenen Mann, der sie gerade verschmitzt betrachtete.

„Von hier könnte auch eine künftige Marsmission kontrolliert werden", fuhr er fort und zwinkerte seinen jungen Gästen zu. „Bin ich richtig informiert, dass dies der Hauptgrund Ihres Besuchs ist?"

Nelson und Judith nickten.

„Also, dann lassen Sie uns durchstarten. Schießen Sie los, was wollen Sie wissen?"

Wieder war es Judith, die die Initiative ergriff.

„Ein bemannter Flug zum Mars wird mindestens ein Jahr oder länger dauern", begann sie. „Dabei kann doch jede Menge passieren, was kein Mensch auf der Welt vorhersagen könnte, habe ich recht? Ich weiß nicht ... Wie bereitet man sich auf etwas vor, was noch nie zuvor jemand gewagt hat?"

McKay nickte ernst. „Eine sehr gute Frage", erwiderte er und schwieg eine Weile. Dann blickte er Judith direkt in die Augen. „Was wir machen, ist einfach: Wir simulieren! Alle erdenklichen Gefahren werden von uns vorweggenommen. Damit haben wir schon längst angefangen. Im Keller unter uns sitzt unser Simulations Officer. Ein netter Typ. Mal zieht er ein Kabel vom Netz. Oder er lässt einen kleinen Meteoriten in die Hülle unseres virtuellen Raumschiffs einschlagen. Vielleicht beliebt es ihm auch, einen Sauerstofftank explodieren zu lassen. Oder ihm fällt etwas ganz anderes ein, von dem auch ich nicht die geringste Ahnung habe." Er deutete auf die leeren Sitzreihen. „Wie reagieren die Techniker auf einen Vorfall? Der Capsule Communicator, der den Kontakt zur Raumkapsel steuert? Der EECOM, der für die Elektrizitäts- und Nachrichtenübertragung verantwortlich ist? Wie reagiert die Gruppe? Die Dynamik der Mannschaft ist entscheidend. Jeder muss wissen, was er zu tun hat. Aber auch, wie er mit den anderen zusammenspielt. Und jeder hier muss einen Ersatzspieler haben, einen Back-up-Partner. Wenn einer krank wird oder wenn sich einer das Bein bricht, dann muss immer jemand in der Nähe sein, der seinen Job übernimmt."

Nelson dachte an die Eltern von Miriam und Vincent und daran, dass es mitunter auch Ersatzspieler für die Ersatzspieler geben musste.

„Im Übrigen begeben wir uns ja nicht in eine völlig unbekannte Welt", fuhr McKay fort. „Vor den Menschen sind ja schon die Maschinen auf dem Mars gewesen. 1965 hat die amerikanische Sonde *Mariner 4* die allerersten Marsbilder zur Erde gefunkt. Ich sage Ihnen, das war ein Schock! Eine riesige Enttäuschung! Nur Krater und öde Landstriche – dabei hatten wir Flüsse und eine üppige Vegetation erwartet." Er blickte von einem zum anderen. „Stellen Sie sich das doch einmal vor: Jahrhundertelang haben wir den Mars von der Erde aus betrachtet, haben durch Teleskope beobachtet, wie sich sein rotes Antlitz verändert. Doch erst seit wenigen Jahrzehnten wissen wir, dass all unsere Vorstellungen von einer bewohnbaren Welt bloß eine schöne Illusion waren."

Er begann in großen Schritten durch den Raum zu marschieren. Als er weiterredete, blitzten seine Augen.

„Aber auf die Enttäuschung folgte eine Überraschung. Als es uns gelang, Sonden in die Umlaufbahn des Roten Planeten zu bringen, verwandelte sich die Öde in eine Märchenwelt. Auf dem Mars erblickten wir Olympus Mons, den höchsten Gipfel unseres gesamten Sonnensystems, der sich 26 Kilometer in den Marshimmel erstreckt und damit mehr als dreimal so hoch ist wie der höchste Berg der Erde! Dann entdeckten wir einen gigantischen Riss in der Oberfläche des Mars, das Vallis Marineris, ein 4000 Kilometer langes Schluchtensystem, das alles uns Bekannte in den Schatten stellt! Die Roboter bestätigten eine uralte Hypothese, warum der Rote Planet rot ist, indem sie den Marsstaub unter die Lupe nahmen und darin Eisenoxid analysierten, also Rost, nichts als Rost! Sie fanden Unmengen von Methan und – eine weitere Sensation – gefrorenes Wasser! Der Mars ist längst kein unbekannter Planet mehr. Wir kennen sein Antlitz, wir wissen, wie sich sein Gesicht innerhalb der Jahreszeiten verändert, wir durchschauen ..."

„Aber wenn wir schon so genau Bescheid wissen, wieso sollten Menschen dann überhaupt noch zum Mars fliegen?"

Nelson erschrak über sich selbst. Er hatte laut gedacht. Jetzt jedoch stand seine Frage im Raum.

Michael McKay spitzte die Lippen und blickte ihn überrascht an. Dann nickte er wieder. „Ja, warum? Eine interessante Frage. Warum nehmen wir all die Mühen, all die unwägbaren Risiken und die gigantischen Kosten überhaupt auf uns?" Er strich über seinen Bart. „Eine wichtige Frage. Vielleicht die wichtigste Frage überhaupt."

Sie verließen das Kontrollzentrum. Nelson und Judith folgten ihrem Gastgeber durch mehrere Korridore, deren Kunstlicht in die Augen stach. Ihre Schritte waren kaum zu hören. Vor einer Tür machte er halt und schloss auf. Der Raum, in den sie nun traten, war sehr klein. Ein Büro mit Laptop und einigen Satellitenmodellen auf dem Schreibtisch.

„Bitte."

McKay bedeutete ihnen, Platz zu nehmen, und ließ sich selbst in seinen Bürosessel fallen.

„Was wollen wir Menschen auf dem Mars?", nahm er den Faden wieder auf. „Wir haben sein Wetter erforscht, seine Bodenbeschaffenheit analysiert und die chemische Zusammensetzung seiner Atmosphäre." Er nahm eines der Satellitenmodelle in seine Hand. „Sonden wie *Mars Global Surveyor* und *Mars Odyssey* der NASA oder unser *Mars Express* sind monatelang im Orbit um den Roten Planeten gekreist. Rover wie *Spirit* und *Opportunity* sind sogar auf dem Mars gelandet. Die Frage bleibt: Warum sollten Menschen jetzt noch zum Mars fliegen? Warum werden sie es einst tun? Denn daran hege ich nicht den geringsten Zweifel. Wir könnten sogar fragen: Warum sind bis heute ein Dutzend Menschen auf dem Mond spazieren gegangen?"

McKay blickte seine jungen Gäste erwartungsvoll an. Einige Momente war es so still, dass man die buchstäbliche Stecknadel hätte fallen hören können.

„Seit Menschengedenken", fuhr der Flugdirektor fort, „fragen wir uns, wer wir sind. Woher kommen wir? Warum gibt es uns Menschen überhaupt? Und wohin gehen wir? Sind wir die einzigen intelligenten Lebewesen? In unserem Sonnensystem? In unserer Galaxie? Unser Stern, unsere Sonne, sie ist ja nur einer von Milliarden Sternen in unserer eigenen Galaxie.

Und diese ist nur eine von Milliarden anderer Galaxien. Wir sind so klein, so winzig. Wir sind so unwichtig in den Weiten des Raums. Es ist die Frage aller Fragen: Sind wir allein? Oder gibt es Leben auf anderen Planeten? Wir sind keine Theologen, wir sind Wissenschaftler! Deshalb reicht uns Gott als Antwort nicht aus. Daher werden wir auf der Suche nach Antworten in nicht allzu ferner Zukunft zum Mars reisen. Er ist unser Nachbarplanet. Er ist der nächste Planet mit erdähnlicher Umgebung. Er hat Wasser. Eine riesige Menge von Wasser. Wasser ist sehr, sehr wichtig. Wasser transportiert Mineralien und Vitamine. Vielleicht gab es auf dem Mars einmal Leben? Vielleicht finden wir Spuren davon, wahrscheinlich nicht *auf,* aber *unter* der Oberfläche? Und wenn nicht auf dem Mars, dann vielleicht auf einem anderen Planeten. Aber zuerst müssen wir zum Mars. Daran führt kein Weg vorbei!"

Er hatte schnell geredet. Jetzt hielt er inne. Besann sich. Seine Stimme klang sanfter, als er fortfuhr.

„Sehen Sie: Was ein Roboter in drei Tagen schafft, dafür benötigt ein Astronaut bloß eine Minute. Ein Mensch blickt sich um, er nimmt einen Hammer in die Hand und schlägt einen Felsen auf, er gräbt, hebt Steine hoch, analysiert sie vor Ort. Menschen erkennen Strukturen. Wir müssen mit eigenen Augen schauen. Mit unseren Ohren hören! Wir müssen eine Vorstellung davon entwickeln, wie es anderswo ist, weit weg von unserem Heimatplaneten und seinem kleinen Mond. Aber jetzt bin ich vielleicht etwas von Ihrer Ursprungsfrage abgewichen?"

Nelson schüttelte den Kopf. „Ganz und gar nicht", murmelte er.

Er fühlte, dass er gerade etwas Elementares begriffen hatte. Egal wie oft und intensiv er sich in der Vergangenheit mit der Erforschung des Weltraums beschäftigt hatte, die wichtigste aller Fragen hatte er ausgeklammert: die nach dem Warum! Michael McKays Antwort war universell. Sie betraf nicht nur die Erkundung des Weltalls, sondern jedwede Wissenschaft. Letztlich ging es darum, die eigene Herkunft zu ergründen!

Judith war es, die zum Ausgangspunkt ihres Gesprächs zurückkehrte.

„Wo, meinen Sie", fragte sie, „lauern wohl die größten Gefahren, wenn Menschen zum Mars reisen?"

McKay schmunzelte. „Sie sind hartnäckig, das gefällt mir. Aber auf diese Frage kann ich Ihnen nur theoretisch antworten. Denn: Wir sind noch lange nicht soweit. Es müssen noch so viele Fragen geklärt werden. Zum Beispiel die Ernährung. Muss die Mannschaft ihren gesamten Proviant mitnehmen, oder gedeihen in der Schwerelosigkeit Pflanzen, die genügend Obst und Gemüse produzieren? Ebenso die Getränke. Stellen Sie sich vor, jeder Astronaut tränke nur drei Liter Wasser am Tag. Das wären in einem Jahr pro Person schon über tausend Kilogramm Proviant. Eine Tonne allein fürs Trinken! Oder die Hygiene: Können wir das Brauchwasser wieder aufbereiten? Der Sauerstoff: Wie viele Liter, wie viele Tanks müssen wir einplanen? Nicht nur für den Hin-, sondern natürlich auch für den Rückflug? Je schwerer ein Raumschiff, desto mehr Treibstoff wird es benötigen. Das ist ein komplexes System. Davon hängt auch die Zahl der Astronauten ab. Jeder einzelne bedeutet mehrere Tausend Kilo zusätzliche Last."

„Aber man könnte Astronauten doch in einen künstlichen Winterschlaf versetzen", gab Nelson wieder, was er von Miriam und Vincent erfahren hatte.

Über McKays Gesicht huschte ein Lächeln. „Jakob hat nicht übertrieben", erwiderte er. „Ja, Sie haben natürlich recht. Wenn wir den Stoffwechsel senken, dann sinkt auch der Verbrauch. Aber so weit sind wir noch nicht. Möglicherweise gelingt es uns, in den nächsten 20, 30 Jahren den Raketenantrieb zu revolutionieren, dann kämen wir viel, viel schneller zum Mars. Wie gesagt, wir müssen noch vieles verbessern und so manche Fragen klären …"

Judith ließ nicht locker. „Aber theoretisch: Was würde Ihnen Kopfzerbrechen bereiten, wenn Sie eine Marsmission verantworten müssten? Sind terroristische Anschläge denkbar? Gäbe es Möglichkeiten, die Expedition von außen zu sabotieren? Und wenn ja, womit?"

Michael McKay runzelte die Stirn. In diesem Moment schien

er sich das erste Mal zu fragen, worauf Judith eigentlich hinauswollte. Nelson hielt es für besser, erklärend einzugreifen.

„Ein wesentliches Kapitel unseres Referats, in dem wir uns mit künftigen Weltraumabenteuern befassen, zielt auf die Frage, ob der Nutzen einer solchen Mission die Risiken überwiegt. Doch dazu müssen wir die Risiken natürlich erst einmal abschätzen können."

Judith warf Nelson einen dankbaren Blick zu.

McKay nickte. „Wie gesagt", fuhr er fort, „wir spazieren im luftleeren Raum. Aber ich will mich nicht vor einer Antwort drücken. Daher werde ich auf Ihre theoretischen Fragen theoretisch antworten: Nein, ich glaube nicht, dass eine Marsexpedition von außen sabotiert werden könnte. Eher von innen. Etwa durch einen – wie sagt man? – Schläfer? Einen Insider. Also einen Mitarbeiter der ESA oder NASA oder einer anderen Raumfahrtbehörde, einer, der jahrelang unauffällig bleibt, um im entscheidenden Moment zuzuschlagen. Aber: Die Sicherheitsüberprüfungen sind sehr penibel, wie Sie sich vorstellen können, da fallen schwarze Schafe schnell auf." Er zuckte mit den Achseln. „Theoretisch könnte sich natürlich auch ein Computerexperte in das System einhacken. Ich weiß nicht, auf welch verschlungenen Wegen sich solche Menschen in Zukunft durchs World Wide Web schleichen werden. Wenn Sie mich fragen, wird das Internet in Zukunft nicht unbedingt sicherer werden." McKay hielt einen Augenblick inne. Er stellte das Satellitenmodell zurück auf seinen Platz und nahm ein anderes vom Schreibtisch, das er versonnen betrachtete. „Wenn Sie aber wissen wollen, worin ich persönlich die größte Gefährdung einer Marsexpedition sehe, dann antworte ich Ihnen: in den zwischenmenschlichen Beziehungen! Stellen Sie sich doch einmal vor, Sie müssten zwei Jahre lang auf engstem Raum mit, sagen wir, fünf, sechs Menschen leben, mit denen Sie nichts weiter verbindet als Ihre aktuelle Expedition. Das kann die Hölle sein! Sie können nicht einfach mal vor die Tür treten oder den Abend mit Freunden im Pub verbringen. Sie teilen mit fremden Menschen Ihre Intimsphäre. Wahrscheinlich reisen nicht ausschließlich Männer zum Mars, genauso wenig wie es eine rein weibliche Crew geben wird. Das bringt andere Probleme mit sich. Was passiert, wenn sich einer auf so engem Raum in seine Kollegin verliebt, die aber nichts von ihm wissen will? Oder umgekehrt? Ja, Sie lachen, aber die Liebe macht Menschen unberechenbar."

Wie man dieser besonderen Herausforderung in der Zukunft begegnen würde, hatten die Freunde von Miriam und Vincent ebenfalls erfahren.

„Man könnte ausschließlich Ehepaare in die Crew aufnehmen", schlug Judith daher vor und lächelte den Flugdirektor der ESA unschuldig an.

Ihr Gastgeber lächelte zurück. „Sie haben recht, das könnte funktionieren. Vielleicht aber auch nicht. Stellen Sie sich vor, Sie beide wären seit Jahren miteinander liiert, da wären Sie vielleicht auch mal froh, wenn Sie sich nicht den ganzen Tag auf der Pelle hängen würden. Entschuldigung, ich will Ihnen natürlich nicht zu nahe treten, ich weiß ja noch nicht einmal, ob ..."

Nelson und Judith sahen sich nicht an. Aber Nelson hätte schwören können, dass sich Judiths Stirn in diesem Moment in der ihr typischen Weise kräuselte. Er wischte den Gedanken beiseite.

„Wäre es möglich, dass Terroristen die Kontrolle über ein Raumschiff gewinnen können?", wiederholte er Judiths Frage von vorhin.

McKay schüttelte den Kopf. „Das halte ich für ausgeschlossen. Ein System kann nur von seinem Partnersystem aus gesteuert werden, ein Satellit der ESA also nur von diesem Kontrollzentrum aus. Es gibt Codes, die ..."

„Aber Codes könnten doch geknackt werden", unterbrach ihn Nelson. „Sie sagten doch selbst, dass ..."

Der ESA-Experte schüttelte wieder den Kopf. „Dann schalten wir auf ein paralleles System um, welches nur der Crew und den verantwortlichen Mitarbeitern der Bodenstation bekannt ist."

„Und wenn die Astronauten in einen Tiefschlaf versetzt würden?", meldete sich Judith zu Wort.

„Dann müsste man sie wecken."

„Wenn das dann noch möglich ist", murmelte Nelson.

Michael McKay hob resigniert die Arme. „Solange wir theoretische Möglichkeiten ausloten, werden Sie noch so manche Lücke aufspüren. Aber glauben Sie mir: Wir machen es genauso! Und wir sind groß darin, diese Lücken zu schließen. Denken Sie mal zurück: Haben Sie jemals von einer Manipulation oder einem terroristischen Angriff gehört, der die Raumfahrt erschüttert hat?"

Nelson schüttelte den Kopf. In den Annalen der Raumfahrt war von derartigen Vorfällen keine Rede. Aber wäre denn eine solche Attacke, hätte es sie gegeben, wirklich publik geworden? Hätte man sie nicht unter allen Umständen verschwiegen, schon allein, um potenzielle Nachahmer nicht auf dumme Gedanken zu bringen? Immerhin hatte man von diversen Pannen gehört. Katastrophen, bei denen auch Menschen ums Leben gekommen waren.

Nelson hätte sich nur allzu gern beruhigt zurückgelehnt. Doch je tiefere Einblicke ihm Michael McKay gewährte, desto bewusster wurde ihm, wie verletzlich die Menschen in einer globalisierten, sich stetig vernetzenden Welt waren.

14

In der riesigen Menschenmenge vor dem Li-Ging-Tower fielen die beiden Gestalten in Kapuzenshirts nicht weiter auf. Wie alle anderen starrten sie auf die Fassade des 632 Meter hohen Wolkenkratzers, die sich vor wenigen Minuten in einen gigantischen Bildschirm verwandelt hatte. Es war exakt 19 Uhr, Zeit für die neuesten Nachrichten aus dem All!

Das von schulterlangen blonden Haaren umrahmte Gesicht einer mandeläugigen Eurasierin erschien auf dem Monitor. Ein Namenszug am unteren Rand des Bildes stellte sie als Soraya Calina vor. Als sie zu sprechen begann, erklang ihre Stimme so klar und gleichzeitig so weich, als ob sie inmitten der Menge stünde.

„Guten Abend, meine Damen und Herren! Wir melden uns wieder live aus dem European Space Operations Centre in Darmstadt. Zugeschaltet ist uns das Zentrum für Luft- und Raumfahrtmedizin in Köln. Standleitungen verbinden uns zudem mit den Weltraumbahnhöfen Satish Dhawan in Indien, Taiyuan in China, Baikonur in Kasachstan, Alcântara in Brasilien, Palmachim in Israel, Tanegashima in Japan, Cape Canaveral in den USA und Kourou in Französisch-Guayana, von wo die Crew der *Da-Vinci-7* vor gut zwei Wochen gestartet ist."

Schnell hintereinander wurden Aufnahmen jener Raketen eingeblendet, die die einzelnen Module ins All transportiert hatten, die wiederum in einer niedrigen Umlaufbahn zur gewaltigen Da-Vinci-Raumfähre zusammengesetzt worden waren. Die letzten Bilder zeigten die acht Astronauten beim Besteigen ihrer Rakete und kurz darauf in der Horizontalen, festgeschnallt in ihren Sitzen.

„Ich begrüße Dr. Fabius LeMaitre, den stellvertretenden Direktor der ESA", fuhr die Moderatorin fort.

Die Kamera schwenkte hinüber auf das Gesicht eines Mannes, das von zwei fürchterlichen Narben entstellt war. Sie verliefen quer über sein Gesicht von Auge zu Wange und formten zusammen ein schauerliches X. Der Mann trug einen edlen Anzug mit schwarzer Krawatte auf schwarzem Seidenhemd und mochte zwischen vierzig und fünfzig sein. Als ihn die Kamera einfing, gab er sich Mühe, ein Lächeln in sein entstelltes Gesicht zu zaubern.

„Dr. LeMaitre, was können Sie uns zum derzeitigen Stand der *Da-Vinci-7*-Expedition sagen?"

„Tout va bien oder, um es in Ihrer Sprache zu sagen: Alles läuft exakt nach Plan." LeMaitres Stimme kratzte wie zwei Porzellanscherben, deren Bruchkanten man gegeneinander rieb. „Nach drei Mondumdre'ungen – wir nennen sie Swing-by-Manöver, weil wir die Schwerkraft von andere 'immelskörper nützen, um die eigene Geschwindigkeit zu er'öhen – 'at die *Da-Vinci* genug Schwung ge'olt, um die nächsten Monate ganz ohne süsätzliche Schub auszukommen."

Soraya Calina blickte ernst in die Kamera. „Dr. LeMaitre", begann sie, wobei sich ihre feinen Augenbrauen leicht zusammenschoben, „ist es wahr, dass, wie die europäische Nachrichtenagentur AEP heute Morgen gemeldet hat, in der vergangenen Nacht für kurze Zeit jeglicher Kontakt zur *Da-Vinci-7* abgerissen ist?"

Auf dem Platz vor dem Li-Ging-Tower wurde es mucksmäuschenstill. Gebannt erwarteten die Menschen die Antwort auf diese Frage, denn seit dem späten Vormittag kursierten wilde Gerüchte und Spekulationen, von denen manche sogar ein vorzeitiges Scheitern der Marsmission voraussagten.

In der allgemeinen Spannung bemerkte niemand, wie sich die beiden Gestalten in Kapuzenshirts anstießen und verschwörerische Blicke tauschten.

LeMaitre verzog sein Gesicht, ohne dass für die Zuschauer ersichtlich wurde, ob er milde lächelte oder die Moderatorin mit einem verächtlichen Grinsen bedachte.

„Für Ihre Süschauer sage isch es gerne noch eine weitere Mal", antwortete er schließlich. „Diese Be'auptung entbehrt jeder Grundlage. Wir wissen, von welsche Kreise diese Gerüschte gestreut werden. Ihre Absischt is klar, und ihre Ziele sind dürschsischtig. Doch seien Sie versischert, Madame Calina, ihre Strateschie trifft ins Leere. Die ESA 'at alles unter ihre Kontrolle, *Da-Vinci-7* operiert so präsiese wie ein Uhr fabriqué en Suisse."

Bei der Nennung ihres Namens legte er Soraya Calina wie flüchtig seine Hand auf die Schulter, die er erst wieder zurückzog, als sich die Eurasierin zur Seite drehte.

Die schöne Moderatorin lächelte verkrampft. Allem Anschein nach versuchte ihr Gesprächspartner mit ihr zu flirten.

„Ich muss noch einmal nachhaken, Dr. LeMaitre", ergriff sie das Wort, sichtbar um Abstand bemüht. „Wer, meinen Sie, steckt hinter den Gerüchten, wie Sie es nennen?"

Mit gutem Willen konnte man den Ausdruck des ESA-Offiziellen als gönnerhaft bezeichnen.

„Verseihen Sie mir bitte, wenn isch auf Ihre Frage nur vage antworte, Madame Calina. Sehen Sie, eine 'undertmeterlauf 'at nur ein *vainqueur* – wie sagt man? – ein Sieger? Ah oui. Die Verlierär kennen nur seine Rücken. Ein Sinnbild ihres Versagens. Am Ende sprechen sie so lange von eine Manipülation, bis sie selber daran glauben. Den Sieger betrifft das nicht, weil Sieger blicken niemals sürück."

Soraya Calina ließ es dabei bewenden. Ihre kirschroten Lippen formten ein süßes Lächeln.

„Wir danken Dr. LeMaitre für seine Einschätzung und schalten jetzt nach Köln, wo mein Kollege Kevin Meyer einen weiteren Gesprächspartner begrüßt. Kevin, kannst du uns hören?"

Wieder wechselte das Bild. Auf der Hochhausfassade erschien das Gesicht eines jungen Mannes mit lichtem blondem Haar, der nicht in die Kamera, sondern darüber hinwegsah. Etwas hektisch nestelte er an seinem Headset herum. Allem Anschein nach konnte er seine Kollegin nicht verstehen.

„Kevin? Wir sind auf Sendung."

Eine Hand schob sich ins Bild, die Kevins Headset durch ein anderes ersetzte. Wenige Sekunden später knackte es in der Leitung.

„Hallo? Hallo, Soraya?", meldete er sich, „sind wir schon auf Sendung?"

Im Publikum vor dem Li-Ging-Tower brandete Applaus auf. Einige Zuschauer johlten. Andere bedachten den Fernsehreporter mit hämischen Kommentaren.

Die Moderatorin behielt die Contenance. Ungerührt lächelte sie in die Kamera.

„Hallo, Kevin", flötete sie, „schön, dass du uns doch noch beiwohnen kannst."

Kevin Meyer verzog seinen Mund zu einem schiefen Grinsen.

„Guten Abend, Soraya. Bei mir steht Professor Mendelsohn, der Direktor des Instituts für Luft- und Raumfahrtmedizin."

Die Kamera schwenkte nach links und erfasste die Gestalt eines schmächtigen, den vielen Falten nach zu urteilen uralten Mannes, dessen weiße Haare zu einem dünnen Pferdeschwanz zusammengebunden waren. Trotz seines biblischen Alters hielt er sich kerzengerade und blickte mit einer Mischung aus Konzentration und Schulbubengrinsen in die Kamera.

Aus dem Off erklang Meyers Stimme. „Professor Mendelsohn, Ihr Institut ist zuständig für die medizinische Überwachung der acht *Da-Vinci-7*-Astronauten. Wie geht es ihnen?"

Der Mund des Alten verzog sich zu einem breiten Lächeln. „Danke der Nachfrage, junger Mann, es geht mir ausgezeichnet." Dann kniff er jäh die Augen zusammen. „Aber die Befindlichkeit eines Erdenbürgers jenseits der 80 interessiert Sie womöglich weniger als der Gesundheitszustand unserer Himmelsstürmer, die derzeit selig schlummernd gen Mars schweben, habe ich recht?"

Meyer lächelte gequält. „Sicher freut es uns, den Leiter eines so bedeutenden Instituts bei bester Gesundheit zu wissen", antwortete er gewandt. „Doch natürlich interessiert uns auch, wie es im Moment Ihren Schützlingen geht."

„Bestens", antwortete Mendelsohn schmunzelnd. „Ich bin sicher, sie fühlen sich mindestens so wohl wie ein Fötus im Mutterleib."

„Professor Mendelsohn", fuhr der junge Reporter fort, „können Sie unseren Zuschauern erläutern, was mit den Astronauten derzeit geschieht?"

„Aber sicher, junger Mann, wenn Sie mich so nett darum bitten." Das Interview schien dem Raumfahrtmediziner immer mehr Spaß zu bereiten. „Das ist im Prinzip sehr einfach: Jeder unserer Schützlinge liegt in einer Kapsel. Es ist ein geschlossenes System, das sie rundum versorgt. Sie schlafen tief und fest. Ihre Atemluft wird mit Schwefelwasserstoff angereichert, der einen Teil der Sauerstoff-Rezeptoren in ihren Körpern blockiert und dadurch den Sauerstoffverbrauch um die Hälfte drosselt. Dadurch sinkt auch ihr Stoffwechsel. Gleichzeitig haben wir in ihre Körper zwei Gene eingeschleust, die die Produktion zweier Enzyme ankurbeln. Das eine sorgt dafür, dass im Körper nicht Kohlenhydrate, sondern Fette verbrannt werden, das andere drosselt den Zuckerverbrauch. Die Konsequenz: Statt wie üblich fünfzehnmal holen unsere Schützlinge minütlich nur noch siebenmal Luft, und statt sechzigmal pro Minute schlägt ihr Herz nur vierzigmal. Können Sie mir folgen?"

Jetzt war es Meyer, der schmunzelte. „Ich fasse zusammen: Sie senken den Stoffwechsel und damit den Energieverbrauch. So weit, so gut. Aber sinkt dadurch nicht auch automatisch die Körpertemperatur der Astronauten?"

„Offenbar haben Sie in der Schule gut aufgepasst, junger Mann", erwiderte Mendelsohn. „Ja, Sie haben recht: Anders als ein Murmeltier können wir Menschen unsere Körpertemperatur nicht der Raumtemperatur anpassen. Wenn der Körper abkühlt, beginnen wir zu zittern. Das geht so lange gut, bis uns die Kraft verlässt und unser Körper kollabiert."

„Es sei denn, Sie führen dem Körper Wärme zu?"

„So ist es", bestätigte der Raumfahrtmediziner milde lächelnd. „Schon Körperabkühlungen von nur wenigen Graden hätten auf Dauer katastrophale Folgen: Bewusstseinsstörungen, Gedächtnisverlust, womöglich irreversible Schädigungen des Gehirns. Daher halten wir die Körpertemperatur unserer Astronauten auf konstant 37 Grad Celsius." Plötzlich kicherte er leise. „Stellen Sie sich vor, Sie wären ein Fötus: Das Fruchtwasser, in dem sie schweben, ist 37 Grad warm. Durch die Nabelschnur werden Sie mit dem Nötigsten versorgt. Da einerseits Ihr Metabolismus stark gedrosselt ist, Sie sich andererseits so gut wie nicht bewegen, benötigen Sie nur minimale Energie. Genauso ergeht es derzeit unseren Astronauten – nur dass wir es sind, an deren Nabelschnur sie hängen."

Kevin Meyer nickte. Seine Augen verrieten, dass er nun auf jene Fragen zusteuerte, die ihm persönlich die wichtigsten waren.

„Und was würde geschehen, wenn es in dem, wie Sie sagen, geschlossenen System eine Störung gäbe?"

Mendelsohn hielt seine faltige Hand in die Kamera und drehte sie ruckartig nach links.

„Dann schalten wir die Schwefelwasserstoff-Zufuhr ab, und im selben Moment erwachen unsere Schützlinge zum Leben."

Eine der beiden Gestalten vor dem Li-Ging-Tower wandte sich ihrem Begleiter zu und flüsterte ihm etwas ins Ohr. Ihre Kapuzen zitterten, als ob sie lachten. Ihre Gesichter jedoch blieben unsichtbar.

Soraya Calina erschien im Bild. „Professor Mendelsohn", flötete sie, „ein Anrufer möchte gern wissen, wie Sie dem unaufhörlichen Muskel- und Knochenschwund begegnen."

Mendelsohns Augen blitzten, als er antwortete. „Ich kann Ihren Anrufer beruhigen, schöne Frau: Sehen Sie mich an, ich stehe noch immer gerade, obwohl bei mir nicht allzu viele Muskeln übrig sind, deren ich verlustig gehen kann."

Nun lächelte Soraya Calina pflichtschuldig. „Sie neigen zu Scherzen, Professor. Sie wissen natürlich, dass sich unser Anrufer um die Astronauten sorgt, deren Knochen und Muskeln sich nach Monaten in der Schwerelosigkeit einfach zurückbilden würden, wenn ..."

„... wenn wir sie nicht unter Strom setzten", vollendete Mendelsohn. „Im Ernst: Unsere Schützlinge bekommen in regelmäßigen Abständen Elektroimpulse, die zu Muskelkontraktionen führen. Außerdem werden sie alle zwei Tage für eine viertel Stunde richtig durchgeschüttelt. Auch das regt ihr Muskelwachstum an. Zudem scheiden sie während ihres Winterschlafs weder Kalzium noch Stickstoff aus, sodass sowohl neues Muskelgewebe als auch neue Knochenzellen gebildet werden können. Sie sehen, wir haben an alles gedacht."

Einen Augenblick lang war Kevin Meyer zu sehen, doch noch bevor er etwas sagen konnte, lächelte schon wieder Soraya Calina in die Kamera.

„Wir danken Professor Mendelsohn für seine Ausführungen und schalten nun zu den Weltnachrichten", verkündete sie. „Wir würden uns freuen, Sie morgen um dieselbe Zeit wieder begrüßen zu können."

Etwa zwei Kilometer Luftlinie vom Li-Ging-Tower entfernt schaltete Vincent den Wandbildschirm im Wohnzimmer ab.

„Ich hasse Journalisten", stieß er hervor.

Miriam sah ihn nicht an. „Die tun doch auch nur ihren Job."

Ihr Bruder machte eine wegwerfende Handbewegung. „Aber ohne über die Konsequenzen nachzudenken. Sie stochern so lange herum, bis sie auch die letzte Schwachstelle offengelegt haben. Solche Berichte lenken Terroristen doch genau dahin, wo sie ansetzen können." Er brach ab und schüttelte den Kopf.

Miriam legte ihm eine Hand auf die Schulter. „Ich glaube, wenn es ein Terrorist wirklich auf etwas abgesehen hat, dann recherchiert er selbst so gründlich, bis er findet, wonach er sucht. Dazu braucht er keine Journalisten."

Vincent blieb bei seiner Meinung. „Wenn du Plakate aufhängst", brummte er mürrisch, „auf denen du kundtust, dass du deine Wohnung niemals abschließt, brauchst du dich nicht zu wundern, wenn die Einbrecher vor deinem Haus Schlange stehen."

Sie saßen im Dunkeln. Das bodentiefe Fenster umfasste die gezackte Spitze des Li-Ging-Towers wie ein Bilderrahmen. Der Turm war in ein blauweißes Licht getaucht, das dem Bild eine mystische Aura verlieh.

„Du hast doch LeMaitre gehört", beschwichtigte Miriam. „An den Gerüchten ist nichts dran."

„Und du weißt ebenso gut wie ich, dass Typen wie LeMaitre solche Statements abgeben *müssen*", erwiderte ihr Bruder ungehalten. „Wahrscheinlich sind die sogar vertraglich dazu verpflichtet."

Eine Weile blieb es still zwischen ihnen. Irgendwann wischte sich Miriam verstohlen eine Träne aus dem Auge.

Jäh wurde Vincent bewusst, was er mit seinen düsteren Prophezeiungen anrichtete. Er stand auf und legte seiner Schwester beide Hände auf die Schultern.

„Wahrscheinlich hast du recht, Schwesterchen", flüsterte er. „Sind bestimmt bloß irgendwelche Spinner, die zu lange in die Glotze gestarrt haben. Und außerdem ..." Er strich ihr eine Strähne aus dem Gesicht und lächelte sie an. „... ist es um unsere selbst ernannten Weltraumpiraten in letzter Zeit auffallend still geworden, findest du nicht?"

15

In den nächsten Wochen standen im Internat Burg Rosenstoltz die ersten Prüfungen des neuen Quartals an. Nelson hockte die meiste Zeit über seinen Büchern; Zeit, die er lieber mit seinen Freunden, am liebsten jedoch mit Judith verbracht hätte. Doch da auch sie büffeln musste, sahen sich beide nur selten, und noch seltener waren sie dabei allein.

Gleich nach ihrer Rückkehr aus Darmstadt hatte Judith einen Brief an Miriam und Vincent auf den Weg gebracht. Darin teilte sie den Freunden mit, was sie und Nelson bei ihrem Besuch im Kontrollzentrum der ESA erfahren hatten. Sie hofften, dass ihre Botschaft Wirkung zeigen würde: Wenn selbst hochrangige Experten die Möglichkeit eines terroristischen Anschlags als verschwindend gering einschätzten, konnte die Gefahr so groß nicht sein! Dass der Experte ein Restrisiko nicht ausgeschlossen hatte, hielten Judith und Nelson für wenig berichtenswert. Schließlich handelte es sich bei den Spekulationen über Hackerangriffe oder Sabotageakte innerhalb der ESA um rein theoretische Erörterungen oder, wie es Michael McKay formuliert hatte, um Spaziergänge im luftleeren Raum.

Wenig später stellte Madonna eine Antwort aus der Zukunft zu. Miriam und Vincent hatten wieder ein Visitou geschickt. Nelson schwante nichts Gutes, erinnerte er sich doch noch allzu gut an die erste Unheil verkündende Nachricht dieser Art. Aber als schließlich Vincents grinsendes Gesicht auf dem Display erschien, entspannte er sich und mit ihm seine Freunde.

„Zivilisation an Steinzeit! Seid ihr auf Empfang?", tönte Vincent. „Ihr glaubt gar nicht, wie sehr wir uns jedes Mal über eure Briefe freuen. Nicht nur des frohen Inhalts wegen, sondern auch aufgrund ihrer ungewöhnlichen Form. Handgeschriebene Briefe, die gibt's ja bei uns sonst nur noch im Museum."

„Spinner!", unterbrach ihn Miriam und drängte sich ins Bild. „Ihr dürft ihm kein Wort glauben! Natürlich gibt es noch handgeschriebene Briefe. Aber manche Leute, zu denen auch mein lieber Bruder gehört, können noch nicht einmal ihren eigenen Namen richtig schreiben, geschweige denn einen zusammenhängenden Satz. Weshalb sie immer vor Ehrfurcht erstarren, wenn sie einmal einen echten Brief ohne durchgestrichene Wörter und Sätze sehen. Natürlich musste ich ihm eure Zeilen vorlesen, da er selbst nicht einmal lesen ka…"

„Jetzt reicht's!", meldete sich Vincent wieder zu Wort und schubste seine Schwester zur Seite. „Wenn ihr wüsstet, wie oft ich mit der Kleinen früher lernen musste. Aber ich erspar euch lieber die Einzelheiten, denn so viel Speicherkapazität hätte selbst unser ultramoderner Visitou nicht!" Er zwinkerte ihnen zu. „Also, falls ich das noch nicht gesagt habe: Vielen Dank für euer Engagement! Das, was ihr herausgefunden habt, deckt sich mit dem, was auch unsere Experten zu betonen nicht müde werden. Drauf gewettet hätte ich nicht. Aber die Tatsache, dass unsere Weltraumpiraten weiter beharrlich schweigen, kann wohl als gutes Zeichen gedeutet werden. Vielleicht war alles ja wirklich nur ein blöder Scherz, und es gibt sogar eine simple Erklärung dafür, wie die Freizeit-Terroristen ausgerechnet auf Castor und Pollux gekommen sind. Ist immerhin möglich, dass sie ein Faible für griechische Mythologie haben und wirklich die Söhne von Zeus meinen statt eure notorisch nervenden Zwillinge."

Ohne Ankündigung wechselte das Bild. Ein schmaler Raum erschien, vollgepfropft mit Technik. Die Kamera glitt über eine Reihe gläserner Kästen, in denen Menschen lagen. Die Glaskästen sahen aus wie Schneewittchensärge. Einer wurde heran gezoomt. Schemen einer schlafenden Frau mit aschblonden Haaren wischten durchs Bild.

„Unsere Mutter", erläuterte Miriam. „Sie und unser Vater sind jetzt schon fast zwei Monate unterwegs." Ihre Stimme klang traurig. Sie schluckte. „Beim Umkreisen des Mondes haben sie noch einmal Schwung geholt", fuhr sie fort. „Jetzt sind sie irgendwo in den Weiten des Weltraums, Millionen Kilometer von uns entfernt." Sie stockte. Einen Moment drohte sie die Trauer zu überwältigen, aber dann fuhr sie mit zwar leiser, aber fester Stimme fort. „Vincent hat's ja schon angesprochen: Die

Weltraumpiraten sind zum Glück verstummt. Störungen gab es bislang keine. Oder vielleicht doch, allerdings von geringer Bedeutung, wie es scheint. Kurz nach ihrem Austritt aus der Umlaufbahn des Mondes soll für wenige Sekunden der Kontakt zur *Da-Vinci-7* abgerissen sein. Als Quelle dieser Meldung wurde ein ESA-Mitarbeiter identifiziert. Er ist inzwischen versetzt worden. Nichts dran, sagten die Verantwortlichen in Darmstadt. Zwei unabhängige Experten waren anderer Meinung. Ihre Vermutung: Es gab tatsächlich eine Störung. Einer meinte, die Ursache könnte ein Funkloch hinter dem Mond gewesen sein. Wie auch immer, von Terroristen war in keinem einzigen Beitrag die Rede. Außerdem ist das jetzt schon drei Wochen her, ohne dass danach irgendetwas von Bedeutung passiert wäre."

Nelson meinte, in ihrem Ausdruck einen Rest von Zweifel auszumachen. Aber vielleicht täuschte er sich auch.

Im Hintergrund war plötzlich eine leise Stimme zu hören, die weder Miriam noch Vincent zuzuordnen war. Nelson verstand Wörter wie *Fenster*, *wischen* und *fertig*. Die Stimme klang seltsam tonlos. Vincent antwortete ihr genervt, wobei er jedes Wort übertrieben betonte. „Zum letz-ten Mal: Erst die Fens-ter, dann das Wohn-zim-mer sau-gen und am En-de ü-ber-all nass durch-wi-schen!" Sein Gesicht kam ins Bild. „Das war Mandy. Die Krux an diesen Haushaltsrobotern ist der Sprachchip. Sie verstehen dich einfach nicht! Oder sie wollen dich nicht verstehen. Jedenfalls musst du ihnen alles dreimal erzählen. Wenn sie das dann aber einmal gerafft haben, sind sie unschlagbar. Unsere Glastür im Esszimmer ist so sauber, dass Onkel Niklas jedes Mal davor knallt und sich eine blutige Nase holt!" Er lachte.

„Wie es scheint, bin ich meiner Zeit um Generationen voraus", warf Levent ein.

„Kann Loddar denn auch Fenster putzen?", frotzelte Judith.

Levents Mundwinkel zuckten verächtlich. „Wenn er wollte, könnte er natürlich auch das. Aber er will nicht. Loddar bedient lieber seinen Herrn und Meister. So wie sich das für einen Sklaven gehört."

„Dein kurzer Ausflug in die Römerwelt hat dir gar nicht gutgetan", bemerkte Judith bissig, während auf dem Visitou wieder Miriam ins Bild rückte.

„Habt ihr nicht Lust, die Marslandung mit uns gemeinsam zu erleben – live und in Farbe?" Miriam schielte in die Kamera. „Ich koch uns auch was Römisches! Habe mittlerweile alle möglichen Andenken gesammelt, darunter auch ein Kochbuch mit Originalrezepten von Lukullus. Solltet ihr allerdings keine Haselmäuse mit Honig und Mohn, Grasmücken in Pfaueneiern, Gebärmütter junger Säue oder gefüllte Hammelnieren mögen ..."

„Igitt!", entfuhr es Judith. „Hör auf!"

„... dann können wir uns natürlich auch was vom Inder oder Afrikaner bringen lassen."

Vincent legte den Arm um seine Schwester und fuhr an ihrer Stelle fort. „Was wir eigentlich sagen wollen: Bei uns seid ihr jederzeit herzlich willkommen! Mein Job ist nicht so stressig, dass ich mir nicht auch mal ein paar Tage Auszeit nehmen könnte. Und Schwesterchen sitzt die Akademie eh auf der linken Backe ab. Sind unsere verflucht guten Gene. Also, überlegt es euch! So long. Macht's erstmal gut und bis hoffentlich bald!"

Beide winkten noch einmal in die Kamera, bevor das Bild erlosch.

Mit dem Ende des Quartals und fast zeitgleich mit den mühsam bestandenen Prüfungen brach plötzlich der Winter über Burg Rosenstoltz herein. Jedenfalls empfanden Nelson und seine Freunde den jähen Temperatursturz von über zwanzig Grad wie eine ungerechte, zum falschen Zeitpunkt erfolgte Verbannung nach Sibirien. Überhaupt hatte Nelson in den vergangenen Jahren zunehmend den Eindruck gewonnen, dass auf einen Sommer direkt der Winter folgte und umgekehrt. Frühling und Herbst schienen sich auf Nimmerwiedersehen verabschiedet zu haben, überall in Europa klagte man über extrem trockene Sommer und frostige, nicht enden wollende Winter.

Dann mach dir eben warme Gedanken.

Hin und wieder erinnerte sich Nelson an den Lieblingsspruch seines Vaters und hatte zum ersten Mal den Eindruck, dass dessen Patentrezept wirklich half. Sobald er an Judith dachte, schien er plötzlich gänzlich unempfindlich gegen die Kälte, und das selbst an jenen Tagen, da sein Zimmernachbar und Frischluftfanatiker Gottfried das Fenster sperrangelweit aufriss, um nicht, wie er mit Leidensmiene verkündete, jämmerlich zu ersticken.

Wenn er Judith sah, empfand Nelson jedes Mal ein derartiges Kribbeln unter der Haut, als ob die Luft zwischen ihnen elektrisch aufgeladen wäre. Er zwang sich dazu, Abstand zu halten, weil er Judiths Nähe kaum aushalten konnte. Es war ein Gefühl wie Windpocken: Es juckt, aber man weiß, man darf sich nicht kratzen, weil es dann nur noch schlimmer wird.

Auch Judith hatte sich verändert. Nelson spürte ihre Befangenheit, obwohl sie sich redlich Mühe gab, wie gewohnt locker rüberzukommen. Sie redete wie ein Wasserfall, klopfte Sprüche und zog ihre Freunde der Reihe nach auf. Doch was auffiel: Nelson ließ sie fast immer in Ruhe. Bis vor Kurzem noch hatten die meisten ihrer ätzenden Bemerkungen ihm gegolten. Jetzt jedoch vermied sie sogar ihren Lieblingsspitznamen *Admiral!*

Luk fand sich allmählich damit ab, dass es zwischen seinen besten Freunden wohl bei einer platonischen Beziehung bleiben würde.

„Ist mies gelaufen zwischen euch, nicht?", hatte er Nelson eine Woche nach dessen Rückkehr aus Darmstadt gefragt. Doch anstatt seinem Freund Zeit für eine Antwort zu geben, flüchtete er sich wieder wie ein alternder Gigolo in Allgemeinplätze: „Kennst du eine, kennst du alle", gab er ihm mit auf den Weg. Und: „Auch andere Mütter haben schöne Töchter." Ratschläge, die Nelson nicht wirklich weiterhalfen.

Eines Tages platzte die Nachricht herein, dass Professor Papadopoulos einen der diesjährigen Ig-Nobelpreise erhalten sollte. Diese Auszeichnung wurde in Anlehnung an die herkömmlichen Nobelpreise vergeben, allerdings *für Forschungen, die nicht wiederholt werden können, oder besser nicht wiederholt werden sollten. Ignobel* stand zwar für *schändlich* oder *unwürdig,* die Preisträger durften sich jedoch durchaus geschmeichelt fühlen, wurden doch vor allem solche Einfälle gewürdigt, die *zunächst zum Lachen und dann zum Nachdenken anregen*. In der Vergangenheit hatten Wissenschaftler Preise für die Entwicklung einer Hundehoden-Prothese und eines davon rollenden, sich unter dem Bett versteckenden Weckers erhalten. Ausgezeichnet worden waren auch die Idee, die elektrischen Signale im Gehirn einer Heuschrecke aufzunehmen, während sie die Höhepunkte von *Star Wars* guckte, der Nachweis, dass sich Heringe nicht durch Mundblasen, sondern durch Fürze verständigen, sowie der Einfall, mit einer Rektalmassage einem Schluckauf zu begegnen.

Papadopoulos hatte im vergangenen Jahr einen viel beachteten Aufsatz über die Wirkung der Volksmusik und Heimatfilme veröffentlicht. Darin vertrat er die These, dass die deutsche Wirtschaft durch diese Art von Kulturgut ausgebremst werde. Denn vor allem finanzstarke Rentner hätten eine Vorliebe für Heimatnahes. Durch die Schnulzen werde den Senioren eine ganz und gar heile Welt vorgegaukelt, in der die Flüsse rein, die Wiesen grün und die Menschen gut seien. Das wiederum verführe die Rentner zur Trägheit. Anstatt eine Kreuzfahrt zu unternehmen, um ferne Länder zu erkunden, blieben sie lieber daheim oder träfen einander bei einer Wanderung im Thüringer Wald. Statt gegen die Ungerechtigkeiten dieser Welt aufzubegehren und soziale Initiativen zu unterstützen, blieben sie auf ihrem Vermögen hocken, bis es durch ihr spätes Ableben an ihre sich ebenfalls schon im Rentenalter befindlichen Kinder vererbt würde.

Papadopoulos wurde von der Nachricht aus den USA völlig überrascht. Der Aufsatz, den er aus einer Laune heraus geschrieben hatte, war zunächst auf der Homepage des Internats Burg Rosenstoltz erschienen. Eine Wirtschaftszeitung hatte daraus zitiert, woraufhin die Schrift von einem renommierten Magazin nachgedruckt und schließlich von einem der Harvard-Preisrichter entdeckt worden war.

Seitdem strahlte Papadopoulos wie ein Honigkuchenpferd, und mit ihm strahlten seine Schüler. Am liebsten hätten sie ihn alle nach Cambridge ins altehrwürdige Sanders-Theater der Har-

vard-Universität begleitet, wo die feierliche Preisverleihung statt-
finden sollte. Aber natürlich durfte der Unterricht nicht einfach
ausfallen. Daher verfolgten Lehrer und Schüler die Zeremonie
schließlich im Internet und ließen dem noblen Akt eine spontane Party folgen.

Professorin Van der Saale gab die Zeremonienmeisterin. Im
Nu hatte sie eine Band zusammengestellt mit der kleinen Hyo-
Ri Kim am Klavier, Klitschko an der E-Gitarre, Hoffmann am
Bass und Fitness-Coach Pieter Patrick als Sänger. Das klang
anfangs alles ziemlich schräg, da Kim auf Klassik, Klitschko auf
Rock, Hoffmann auf Jazz und Patrick auf Irish Folk program-
miert waren. Doch als sich die vier schließlich auf die bekann-
testen Pop- und Rockklassiker geeinigt hatten, rissen sie ihr
Publikum zu wahren Begeisterungsstürmen hin.

Zu Nelson und seinen Freunden, die abseits der Tanzfläche
auf dem blank gewienerten Holzboden hockten, hatten sich
andere Schüler gesellt, darunter Tessa, Janeck, Mahmut sowie
die Grazien Kim und Lea. Unweit von ihnen flirtete Chantal mit
Torben, wobei sie Nelson demonstrative Blicke zuwarf, die der
jedoch ebenso nachdrücklich an sich abprallen ließ.

„Ist das nicht süß?", jauchzte Lea, als Elvira Kunkel ihren sich
sträubenden Mann auf die Tanzfläche zog und beide zum
Beatles-Klassiker *When I'm Sixty-Four* einen Foxtrott aufs Parkett
legten.

Levent beugte sich zu ihr. „Noch süßer fände ich, wenn du
als Kim-Kardashian-Double auftreten würdest."

„Das kann ich mir vorstellen", fauchte Lea, „am besten mit
nix an, oder?"

„Ganz so, wie du dich am wohlsten fühlst", erwiderte Levent
und grinste süffisant.

Als sich die Band an *I Shot The Sheriff* wagte, steuerte Tessa
ihren Rollstuhl auf die Tanzfläche und begann ihn verwegen auf
und ab zu wippen. Luk folgte ihr. Bald standen die beiden im
Mittelpunkt einer ganzen Traube von Schülern und Lehrern, die
zu weiteren Songs von Bob Marley im Reggae-Rhythmus zappelten.

Nelson fasste sich ein Herz. „Hast du Lust?", wandte er sich an Judith und merkte, wie er im selben Moment rot anlief.

Judith blickte ihn überrascht an. „Lust?"

„Zu tanzen", präzisierte Nelson und gab sich Mühe, den feixenden Levent zu ignorieren.

„Wenn du mich so lieb bittest", säuselte Judith und gab Levent beim Aufstehen eine Kopfnuss. „Oh, sorry, aber irgendwie war dein Kopf im Weg." Bevor ihr Freund reagieren konnte, war sie schon außer Reichweite.

„Attacke!", raunte Levent, als Nelson Judith auf die Tanzfläche folgte, und bekam von ihm eine zweite Kopfnuss verpasst.

Ob sich Pieter Patrick irgendetwas dabei dachte oder König Zufall Regie führte – jedenfalls waren die letzten Akkorde von *Could You Be Loved?* gerade verweht, als die Band plötzlich *Killing Me Softly* anstimmte. Schlagartig leerte sich die Tanzfläche. Bis auf Tessa und Luk sowie Chantal, die mit Torben im Schlepptau herbei eilte, waren Nelson und Judith mit einem Mal allein im weiten Rund. Nelson hatte das Gefühl, dass ihn alle anstarrten. Während Chantal und Torben schon eng umschlossen über die Tanzfläche schwebten und sich Luk auf seltsame Weise den Bewegungen Tessas anpasste, stand Nelson unschlüssig herum und blickte Judith flehend an.

„Und jetzt?", raunte er.

„Du wolltest doch tanzen, oder?" Entschlossen streifte Judith ihre Stöckelsandalen ab und legte die Arme um seinen Hals.

Und dann tanzten sie!

Nelson wunderte sich, wie einfach das ging. Er vernahm Hyo-Ri Kims zärtliches Klavierspiel und ließ sich von den Harmonien wegtragen. Er schloss die Augen. Plötzlich war er mit Judith allein. Er fühlte ihren warmen Körper. Er spürte ihren Atem in seiner Halsbeuge. Sie schmiegte sich eng an ihn, und er erwiderte den leichten Druck ihres Körpers. Sein Herz pochte wild. Es war ein unbeschreibliches Gefühl. Noch nie hatte er etwas Schöneres erlebt!

Viel zu schnell ging die Ballade vorüber. Doch gerade als sich Nelson von Judith lösen wollte, stimmte die Band mit *Jessie* von

Joshua Kadison einen weiteren Schmusesong an. Ein Traum, dachte Nelson, das alles ist nur ein Traum.

Irgendwann öffnete er die Augen. Luk strahlte ihn an. Levent hob den Daumen. Kim und Lea starrten ungläubig herüber. Er gab sich dem Traum einfach hin. Versank darin. Stellte sich vor, wie das wäre, wenn sie sich küssten, jetzt und hier, vor aller Augen. Judith schmiegte sich an ihn. Ein Traum. Im Traum war alles möglich ...

Plötzlich erklang das Intro zu *Satisfaction*. Ihm folgte ein Schrei. Nelson wandte den Kopf. Dieter-Rüdiger und der dicke Max standen sich gegenüber und spielten Luftgitarre. Widerstrebend gab er Judith frei. Eine Sekunde lang sah sie ihn weich, fast zärtlich an, ein Blick, der ihm durch und durch ging. Doch schon im nächsten Augenblick war der Zauber vorbei. Mit dem ihm so vertrauten spöttischen Zug um den Mund raunte sie: „Na, siehst du, geht doch!" Dann zog sie ihre Schuhe wieder an und stöckelte zurück zu ihren Freunden.

Nelson folgte ihr langsam. Während sich Judith zu Kim und Lea gesellte, die ihr alsbald von beiden Seiten schnatternd in den Ohren lagen, ließ sich Nelson neben Levent nieder. Der rückte näher und legte ihm brüderlich einen Arm um die Schulter.

„Das wurde aber auch Zeit", brummte er. „Ich kann dir nur raten: Bleib jetzt ja dran!"

Nelson deutete unauffällig zu den Grazien. „Kannst du mir verraten wie?"

„Eine Gelegenheit findet sich immer", erwiderte Levent mit der Gewissheit des Zen-Buddhisten.

Doch damit sollte Levent, zumindest an diesem Abend, danebenliegen. Kim und Lea wichen Judith nicht mehr von der Seite. Und als die Party um Punkt zwölf aufgelöst wurde, begleiteten die Grazien Judith in den Mädchentrakt, während Nelson Levent in den Jungenflügel folgte.

„Wo treibt sich eigentlich Luk herum?", bemerkte Levent.

„Keine Ahnung."

Nelson war viel zu sehr mit sich selbst beschäftigt gewesen, um auf andere zu achten. Ein Traum, dachte er, oder war das alles real?

„Na dann."

Vor seinem Zimmer nickte Nelson seinem Freund noch einmal zu. Einen Moment sah es so aus, als wolle er noch etwas sagen, doch dann beließ er es bei einer müden Geste.

„Das wird schon", versicherte Levent und klopfte ihm auf die Schulter. „Du musst dich nur mehr um sie bemühen."

„Was meinst du damit?", fragte Nelson.

„Na, um sie werben und so, was meinst du denn?"

„Um sie werben?"

„Vogelmännchen trällern, Hirsche röhren, Glühwürmchen leuchten, und Hunde pinkeln. Lass dir halt was einfallen!"

Nelson blickte ihn fassungslos an. Eine weitere Blume der Weisheit, aus deren Blüte er so viel Nektar schlürfen konnte wie aus Luks philosophischen Kelchen.

Als er die Tür zu seinem Zimmer öffnete, hörte er Gottfried schnarchen. Er zog sich im Dunkeln aus und schlich ans Fenster. Dort verharrte er regungslos. Die Nacht war sternenklar. Eigentlich wie geschaffen für einen romantischen Spaziergang. Ob er sich schnell wieder anziehen und zu Judiths Zimmer schleichen sollte? Aber was, wenn sie ihn abwies? Eigentlich hatten sie ja nur miteinander getanzt …

Plötzlich zuckte er zusammen. Aus dem Schatten unterhalb der Rotbuche löste sich eine Gestalt. Sie saß im Rollstuhl. Eine weitere folgte ihr. Nelson beobachtete, wie sich Luk zu Tessa hinab beugte und sie küsste. Tessa schlang ihre Arme um ihn. Er zog sie hoch. So verweilten sie eine Zeit. Eng umschlungen und weltvergessen. Nach einer Ewigkeit lösten sie sich. Luk half Tessa zurück in den Rollstuhl, und beide verschwanden so lautlos, wie sie gekommen waren.

Nelson blieb die halbe Nacht wach. Alles hätte er dafür gegeben, mit Judith dasselbe erleben zu dürfen wie sein Freund mit Tessa. Er sehnte sich nach ihr. So sehr, dass es schon wehtat.

s war drei Uhr morgens, doch im Institut für Luft- und Raumfahrtmedizin brannte noch hinter mehreren Fenstern Licht. Als sich dem mehrstöckigen Gebäude im Kölner Stadtteil Porz ein Auto näherte und auf den Parkplatz einschwenkte, blickte der Pförtner nur kurz auf. Er war es gewohnt, dass die Mitarbeiter des Instituts auch noch zu später Stunde ein- und ausgingen, vor allem seitdem die Astronauten der *Da-Vinci-7* auf dem Weg zum Mars waren.

Ein junger Mann stieg aus dem kleinen schwarzen Stadtwagen und steuerte mit ausladenden Schritten auf das Gebäude zu. Er trug einen Laborkittel, darunter Jeans und Turnschuhe. Ein Ganzkörperscanner am Eingang erfasste seine biometrischen Daten. Geräuschlos schwang die gläserne Eingangspforte auf.

„Sie sind früh dran, Doktor", begrüßte ihn der Pförtner fröhlich und händigte ihm einen großen blauen Umschlag aus. „Das wurde heute Nachmittag für Sie abgegeben."

Der junge Mann bedankte sich und nahm den Aufzug in den vierten Stock. Hier lag das medizinische Kontrollzentrum. Vor dessen Eingang musste er sich erneut legitimieren. Dann war er am Ziel. Rasch schritt er den Flur entlang zu seinem Büro. Im Raum gegenüber brannte Licht. Doch er hatte keine Zeit für einen Gutenmorgenplausch. Das, was er vorhatte, duldete keinen Aufschub.

Als er den großen Wandmonitor einschaltete, erschien die ihm vertraute Kulisse aus dem Inneren der Raumkapsel. Automatisch zählte er die Schlafboxen, als könnte sich über Nacht eine aufgelöst haben oder sonst wie abhanden gekommen sein. Es war ein vertrautes Ritual, das er Tag für Tag wiederholte, seitdem sie die *Da-Vinci-7* auf den Weg gebracht hatten.

Acht. Acht Einheiten wie am Vortag. In jedem Glaskasten schlummerte ein Mensch. Am unteren Rand des Bildschirms gaben Zahlen, Kurven und Diagramme Auskunft über die Körperfunktionen der Astronauten. „Alles im Soll", murmelte er.

„Schlummern wie die Babys."

Leider würde er eines dieser Babys in dieser Nacht aus seinem Schläfchen wecken müssen.

Der junge Mann schloss die Tür ab und setzte sich an seinen Schreibtisch. Er öffnete den blauen Umschlag und zog einen Brief heraus. Nachdem er die Zeilen überflogen hatte, nickte er zufrieden. Sorgsam schloss er den Brief weg. Dann zog er eine Schublade auf und entnahm ihr einen kleinen Taschenspiegel. Darin betrachtete er sich einige Sekunden. Schließlich öffnete er seinen Mund, legte Zeigefinger und Daumen an seinen rechten Eckzahn und zog ihn mit einem Ruck heraus. Der Zahn war hohl. In seinem Inneren ruhte ein winziger Chip. Der junge Arzt war sicher, dass die hässliche Alte dafür ein halbes Vermögen hingeblättert hatte.

Während er den Chip an den Datensensor seines Minicomputers hielt, der die komplizierten Kodizes aufsog wie vergiftete Muttermilch, dachte er an die großzügige Belohnung, die er für seinen kleinen Dienst einheimsen würde. Augenblicklich wurde ihm heiß vor Glück.

Nachdem der Datentransfer abgeschlossen war, nahm der junge Mann den Mikrochip und hielt ihn in den Lüftungsschlitz der Klimaanlage. Im Nu war er absorbiert. Einem Staubkorn gleich würde er einige Sekunden lang durch die unsichtbaren Luftkanäle wirbeln, bis er irgendwo nach draußen gepustet wurde, wo er für immer verschwand. Eigentlich jammerschade. Denn auf diese Weise würde auch sein kleines Geheimnis, jenes geniale, ganz und gar rätselhafte Störmanöver, an dem die jungen Chaosfreaks so lange getüftelt hatten, unsichtbar bleiben: ein kunstvolles Schattentheater in tiefschwarzer Nacht.

Noch während er diesem Gedanken nachhing, kam Bewegung in den unteren Rand des Monitors. Eine der Sinuskurven verwandelte sich innerhalb weniger Sekunden von einer flachen Wellenlinie in ein wildes Zickzack. Gleichzeitig schnellten die Werte von Nummer 3 nach oben. Der junge Mann wusste, was das bedeutete. Und er wusste, wie er augenblicklich zu reagieren hatte, um keinen Verdacht zu erregen.

Er schloss wieder auf, stürmte hinaus und riss die Tür gegenüber auf.

„Wir haben ein Problem!", schrie er aufgeregt. „Nummer 3 wacht auf!"

Seine Kollegen, ein älterer Mann mit Ziegenbart und eine junge Orientalin, blickten ihn an wie eine Erscheinung. Offensichtlich hatten sie gerade eine Partie Schach gespielt. Der weiße König rollte über das Schachbrett, einer von beiden musste ihn vor Schreck umgeworfen haben.

Ungläubig wanderten ihre Blicke zum Monitor. Der Alte wurde kreidebleich.

„Das kann nicht sein", flüsterte er, „das ist unmöglich!"

In diesem Moment öffnete sich einer der Glaskästen. Wie in Zeitlupe schwang der Deckel auf. Die Orientalin reagierte als Erste. Hektisch hackte sie Befehle in ihren Computer. Die Kamera zoomte das Bild heran. Bald füllte der Glaskasten den gesamten Monitor. Eine Frau mit aschblonden Haaren lag darin. Ihr linkes Lid zuckte unmerklich. Plötzlich öffnete sie ihre Augen. Unsicher blickte sie nach links, dann nach rechts. Schließlich stützte sie sich auf und beugte sich nach vorn.

„Was ist los? Sind wir schon da?", murmelte sie, wobei ihre Stimme so klar und unverzerrt in das Büro der Raumfahrtmediziner drang, als ob die Funksignale aus dem Nebenzimmer kämen. Sie drehte ihren Kopf und blickte direkt in die Kamera. „Hört mich einer? Kann mir einer verraten, was los ist?"

Im Kontrollzentrum klingelte plötzlich ein Telefon. Dann ein weiteres. Durch die offene Tür stürmten Kollegen herein. Alle redeten durcheinander. Der Alte hob die Hand.

„Bitte!"

Augenblicklich wurde es still. Nur die Telefone läuteten weiter. Der Alte drückte einen Knopf auf seinem Pult.

„Kein Grund zur Beunruhigung, Theresa", antwortete er mit kratzender Stimme. „Wir wissen selbst noch nicht, was los ist. Aber wir klären das."

„Das wäre nett", erwiderte die Astronautin und blickte stirnrunzelnd in die Kamera. „Aber ihr habt doch wenigstens eine Ahnung, was ... Oder nicht?"

„Wir arbeiten daran, Theresa", beschwichtigte sie der Mann mit dem Ziegenbart. „Wir melden uns, sobald wir Näheres wissen."

„Und so lange bleibe ich wach?" Die Astronautin verbarg ihren Argwohn nicht.

„Genau das schlage ich vor", erwiderte der Alte.

Für die Astronautin unhörbar fügte er hinzu: „Glaub mir, Schatz, auch uns wäre es lieber gewesen, wenn du noch eine Weile geschlummert hättest."

17

Ob es ein Virus, eine verdorbene Speise oder bloß die Aufregung war, blieb ungewiss: Jedenfalls verbrachte Nelson die ersten beiden Tage nach ihrer spontanen Nobel-Party zwischen Bett und Klo. Was er oben zuführte, kam unten wieder heraus. Da half es wenig, dass er sich ausschließlich von Zwieback und Kamillentee ernährte. Frau Kunkel kümmerte sich rührend um ihn. Auch Levent und Judith besuchten ihn mehrfach. Leider stets gemeinsam. Allerdings nahm Nelson seine Umwelt sowieso wie durch eine Milchglasscheibe wahr, weshalb es keinen allzu großen Unterschied machte, ob er mit Judith allein sein konnte oder nicht.

Nur Luk kam ihn nicht besuchen. Insgeheim ärgerte sich Nelson, dass es sein Freund noch nicht einmal nötig fand anzurufen.

Erst am Nachmittag des dritten Tages sahen sie sich wieder. Nelson, inzwischen einigermaßen genesen, hatte bei Professor Hütte zwei Stunden lang über Karl Jaspers, Transzendenz, existenzielle Grenzsituationen und das letzte Scheitern philosophiert.

Müde und ausgebrannt fühlte er sich, als er Luk begegnete – und das ausgerechnet auf der Toilette.

„Hey Joe", begrüßte ihn sein Freund und gesellte sich neben ihn ans Pissoir.

„Joe?" Nelson hatte am Vormittag so viel über die Rätselhaftigkeit der Existenz nachgedacht, dass er auf weitere Rätsel keine Lust hatte.

Luk grinste. „So werden Fremde auf Jamaika genannt. Touristen und so. Frauen nennen sie Jane. Joe und Jane. Das macht es für die Einheimischen leichter."

„Fremde also?"

„Hast du nicht gewusst, was?", fuhr sein Freund fort. „Und wie ich dich kenne, hast du auch null Schimmer, wofür die Nationalfarben Jamaikas stehen, stimmt's?"

Anscheinend kannte er Nelson gut.

„Ich verrat's dir", fuhr Luk fort. „Rot symbolisiert das Blut des Menschen, gelb steht für die Sonne und grün für Afrika. Die Mutter der Rastafaris."

Er stupste Nelson an, sodass dessen Strahl versiegte.

„Sag mal, hast du sie nicht mehr alle?", brauste Nelson auf.

Doch bei seinem Freund, der offensichtlich mehr getrunken hatte als er, sprudelte es munter weiter.

„Der Name leitet sich von dem 1975 gestorbenen äthiopischen Kaiser Haile Selassie Ras Tafari ab, einem direkten Nachfahren König Salomons. Für Rastafaris ist er der Gott Jah."

Endlich schüttelte auch Luk den letzten Tropfen ab. Umständlich begann er seine Hose zuzuknöpfen.

Nelson tat es ihm nach. Nur langsam fand er seine Fassung wieder. „Und das alles hat dir Tessa erzählt, hab ich recht?"

„Tosh", korrigierte ihn Luk. „Tessa findet sie doof."

„Scheinst dich ja prima mit *Tosh* zu verstehen", erwiderte Nelson. „Wo habt ihr euch denn die letzten zwei Tage rumgetrieben? Ich nehme an, du hattest einfach keine Zeit für Krankenbesuche, schließlich muss man Prioritäten setzen."

Luk stockte. „Wie meinst du denn das?"

„Wie ich das meine?", erwiderte Nelson spitz. „Ich sage nur: *Kennst du eine, kennst du alle.* Kommt dir das bekannt vor?"

Luk verzog sein Gesicht. „Und ich dachte ... Weiß sonst noch jemand davon?"

Hinter seinem Rücken sprang plötzlich die Tür auf. Klitsch-
kos muskulöser Körper schob sich herein.

„Alles klar?", warf er den beiden zu und schlenderte zum
Urinal.

Nelson lehnte am Waschbecken und nickte in den Spiegel.
„Klar. Und bei dir?"

„Läuft flüssig", erwiderte Klitschko, während er ins Urinal
pinkelte.

Luk trat nahe an Nelson heran. „Tosh will, dass das zwischen
uns geheim bleibt", zischte er. „Zumindest vorerst."

Sein Freund sah ihn schräg von der Seite an. „Schon okay",
flüsterte er. „Von mir erfährt niemand was."

Am Abend saßen beide bei Levent und philosophierten weniger
über die Existenz im Allgemeinen denn über die Liebe im
Besonderen. Im Hintergrund gab Madonna Louise Veronica
Ciccone mit reifer Stimme davon Kunde *What It Feels Like for
a Girl*.

Loddar hatte frei. Oder besser, sein *Herr und Meister* hatte
ihn krankgemeldet. Beflügelt von der jüngsten Bestätigung seiner eigenen Genialität, war Levent daran gegangen, seinen Haushaltsroboter weiter zu optimieren. Vor allem wollte er Loddars
Geschwindigkeit frisieren. Von einer Schrittlänge pro Sekunde
auf vier. Doch dabei hatte Loddar schlappgemacht. Jetzt lag er
hinter dem Sofa und durfte sich ausruhen.

Als die Musik erstarb, schälte sich Levent aus seiner Hängematte und baute sich vor seinen Freunden auf.

„So wird das nichts", erklärte er und blickte wie ein Vater auf
ihn herab. „Ihr müsst euch schon etwas anstrengen, wenn ihr
Silvester nicht allein verbringen wollt."

„Was heißt denn *ihr?*", fragte Luk und grinste. Nach einigem
Zögern weihte er auch Levent in seine geheime Liaison mit Tessa
ein.

Sein Freund schnalzte mit der Zunge. „Stille Wasser sind tief.
Apropos Wasser. Was wird denn jetzt aus deiner Miriam?"

Womit er auf das süße Nachspiel jener Heldentat anspielte,

als Luk während ihrer Zeitreise ins römische Köln die ertrinkende Miriam aus dem Fluss gerettet hatte.

„Was soll schon sein? Und was heißt überhaupt *meine Miriam*?"

Levent schlenderte zu seiner Anlage. „Ich mein ja nur. Warst du es nicht, dem sie dieses hübsche Medaillon geschenkt hat?"

Nelson horchte auf. „Das zweite Medaillon", murmelte er.

Während Levent noch vor dem Regal kniete und eine neue Scheibe in den CD-Player schob, stand Nelson wie ferngesteuert auf und geisterte mit nach innen gewandtem Blick durchs Zimmer. Luk sah ihn stirnrunzelnd an. In jenem Augenblick, da die ersten Akkorde von Madonnas *Me Against The Music* erklangen, blieb Nelson abrupt stehen.

„Es könnte einer von uns sein", meinte er und blickte von einem zum anderen.

Levent drehte die Musik leiser. „Kannst du dich bitte etwas genauer erklären?"

Nelson formte mit Zeige- und Mittelfinger ein V. „Es gab nur zwei Medaillons", erklärte er. „Miriam und Vincent haben sie von ihrer Mutter bekommen. Das eine haben wir in Miriams Beutel gefunden und eingesteckt. Luk, du erinnerst dich doch?"

Auf der Suche nach Vincent und Miriam waren sie damals in einer römischen Herberge gelandet, deren Wirt, ein Greis namens Magnus, ihnen die Habseligkeiten von Miriam, die Tage zuvor dort Quartier bezogen hatte, ausgehändigt hatte. In ihrem Tragesack hatten sie unter anderem ein Medaillon entdeckt, das eine kleine Fotografie der beiden Geschwister barg. Es war von derselben Machart wie jenes, das Miriam kürzlich den Freunden geschickt hatte.

Luk nickte. „Klar erinnere ich mich. Vorher wussten wir ja noch nicht einmal, wie die beiden aussehen."

„Haben wir Miriam die Sachen zurückgegeben?", wollte Nelson wissen.

„Ich glaube nicht", antwortete Luk.

„Dann müsste das Medaillon noch bei ihren Klamotten in den Katakomben sein", erwiderte Nelson. Er atmete hörbar aus.

„Das zweite Medaillon verwahrst du doch, oder?" Luk nickte. „Wenn es aber nur zwei Medaillons gibt", schloss Nelson, „und beide befinden sich in unserem Besitz, dann frage ich mich, wie die Weltraumpiraten an eines davon gelangt sein sollen, um es Miriam und Vincent in den Briefkasten zu legen."

Luk stand auf und schritt unruhig auf und ab. Levent kaute auf seinen Lippen. Lange Zeit sagte niemand ein Wort. Plötzlich schüttelte Levent den Kopf.

„Nein, das kann nicht sein", erklärte er mit Nachdruck. „Du glaubst, dass eines der in unserem Besitz befindlichen Medaillons in die Hände der Weltraumpiraten gelangt sein könnte, richtig?"

Nelson nickte.

„Im Laufe der nächsten Jahrzehnte?"

Nelson nickte wieder.

„Und wie soll das vor sich gehen?", warf Luk ein.

„Nelson meint, dass du ihnen deines schenken könntest", erwiderte Levent und fügte, da Luk schon aufbrauste, hinzu: „Natürlich unbewusst. Du schenkst es irgendwem, und der schenkt es weiter. Oder eines unserer beiden Medaillons landet auf dem Flohmarkt."

„Und wird dort unter Tausenden ausgerechnet von den Weltraumpiraten herausgefischt?" Luks Blick sprach Bände.

Levent ließ sich nicht beirren. „Theoretisch könnte sich sogar einer von uns in einen der Weltraumpiraten verwandeln."

Nelson räusperte sich. „Vielleicht sollten wir uns erst mal vergewissern, dass beide Medaillons wirklich noch an ihrem Platz sind", schlug er vor.

„Ich hatte meines gestern noch in der Hand", stellte Luk klar.

„Dann sollten wir in den Katakomben nachsehen, ob auch das andere noch da ist", schlug Nelson vor.

„Worauf warten wir noch?" Levent warf einen Blick hinter die Couch. „Und du passt in der Zwischenzeit auf mein Luxusappartement auf, Loddar, haben wir uns verstanden?"

Loddar erwachte für einen Augenblick zum Leben. „Ich musste eine Träne verdrücken", schnarrte er, „aber gezeigt habe ich sie nicht."

Dumpf dämmerte die Burg vor sich hin, als sich die Freunde auf den Weg machten. Sie zogen die Schuhe aus, liefen auf Socken in den Keller und drangen von dort weiter in die unterirdischen Gewölbe ein. Nachdem sie die Treppe unterhalb der Falltür hinuntergestiegen waren und in den ersten Gang einschwenkten, drang ihnen plötzlich ein scharfer Geruch in die Nase. Es stank wie verwesendes Fleisch.

Während sie sich dem Dom näherten, wurde der beißende Gestank unerträglich, sodass sie die Luft anhielten. Zögernd betraten sie den Dom. Mit ihren Taschenlampen leuchteten sie ins Innere der kathedralenartigen Höhle. Plötzlich zuckten sie zurück: Unweit vom Eingang lag ein toter Hund!

Mit seinem räudigen braunen Fell sah er aus wie ein alter, zusammengeknäuelter Flokati. Widerstrebend näherten sie sich dem Kadaver.

„Ein Labrador", stellte Levent fest.

Seine Schnauze war weit aufgerissen. Ebenso die Augen. Er musste schon einige Tage hier liegen. Der Gestank, der von ihm ausströmte, war bestialisch.

„Oh Gott!", stöhnte Luk und würgte.

„Halt dir die Nase zu!", zischte Levent.

Nelson ging um das Tier herum. An seiner Flanke klaffte eine Wunde. Offensichtlich hatte er sich verletzt hierhergeschleppt.

„Wo der wohl herkam?", bemerkte Luk.

In diesem Moment flammte Licht auf.

„Oh, shit!"

Levent hatte den Generator angeworfen. Jetzt stand er mit offenem Mund da und starrte in den hinteren Teil des Doms. Die Freunde folgten seinem Blick. Da, wo sonst ihre Habseligkeiten lagerten, herrschte das reine Chaos. Das kleine Regal war umgekippt und zerborsten. Bretter, Kleidungsstücke und Decken lagen wild verstreut umher. Einige Kleider waren zerrissen. Dazwischen orteten sie Fetzen einer aufgerissenen Verpackung. Offenbar die Schokokekse, ihr eiserner Proviant.

„Ganz toll! So hab ich mir das vorgestellt!" Luk stampfte durch die Höhle und vergaß dabei sogar, sich die Nase zuzuhalten.

„Lasst uns erst mal aufräumen", schlug Nelson vor.

Während Levent sich daran machte, das Regal notdürftig mit Klebeband zu flicken, sortierten Luk und Nelson die Kleidungsstücke. Auf dem einen Haufen landeten die Kutten und Mäntel, die sie während ihrer ersten Zeitreise im Mittelalter getragen hatten, auf dem anderen die Tuniken, mit denen sie im römischen Köln bekleidet waren. Anschließend falteten sie die Decken und legten die Tragebeutel zusammen.

Luk sah sich um. „Der Beutel von Miriam fehlt", stellte er fest.

„Hab ihn!", rief Levent.

Der Beutel lag halb zerfetzt im Schatten Madonnas. Luk und Levent durchwühlten ihn. Doch nach dem Medaillon suchten sie vergebens.

Nachdem sie das Regal aufgerichtet und die Sachen darin verstaut hatten, durchsuchten sie die Höhle noch einmal gründlich. Aber das Medaillon blieb verschwunden.

„Vielleicht hat es Judith ja an sich genommen", mutmaßte Levent.

„Möglich", stimmte ihm Nelson zu.

„Und wenn es der Hund aufgefressen hat?", warf Luk ein.

Doch daran wollten sie lieber nicht glauben.

„Klingel' doch mal Judith an", schlug Levent vor und sah Nelson auffordernd an.

„Jetzt?"

„Besser, wir klären das sofort", erwiderte Levent.

„Dann ruf du an."

Levent tippte Judiths Nummer ein und wartete. Er wollte schon wieder auflegen, als sich eine leise, belegte Stimme meldete.

„Ich hoffe, du hast einen guten Grund, sonst gnade dir Gott."

Ohne weitere Erklärungen fragte Levent Judith nach dem Verbleib des Medaillons.

„Das Medaillon?" Judith gähnte. „Ich dachte, wir hätten Miriams Sachen zurückgegeben? Ich hatte sie jedenfalls nicht mehr in der Hand."

Levent erzählte ihr von dem Chaos, das sie im Dom vorgefunden hatten, und dass sie das Medaillon nicht finden konnten.

„Aber ihr wollt jetzt nicht im Magen des Hundes nachgucken, oder?", fragte Judith vorsichtig.

Levent beruhigte sie. Das hatten sie ganz sicher nicht vor.

Er wollte das Gespräch gerade beenden, als Judith noch etwas einfiel. „Warte mal. Wenn ihr schon da unten seid", erklärte sie, „habt ihr nachgesehen, ob eine neue Nachricht von Miriam und Vincent da ist? Ich hatte ihnen vor ein paar Tagen eine Schönwetterkarte geschickt."

Levent versprach nachzusehen und legte auf.

In der Tat hatte Madonna Post gebracht. Auf dem Sofa lag ein Paket! Luk riss es auf. Zum Vorschein kam – eine Videokassette!

Irritiert sahen die Freunde einander an. Als Luk die Kassette herausnahm, fiel eine Karte zu Boden. Nelson hob sie auf. Noch während er ihre Zeilen las, wich jede Farbe aus seinem Gesicht. Wortlos reichte er die Karte weiter. Sein Herz hämmerte gegen seine Brust. Von irgendwoher wehten ihn Worte an, die sich allmählich zu Textzeilen verbanden:

Schon längst rühmt uns das Sein hinterm Schein
als die adäquaten Hüter geheimer Zahlen und Daten,
weil wir es sind: die Weltraumpiraten!

18

An diesem Vormittag glich das ESA-Gelände einer Festung im Belagerungszustand. Medienvertreter aus der ganzen Welt waren – die meisten von ihnen über Nacht – nach Darmstadt gereist, um die kurzfristig anberaumte Pressekonferenz unter keinen Umständen zu verpassen. Dabei ging es ihnen weniger um die prominenten Besucher, die sich angekündigt hatten. Vielmehr wollten sie die Gelegenheit nutzen, um aus erster Hand zu erfahren, was an den sich hartnäckig haltenden Sabotagegerüchten wirklich dran war.

Auf dem mit strengen Eingangskontrollen gesicherten Parkplatz vor dem Haus standen dicht an dicht Dutzende von Funkwagen internationaler Sendeanstalten. Am Eingang kämpften Kameraleute und Pressefotografen um die günstigsten Plätze. Die Ankunft der Staatsgäste stand unmittelbar bevor. Ordner versuchten im Gedränge den Überblick zu behalten. Sicherheitsbeamte murmelten Anweisungen in ihre versteckten Mikros. Auf den Dächern lagen Scharfschützen, die Finger am Abzug.

Vor dem mit Stacheldraht umzäunten Gelände warteten Hunderte von Schaulustigen, denen kein Einlass gewährt worden war. Die vordersten reckten die Hälse. Von der Hauptstraße kommend, näherten sich fünf schwarze Karossen. Die mittlere Limousine schmückten Fähnchen in Schwarz-rot-gold und Blau-weiß-rot.

Der Autokorso hielt direkt vor dem Eingang des größten Gebäudes. Bodyguards sprangen aus den Wagen und bildeten ein Spalier. Als sich die Türen der Stretchlimousine öffneten und das Gesicht der französischen Staatspräsidentin erschien, setzte ein Blitzlichtgewitter ein. Die von Klatschreportern vor allem ihres Aussehens wegen vergötterte Politikerin trug ein eng geschnittenes weiß-gelbes Kostüm, das dem trüben Morgen eine heitere Note verlieh. Ihr folgte der Bundeskanzler, ein eleganter Herr mit schlohweißem, streng gescheiteltem Haar, der seinem Gast galant den Arm reichte. Begrüßt wurden die Staatsoberhäupter vom Generaldirektor der European Space Agency, einem jugendlich wirkenden Mittfünfziger, dessen strahlend weißes Gebiss aufs Schönste mit seinem nussbraunen Teint kontrastierte.

Gemeinsam mit ihrem Gefolge machten sich die drei auf den Weg in das überfüllte Mediencenter, in dem die Pressevertreter schon seit den Morgenstunden ungeduldig ausharrten. Dabei kam es zu unschönen Szenen, als die Kameraleute und Fotografen hinter dem Tross in den Saal drängten und um die besten Plätze rangen. Erst als die Staatsgäste auf dem Podium Platz genommen hatten und der ESA-Direktor aufstand, wurde es ruhig.

„Sehr verehrte Staatspräsidentin, sehr geehrter Herr Bundeskanzler, liebe Gäste und Medienvertreter", begann er. „Ich heiße Sie auf das Herzlichste im European Space Operations Centre willkommen. Wie Sie der Ankündigung entnehmen konnten, haben wir diese Pressekonferenz aus aktuellem Anlass einberufen. Wir freuen uns besonders, dass mit der französischen Präsidentin und dem Herrn Bundeskanzler die höchsten Repräsentanten jener Länder anwesend sind, die das Da-Vinci-Programm aus der Taufe gehoben haben." Er schenkte den beiden Staatsoberhäuptern erneut sein strahlendstes Lächeln. „In wenigen Minuten werden Sie Zeugen einer Weltpremiere: der ersten Liveschaltung zur *Da-Vinci-7*. Gerade im Moment richten unsere Techniker die Standleitung dafür ein. Zunächst jedoch möchte ich Ihnen die Teilnehmer des Podiums vorstellen."

Zu beiden Seiten der Staatsoberhäupter hatten inzwischen weitere Personen Platz genommen, die den meisten Medienvertretern längst bekannt waren.

„Zu meiner Linken begrüße ich Dominique Arnault, den Flugdirektor der Da-Vinci-Mission", begann der ESA-Direktor. Ein ernst dreinschauender Mann mit einem grau melierten, lockigen Haarschopf nickte ins Publikum. „Meinen Stellvertreter Dr. LeMaitre kennen Sie sicher schon, er hat die beiden vorausgegangenen Pressekonferenzen geleitet." LeMaitre verzog sein vernarbtes Gesicht zu einem grausigen Grinsen. „Ganz außen heiße ich Professor Mendelsohn, den Direktor des Instituts für Luft- und Raumfahrtmedizin in Köln-Porz, willkommen." Mit einem spitzbübischen Grinsen winkte der Weltraummediziner ins Publikum.

Nun wandte sich der ESA-Direktor, den ein Namensschild als Dr. Julian Steffen auswies, seiner rechten Seite zu. „Unserer Runde wohnt ferner Valeri Iganow bei, der bei der russischen Weltraumagentur Roskosmos das Marsprogramm leitet. Auch Ihnen ein herzliches Willkommen!" Am äußersten Rand des Podiums erhob sich ein pausbäckiger Mann mit kleinen Augen,

Glatze und fein ausrasierten Koteletten. Höflich verbeugte er sich vor dem Publikum.

„Schließlich", fuhr Dr. Steffen fort und nickte einer neben dem Bundeskanzler sitzenden Frau zu, deren raspelkurze rote Haare und meerblaue Augen eine irritierende Harmonie ausstrahlten, „begrüße ich jemanden, den ich Ihnen kaum näher vorstellen muss: Heißen Sie mit mir Frau Marla Schmidt-Enders, unsere erste Frau auf dem Mond, willkommen!"

Die Pressevertreter spendeten höflich Applaus. Einige drückten die Starttaste ihres Aufnahmegerätes.

„Bevor ich Sie bitten möchte, Ihre Fragen zu stellen", hob der ESA-Direktor an, „nutze ich die Gelegenheit, um einige persönliche Worte an Sie zu richten." Im Saal wurde es still. „Wie Sie alle wissen, kursieren seit Tagen Gerüchte, wonach es zu einem Zwischenfall auf der *Da-Vinci-7* gekommen sei. Man erzählt herum, es hätte eine Manipulation von terroristischer Seite her gegeben. Behauptungen dieser Art entbehren jeder Grundlage. Sie sind frei erfunden. Ich wiederhole: An Bord der *Da-Vinci-7* hat es keinen Störfall gegeben! Unsere Mission verläuft reibungslos. Die Tatsache, dass Crewmitglied Dr. Theresa Hauser aus ihrem künstlichen Schlaf aufgeweckt wurde, war ein von uns angeordneter und von uns kontrollierter Vorgang. Jede Behauptung des Gegenteils ist eine Lüge, gegen die wir bei Wiederholung notfalls auch juristisch vorgehen werden."

Ein Raunen ging durchs Publikum. Einzelne Unmutsbekundungen wurden laut. Hände schnellten nach oben. Steffen hob die Arme. „Meine Herrschaften, ich bitte Sie. Wir werden Ihre Fragen beantworten. Doch eine nach der anderen!" Er deutete auf einen Brillenträger in der ersten Reihe. „Sie bitte. Ja, Sie sind der Erste. Ihre Frage?"

„Wenn ich Sie recht verstanden habe, wollen Sie die Berichterstattung über die Da-Vinci-Mission künftig einschränken", stellte der Mann nüchtern fest. „Wie verträgt sich Ihre Ankündigung mit dem in der europäischen Verfassung festgeschriebenen Prinzip der Pressefreiheit?" Einige Kollegen murmelten beifällig.

„Keinesfalls wollen wir die freie Berichterstattung beschneiden", entgegnete Dr. Steffen mit einem kurzen Seitenblick zum Bundeskanzler. „Das entspricht weder unserer Absicht, noch stünde uns dies rechtlich oder moralisch zu. Aber Sie werden verstehen, dass sich unsere Organisation gegen verleumderische Anschuldigungen zur Wehr setzen muss. Wir reden hier nicht von einem Bagatelldelikt. Als Folge dieser Art von Rufschädigung könnte unsere Organisation künftig Aufträge in Milliardenhöhe verlieren."

„Wie Sie wissen, Dr. Steffen", begann eine bekannte Fernsehjournalistin mit blonden Engelslöckchen, „sind kürzlich schon einmal Gerüchte um eine Störung lautgeworden, die – wir erinnern uns – den Funkverkehr zwischen der *Da-Vinci-7* und der Bodenstation betrafen. Wie erklären Sie sich und uns diese Häufung angeblicher Falschmeldungen?"

„Bei zwei *Falschmeldungen*, wie Sie das nennen, kann meines Erachtens noch nicht von einer Häufung gesprochen werden", konterte der ESA-Direktor. „Aber lassen wir das. Sie werden kaum überrascht sein zu erfahren, dass beide Gerüchte aus ein und derselben Quelle stammen."

„Eine Quelle, die Sie inzwischen ausgetrocknet haben", warf ein Zopfträger mit schwarzer Lederjacke ein. „Oder wurde ein ganz bestimmter Mitarbeiter nicht vor Kurzem strafversetzt?"

Milde lächelnd, taxierte Steffen den Zwischenrufer. „Junger Mann, wir bauen auf die Grundfesten der Demokratie. Dazu gehört, wie Sie sicher wissen, neben der Pressefreiheit auch das Recht der freien Meinungsäußerung", versicherte er leise. „Die Versetzung jenes Mitarbeiters, den Sie erwähnen, hatte interne Gründe und erfolgte keinesfalls im Zusammenhang mit einer wie auch immer gearteten Disziplinierung. Ich bitte Sie ..." Wieder hob er begütigend die Arme. „Wo leben wir denn? Bei uns darf jeder Mitarbeiter frank und frei seine Meinung äußern. Wir fordern ihn sogar dazu auf. Als eines der innovativsten Unternehmen weltweit sind wir auf die konstruktive Kritik unserer Kolleginnen und Kollegen geradezu angewiesen." Er machte eine kunstvolle Pause. „Aber verwechseln wir Kritik bitte nicht mit

Verleumdung. Falsche Tatsachenbehauptungen, die dazu angetan sind, unsere Organisation oder auch nur einen unserer Mitarbeiter zu diskreditieren, können wir nicht dulden. Dies bitte ich Sie bei Ihrer von uns geschätzten Berichterstattung zu berücksichtigen."

Der Bundeskanzler räusperte sich. Er war nicht gewohnt, länger als fünf Minuten wort- oder tatenlos auszuharren.

„Auch ich kann Ihnen versichern", ließ sich seine sonore Stimme vernehmen, „dass wir alles unter Kontrolle haben. Gemeinsam mit meiner verehrten Kollegin, Staatspräsidentin Duval, konnte ich mich gestern Abend höchstpersönlich davon überzeugen, dass unsere heldenhaften Weltraumpioniere alle wohlauf sind. Am Gelingen der Da-Vinci-Mission, die den Führungsanspruch der europäischen Raumfahrt unterstreichen wird, kann es nicht den geringsten Zweifel geben."

ESA-Direktor Steffen lächelte pflichtschuldig. „Der Herr Bundeskanzler hat das passende Stichwort gegeben", sagte er und deutete auf die Leinwand. „Ich höre gerade, dass unser Capsule Communicator grünes Licht für die Direktschaltung ins All gegeben hat. Frau Dr. Hauser, können Sie mich hören?"

Als auf dem Wandscreen hinter ihm in gestochen scharfen Bildern die Da-Vinci-Astronautin erschien, brandete zum ersten Mal Applaus auf. Theresa Hauser, in einem leuchtend gelben Overall, lächelte unsicher in die Kamera.

„Ich kann Sie deutlich verstehen."

Ihre Stimme, die um wenige Sekunden zeitversetzt zu ihnen drang, klang brüchig, wobei nicht klar war, ob das an der Entfernung lag oder ihre Befindlichkeit widerspiegelte.

„In diesem Moment blickt die ganze Welt auf Sie", hob Dr. Steffen an, „und das dürfen Sie getrost wörtlich nehmen. Ich nehme an, dass heute ...", er überblickte den Saal und nickte ernst in die Runde, „gut und gerne 150 Medienvertreter aus aller Welt nach Darmstadt gereist sind, um bei unserem Live Inflight Call dabei sein zu können. Die Bilder dieser historischen Liveschaltung sind auf allen fünf Kontinenten zu sehen", verkündete er stolz.

Die Astronautin lächelte noch immer, doch je länger sie lächelte, desto deutlicher wurde, wie unwohl sie sich auf dieser Bühne fühlte.

„Ich übergebe nun an Marla Schmidt-Enders", fuhr der ESA-Direktor fort, „die von den hier Anwesenden – meine Wenigkeit eingeschlossen – wohl am ehesten dazu berufen ist, unserer hochverehrten Kollegin die dringlichsten Fragen zu stellen. Bitte, Marla."

Die meisten Medienvertreter wussten natürlich, dass sie einer perfekten Inszenierung beiwohnten, bei der ihnen selbst zu allererst die Rolle der Claqueure zugedacht war. Es verwunderte sie nicht, schließlich waren sie gewohnt, auf Pressekonferenzen als Staffage oder Stichwortgeber herzuhalten. Was die Erfahrensten unter ihnen jedoch zunehmend stutzig machte, war die Tatsache, dass sich hier nicht nur Politiker und Industrielle, sondern selbst Wissenschaftler darin übertrafen, einen Verdacht aus der Welt zu räumen, den bislang kein einziger Experte als ernsthafte Möglichkeit auch nur in Betracht gezogen hatte.

„Theresa", begann die *Rote Baronin,* wie Marla Schmidt-Enders ihrer roten Haare wegen von der Boulevardpresse gern tituliert wurde, „beim Frühstück heute Morgen hat mir mein Sohn eine Frage gestellt, die ich gern an dich weiterreichen möchte: Während deine Mitreisenden schlafen, hältst du die Stellung und bist dabei die ganze Zeit über allein. Und das nicht nur für wenige Wochen, sondern voraussichtlich monatelang. Ohne Gespräche im Kreis der Familie, ohne Freunde, ohne Heimkino, Computerspiele oder Konzertbesuche. Ist das, so will mein Sohn wissen, nicht furchtbar langweilig?"

Einige Zuhörer lachten, und auch die Astronautin auf dem Wandscreen wirkte für einen Moment amüsiert.

„Du kannst deinen Jungen beruhigen", erwiderte sie. „Mit Filmen und PC-Spielen bin ich reichlich eingedeckt, und mein Mann wird auch irgendwann wieder mit mir reden. Aber derzeit hätte ich weder für ihn noch für irgendwelche Freizeitbeschäftigungen gar keine Zeit. Denn meine Chefs haben mir jede Menge Arbeit aufgebrummt."

„Was sind das für Aufgaben, die du an Bord erledigen musst?"

Marla Schmidt-Enders sprach nicht zur Leinwand, sondern ins Publikum.

„Oh, das ist sehr unterschiedlich. Wie du sicher weißt, haben wir das *Eurolab* an Bord. Das ist ein vor allem für medizinische Forschungen ausgelegtes Labor, in dem auch biologische und chemische Experimente möglich sind. Für den Hin- und Rückflug sind exakt 133 Experimente vorgesehen."

Ein Raunen ging durch den Saal. ESA-Direktor Steffen und sein Stellvertreter LeMaitre wechselten einen zufriedenen Blick. Der Teig, den sie angerührt hatten, schien langsam aufzugehen.

„Aber das kann einer allein doch unmöglich schaffen", hakte die *Rote Baronin* nach.

Theresa Hauser wartete einige Sekunden. Bei ihrer Antwort klang ihre Stimme noch spröder als zuvor.

„Mein Mann und die anderen Kollegen, so hat mir Mission Control versichert, werden rechtzeitig geweckt, um mich bei allen anfallenden Arbeiten zu unterstützen."

Dr. Steffen räusperte sich. „Ich darf das Wort nun an die französische Staatspräsidentin übergeben, die mir gestern Abend verraten hat, dass sie selbst gern einmal einen Tag im Weltraum verbringen würde."

Madame Duval lauschte den nur für sie vernehmbaren Erklärungen der Dolmetscherin und schenkte den Journalisten sodann ihr schönstes Lächeln. Sie drohte dem ESA-Direktor mit dem Finger, während die Antwort, zu der sie anhob, synchron übersetzt wurde.

„Aber Monsieur le Docteur, Geheimnisse einer Dame plaudert man nicht einfach so aus." Sie wandte sich dem Wandscreen zu. „Bonjour, Thérèse, ich freue mich, dass ich zu Ihnen sprechen darf und Sie augenscheinlich bei bester Gesundheit sind. Bei all den bedeutsamen Aufgaben, die an Bord der *Da-Vinci-7* zu erledigen sind, bleibt Ihnen aber hoffentlich auch ein wenig Zeit für sich? Die Aussicht von Ihrem Schlafzimmerfenster aus muss doch ganz wunderbar sein, nicht wahr?"

Das Bild verzerrte sich einen Wimpernschlag lang, dann war die Astronautin wieder deutlich zu sehen. Sie nickte und wirkte das erste Mal seit Beginn der Liveschaltung entspannt.

„Ja, Madame la Présidente, das ist sie in der Tat", entgegnete sie, wobei ihre Augen einen verklärten Ausdruck annahmen. „Die glitzernde Schwärze ist unbeschreiblich! Es ist eine samtige, fast warme Finsternis, die einen die tödliche Kälte und Leere da draußen vergessen lässt. Niemand vermag sich die unglaubliche Leuchtkraft der Sterne vorzustellen. Mit bloßem Auge kann ich Myriaden winziger Punkte unterscheiden. Doch der schönste Stern am Firmament ist unsere Erde, eine blauweiße Murmel, die sich leider von Tag zu Tag weiter entfernt. Was bleibt, ist die funkelnde Finsternis und das grelle Licht der Sonne. Irritierenderweise bleibt der Raum zwischen uns und ihr von tiefer Schwärze. Es hat einige Zeit gedauert, bis ich begriffen habe, warum das so ist: Das Licht der Sonne ist nur Licht, wenn es auf etwas trifft, das es bescheint. Aber da ist nichts, nur die unendliche Einsamkeit des Weltalls."

Im Saal war es so still geworden, dass das plötzliche Räuspern des Bundeskanzlers wie ein Donnerknall aus heiterem Himmel wirkte. Madame Duval zuckte zusammen, und einige Journalisten, die bei den Worten der Astronautin die Luft angehalten hatten, atmeten hörbar aus.

„Verzeihen Sie, wenn ich so naiv frage", hob der Kanzler an, „aber wie unterscheidet sich Ihr Alltag an Bord denn von Ihrem Alltag daheim?"

Diesmal brauchte Theresa Hauser lange, bis sie die Frage begriffen hatte, was nur zur Hälfte an der zeitverzögerten Datenübermittlung lag. Der Glanz in ihren Augen schwand, und ihre Stimme klang jetzt auffallend nüchtern.

„In allem", antwortete sie knapp. „Während ich schlafe, hänge ich im Schrank, beim Essen muss ich aufpassen, dass mir mein Gemüse nicht davonfliegt, und wenn ich eine Schraube lösen will, bin ich es, die sich dreht."

„Und welche Musik hören Sie, wenn Sie abends aus dem Fenster schauen?", versuchte Madame Duval an die Stimmung von vorhin anzuknüpfen.

Die Astronautin schüttelte den Kopf. „Musik höre ich nur selten. Viel häufiger lausche ich den Geräuschen der Erde, die uns liebenswürdige Kollegen digitalisiert mit auf die Reise gegeben haben: dem Prasseln des Regens, dem Wind, der durch eine Baumkrone streicht, fernem Donnergrollen, dem Rauschen des Meeres, das sich in Wellen am Strand bricht, Vogelgesang. Selbst Stimmengewirr, aufgenommen in einer Bahnhofshalle, entfaltet einen sinnlichen Zauber, wenn man so weit von der Erde entfernt ist wie wir.“

„Das kann ich gut verstehen“, antwortete die französische Staatspräsidentin mitfühlend. Doch bevor sie weiterreden konnte, meldete sich wieder ESA-Direktor Steffen zu Wort.

„Ich höre, dass es Zeit wird“, sagte er. „Dr. Hauser, wir danken Ihnen herzlich dafür, dass Sie uns für wenige Momente in die Weiten des Weltraums entführt und uns einen Einblick in den Alltag an Bord gewährt haben. Ich übertreibe nicht, wenn ich sage, dass in diesem Moment Millionen, was sage ich, Milliarden von Erdenbürgern in Gedanken bei Ihnen und Ihren Kollegen sind und Gottes Segen für das Gelingen Ihrer Mission erbitten. Ich bin sicher, dass wir bald wieder Gelegenheit haben werden, miteinander zu plaudern. Bis dahin wünschen auch wir Ihnen weiterhin alles Gute auf Ihrer Reise.“

„Ich möchte noch etwas sagen.“ Theresa Hauser griff nach unten und hatte plötzlich einen Karton in der Hand, den sie in die Kamera hielt. Darauf war ein Bild zu sehen, offensichtlich von ihr selbst gemalt. Es zeigte einen Geburtstagskuchen und eine schäumende Sektflasche. „Das ist für meine beiden Lieblinge. Zu eurem Geburtstag wünsche ich euch nachträglich alles Glück dieser Welt! Ich habe mit euch angestoßen, ich hoffe, ihr habt das gespürt. Ihr könnt euch nicht vorstellen, wie sehr ich euch vermisse. Ich ...“

Bevor sie ihren Satz zu Ende sprechen konnte, brach der Ton ab und das Bild erlosch. Eine dröhnende Stille fiel herab, die erst durch das aufgeregte Fiepen eines Smartphone unterbrochen wurde. Während eine junge Journalistin in der zweiten Reihe rot anlief und hektisch in ihrer Handtasche kramte, ergriff zum ersten Mal Dr. LeMaitre das Wort.

„Ich versichere Ihnen", erklärte er und rückte seine Brille zurecht, „dass unsere Live-Schaltung zur *Da-Vinci-7* nicht von Terroristen unterbrochen worden ist, sondern wir selber die Missetäter waren." Er hob bedauernd die Arme. „Aber die charmanten Geburtstagsgrüße von Doktör 'auser sind ja heureusement noch angekommen. Wenn Sie Fragen 'aben, unsere Experten stehen Ihnen gern Rede und Antwort."

Mehrere Arme schnellten in die Höhe. LeMaitre nickte einem jungen Asiaten zu, der mit seinem Kamerateam im Mittelgang stand. Ihm wurde ein Mikro gereicht, eine Stimme aus dem Off übersetzte seine auf Koreanisch vorgetragene Frage ins Deutsche.

„Ich habe eine Frage an Professor Mendelsohn. In einem Interview vor dem Start der Raumfähre haben Sie gesagt, dass alle Astronauten, also auch Dr. Hauser, bis vier Wochen vor ihrer Ankunft in einem künstlichen Winterschlaf gehalten werden sollten. Was hat Sie dazu bewogen, von Ihrem ursprünglichen Plan abzuweichen?"

Mendelsohn lächelte dem Journalisten freundlich zu.

„In der Wissenschaft", holte er aus, „sind Voraussagen nur so lange gültig wie die Thesen, auf denen sie basieren. Der Weltraum jenseits des Mondes ist für uns Menschen jedoch eine Terra incognita, ganz und gar unerforschtes Terrain. Uns war bewusst, dass wir die gesamte Crew nur so lange schlafen lassen können, wie unsere Mission nach den vorausberechneten Maßgaben verläuft. Schon geringste Abweichungen davon erfordern angemessene Reaktionen. Im konkreten Fall war es eine Lappalie. Trotzdem haben wir uns entschlossen auf Nummer Sicher zu gehen. Im Übrigen war nie die Rede davon, die gesamte Crew bis zu ihrer Ankunft schlafen zu lassen. Ich bin von Ihrem Kollegen falsch zitiert worden."

„Und was war das für eine Lappalie?", hakte der koreanische Journalist nach.

„Die von uns entwickelte Plasmablase hatte ein winziges Leck", assistierte Valeri Iganow seinem Kollegen auf dem Podium. „Wie Sie vielleicht wissen, umgibt ein Gas aus geladenen Teilchen die Raumfähre. Es erzeugt ein Magnetfeld, das die Kosmonauten vor der Strahlung im Weltraum schützt. Dr. Hauser hat das Leck geflickt."

„Und warum wurde für diese Reparatur ausgerechnet eine Ärztin ausgeguckt und nicht einer der Physiker?", warf der Journalist mit der Lederjacke ein.

„Ich wäre Ihnen dankbar, wenn Sie auch jene Kollegen zum Zuge kommen ließen, die sich vor Ihnen gemeldet haben", schaltete sich ESA-Direktor Steffen ein und heftete seinen Blick auf den Störenfried. „Aber um weiterer Verschwörungstheorien vorzubeugen: Wir haben uns für Dr. Hauser entschieden, weil sie ein breites Fachspektrum besitzt und wir sie daher von allen Crewmitgliedern am fähigsten hielten, im Anschluss an die Ausbesserung der elektronischen Außenhaut die längerfristig angelegten Experimente anzustoßen. Die nächste Frage bitte."

Eine verzagt wirkende Frau in der letzten Reihe stocherte mit ihren dürren Fingern schon seit geraumer Zeit in der Luft herum.

„Aber wie ist das mit dem Verbrauch", fragte sie näselnd, „ich meine, mit dem Sauerstoff, dem Essen und Trinken und so fort – reicht das denn jetzt noch, wo Dr. Hauser erwacht ist?"

„Und reicht der Proviant auch dann, wenn ein weiterer Astronaut *kontrolliert* aufwacht?", warf der Mann in der Lederjacke halblaut ein.

Als Professor Mendelsohn an seinem Kragenmikrofon nestelte, gab es ein hässliches Geräusch. Der Raumfahrtmediziner verzog sein Gesicht und schaute einen Moment wie ein ertappter Junge drein.

„Ups", murmelte er, „ich bitte vielmals um Entschuldigung. Da messen wir viele hunderttausend Kilometer entfernt die Körpertemperatur unserer Schützlinge auf die Zehntelstelle genau, aber die Technik daheim …" Er streckte sich, sodass sein kerzengerader Oberkörper noch etwas steifer wirkte, und strich sich eine Haarsträhne hinters Ohr. Dann schweifte sein Blick durch den Saal, bis er die Journalistin in der letzten Reihe gefunden hatte. „Ich kann Sie beruhigen, junge Frau", krächzte er heiser,

„wir lassen niemanden hungern oder dursten. Und auch unsere Sauerstoffvorräte sind üppig bemessen. Sie reichten selbst dann noch aus ...", Mendelsohn wandte sich dem Mann mit der Lederjacke zu und schenkte ihm sein liebenswürdigstes Lächeln, „... wenn Frau Dr. Hauser sich dazu entschlösse, ihren Gatten zu wecken, um mit ihm gemeinsam die nächsten Sonnenuntergänge zu genießen."

Es folgten weitere Fragen, die die Geschwindigkeit der Raumfähre, mögliche Gefahren während des Fluges und die Schwierigkeiten einer Landung auf dem Mars betrafen. Die Experten auf dem Podium, allen voran Flugdirektor Arnault, gaben sich Mühe, auch komplizierte Abläufe plastisch darzustellen und dabei mögliche Vorbehalte, vor allem die Sicherheit der Crewmitglieder betreffend, zu entkräften.

Als der Bundeskanzler begann, mit den Fingern auf seinem Pult herum zu trommeln, räusperte sich ESA-Direktor Steffen, um das Ende der Veranstaltung zu verkünden. „Wenn Sie keine Fragen mehr haben", erklärte er, „bedanke ich mich bei Ihnen für Ihr reges Interesse und danke auch Ihnen, Frau Staatspräsidentin und Herr Bundeskanzler, dass Sie sich trotz Ihrer zahlreichen Verpflichtungen die Zeit genommen haben, um diese historische Stunde mit uns zu teilen."

19

Judith verwöhnte die Jungs mit Apfelchips und Kräuterlimonade. Gerade war sie dabei, eine Shisha mit Litschi-Aroma anzuzünden. Im Radio lief irgendein Song von Usher. Die Jungs waren total groggy. Da es unmöglich gewesen war, den Hundekadaver auf dem kürzesten Weg durch die Burg zu entsorgen, hatten sie ihn durch die Katakomben schleppen müssen. Eingewickelt in eine Decke hatten sie ihn den ganzen Weg bis hin zum Fluss gezogen. Von Meter zu Meter war er immer schwerer geworden und ihre Pausen immer länger. Es hatte Stunden gedauert!

Nelson spürte nun, wie er langsam entspannte. Dazu trug auch die Musik bei, die ihn wie ein sanftes Klangkissen umhüllte. Er beobachtete Judith, wie sie einige Züge aus der Wasserpfeife nahm. Plötzlich hatte er eine Idee.

„Habt ihr euch eigentlich mal gefragt, warum die selbst ernannten Weltraumpiraten ihre Botschaft ausgerechnet in einen Hip-Hop verpacken?", warf er in die Runde.

„Das bringt uns wohl auch nicht weiter", antwortete Luk ungehalten. „Wir sollten eher darüber nachdenken, woher wir den verdammten Videorekorder bekommen."

Nelson zog der Rauch des Tabaks in die Nase. Der Geruch kam ihm vertraut vor. Er erinnerte ihn an Indonesien.

„Vielleicht hängt beides ja zusammen", sinnierte er geheimnisvoll.

Levent sah auf. „Red weiter", forderte er seinen Freund auf.

„Ich meine nur ... Hip-Hop? Das muss für die Zeitgenossen von Miriam und Vincent doch so klingen wie für uns die Bee Gees oder Olivia Newton-John."

Judith grinste. „Du meinst John Travolta und *Saturday Night Fever – ha, ha, ha, ha, stayin' alive, stayin' alive*?"

„Ja, so ähnlich."

Nelson grinste zurück. Judith sah in ihrem gelben Schlafanzug ungewohnt brav aus, dabei aber nicht weniger anziehend.

Luk verzog das Gesicht. „Und was hat das mit dem hier zu tun?", fragte er und hielt die Videokassette hoch.

„Aktivier doch mal deine grauen Zellen", stichelte Judith. „Was haben Hip-Hop und Video gemein?"

Luk verdrehte die Augen. „Ich liebe diese Frau", murmelte er. „Okay, Wonderbrain, auch wenn wir das schon hatten: Hip-Hop und Videos müssen auf unsere Nachfahren wie Artefakte aus der Steinzeit wirken, um Vincent zu zitieren. Aber was wollen die Weltraumpiraten unseren Freunden dadurch mitteilen?"

„Den beiden wollen sie damit höchstwahrscheinlich gar nichts mitteilen", sprach Levent aus, was Nelson dachte. „Offensichtlich suchen sie den Kontakt zu *uns*."

Stille breitete sich im Zimmer aus. Während die Wasserpfeife

die Runde machte, ließ Nelson seine Blicke kreisen. Im Bücher-
regal lehnte Karl May neben Karl Marx. Sartres gesammelte Dra-
men stießen an *Der kleine Prinz*. In einer Ecke stand eine Staffelei, auf der Judiths *Buch des Monats* ruhte – eine illustrierte
Ausgabe von Stephen Hawkings' *Eine kleine Geschichte der Zeit*.
An der Wand zwischen Staffelei und Regal hing eine Fotografie.
Darauf hockte er selbst zusammen mit Judith, Luk, Levent,
Miriam und Vincent auf einem verschlissenen Sofa. Am Cockpit
ihrer Zeitmaschine. Alle sechs hatten sie bunte Tuniken an und
sahen geschafft, aber glücklich aus. Das Bild hatten sie per Selbst-
auslöser geknipst, wenige Minuten bevor sie Miriam und Vincent zurück in die Zukunft geschickt hatten.

„Zeig noch mal die Karte", verlangte Luk.

Judith reichte sie ihm. Während Luk die Zeilen las, sah ihm
Nelson über die Schulter. Dabei kannten beide den Text inzwischen in- und auswendig:

Hallo!
Miriam hat mich gebeten, euch zu schreiben, da kam Madon-
na gerade zur rechten Zeit. Die Weltraumpiraten haben sich
zurückgemeldet! Anscheinend ist es ihnen gelungen, unsere
Mutter aus ihrem künstlichen Tiefschlaf zu holen. Die ESA
dementiert das, angeblich wurde Dr. Theresa Hauser auf ihre
Anweisung hin geweckt. Aber wir wissen, dass das nicht stimmt.
Die erste Live-Schaltung zur Da-Vinci-7 mussten wir, wie alle
anderen auch, im Fernsehen mit ansehen, private Kontakte
seien derzeit nicht möglich, heißt es. Ich kann euch sagen, die
Pressekonferenz war eine einzige Show! Anscheinend hatten sie
darin auch unserer Mutter eine Rolle aufgezwungen. Ihre
Augen haben sie verraten. Sie ist verunsichert, ein Zug, den wir
überhaupt nicht an ihr kennen. Am Ende hat sie uns noch zum
Geburtstag gratuliert. Für Miriam war das zu viel. Seitdem
liegt sie nur noch apathisch im Bett oder flennt. Vorgestern fand
ich die Kassette im Briefkasten. Kommentarlos. Aber wir wuss-
ten natürlich gleich, von wem sie stammt. Dazu brauchte es
nicht die beiden Initialen auf dem Umschlag: CP. Zwei Tage

habe ich rumtelefoniert, aber Videorekorder gibt es bei uns anscheinend nur noch im Museum. Ihr könnt doch sicher einen auftreiben, oder? Gebt uns so bald wie möglich Bescheid! Am besten, ihr schickt den Rekorder gleich mit, denn ich würde gern selbst sehen, was auf dem Band ist. Die ESA werden wir diesmal außen vor lassen. Die halten mit ihren Informationen ja auch hinter dem Berg. Ich hoffe, ihr findet diese Nachricht sehr bald, denn uns läuft die Zeit davon!

Vincent

„Wir brauchen diesen verfluchten Rekorder", wiederholte Luk. „Ich könnte meine Eltern fragen, die haben, glaub ich, so 'n Ding im Keller stehen. Aber ob es noch funktioniert? Außerdem braucht die Post sicher Ewigkeiten!"

„Ich habe eine bessere Idee", erwiderte Nelson. „Alois Kunkel. Wenn einer einen Videorekorder hat, dann er. Hauptsache, er funktioniert."

„Du hast recht", stimmte ihm Judith zu. „Fragst du ihn, oder soll ich das übernehmen?"

„Ich glaube, dich mag er lieber", antwortete Nelson und grinste.

Luk streckte sich. Draußen dämmerte es bereits.

„Mich würde interessieren, ob die bei der ESA überhaupt auf so etwas vorbereitet sind", brummte Levent. „Stellt euch mal vor, die Weltraumpiraten wecken auch noch die sieben anderen Astronauten auf. Ob die Vorräte dann trotzdem noch ausreichen?"

„Wahrscheinlich haben sie Pflanzen oder zumindest Samen an Bord", erwiderte Nelson. „Aus dem Kohlendioxid der Marsatmosphäre könnten sie dann per Photosynthese Sauerstoff produzieren."

„Vorausgesetzt, ihre Sauerstoffvorräte gehen nicht schon auf dem Hinflug zur Neige", unkte Levent.

„Wenn da wirklich einer von außen rein funkt, werden die von der ESA jetzt fix reagieren", meldete sich Judith zu Wort. „Was meint ihr, was bei denen grad los ist? Die setzen doch Himmel und Hölle in Bewegung, um das Leck zu schließen!"

„Und warum ist ihnen das nicht schon nach der ersten Attacke gelungen?" Luk sah sie an, als wäre sie dafür verantwortlich.

„Weil sie die Weltraumpiraten da vielleicht noch nicht ernst genommen haben", erwiderte Judith, ohne sich aus der Ruhe bringen zu lassen. Sie reichte das Mundstück der Wasserpfeife an Nelson weiter. „Erinnerst du dich noch daran, was Michael McKay gesagt hat?"

Nelson ahnte, worauf sie hinauswollte.

„Er glaubt nicht, dass eine Marsexpedition von außen sabotiert werden könnte. Eher von innen. Durch einen eigenen Mitarbeiter im Kontrollzentrum. Einen, *der jahrelang unauffällig bleibt, um im entscheidenden Moment loszuschlagen* – ich glaube, das waren seine Worte, oder?"

Nelson nickte. „Wenn das stimmt, dann wird dieser Mitarbeiter jederzeit erneut losschlagen können. Im schlimmsten Fall könnte er die Körpertemperatur der Astronauten manipulieren."

„Aber was ist mit Castor und Pollux?", warf Luk ein. „Ich dachte, *die* sind die Weltraumpiraten und nicht irgend so ein Laborfuzzi bei der ESA?"

„Vielleicht stecken sie ja mit einem von denen unter der Decke."

Levent nahm einen tiefen Zug aus der Wasserpfeife und blies dicke Kringel zur Decke.

„Oder die Norton-Zwillinge sind auf einen Zug aufgesprungen, den ein anderer fährt? Oder es gibt eine ganz andere Erklärung, in der für unsere beiden Wichser gar kein Platz ist. Hoffentlich finden wir einige Antworten auf der Videokassette."

„Du hast recht", erklärte Nelson, „unsere Spekulationen führen zu nichts. Besser, wir gehen schlafen. Morgen sehen wir weiter."

„Morgen ist gut", murmelte Luk und deutete zum Fenster hinaus.

Längst war die Nacht vor dem grauenden Morgen zurückgewichen und hatte sämtliche Sterne gelöscht. Am Horizont mischten sich schon weißblaue Schlieren in die blasse Morgenröte. Nebel lag über den Feldern und Weinbergen, während am Himmel durchsichtige Schleierwolken schwebten. Nelson warf einen unauffälligen Blick auf Judith. Der Sommer schien endgültig vorüber. Würden sie den Winter als Paar erleben?

20

W ie ein Lampion hing der Mond über der Südstadt. Messerscharf zeichneten sich seine Ränder vor dem tiefschwarzen Himmel ab, an dem merkwürdigerweise kaum ein Stern zu sehen war. Wenn eine Wolkenformation am Mond vorüberstrich, schien er orangefarben durch sie hindurch. Dabei sah es so aus, als ob ihn die Wolken jedes Mal ein bisschen weiter zögen.

Die beiden Kapuzengestalten saßen an der Mole und warteten. Unweit von ihnen ragten Kräne in den Himmel. Davor hatten die Hafenarbeiter Dutzende von Containern aufeinander geschichtet, die am Morgen auf eines der im Flussbecken ankernden Schiffe verladen würden. Eine trübe Brühe schwappte gegen den Kai, ein Gemisch aus Öl und Diesel, in dem Plastikabfälle und verwesende Fischkadaver trieben.

Die beiden hassten es zu warten. Vor allem hassten sie es, auf die dürre Vogelscheuche zu warten. Sie hatten gedacht, dass sie die Hexe nun, da ihr Agent provocateur so eindrucksvolle Resultate geliefert hatte, endlich los wären. Doch die Alte hatte sich noch einmal mit ihnen in Verbindung gesetzt und um ein weiteres, letztes Rendezvous gebeten. Es gebe eine überaus bedeutsame Information, die sie ihnen mitteilen müsse. Eine Nachricht, die keinerlei Aufschub dulde.

Mitternacht war vorüber, aber von der Alten war noch immer weit und breit nichts zu sehen.

Warum sich die Hexe unbedingt zu nachtschlafender Zeit und ausgerechnet an diesem stinkigen, unwirtlichen Ort mit ihnen treffen wollte, war den beiden schleierhaft. Sie hatten vorgeschlagen, ihr Rendezvous in ein Restaurant, beim Kambodschaner oder Syrer, zu verlegen, wo sie für die bedrückende Gegenwart der Alten wenigstens durch kulinarische Köstlichkeiten entschädigt würden. Inzwischen hatten sie die Küche der Zukunft zu schätzen gelernt. Aber die Vogelscheuche hatte auf den von ihr vorgeschlagenen Treffpunkt am Hafen bestanden, da sie nur dort ungestört blieben.

Einer der beiden stand auf. Seine Armbanduhr zeigte kurz vor eins. Wütend kickte er einen Stein ins Wasser.

„Am liebsten würde ich sie kopfüber in die Brühe tunken und warten, bis sie darin verreckt!", zischte er.

Ein Geräusch ließ die beiden herumfahren. Aus dem Schatten der Container trat eine hagere, hochgewachsene Gestalt.

„Worauf wartest du dann noch, Söhnchen?", krächzte eine vertraute Stimme. „Hier bin ich! Nur sieh dich vor, dass du dich an mir nicht verhebst."

Die Alte kam näher. Als die Wolken den Mond freigaben, ergoss sich sein milchiges Licht über sie, sodass sie wie der leibhaftige Tod aussah.

Die beiden schauderten. Inzwischen hatte sich auch der andere erhoben und blickte die Alte herausfordernd an.

„Was wollen Sie?", fragte er barsch. „Was ist so wichtig, dass Sie uns mitten in der Nacht hierher bestellen?"

„Geduld, mein Sohn", schnarrte die Alte und verzog ihr knöchernes Gesicht zu einem hässlichen Grinsen. „Wollen wir es uns nicht ein wenig gemütlich machen?"

Mit einer Behändigkeit, die man ihr nicht zugetraut hätte, hüpfte sie auf die Kaimauer und forderte die beiden jungen Männer auf, sich wieder zu setzen.

„Schon besser", stellte sie zufrieden fest. Das Grinsen schien sich einstweilen in ihrem Gesicht eingenistet zu haben, was ihre nächtlichen Gesprächspartner zunehmend verunsicherte.

„Also, was wollen Sie?", wiederholte der erste schroff.

Die Alte fixierte ihn aus zusammengekniffenen Augen. „Die Frage ist eher, was *ihr* wollt", erwiderte sie.

„Was soll der Mist?", fauchte ihr Gegenüber. „Wir haben, was wir wollten. Sie konnten es uns liefern und sind dafür reichlich belohnt worden. Von uns aus hätten wir es dabei bewenden lassen können und Sie nie wieder gesehen. Also, was gibt es noch, was Sie uns verkaufen wollen?"

„Hört, hört!", schnarrte die Alte. „Ich schätze direkte Ansprachen, ja wirklich! Dann will auch ich nicht lange drum herum reden." Sie zog ein Taschentuch und schnäuzte sich geräuschvoll.

„Ihr sagt, ihr habt, was ihr wollt", nahm sie den Faden wieder auf, „aber ist das auch wahr? Warum, so frage ich euch, gebt ihr dermaßen viel Geld für eine kleine Demonstration unserer Macht aus, ohne daraus am Ende Kapital zu schlagen?" Sie wischte mit der Hand durch die Luft, wie um zu zeigen, dass sie die Antwort längst kannte. „Unser kleines Spiel bereitet mir zunehmend Freude, weil ich inzwischen weiß, dass für euch weit mehr dahintersteckt, als einer Behörde einen kleinen Schrecken einzujagen, nicht wahr? Das erste Mal stutzig wurde ich, als ihr diesen merkwürdigen Sprechgesang in Auftrag gabt. Ihr habt ein kleines Vermögen dafür hingeblättert, doch eure Opfer konnten nicht allzu viel damit anfangen."

„Woher ...?", zischte einer der beiden, aber die Alte fuhr ihm über den Mund.

„Woher ich das weiß, Söhnchen?" Sie blickte ihm böse ins Gesicht. „Ja, meinst du, ich lasse mich mit zwei Hosenscheißern wie euch ein, ohne vorher an ihren Windeln zu riechen?" Sie kicherte heiser. „Ihr seid wirklich noch dämlicher, als ich schon bei unserem ersten Treffen gedacht habe!"

Der eine schnappte nach ihrem Arm und versuchte ihn nach hinten zu drehen. Aber die Alte gackerte nur noch lauter.

„Ja, drück schön zu, mein Sohn, Gott, wie gut das tut! Aber das ist doch hoffentlich noch nicht alles, oder?"

Ihr Angreifer ließ los und rückte angewidert von ihr ab. „Lass uns von hier verschwinden", forderte er seinen Gefährten auf, „sonst kann ich für nichts garantieren."

Die Alte schüttelte mitleidig den Kopf. „Aber, aber. Nicht so eilig, Jüngelchen. Sonst kann auch ich für nichts garantieren."

Doch die Brüder hatten genug gehört. Anscheinend war die

Hexe nun vollends übergeschnappt! Ohne sich dem Medusen-blick noch ein weiteres Mal auszusetzen, sprangen sie von der Kaimauer und schickten sich an, so schnell wie möglich zu ver-schwinden.

Allerdings kamen sie nicht weit.

Sie hatten die Container gerade erreicht, als sie ein klacken-des Geräusch innehalten ließ. Dann ging alles ganz schnell: Plötzlich flammten Blitze auf und blendeten sie. Im selben Moment spürten sie einen heftigen Schlag gegen die Brust, der sie von den Beinen hob und mehrere Meter durch die Luft wir-belte. Hart prallten sie auf dem Asphalt auf und versuchten sich benommen aufzurappeln, um sich ihren Angreifern entgegen zu stellen. Doch entsetzt stellten sie fest, dass sie sich nicht rühren konnten. Ihre Körper zitterten wie Espenlaub und gehorchten ihnen nicht mehr. Ein Schatten fiel auf ihre Gesichter. Als sie hochsahen, beugte sich die Alte über sie und blickte gehässig auf sie herab. Hinter ihr setzten sich zwei bullige Typen in Positur.

„Ich habe euch gewarnt", krächzte sie. „Muss ich erst grob werden, um eure Aufmerksamkeit zu erlangen?" Sie hockte sich auf die Brust des einen und streichelte ihm übers Gesicht. „Du zitterst ja, Söhnchen. Das musst du nicht. Nicht, wenn du mir in Zukunft zuhörst und auf all meine Fragen höflich antwortest. Haben wir uns verstanden?"

Ihr Opfer drehte widerspenstig den Kopf zur Seite. Dar-aufhin packte die Alte seine Haare und riss seinen Kopf herum.

„Ob wir uns verstanden haben?", schnaubte sie und verpasste ihm zwei schallende Ohrfeigen, die ihm die Tränen in die Augen trieben. Als sich ihre langen, spitzen Fingernägel seinen Augäp-feln näherten, brach sein Widerstand so schnell, wie er aufge-keimt war. Panisch klimperte er mit den Augen.

„So ist es brav", flüsterte die Alte und strich ihm mit den Fin-gernägeln übers Gesicht. „Und jetzt, meine Ferkelchen, werdet ihr mir verraten, was es mit dem gläsernen geflügelten Schimmel auf sich hat, der durch die Zeit galoppiert."

21

Im Wohnzimmer der Kunkels roch es nach Essen. Nelson tippte auf Sauerbraten mit Rotkohl und Kartoffelklößen. Aus der Küche hörte er das Geklapper von Töpfen und Geschirr. Im Hintergrund lief leise ein Radio.

Er hatte sich mit Judith und Luk auf das schwere braune Cordsofa gefläzt, während Levent im Schneidersitz auf dem Perserteppich vor ihnen hockte. Alle vier beobachteten gebannt, wie Alois Kunkel die Kassette in den Videorekorder schob und auf *Start* drückte.

„Und ihr habt ganz bestimmt keine Ahnung, was da drauf ist?", fragte der Hausmeister zum wiederholten Mal. Er stemmte sich hoch und machte es sich in seinem Ohrensessel bequem. „Wehe, wenn das irgendso'n Schweinskram ist – dann wird das sofort konfisziert, nur dass das klar ist!"

Nelson bereute bereits, dass sie ausgerechnet Alois Kunkel nach einem Videorekorder gefragt hatten. Erst war ihm das am nächstliegenden erschienen, da der Hausmeister in einer eigenen, bekanntermaßen nicht allzu fortschrittlichen Welt lebte. Doch als Kunkel begonnen hatte, ihn auszufragen, woher die ominöse Kassette stamme und was darauf zu sehen sei, hatte sich Nelson in ein Gespinst aus Lügen und Halbwahrheiten verstrickt, das auch den Bestgläubigen misstrauisch gemacht hätte. Kein Wunder also, dass der Hausmeister am Ende darauf bestanden hatte, dabei zu sein, wenn sie die Videokassette in seinem Wohnzimmer abspielten.

Jetzt gab es kein Zurück mehr!

Ungeduldig starrten sie auf den Fernseher, doch bis auf ein kurzes Aufflackern zu Beginn blieb der Bildschirm schwarz. Kunkel drückte auf seiner Fernbedienung herum, wechselte das Programm, kehrte wieder zurück – vergeblich!

„Auch das noch", fluchte er und rappelte sich hoch. „Aber das kriegen wir schon hin. Ist halt nicht mehr der Neueste. Hat uns aber schon beste Dienste geleistet, nicht wahr? Hat die modernen Geräte alle überlebt. Wertarbeit halt. Von wegen Taiwan oder Hongkong! Die gab's damals noch gar nicht! Da hieß es noch *Made in Germany*. Moment mal, wie lang ist das her?"

Nelson wollte das alles lieber nicht so genau wissen. Beunruhigt beobachtete er, wie sich Kunkel wieder vor den Fernseher kniete und irgendwelche Knöpfe drückte. Je länger der Bildschirm schwarz blieb, desto fahriger wurde der Hausmeister. Bis er schließlich in den Videorekorder griff und die Kassette ungeduldig herauszog. Dabei blieb die Magnetspule hängen und –

„Haaalt!", schrien Nelson und Levent wie aus einem Mund.

Erschrocken hielt der Hausmeister mitten in der Bewegung inne. Die Kassette mit der verhedderten Spule in der Hand, wandte er sich langsam um. Schuldbewusst, wütend und ratlos zugleich stierte er von einem zum anderen.

„Was?"

Levent war bereits aufgesprungen. „Lassen Sie lieber mich das machen", flehte er und nahm Kunkel die Kassette aus der Hand.

„Aber ... das ist doch ...", protestierte der Hausmeister schwach.

Schon hockte Nelson neben Levent, während Kunkel noch immer ungläubig auf die Videokassette glotzte. Ohne ihn zu beachten, machten sich die Freunde daran, das verhedderte Magnetband mit viel Fingerspitzengefühl aus dem Videorekorder zu lösen. Nach zehn Minuten hatten sie es ohne sichtbare Schäden befreit. Levent spulte es behutsam auf.

„Ihr wisst ganz genau, was auf dieser Kassette drauf ist", brummte der Hausmeister, der sich wieder eingekriegt hatte. „Sonst würdet ihr hier wohl kaum so ein Spektakel veranstalten."

„Wir haben wirklich keine Ahnung", beteuerte Judith, die Alois Kunkel mit Leichtigkeit um den Finger wickeln konnte. „Aber es wäre doch jammerschade, wenn wir es niemals herausfänden, oder? Stellen Sie sich einmal vor, Sie hätten ein Video von Ihrer Frau gedreht und dann ..."

„Schon gut, schon gut", unterbrach sie der Hausmeister, der

möglicherweise entsprechende Erfahrungen gemacht hatte, das Thema aber nicht weiter vertiefen wollte. „Versuchen wir es lieber noch einmal."

Diesmal übernahm Levent die Regie. Kaum hatte er die Videokassette mit sanftem Schwung in den Rekorder geschoben, erschien ein Bild auf der Mattscheibe. Die Ansicht war zwar etwas dunkel, die Einzelheiten waren aber gut zu erkennen. Ein Zimmer, links das Fußende eines Bettes, rechts eine Sitzgruppe, vorne ein beigefarbener Veloursteppich, auf dem zwei Kapuzengestalten hockten. Im Halbdunkel waren ihre Gesichter nicht zu erkennen.

Nelson spürte, wie sein Herz zu rasen begann.

Hinter ihm hustete einer. Kunkel beugte sich vor. „Wer ist denn das? Kenne ich die?"

„Ihr wolltet nicht hören", erklang ein blecherner Singsang, der Nelson an die computeranimierte Stimme Loddars erinnerte. „Dabei haben wir euch doch gewarnt, dass mit den Weltraumpiraten nicht zu spaßen ist. Dachtet ihr im Ernst, die Dummköpfe von der ESA würden um das Schicksal einiger Astronauten willen ihre ehrgeizigen Pläne aufgeben?" Ein hohles Gelächter erklang. „Glaubt uns", fuhr die Stimme nach wenigen Sekunden fort, „ihr bleibt auf euch allein gestellt und solltet unsere Herzenswünsche erfüllen. Enttäuscht ihr uns ein weiteres Mal, so zwingt ihr uns, die Himmelsarena zu stürmen. Löwe, Jungfrau, Bär und Luchs sind machtlos, wenn Gemini seinen Zauber entfaltet, das solltet ihr wissen. Wir halten still, wenn ihr ..."

„Was soll das?", quäkte Kunkel.

„Schsch!", zischte es vielstimmig.

„... uns gebt, was wir anfangs erbaten, einen gläsernen Schimmel mit Flügeln, der durch die Zeit galoppiert und uns –"

Mit einem hässlichen Geräusch erstarb der Rekorder, und das Bild erlosch. Ungläubig starrten die Freunde auf die schwarze Mattscheibe. Levent reagierte als Erster und hechtete hinüber. Als er die Eject-Taste drückte, spuckte das Gerät die Kassette aus. Doch wieder blieb die Hälfte des Bandes in den Eingeweiden des Rekorders hängen.

„Verdammte Schei ...", entfuhr es Levent.

Erneut machten er und Nelson sich daran, das Knäuel zu entwirren. Diesmal jedoch vergeblich. Die Magnetspur klemmte so fest, dass den Freunden am Ende nichts anderes übrig blieb, als kräftig daran zu zerren, mit der Folge, dass die Spule riss und beide je ein Ende in der Hand hielten.

„Oh Mann!", stöhnte Luk. „Dieser dämliche Kasten!"

„Na, hör mal!", protestierte Alois Kunkel und putzte mit seinem Taschentuch liebevoll über den Rekorder. „Bis ihr diese *dämliche* Kassette hier angeschleppt habt, war das ein absolut zuverlässiges Gerät! Jetzt kann ich den Rekorder womöglich verschrotten. Wegen euch! Nur weil ihr ..., weil dieses ..." Offenbar fehlten ihm die Worte, um seiner Empörung angemessen Ausdruck zu verleihen.

Judith rettete die Situation. „Tut uns wirklich leid", behauptete sic und stand auf. „Wir werden Ihnen den Schaden natürlich ersetzen. Und noch mal danke." Sie wandte sich ihren Freunden zu. „Kommt ihr?"

Rasch verabschiedeten sie sich von dem Hausmeister, bevor der noch einmal auf den Inhalt der Kassette zurückkommen konnte.

„Was soll das? Ticken die jetzt völlig durch?", schnaubte Luk, als sie den Hof überquerten. „Können die nicht Klartext reden? Immer diese bescheuerten Bilder, als wollten sie ..."

„Allem Anschein nach legen sie Wert darauf, dass nur wir sie verstehen", bemerkte Nelson mehr zu sich selbst.

„Aber dann könnten sie uns doch direkt ansprechen, oder nicht?"

Nelson blieb stehen. „Ihre Botschaft ist zwar für unsere Ohren bestimmt", wiederholte er, „aber sie wissen natürlich nicht, wer sonst noch alles mithört. Daher sprechen sie in Bildern. Oder besser in Sternenbildern."

Levent blieb abrupt stehen. „In Sternenbildern?"

„In diesem Video haben sie sich zum ersten Mal zu erkennen gegeben", fuhr Nelson fort.

„Mach's nicht so spannend", raunte Luk.

„Löwe, Jungfrau, Bär und Luchs sind allesamt Sternbilder", fuhr Nelson fort, ohne sich beirren zu lassen. „Lateinisch *Leo, Virgo, Ursa* und *Lynx*. Auch *Gemini* bezeichnet ein Sternbild, besser bekannt als Zwillinge oder auch ..."

„Castor und Pollux", vollendete Judith.

Nelson nickte. „Wen sie mit der Jungfrau meinen, ist klar", fuhr er fort und schenkte Judith ein zartes Lächeln. „Die anderen drei können wir dann wohl unter uns aufteilen."

„Ich bin der Löwe", erklärte Luk.

„Sicher", entgegnete Levent ironisch und legte Nelson einen Arm um die Schulter. „Dann bleibt für dich nur noch der Luchs übrig, mein Freund."

„Ich stör ja nur ungern", meldete sich Judith zu Wort und fixierte Levent. „Aber wenn sie mir *mein* Lieblingsspielzeug klauen wollten, wäre ich nicht so locker wie du."

„Das klingt spannend", entgegnete Levent und sah sie ölig an. „Was ist denn *dein* Lieblingsspielzeug?"

„Um mich geht es hier nicht, mein Lieber." Judith sah ihn mitleidig an. „Offenbar haben sie es auf *dich* abgesehen. Oder besser auf deine Erfindung. Sie wollen Madonna!"

„Kein Wunder, oder?", entgegnete Levent ungerührt. „Sehnen sich bestimmt nach Mami und Papi. Ist ja auch schlimm, so ganz allein in der Fremde."

Inzwischen hatten sie das Sportfeld unterhalb der Burg erreicht, wo sie sich auf den Rasen hockten und hinunter ins Tal blickten.

„Ich kapier nicht, warum sie sich nicht einfach auf die Lauer legen und abwarten, bis Madonna das nächste Mal in der Zukunft Station macht", warf Luk irgendwann ein.

„Vielleicht wissen sie ja gar nicht, dass wir regelmäßig mit Miriam und Vincent in Kontakt stehen", antwortete Judith.

Levent runzelte die Stirn. „Aber dann wäre ihre Botschaft ja sinnlos."

„Stimmt auch wieder." Judith seufzte. „Und wenn sie keine Ahnung haben, wie man Madonna programmiert?"

„Sie könnten Miriam oder Vincent zwingen, es ihnen zu zeigen", warf Luk ein.

„Um auf Nummer Sicher zu gehen, müssten sie Miriam und Vincent mitnehmen", erwiderte Levent. „Stellt euch mal vor, unsere Freunde würden Castor und Pollux in die Steinzeit schicken."

„Ein überaus reizvoller Gedanke", bemerkte Judith.

„Und wenn es ihnen um etwas ganz anderes geht?", meldete sich Nelson zu Wort. *„Es sei denn, ihr gebt uns endlich, was wir anfangs erbaten"*, zitierte er die Weltraumpiraten. „Klingt nicht so, als wollten sie Madonna bloß ausleihen."

„Du meinst doch nicht, dass sie sie ...", begann Levent.

„Und wenn doch?", unterbrach ihn sein Freund. „Madonna würde ihnen jene Aufmerksamkeit und Macht bringen, nach der sie sich immer gesehnt haben."

„Tatsache ist, dass Miriam und Vincent dringend unsere Hilfe benötigen", stellte Judith fest und sprach aus, was die anderen dachten. „Wir sollten also schleunigst unsere Koffer packen."

Nelson wandte sich an Levent. „Bist du diesmal dabei?"

Sein Freund ließ ihn eine Weile zappeln. „Wenn ich recht bedenke", verkündete er nach einer Weile und konnte sich ein Grinsen nicht verkneifen, „sollte euch ein gemeinsamer Trip in die Zukunft von der Größe meines verkannten Genies überzeugen. Schließlich scheine ich meiner Zeit tatsächlich weit voraus zu sein."

DRITTER TEIL

„Wenn du auf die andere Seite,
zu den Sternen, hinausblickst, wird dir klar,
dass es bis zur nächsten Wasserstelle schrecklich weit ist."

Loren Wilber Acton (geb. 1936),
US-amerikanischer Physiker und Astronaut

22

Dr. Theresa Hauser lag einfach nur da und hielt die Hand des Mannes, mit dem sie mehr als die Hälfte ihres Lebens verbracht hatte. Seine Haut fühlte sich kalt an. Doch darunter spürte sie sein Herz schlagen. Wie in Zeitlupe pumpte es das Blut durch seine Adern. Auf der Erde nannten sie seinen abgesenkten Metabolismus Stand-by-Modus. Als ob es ein Leben in Bereitschaft gäbe, das man, je nach Bedarf, an- oder ausschalten könnte.

Um sie herum herrschte Dunkelheit. Nicht bloß Nacht, wie sie sie von der Erde her kannte, sondern absolute, undurchdringbare Finsternis. Seitdem sie die Notbeleuchtung abgeschaltet hatte, gab es nur noch ihre Gedanken und die Hand in ihrer Hand. Nicht der Hauch eines Lichtteilchens erreichte ihre Netzhaut. Weil hier, Hunderttausende Kilometer vom nächsten Himmelskörper entfernt, kein Licht existierte. Die Schwärze war einfach vollkommen, heilig wie sonst nur die Stille der Ewigkeit.

Theresa Hauser war Naturwissenschaftlerin. Aber erst hier hatte sie eine Ahnung davon bekommen, was Licht wirklich bedeutete. Je nachdem, zu welcher Seite man hinausblickte, waltete das Nichts oder die Andeutung eines Seins, das hier und jetzt unerreichbar schien. Auch die Zeit hatte ihre Bedeutung verloren. Denn es gab keinen Fortgang, den man mit Augen messen konnte, keine Entwicklung, die man als solche empfand. Zumindest wenn man, wie sie es gerade tat, einfach nur still dalag.

Ihr war bewusst, dass sie in diesem Moment gegen alle Vorschriften verstieß, die die ESA jemals erlassen hatte. Sie hatte das Licht gelöscht, die Funkverbindung zur Erde gekappt und – schlimmste aller möglichen Sünden – sogar eine der geschlossenen Versorgungseinheiten geöffnet!

Doch Theresa Hauser empfand nicht den Anflug eines schlechten Gewissens. Während sie die Hand ihres Mannes hielt, schwelgte sie in der Leichtigkeit ihres Daseins. Losgelöst von der

Schwerkraft, spürte sie ihrem Atem nach, meinte das Rauschen ihres Blutes wahrzunehmen und lauschte der Stimme in ihrem Inneren, die infolge der turbulenten Ereignisse der letzten Tage zwischenzeitlich verstummt war.

Sie wusste, dass ihre Kollegen in Darmstadt gerade fieberhaft nach der Ursache der vermeintlichen Störung fahndeten. Oder aber sie kochten vor Zorn, weil sie den Grund für die unterbrochene Verbindung zur *Da-Vinci-7* längst kannten. Schließlich waren sie gewohnt, die absolute Kontrolle auszuüben. Ganz und gar nicht gewohnt waren sie hingegen, dass ein Crewmitglied eigenmächtig dazwischen funkte.

Theresa Hauser lächelte still in sich hinein. Eigentlich war es so einfach, den Leuten im Kontrollzentrum ein Schnippchen zu schlagen. Trotz all der Schutzmechanismen, die man in das System eingebaut hatte. Die Perfektion, das wusste sie, war eine Illusion, der man sich nur allzu gern hingab, um ein Wagnis wie dieses überhaupt eingehen zu können. Fing man erst an, die scheinbare Unverletzlichkeit der Astronauten zu bezweifeln, und machte sich auf, nach den Schwachstellen des Systems zu suchen, dann wurde man am Ende auch fündig und konnte sie, wie Theresa Hauser es just in diesem Moment tat, für die eigenen Zwecke nutzen.

Sabotage!

Das Wort geisterte seit gut einer Woche durch ihren Kopf.

Sabotage.

Was aber bedeutete das überhaupt? In letzter Konsequenz? Wer sabotierte hier was oder wen? War das Undenkbare plötzlich denkbar geworden? Hatte trotz aller gegenteiligen Beteuerungen jemand von außen die Kontrolle über das Raumschiff übernommen?

Um nichts anderes ging es schließlich: Wer übte im Moment die Kontrolle aus? Die Kollegen in Darmstadt? Terroristen oder Erpresser? Oder gar ein Virus, von irgendeinem Computerfreak ins System eingeschleust, vielleicht aus Übermut oder Langeweile und ohne die Folgen zu überblicken?

Als Theresa Hauser vor acht Tagen aufgewacht war und in den kleinen Monitor geblickt hatte, hatten die Gesichter ihrer

Kollegen ratlos, ganz und gar hilflos gewirkt, als ob die Mission aus dem Ruder gelaufen wäre. Als sie wenig später von der Propaganda-Abteilung der ESA dazu gezwungen worden war, in der Wir-haben-doch-alles-unter-Kontrolle-Show mitzuspielen, hatte sie mit jedem weiteren der gewandt vorgetragenen Statements deutlicher gespürt, dass der eigentliche Regisseur woanders saß und im Dunkeln jene Fäden zog, an denen sie alle, selbst der höchste Repräsentant ihres Landes, zappelten.

Was war da los? Wer kontrollierte wen?

Sabotage?

Theresa Hauser wusste, dass das Wort aus dem Französischen kam und im übertragenen Wortsinn bedeutete, ohne Sorgfalt zu arbeiten. So betrachtet, musste man wohl fragen, wer hier wohl gepatzt hatte. Dr. Julian Steffen als Chef der ESA, dem es nicht gelungen war, alle Systemschleusen zu schließen? Oder sein hässlich-charmanter Stellvertreter Dr. Fabius LeMaitre, dem die Personalhoheit oblag und der bei der Auswahl seiner Mitarbeiterinnen und Mitarbeiter ein schwarzes Schaf übersehen hatte? Vielleicht konnte man sogar niemandem einen echten Vorwurf machen, weil der Fehler systemimmanent war. Wie oft hatten sie zu Hause darüber gestritten! Den Argumenten, die ihr Sohn vortrug, wollten weder sie noch ihr Mann ernsthaft folgen. Vincents Grundthese indes schien ihr inzwischen keineswegs mehr so weit hergeholt, wie sie noch bis vor Kurzem geglaubt hatte. In ihren Gesellschaften hatten sich die Menschen inzwischen so weit vernetzt und verlinkt, dass das große Ganze gar nicht mehr kontrollierbar war!

Als Theresa Hauser endlich die Hand ihres Mannes losließ, um zu ihrem außerterrestrischen Alltag zurückzukehren, drehte sie sich plötzlich in der Luft und verlor für einen Augenblick die Orientierung. Sie tastete nach dem Schalter an ihrem Gürtel, aber im letzten Augenblick überlegte sie es sich doch anders.

Noch nicht ...

Ihre Unsichtbarkeit gefiel ihr. Sie schuf Intimität. Und gab ihr das Gefühl, wenigstens für den Moment wieder selbstbestimmt zu agieren.

Seitdem sie aufgewacht (oder besser geweckt worden) war, galt alle Aufmerksamkeit ihr. Ihr allein. Während die anderen weiter schliefen, erteilte man ihr Instruktionen und gab dabei dezent zu verstehen, dass das Gelingen der Mission nun in ihrer Hand lag. Sie spürte, dass man daheim weitere Sabotageakte befürchtete. Doch natürlich sprach das niemand aus. Vielmehr versicherte man ihr, dass das Aufwecken ein kontrollierter Vorgang gewesen sei. Und das nicht nur einmal, sondern immer wieder. Dabei hegte Theresa Hauser genau daran nicht den geringsten Zweifel. Die Frage lautete doch nur: *Wer* hatte diesen Vorgang kontrolliert? Und *wer* übte womöglich noch immer die Kontrolle über die Systeme an Bord aus?

Sie berührte das Display ihrer Uhr. Es wurde Zeit. Für den Vormittag hatten die Presseleute der ESA eine weitere PR-Aktion vorgesehen. Diesmal mit einer Grundschulklasse. *Schule im All* nannten sie das. Weltweit imitierten Grundschüler dasselbe Experiment, das Theresa Hauser zur gleichen Zeit unter Bedingungen der Schwerelosigkeit vornahm. Die Ergebnisse sollten regelmäßig miteinander verglichen werden. Eine nette Idee. Wenn sie nicht den ausschließlichen Zweck verfolgt hätte, die Welt von der Routinemäßigkeit der Da-Vinci-Mission zu überzeugen. Heute fand die Auftaktshow statt. Erneut mit ihr als einziger Protagonistin. An sich hatte sie gar nichts gegen solche Spielereien. Aber was sie aufbrachte, war die Tatsache, dass man sie dazu zwang, fremden Kindern Rede und Antwort zu stehen, während man ihr gleichzeitig verbot, mit der eigenen Tochter oder dem eigenen Sohn auch nur ein paar Sätze zu wechseln.

Einen Moment lang war sie versucht, die Show ihrerseits zu sabotieren. Aber dann dachte sie an die Kleinen, die sich womöglich wochenlang auf die Liveschaltung gefreut und im Unterricht darauf vorbereitet hatten. Was wäre das für eine Enttäuschung!

Sie schaltete das Licht an und drückte den Button. „Weltraum an Erde, Weltraum an Erde", intonierte sie, während die Systeme hochfuhren, „Commander Hauser bittet um die Erlaubnis, vor der Liveschaltung zur Erde noch einmal austreten zu dürfen."

In dem Augenblick, da es in der Leitung knackte und sie die

vertraute, ungemein wütende Stimme des Ground Control Commanders vernahm, streifte ihr Blick die Schneewittchensärge ihrer Kollegen. Sie schwebte inzwischen über dem Mischpult, von wo sie alle Einheiten gleichzeitig im Visier hatte. Der Glasdeckel über der Schlafstatt ihres Mannes war wieder eingerastet. Sie ruderte nach oben, um die Luftzufuhr zu regulieren, als sie mitten in der Bewegung erstarrte. Entsetzt schlug sie die Hand vor ihren Mund. Gerade öffnete sich, wie von Geisterhand bewegt, der Deckel der vordersten Einheit. Gwendolyn! Die Beine ihrer Kollegin zitterten unkontrolliert. Geräuschlos schwang der Deckel auf. Aus den Augenwinkeln heraus nahm Theresa Hauser wahr, dass die Kontrollleuchte am Schaltpult blinkte. Sie starrte hinüber zu den Glaskästen. Ihr wurde gleichzeitig heiß und kalt. Gwendolyn blinzelte. Theresa Hauser konnte nicht fassen, was gerade geschah. Hatte sie durch ihr eigenmächtiges Handeln eine Kettenreaktion ausgelöst? Nein, nein, das war ganz unmöglich! Sie hatte doch bloß einen Deckel geöffnet. Von Hand und ohne weitere Funktionen der Einheit zu beeinträchtigen. Außerdem war es ja nicht ihr Mann, der in diesem Moment die Augen aufschlug, sondern Gwendolyn, die vier Einheiten von ihm entfernt lag. Theresa Hauser konnte den Blick nicht von ihr wenden. Weitere Kontrolllampen leuchteten auf. Jetzt stemmte sich ihre Kollegin hoch und blinzelte in ihre Richtung.

„Sind wir da?", fragte sie mit belegter Stimme.

Die Stimme des Bodenkommandeurs brach abrupt ab. Ein leises Stöhnen war zu hören, gefolgt von einem unterdrückten Fluch. Dann vernahm man eine fremde Stimme im Hintergrund.

„Ich dachte, Sie hätten das Leck geschlossen. Verdammt, was soll das werden?"

Theresa Hauser spürte eine seltsame Mischung aus Unruhe, Angst und, ja doch, auch Erleichterung in sich aufsteigen. Sie beobachte, wie ihre Kollegin die Versorgungseinheit verließ und langsam auf sie zu schwebte.

Wenigstens bin ich jetzt nicht mehr allein, dachte sie und nahm Gwendolyn in den Arm.

23

Sie hatten geredet. Und wie sie geredet hatten! Kaum hatte die Alte ihre Krallen gewetzt, da waren die Worte nur so aus ihnen herausgesprudelt. Ein ganzer Fluss von Buchstaben, Worten und Lauten, die sich umständlich zu Sätzen verbanden und nur ein einziges Ziel kannten: den drohenden Schmerz im letzten Moment doch noch abzuwenden.

Sie wanden sich, sie verfingen und verstrickten sich immer tiefer in jenem Netz, das die hässliche Spinne für sie gesponnen hatte, und opferten am Ende alles und jeden.

Noch einmal entwarfen sie ihren Plan mit der Hip-Hop-Botschaft und dem Medaillon, das sie in der fantastischen Maschine entdeckt hatten, jenen Plan, der sie zuerst zu dem verrückten Musiker, dann zu der Comic-Schmiede und am Ende zu ihr geführt hatte, zu ihr, die sie inzwischen mehr fürchteten als alles andere auf der Welt, was sie natürlich nicht aussprachen, was ihnen ihre Peinigerin aber dennoch ansah und für ihre Zwecke zu nutzen entschlossen war.

Gehorsam verrieten ihr die Zwillinge das Geheimnis der Zeitmaschine und denunzierten dabei sowohl jene, die sie konstruiert und in die Vergangenheit gesteuert hatten, als auch die, die sich das Wundergefährt in der Zukunft angeeignet hatten. Als die Hexe noch immer nicht zufrieden schien, lieferten sie ihr schließlich sogar die eigenen Eltern ans Messer.

Dabei gaben sie sich alle Mühe, der Kannibalin, die sie *Gebieterin* nennen mussten, das Fleisch ihrer Eltern möglichst schmackhaft zu machen. Reich sei ihr Vater und überaus einflussreich. Als Oberbürgermeister könne er jede Tür öffnen, durch die ihre *Gebieterin* zu schreiten begehre. Zudem kannten ihre Eltern alle wichtigen Leute der Stadt. Von ihnen könne sie alles haben. Wenn sie sie nur freiließe! Sie wollten das Erforderliche veranlassen, und danach würden sich ihre Wege auch ganz bestimmt nicht mehr kreuzen!

Doch ihr Verrat, ihr Flehen und Winseln blieben umsonst.

Nachdem sich die Alte lange genug an der Angst ihrer Gefangenen geweidet hatte, beschloss sie, sich auf ihre Weise für die erlittenen Schmähungen zu rächen.

„So, so, ihr Bürschchen, reich könnte ich werden. Für alle Zeiten sorgenfrei, nicht wahr?", krächzte sie, während sie sich einen feinen Zigarillo anzündete und ihnen den Rauch ins Gesicht blies. „Dafür müsste ich lediglich bei unserem gütigen Herrn Oberbürgermeister vorsprechen und ihn bitten, seine Goldschätze mit seiner unwerten Mitbürgerin zu teilen, damit er seine beiden verloren geglaubten Söhne endlich in die Arme schließen kann. Ist es nicht so?"

Die Zwillinge, die sich – im Unterdeck eines vor sich hin rottenden Kahns an Rohre gefesselt – kaum rühren konnten, klimperten mit den Augen.

Die Alte zog einem von beiden das Ohr lang. „Und wenn eure Eltern das gar nicht wollen, Söhnchen?", flüsterte sie. „Wenn sie sich schon immer danach gesehnt haben, ihren Lebensabend sorglos, also ohne *euch,* zu verbringen?"

Sie schnappte nach dem Ohr des anderen und zog auch dieses so lang, dass seinem Besitzer die Tränen in die Augen schossen.

„Was, wenn eure Eltern euch die ganze Zeit bloß geduldet und ertragen haben, so wie Leprakranke ihre schwärenden Wunden ertragen? Ich jedenfalls wäre zutiefst erleichtert, wenn zwei Widerlinge wie ihr ohne Aufhebens von der Bildfläche verschwänden, geräuschlos und ohne dass ich mir selbst dabei die Finger schmutzig machen müsste."

In diesem Augenblick spürten die Zwillinge zum ersten Mal, dass alles Reden vergeblich, dass ihre Lage tatsächlich ausweglos war. In ihren Augen wuchs das Entsetzen, das die Schmerzen, die folgen sollten, bereits vorwegnahm. Keine Worte drangen mehr über ihre Lippen, nur noch ein leises Fiepen, das sie, wenn sie es selbst hätten wahrnehmen können, wohl an jene Welpen erinnert hätte, die von ihnen einst zu Tode gequält worden waren.

Die Alte ließ ihre Ohren los und hielt plötzlich ein Messer in der Hand, dessen Klinge im Glutschein ihres Zigarillos rötlich schimmerte.

„Welch eine Pein muss das für zwei schöne Jünglinge wie euch gewesen sein, in mein hässliches altes Gesicht zu blicken. Tssstsss", machte sie, als Pollux mit einem verzweifelten Flehen sein Schicksal doch noch abzuwenden versuchte, „gebt es nur zu: Ihr findet mich hässlich, widerwärtig und abstoßend! Aber ich habe da eine Idee: Damit wir einander fortan auf Augenhöhe begegnen, von Gleich zu Gleich, sollte sich wohl eine Seite der anderen anpassen, nicht wahr?"

„Nein. Nicht." Castors Worte waren kaum zu verstehen.

„Und da ich mich auf meine alten Tage wohl kaum noch in eine Prinzessin verwandeln werde ..."

Unversehens packte sie Castors Schopf, riss seinen Kopf nach hinten und schnitt ihm zweimal quer durchs Gesicht. Blut spritzte auf ihre Hand und ihre Bluse. Ein grauenvoller Schrei erklang, den sie dadurch erstickte, dass sie Castor einen Knebel in den blutenden Mund drückte. Schon wandte sie sich Pollux zu, dessen Kopf heftig hin und her ruckelte und der vor Entsetzen keinen Laut hervorbrachte.

„... muss ich euch beide in hässliche Kröten verzaubern!"

Mit einem irren Funkeln in den Augen fügte sie Pollux dieselbe grausame Verletzung zu wie seinem Bruder: zwei tiefe Schnitte auf beiden Wangen bis zu den Lippen, sodass ihre Münder absurd auseinander klafften.

Die Alte betrachtete ihr Werk mit dem kalten Blick einer Kammerjägerin.

„So, Bübchen", flüsterte sie, „jetzt dürft ihr grinsen, so viel und so lange ihr wollt."

Damit wandte sie sich ihren Komplizen zu, die im Hintergrund warteten und dem Spektakel unbewegt zusahen.

„Ihr solltet die Wunden tackern, damit die beiden Ferkelchen nicht verbluten. Vielleicht brauchen wir sie ja noch. Und sei es nur, um an ihre Kumpane heranzukommen. Oder an diese fabelhafte Erfindung. Eine Maschine, die durch die Zeit fliegt! Hat man so etwas schon mal gehört? Wer weiß, vielleicht hält das Leben für mich ja doch noch mehr bereit als die Gesellschaft einiger langweiliger Idioten."

24

Nelson und seine Freunde waren auf alles vorbereitet, nur nicht auf den Anblick, der sich ihnen bei ihrer Ankunft in der Zukunft als Erstes bot. Von einer kathedralenartigen Höhle aus waren sie gestartet, und sie landeten – in einem Jugendzimmer aus den Siebzigerjahren!

Nelson glaubte, in einen falschen Film geraten zu sein, als sie im Schein ihrer Stablampen der Zeitmaschine entstiegen. Ungläubig blickten sie sich um. Madonna bildete eine von zwei gegenüberliegenden Pforten. Die aus Gipsplatten errichteten Wände waren mit einer poppigen orange-braun-grünen Tapete beklebt. Ein riesiger Flokati zauberte eine kuschelige Atmosphäre in die kalte Felsenhöhle. Um den Flauschteppich verstreut lagen bunte Sitzkissen und Matratzenelemente. Der Tisch in der Mitte bestand aus vier Backsteinen und einer schlichten Holzplatte, die durch eine Lavalampe und alte *Bravo*-Hefte verziert wurde.

Staunend wanderten die Freunde umher. Nelson blieb vor einer Wand mit Starschnitten stehen. Bands wie *Sweet* und *Slade* teilten sich den Platz mit Schmusesänger David Cassidy, Deutschrocker Udo Lindenberg und Reggae-Legende Bob Marley. Gegenüber hing ein Filmplakat. Es zeigte eine junge Frau im Supermini, die auf dem Pult vor der Tafel hockte und sich am dümmlichen Gesichtsausdruck ihres Lehrers weidete, der ihr schamlos zwischen die Beine glotzte. *Schulmädchenreport, Teil 7* stand in fetten Lettern darunter.

Neben der Tür saß eine Kleiderpuppe auf einem roten Plastikhocker. Beim zweiten Hinsehen erkannte Nelson, dass die Puppe keine Frau, sondern einen Mann darstellte. Seine schwarze Löwenmähne wurde durch ein dünnes Lederband zusammengehalten. Er trug rote Samthosen mit riesigem Schlag, ein lila Hemd mit ebenso großem Kragen und darüber eine bunt bestickte Weste, auf der eine Anti-Kernkraft-Plakette prangte. Der Kopf der Puppe lag etwas schief. Fast sah es so aus, als ob der junge Mann die Heimorgel beäugte, die schräg vor ihm stand. Nelson musste grinsen. Seine Eltern hatten ein ähnliches Exemplar aus ihrer Jugend herübergerettet und ihn immer wieder ermuntert, daran sein eigenes musikalisches Genie zu erproben. Bis er die Orgel eines Tages zerlegt und leicht modifiziert wieder zusammengesetzt hatte. Danach klangen manche Akkorde wie Katzenschreie, was seine Eltern endlich zur Aufgabe zwang.

Levent hockte vor einem Regal mit Plattenspieler, Hi-Fi-Receiver und zwei voluminösen Boxen. Als Nelson zu ihm trat, hielt sein Freund eine Langspielplatte in der Hand. Das Schwarz-Weiß-Cover zeigte einen Mann im Afrolook, der sich über sein Klavier beugte.

„Das *Köln Concert* von Keith Jarrett", flüsterte Levent ehrfürchtig. „Musik zum Weinen."

In diesem Moment hüpfte Luk auf einem giftgrünen Gummiball an ihnen vorbei. „Wow, ist das hässlich hier! Wie bei Judith!", feixte er.

Judith war seine Bemerkung nur einen müden Augenaufschlag wert. „Beängstigend, nicht wahr?", näselte sie. „Natürlich kein Vergleich zu deinem ach so geschmackvoll eingerichteten Appartement daheim. Sag mal, diese Häkeldeckchen – sind die von deiner Mama?"

„Seht mal her!"

Levent saß inzwischen auf einem Sitzkissen und reckte eine Packung Räucherstäbchen in die Höhe.

„Patschuli!", jauchzte er, zündete eines der Stäbchen an und wedelte damit hin und her, sodass sich das modrige Aroma im Höhlenzimmer verteilte.

Judith ließ sich auf den Flokati fallen. „Hier hat sich einer ganz schön ausgetobt!", erklärte sie anerkennend.

„Das kann nur Vincent verbrochen haben", entgegnete Luk bestimmt. „Miriam jedenfalls leidet ganz sicher nicht an Geschmacksverirrung."

„Immerhin hat sie dich an sich rangelassen", ätzte Judith.

Nachdem sich beide in einer Kissenschlacht abreagiert und danach wieder Frieden geschlossen hatten, verließen die Freunde das Zimmer durch eine mit bunten Schleiern behängte Tür. Schlagartig fanden sie sich in ihrem vertrauten Höhlensystem wieder, mit seinen nackten, feucht glänzenden Felswänden und seinem leicht muffigen Geruch. Einen Moment zögerten sie. Am liebsten wären sie über den Keller direkt in die Burg spaziert – schon allein um herauszufinden, ob es ihr altes Internat immer noch gab. Aber um keine unliebsamen Begegnungen zu riskieren, wählten sie den längeren Weg durch die Katakomben, an dessen Ende sie auf den Fluss stoßen würden.

Nach gut einer halben Stunde erreichten sie das Ende des Gangs. Unmittelbar vor dem Eingang lehnte ein knallgelbes, schnittig geformtes Fahrrad am Fels, das offensichtlich Miriam und Vincent dort abgestellt hatten.

„Ein Bonanza-Rad!", jubelte Levent. Liebevoll strich er über den Bananensattel. Dann sah er die anderen schmachtend an. „Darf ich? Bloß eine Runde."

Obwohl sie es eilig hatten, zeigten sich seine Freunde gnädig.

Während Levent krakeelend im Dunkel der Katakomben verschwand, inspizierten Judith, Luk und Nelson den Höhleneingang, der, anders als sie ihn in Erinnerung hatten, hinter hohem Gebüsch verborgen war. Sie schlüpften hinaus und sahen sich um. Alles schien unverändert. Unter ihnen schlängelte sich der Rhein durch die Weinberge, und auf dem Hügel reckten sich die Türme von Burg Rosenstoltz gegen den Himmel.

Und doch ...

Nelson spürte ein eigenartiges Kribbeln im Nacken. Er hatte das unbestimmte Gefühl, dass ihn jemand beobachtete. Abrupt drehte er sich um. Nichts! Er ging ein paar Schritte in die eine, dann in die andere Richtung. Mit zusammengekniffenen Augen ließ er seine Blicke über das Land schweifen. Er musste sich getäuscht haben. Weit und breit war niemand zu sehen. Judith blickte ihn fragend an. Nelson hob die Brauen. Schließlich zuckte er die Schultern.

„Ich dachte, ich hätte ... Vergiss es, ich muss mich getäu..."

In diesem Augenblick zerriss ein Schrei die Stille.

Levent!

Nelson, Judith und Luk jagten zurück. Nelson hatte sich als Erster durch das Gebüsch gekämpft. Drinnen brauchte er einen Moment, um sich an das Halbdunkel zu gewöhnen. Dann –

Levent lag auf dem felsigen Boden, neben ihm das Rad. Sein Gesicht war vor Schmerz verzerrt. Gerade versuchte er aufzustehen, knickte aber gleich wieder ein.

„Scheiß Bremsen", japste er.

Vorsichtig half ihm Nelson hoch.

Als Judith hinzu trat, gab sie sich erst gar keine Mühe, Mitleid zu heucheln. „Echt Banane, das Rad", kicherte sie.

„Wart nur", keuchte Levent. „Wenn du irgendwann ..."

Mühsam rappelte er sich hoch und rieb sein lädiertes Knie. Er versuchte ein paar Schritte zu gehen. Anscheinend war nichts gebrochen. Nelson stützte ihn. Nachdem sie das Bonanza-Rad gerichtet und an seinen Platz gestellt hatten, machten sie sich auf den Weg.

Sie gingen am Fluss entlang, dessen Fahrrinne anscheinend verbreitert worden war. Davon abgesehen schien sich die Welt jedoch in den vergangenen Jahren nicht wesentlich verändert zu haben. Weder steuerten fliegende Autos durch die Lüfte noch begegneten ihnen Roboter, die mit dem Hund ihres Frauchens Gassi gingen. Wie ein Flickenteppich fügten sich die umgepflügten Felder und die Wiesen aneinander. Über ihnen zog ein Vogelschwarm gen Süden. Nelson sog die milde Oktoberluft ein. Einen Augenblick lang schossen ihm die düsteren Prophezeiungen ihrer Zeit durch den Kopf. Die angekündigte Klimakatastrophe jedenfalls schien ausgeblieben zu sein.

Als am Horizont die Silhouette von Köln auftauchte, konnten sie sich davon überzeugen, dass auch das Wahrzeichen der Stadt, der imposante Dom, noch immer stand. Allerdings wurde er von einem gigantischen Wolkenkratzer überragt, dessen Spitze wie ein Pfeil in den Himmel stieß. Die Ausläufer der Stadt erstreckten sich bis in die ehemaligen Rheinauen.

Bald nahm der Verkehr zu, und die Straßen wurden breiter. Levent, der inzwischen wieder ohne Hilfe gehen konnte, staunte über die Autos, von denen einige wie Zigarren, andere wie Zitronen aussahen. Hin und wieder flitzten lustige Gespanne über die Straße, halb Moped, halb Auto. In den Transportern saßen keine Fahrer. Merkwürdigerweise verursachten die Gefährte nicht das leiseste Geräusch. Überhaupt fiel Nelson auf, dass trotz des dichten Verkehrs nur gedämpfte Laute an sein Ohr drangen. Die Straßenbahnen, die an ihnen vorüberrauschten, erinnerten an die Magnetschwebebahnen ihrer Tage, und die Minitaxis surrten so süß vor sich hin wie gedrosselte Nähmaschinen.

Anders als bei ihren vorausgegangenen Zeitreisen hatte Nelson das Gefühl, durch keine reale, sondern durch eine virtuelle Stadt zu schlendern. Sie hatten das historische Köln des Mittelalters und das der Römerzeit erlebt, doch beide Städte waren ihm so fremd geblieben, dass ihn nichts, aber auch gar nichts an daheim erinnert hatte.

Diesmal war es anders. Hier war ihm das meiste vertraut. Und doch hatte sich fast alles verwandelt.

Köln hatte sich nicht nur in der Fläche ausgedehnt, die Häuser der Stadt waren auch rasant in die Höhe geschossen. Da sie sich dem Zentrum näherten, war Nelson auf enge, dunkle Häuserschluchten gefasst. Doch verblüfft registrierte er, dass sich die Metropole stattdessen regelrecht vor ihnen öffnete. Die Straßen wurden breiter, die Schaufensterfronten bunter und lichter, Videowände sendeten pausenlos Werbeclips. Die oberen Etagen spiegelten das Sonnenlicht so geschickt in die unteren Gefilde, dass Nelson dahinter ein ausgeklügeltes Konzept vermutete. Auffallend war allerdings, dass an jeder Ecke Kameras montiert waren, die das Leben in der Stadt lückenlos zu dokumentieren schienen. Orwells Prophezeiung hatte sich offenbar erfüllt.

In den Straßen herrschte ein reges Treiben, wenngleich das Tempo der Menschen so gedrosselt schien wie der Geräuschpegel um sie herum. Vielleicht lag es daran, dass die Alten das Stadtbild dominierten. Die wenigen jungen Menschen, die ihnen in der Fußgängerzone rund um den Dom begegneten, fielen durch ihre originelle Kleidung auf. Judith fühlte sich in ihrem Element.

„Schickes Höschen", kommentierte sie das eine Mal. „Nette Frisur", sagte sie kurze Zeit später.

Die hochhackigen, mit Lilien verzierten Stiefel einer Passantin gefielen ihr so gut, dass sie die junge Frau tatsächlich ansprach, um zu erfahren, wo sie die Stiefel gekauft habe. Die Blondine erteilte bereitwillig Auskunft und beschrieb ihr sogar den Weg, reagierte aber umso kratzbürstiger, als Judith am Ende noch wissen wollte, ob der bezeichnete Laden ein Kaufhaus oder eine Boutique sei.

„Kaufhaus? Die sind von Estorial!", echauffierte sich die junge Frau. Plötzlich betrachtete sie Judith von oben bis unten und fügte versöhnlicher hinzu:

„Du stehst auf Second Hand? Kleiner Tipp am Rande: der Try-it-and-take-it in der St.-Severin-Kirche. Die nächste Zuteilung findet, glaube ich, am Samstagmorgen statt. Die Hälfte meiner Klasse geht da hin. Du musst allerdings früh genug da sein. Um acht sind die besten Sachen weg."

Levent sah seine Chance gekommen, um sich für Judiths Schadenfreude vorhin zu rächen. Er maß sie mit einem abschätzigen Blick und näselte: „Du stehst auf Second Hand? Kleiner Tipp am Rande: Die Heilsarmee hinterm Bahnhof verschenkt samstags gehäkelte Ohrenschützer, original aus dem Altersheim. Aber du solltest vor Mitternacht da sein, sonst sind die hässlichsten Stücke schon weg."

„Hast wohl einen Clown verschluckt, was?", erwiderte Judith. Doch man sah ihr an, dass ihr die Bemerkung der jungen Frau ganz und gar nicht gefallen hatte.

Während Luk den Schlagabtausch seiner Freunde wie ein Ringbeobachter kommentierte, trottete Nelson schweigend hinterher. Seit einer Weile empfand er wieder jene Beklemmung, die er schon kurz nach ihrer Ankunft gespürt hatte. Immer wieder blickte er sich um und suchte in der Menge nach jemandem, der ihnen folgte, einem Augenpaar, das sich an sie geheftet hatte und nicht mehr losließ, einem, den er kannte, womöglich in doppelter Ausführung, miese Zwillinge, die ihn und seine Freunde hierhergelockt hatten, um ... Um was zu tun? Um sich an ihnen zu rächen? Um mit ihnen in die eigene Welt zurückzukehren? Oder um an Madonna zu gelangen?

Doch so oft er seine Blicke schweifen ließ, da war kein Gesicht, das er kannte. Alles, was er erntete, waren teilnahmslose, mitunter misstrauische Blicke von Fremden, die er ganz sicher noch nie gesehen hatte.

Bald trafen sie auf eine Gruppe Jugendlicher, die sich um einen beklagenswert schmucklosen Brunnen versammelt hatte. Nelson fragte in die Runde, wo er und seine Freunde ein Internetcafé oder eine öffentliche Bibliothek fänden, um nach einer Adresse zu suchen. Sie hatten ihren Besuch nicht ankündigen können und kannten daher weder Anschrift noch Telefonnummer ihrer Freunde.

„Internetcafé? Was soll'n das sein, Collega?", fragte ein schwarzhaariger Bursche. Er konnte nicht älter als vierzehn sein, schien aber völlig weggetreten. Aus trüben Augen blickte er Nelson müde an. „Ein Game über Coffey? Klingt muy interesting!"

„Wir müssen ins Internet", beharrte Nelson, „wissen aber nicht wie."

Ein Mädchen sprang von der Brunneneinfassung. Barfuß schlenderte sie auf die Freunde zu. Erst als sie vor ihm stand, erkannte Nelson, dass ihre schwarzen Haare gar keine waren, sondern eine Art Glatzentattoo, das in der Stirn keilförmig zulief.

„Seid ihr aus Kabul?", kicherte sie. „Oder de la Prison?" Sie ging um Nelson herum und strich über dessen Jeansjacke. „Antique, très chic. Und deine Clock?" Sie nahm Nelsons Hand und schob seinen Ärmel hoch. Betrübt blickte sie auf seine billige Armbanduhr. „Allora, kannst ja nichts dafür, Amigo. Für 'n Brownie darfst du mir an die Wäsche, comprendes?"

Mit lasziven Bewegungen begann sie vor dem verdutzten Nelson ihre Weste aufzuknöpfen. Während die Jungen am Brunnen johlten, wusste Nelson nicht, wie ihm geschah.

Levent sprang ihm zur Seite. „Coole Show, Baby", erklärte er betont lässig, „aber kannst jetzt aufhören, comprendes?"

Unterdessen hatte das Mädchen jedoch schon den letzten Knopf geöffnet und schlug die Weste weit auf. Nelson und Levent wollten sich gerade abwenden, hielten aber mitten in der Bewegung inne. Das Innenfutter der Weste leuchtete bläulich und erinnerte an …

179

„Allora, mes amis, was now? Ist euch das ambulant und potent einen Fuffi wert?"

Judith zückte ihr prall gefülltes Portemonnaie. Sie zögerte. Als Tuchhändler im römischen Köln waren sie zwar einigermaßen reich geworden und hatten genug Geld dabei. Doch mit einem Mal fragte sich Judith, ob ihre Euros überhaupt noch galten. Womöglich hatten sie in der Zwischenzeit einer Weltwährung Platz gemacht. *Globals, Universals* oder etwas in der Art?

Zaudernd zupfte sie einen Fünfzig-Euro-Schein aus ihrer Geldbörse. „Meinst du das hier?"

Über das Gesicht des Mädchens huschte ein diabolisches Grinsen. Plötzlich sah sie aus wie Mephisto, der Faust um dessen Seele betrügt.

„Well then, guapa", schnalzte sie und schnappte sich das Geld. „Ihr habt cinque minutes, klaro?"

Damit zog sie ihre Weste aus und warf sie Levent, den sie offensichtlich für den Anführer hielt, über die Schulter.

Die Freunde machten sich sofort ans Werk. Obwohl die Benutzeroberfläche gänzlich anders war als die, die sie kannten, fanden sie sich doch aufgrund der einfachen und klaren Strukturen rasch zurecht. Im Nu hatten sie die Adresse von Miriam und Vincent auf dem faltigen Display. Sie klickten sich weiter zu einem Stadtplan, der die bezeichnete Straße anzeigte. Diese lag in einem Viertel, das weder Nelson noch seine Freunde kannten. Hilfe suchend blickten sie sich nach dem Mädchen um.

„Wir wären dann so weit, chiquita!", rief Levent. „Kannst du uns noch sagen, wie wir dorthin finden?"

Mephista schlenderte heran und blieb ganz nah vor Nelson stehen.

„Porque du hast ein so sweet sourire, chico?", säuselte sie. Ihr Blick streifte das linke Innenfutter ihrer Weste, das sich Levent übers Knie drapiert hatte. „O là, là! La Marbella am Rhein! Müssen very rich sein gli vostri amici." Sie deutete auf den spektakulären Wolkenkratzer im Osten und fuhr fort: „Vous allez zum Li-Ging-Tower, von dort zum grande fiume, wendet euch nach Eastern until you see la mirasol, hinter der eine pont neuf to the other side führt, wo ihr, wenn ihr très gentile seid, beim Señor an der porta einchecken könnt. Irgendwelche questioni?"

„Schon klar", entgegnete Nelson, „nur was ist mit deiner Sonnenblume? Was, wenn die gar nicht blüht?"

Das Mädchen kicherte schrill. „Lustig, mon petit prince", erwiderte sie, schnappte sich im Vorübergehen ihre Weste und gesellte sich ohne weitere Erklärungen zu ihren Freunden.

„Werdet ihr aus dem ganzen Quatsch schlau?", fragte Luk, nachdem sie sich auf den Weg gemacht hatten.

„Sieht so aus, als ob das alte Europa von den Amerikanern endlich die Vorherrschaft zurückerobert hat", verkündete Levent geschraubt.

„Ich weiß nicht", antwortete Judith und schürzte die Lippen. „Nur weil sich eine Vorstadtgöre darin gefällt, ihr Urlaubskauderwelsch zusammen zu klauben und unserem *petit prince* ...", sie schenkte Nelson ein zuckersüßes Lächeln, „... etwas Honig ums Maul zu schmieren, ist das noch lange kein Hinweis auf deine ach so heiß ersehnten Vereinigten Staaten von Europa. Apropos ..." Sie hakte sich bei Levent ein. „Ist dir aufgefallen, dass dem Lockenköpfchen kein einziges türkisches Wort über die Lippen kam? Das würde mir an deiner Stelle zu denken geben. Ich meine ja nur, gehört die Türkei jetzt zu Europa oder nicht?"

Sie gingen den Weg, den ihnen Mephista gewiesen hatte. Nachdem sie das Zentrum verlassen hatten, kamen sie an einer langen Reihe riesiger Reklametafeln vorbei, die für blutdrucksenkende Fruchtsäfte, krebshemmende Powerriegel und *memorycodierte* Pastillen in den Geschmacksrichtungen Lakritze, Limone und Litschi warben.

Luk blieb vor der letzten Tafel stehen. Sie zeigte einen weißbärtigen, gütig dreinblickenden Opa am Computer, der ein Mädchen auf dem Schoß hielt, allem Anschein nach seine Enkeltochter.

„Meinen die Gedächtnispillen?", fragte er. „Aber mit denen könnte ja dann jeder ..."

„... zum Savant mutieren", vollendete Judith.

Auch Nelson fühlte sich spontan an jene Unterrichtsstunde erinnert, in der sie über die seltenen Begabungen der *wissenden*

Autisten gesprochen hatten. Diese Pastillen konnten anscheinend noch weit mehr, wenn man den Lobpreisungen unter der Abbildung glauben durfte. Mit ihrer Hilfe ließen sich die grauen Zellen des Gehirns regelrecht steuern. Ganz nach Belieben konnte man sein Gedächtnis für umfangreiche Wissensschätze weit aufsperren oder nach qualvollen Erlebnissen verriegeln oder unangenehme Erinnerungen sogar ganz löschen. So verwandelte sich das Gehirn in eine gigantische Festplatte mit integriertem Spamfilter, eine Vorstellung, die Nelson gleichermaßen faszinierte und schaudern ließ.

Als sie sich jenem Wolkenkratzer näherten, den das Mädchen Li-Ging-Tower genannt hatte, trafen sie auf eine Menschenmenge, die sich auf dem Platz davor versammelt hatte. Alle starrten hinauf zur Fassade des Hochhauses. Auf einem riesigen Bildschirm verkündete eine junge Eurasierin gerade die Nachrichten. Im Bild hinter ihr tobte eine Feuersbrunst. Die Stimme der Sprecherin schwebte über die Menge.

„... versuchen Hunderte von Rettungskräften noch immer, das Feuer unter Kontrolle zu bringen und die Menschen, die das Inferno in Erdlöchern überlebt haben, zu evakuieren."

Der Hintergrund änderte sich. Jetzt zeigte das Bild eine riesige Turnhalle, in der in zwei- oder dreistöckigen Betten Hunderte von dunkelhäutigen Menschen lagen.

„Das Flüchtlingsdrama an der Côte d'Azur weitet sich aus. Heute Morgen ist ein weiteres Schiff mit 150 Bürgerkriegsflüchtlingen aus Westafrika vor der Küste von Nizza aufgebracht worden. Dreizehn Flüchtlinge, darunter sieben Kinder, konnten nur noch tot geborgen werden. Die europäische Flüchtlingsministerin Ivanka Rososkaja appellierte an die Unionsstaaten, weitere Flüchtlinge aufzunehmen oder zumindest zusätzliche Gelder für die Versorgung der Menschen bereitzustellen."

Als die Bilder hinter der hübschen Nachrichtensprecherin abermals wechselten, zuckte Nelson unwillkürlich zusammen. Ein gigantisches Raumschiff schwebte heran, das die Leinwand auf dem Li-Ging-Tower bald in ihrer vollen Breite ausfüllte. Ungläubig starrte Nelson auf die Längsseite der Fähre, die über und über mit Werbelogos bedeckt war, von denen er die meisten Marken kannte.

„... schalten wir hinüber zur *Da-Vinci-7*", vernahm er die Stimme der Nachrichtensprecherin, „wo uns zwei charmante Weltreisende erwarten."

Das Innere einer schlauchartigen Raumkapsel erschien. Im Hintergrund bastelten zwei Astronauten kopfüber an einem Minilabor. Leise Musik war zu hören, die Nelson entfernt an *Jammin* von Bob Marley erinnerte. Wie auf Kommando wandten sich die Astronauten um und schwebten auf die Kamera zu. Als sie näher kamen, erkannte Nelson, dass es sich um zwei Frauen handelte. Sein Herz fing an zu pochen. Die Gesichtszüge der einen ... Sie kam ihm seltsam vertraut vor. Aber nein, er musste sich täuschen! Zeitlupenhaft schwebte sie ins Bild. Sah ihn an ... Nelson schüttelte den Kopf. Das war nicht möglich. Ein Zufall. Eine zufällige Ähnlichkeit. Oder war sie es etwa doch?

In diesem Augenblick traf ihn ein Schlag in die Seite. Luk starrte ihn mit weit aufgerissenen Augen an. Stumm deutete er auf die Fassade. „Das ... das ist ...", stammelte er fassungslos.

„Sag, dass das nicht wahr ist", flüsterte Judith.

Nelson jagten heiße Schauer über den Rücken. Die Astronautin, die ein eingeblendeter Schriftzug als Dr. Theresa Hauser auswies und die sich mit ihren Kollegen anschickte, Geschichte zu schreiben, jene Frau, die die Mutter ihrer Freunde Vincent und Miriam war und die just in diesem Moment gezwungen in die Kamera lächelte – diese Frau war niemand anderes als ihre um Jahrzehnte gealterte Mitschülerin Tessa!

25

Mitternacht war längst vorüber, aber in vielen Fenstern des Instituts für Luft- und Raumfahrtmedizin brannte noch Licht. Seit den rätselhaften Vorkommnissen auf der *Da-Vinci-7* arbeitete man in dem Gebäude rund um die Uhr. Noch immer suchten die Spezialisten in Köln-Porz und in Darmstadt nach der Ursache der wiederholten Störfälle. Inzwischen glaubten die meisten Experten an ein metamorphes Computervirus, doch bislang war es niemandem gelungen, dessen Aufbau oder Herkunft zu entschlüsseln.

Im vierten Stock des Gebäudes starrte ein junger Mann apathisch auf seinen Monitor und wünschte sich sein altes Leben zurück. Seit jenem Abend, da er den verkapselten Keim in das System eingeschleust hatte, war kein Tag vergangen, an dem er seine Missetat nicht bitter bereut hatte. Wie hatte er nur so naiv sein können! Hatte er wirklich geglaubt, ein solcher Eingriff sei kontrollierbar?

Die permanente Anspannung spürte er inzwischen bis in die kleinsten Fasern seiner Muskeln. Am schlimmsten waren die Stunden daheim, allein mit sich und seinen Gedanken. Wenn er schlafen wollte, um seinem schmerzenden Körper ein wenig Erholung zu gönnen, und sich doch nur stundenlang hin und her wälzte. Wenn er sich vorstellte, wie die Schnüffler vom Staatsschutz die Fährte aufnahmen und sich wie Terrier an seine Fersen hefteten. Wenn die Schattenbilder durch sein Schlafzimmer flackerten, jedes Bild eine neue grausame Anklage ...

Sobald er im Hausflur laute Stimmen hörte oder jemand eine Tür schlug, fand er sich damit ab, dass man ihn nun endlich holen kam. Wie ein Tier rollte er sich zusammen und zählte die Sekunden. Harrte in der Dunkelheit darauf, dass sie die Tür aufbrachen und ihn mitnahmen. Doch nichts geschah. Außer dass die Stille zurückkam und er aus Erleichterung, doch noch einmal davongekommen zu sein, in einen Wachschlaf fiel, aus den ihn seine Albträume jedoch bald wieder herauszerrten.

Tagsüber hielt er sich mit Kaffee und Amphetaminen wach. Er arbeitete viel. Die Kollegen verhielten sich ihm gegenüber normal, offenbar schöpfte niemand Verdacht. Wie alle anderen auch, beteiligte er sich neben seiner normalen Tätigkeit zum Schein an der Fahndung nach den Ursachen der mysteriösen Pannen. Wobei er anfangs wie kein anderer davon überzeugt war, dass zumindest dieses Rätsel auf ewig geheim bleiben werde.

So sah es ja auch lange Zeit aus! Als Ursache der spontanen Erweckung von Dr. Hauser vermuteten die Computerspezialisten der ESA zu Beginn ihrer Untersuchungen eine singuläre, nur durch die Chaostheorie zu erklärende Anomalie. Und ihre Abteilungsleiter, auf diese Weise ruhiggestellt, gaben sich nur allzu gern der verlockenden Vorstellung hin, letztlich doch alles im Griff zu haben.

Eine Illusion, wie sich spätestens in jenem Augenblick herausstellte, da sich der zweite Schneewittchensarg öffnete und Dr. Edwards zum Leben erwachte. Jetzt begann der junge Arzt in Zimmer 413 zu ahnen, dass die schaurige Alte, die ihn zu seiner Tat angestiftet und ihm den Mikrochip anvertraut hatte, nicht bloß ein begrenztes Störfeuer entfacht, sondern einen unkontrollierbaren Flächenbrand entzündet hatte. Das von ihm eingeschleuste Virus hatte sich nämlich, anders als von ihr vorhergesagt, noch vor seinem programmierten Hinscheiden dupliziert: Während sich das Original nach Erfüllung seiner Aufgabe vollständig auflöste, wiederholte die Kopie nach einer kurzen Ruhephase das Muster der Codierung. Vor allem die Tatsache, dass sich das Duplikat seiner neuen Umgebung anpasste, ließ den jungen Weltraummediziner nicht mehr zur Ruhe kommen. Denn damit waren weitere spontane Erweckungen auf der *Da-Vinci-7* programmiert.

Er war so naiv gewesen! Die Alte hatte ihm die Büchse der Pandora gereicht und er hatte sie blindlings geöffnet!

Das Geld, das er von ihr bekommen hatte, hätte er ihr am liebsten vor die Füße geworfen! *Hier, nehmen Sie und machen Sie ungeschehen, was Sie angerichtet haben!* Inzwischen hätte er alles dafür gegeben, in sein altes Leben zurückkehren zu dürfen! Zwar hatte er einen Teil seines Judaslohns schon verjubelt, das meiste im Bordell. Doch dadurch hatte er seine seelische Not nicht lindern können.

Im Gegenteil: Indem er sein Geld verprasste, wuchs in ihm das schlechte Gewissen, das auf ihm lastete. Nicht nur dass er die Erfüllung eines Menschheitstraums in Gefahr gebracht hatte. Im schlimmsten Fall würden Menschen sterben! Denn sollten wirklich alle Astronauten vor ihrer Ankunft aufwachen, wäre ihre Grundversorgung akut gefährdet.

Über kurz oder lang, so dämmerte ihm, als sich die Schemen seines eigenen Gesichts im verlöschenden Monitor spiegelten, würde er für seinen Sabotageakt büßen müssen. Mit seiner Freiheit und allem, was ihm wichtig war.

Als es an seiner Tür klopfte, fuhr er so heftig zusammen, dass er mit Wucht gegen seinen Schreibtisch stieß. Prompt erwachte der Bildschirm zu neuem Leben. Eine Nachricht blinkte ihn an. Er straffte sich. Blickte zur Tür.

„Herein?"

Es war der Ziegenbart von gegenüber.

„Dr. Bender, dürfen wir Sie einen Augenblick stören?"

Der Ziegenbart wartete seine Antwort nicht ab, sondern machte Platz für einen eleganten alten Herrn, der an ihm vorbei ins Büro trat.

„Ich möchte Ihnen Mr. McKay vorstellen", sagte sein Kollege. „Sicher haben Sie schon von ihm gehört. Mr. McKay gilt als Pionier der bemannten Raumfahrt ..." Sein Begleiter hob abwehrend die Hände. „... und ist nicht nur bei der ESA eine Legende. Ich selbst hatte einst das Glück, bei ihm in die Lehre gehen zu dürfen, aber das ist lange her."

Der junge Arzt kam um seinen Schreibtisch herum und schüttelte dem Besucher wortlos die Hand. Schweigend wartete er auf eine Fortsetzung.

„Mr. McKay hat seinen wohlverdienten Ruhestand unterbrochen, um uns bei der Suche nach der Störquelle zu unterstützen. Er wurde von höchster Stelle autorisiert, die Ermittlungen in Köln und Darmstadt zu koordinieren und ihre Ergebnisse zusammenzuführen. Mr. McKay bedauert die etwaigen Unannehmlichkeiten, die dadurch entstehen können."

Der elegante alte Herr, dessen schlohweißes Haar auf das Angenehmste mit seinem grau melierten Vollbart harmonierte, fing den Ball auf. „Ganz recht, ich möchte mich daher zunächst bei Ihnen entschuldigen, dass ich hier so unangemeldet auftauche und Sie bei Ihrer grundlegenden Arbeit störe." Seine sonore Stimme hatte einen leichten irischen Akzent. „Doch die Zeit drängt und ich hoffe, Sie haben Verständnis dafür."

Immer noch schweigend, bedeutete Bender sein Entgegenkommen.

„Ich danke Ihnen." Lächelnd fuhr der alte Herr fort. „Wie Sie wissen, Dr. Bender, konnten wir das Virus inzwischen identifizieren."

Bender nickte kurz. Nein, das hatte er nicht gewusst. Er gab sich aber den Anschein, als ob es ihn nicht weiter überraschte.

„Womit sich auch unser Verdacht bestätigt hat, dass wir es mit einem metamorphen Virus zu tun haben, das sich temporär in die Source-Code-Form zurückschreibt", fuhr McKay fort. „Dieser Virentyp ist besonders schwer aufzuspüren. Da unsere Systeme nach außen hin mehrfach gesichert sind, muss das Virus mittels einer Fähre von einem unserer eigenen Mitarbeiter in das System eingeschleust worden sein."

McKay machte eine Pause, um seine Worte wirken zu lassen. Dabei achtete er aufmerksam auf die Reaktion seines Gegenübers.

Bender wich dem Blick seines Besuchers zwar aus, gab sich ansonsten aber keine Blöße.

„Ich verstehe, erwiderte er gelassen. „Wie kann ich Ihnen helfen?"

„Mr. McKay koordiniert ein Team von Spezialisten, das unser Netzwerk unter die Lupe nehmen wird. Innerhalb der nächsten Tage soll jede Work-Station gecheckt werden, von der aus das Virus rein theoretisch eingeschleust worden sein kann", assistierte der Ziegenbart.

Wenn das alles ist, was ihr draufhabt, dachte Bender erleichtert. „Und was bedeutet das rein praktisch?", fragte er übermütig.

„Dass Sie nun Feierabend haben und im Pub um die Ecke mit Ihren Kollegen auf die Nachtruhe anstoßen können", entgegnete McKay und lächelte ihn an.

„Sofort?"

„Ja bitte. Und wären Sie so liebenswürdig, Ihren Rechner nicht herunterzufahren?"

Während Bender seine Unterlagen zusammenraffte und im Schreibtisch verschloss, lehnte McKay an der Tür und sah ihm dabei zu. In der Zwischenzeit hatte der Ziegenbart das Büro verlassen, um kurz darauf im Mantel zurückzukehren.

„Bitte lassen Sie nichts offen liegen, keine Wertgegenstände oder persönlichen Dinge", wandte sich McKay an Dr. Bender, als dieser seine Jacke anzog. „Der Mensch ist schwach, und manch einer kann der Versuchung nicht widerstehen." Dabei sah er ihn an, als ob er ihn längst durchschaut hätte.

Auf dem Weg hinaus schwiegen sich Bender und der Ziegenbart an. Kollegen anderer Abteilungen begegneten ihnen, die je nach Arbeitsmoral den überraschenden Dienstschluss begrüßten oder auf das *Sondereinsatzkommando* der Darmstädter Zentrale schimpften. Eine junge Frau im Kostüm, mit der sie im Aufzug abwärtsfuhren, schüttelte unablässig den Kopf.

„Ein Maulwurf", schwadronierte sie und blickte sich Beifall heischend um, „einer von uns! Kann mir das mal jemand erklären? Der opfert Menschenleben! So einer gehört doch weggesperrt oder am besten gleich an die Wand gestellt, meinen Sie nicht?"

Der junge Arzt sah sie nicht an. Als der Aufzug hielt, stürmte er so schnell heraus, als müsse er trotz der fortgeschrittenen Zeit noch etwas Dringendes erledigen. Draußen wandte er sich abrupt um, weil er in der Eile den Ziegenbart vergessen hatte. Er winkte ihm zu, aber sein Kollege reagierte nicht. Achselzuckend stieg Bender in seinen schwarzen Stadtwagen und brauste davon.

Kaum hatte er die Autobahnauffahrt erreicht, als ihm plötzlich die E-Mail einfiel, die zu öffnen er ob seiner Aufregung versäumt hatte. Er rief sich den Absender in Erinnerung und trat vor Schreck auf die Bremse. Die Steuerkanzlei! Die Antwort auf seine Anfrage! Langsam fuhr er weiter. Heiße Schauer jagten ihm über den Rücken. Er beschleunigte wieder. Wenn die Spitzel aus Darmstadt die Mail öffneten, war er erledigt! Der Betrag, um den es darin ging, war viel zu hoch, um seine Herkunft zu erklären.

Bender brach der Schweiß aus. Ihm war übel. Die Angst presste ihm regelrecht die Luft weg. Er tastete nach dem Schalter für den Fensterheber. Verdammt! Endlich fand er ihn. Der Fahrtwind traf ihn so unvermittelt, dass ihm Tränen in die Augen schossen. Er schlingerte. Für Sekunden war er blind. Impulsiv nahm er beide Hände vom Lenker, um sich die Augen zu reiben. Noch bevor sich der Schleier lichtete, gewahrte er einen rasenden Schatten. Bender zuckte zurück. Im selben Moment spürte er auch schon den Aufprall. Glas splitterte. Sein Wagen hob ab, drehte sich in der Luft und prallte auf der Fahrerseite auf. Das Zerplatzen des Airbags war das Letzte, was Dr. Bender vernahm.

26

„Dr. Hauser und Dr. Edwards", sagte die Nachrichtensprecherin aus dem Off, während die beiden Astronautinnen auf die Menschenmenge zu Füßen des Li-Ging-Towers herabblickten, „werden morgen Vormittag in einer ursprünglich schon für vorgestern geplanten, aber aus technischen Gründen verschobenen Livesendung Grundschulkindern Rede und Antwort stehen. Freuen Sie sich mit uns auf spannende Fragen und ebenso spannende Antworten rund um ein verblüffendes, buchstäblich grenzüberschreitendes Experiment."

Im nächsten Moment erlosch das Bild, und die Wetterkarte wurde eingeblendet.

„Aber wie ...?", stammelte Luk, ohne jemanden anzusehen. „Ihre Lähmung ... Das ist doch ..." Unvermittelt brach er ab.

Nelsons Herz raste noch immer.

Tessa! Wie war das möglich? Tessa, das Mädchen im Rollstuhl. Tessa, die Ausgeflippte. Tessa, die Rastafari-Jüngerin. Der Teenager, der das Institut für Raumfahrtmedizin als zweite Heimat betrachtete ...

Nelson schloss die Augen. War das alles bloß ein ungeheurer Zufall? Oder verbarg sich dahinter womöglich ein kosmischer Plan? Allem Anschein nach hatte Tessa in der Raumfahrtmedizin, dem frühen Hort ihrer Hoffnung, am Ende ihre Bestimmung entdeckt.

Und sie hatte recht behalten! Nelson sah sie vor sich, von ihrer Krankheit und den medizinischen Aussichten erzählend.

Worte flogen ihn an. *Stammzelltherapie, Nervenwachstum, Apoptose.* Still lächelte er in sich hinein.

„Du weißt nie, was die Zukunft bringt", murmelte er. „Das hat Tessa gesagt, erinnert ihr euch?"

„Ich glaub das einfach nicht", sagte Judith. „Stellt euch mal vor …" Sie wandte sich Luk zu, der noch immer fassungslos auf die Fassadenleinwand starrte. „Ich meine, wenn du mit Tessa … Aber das ist ja unmöglich, dann wärst du ja gar nicht hier, sondern dort." Sie deutete in den sich verfinsternden Himmel.

Luk reagierte nicht. Nelson konnte nur ahnen, was in seinem Freund gerade vorging. In Momenten wie diesem gestattete einem das Leben einen flüchtigen Blick in den Spiegel der Welt. Wäre Luk in den Jahren, die zwischen dem Jetzt und ihrer eigentlichen Gegenwart lagen, mit Tessa zusammengeblieben, dann säße *er* jetzt womöglich in diesem Raumschiff, um mit ihr gemeinsam Geschichte zu schreiben. Vielleicht geschah genau das in einem der vielen Paralleluniversen …

Von irgendwoher tauchte vor seinem geistigem Auge plötzlich Miriam auf. Ihre Haare trieften, und ihre Kleider klebten an ihrem Körper. Damals, als Luk Miriam aus dem Fluss gerettet hatte, da dachten alle, dass die beiden ein Paar werden könnten. So wie sie in ihrem Nest hockten, ganz nah beieinander. Aber wenn Luk mit Tessa … Dann hätte Miriam gar nicht seine Freundin sein können, weil sie ja in Wirklichkeit seine Tochter gewesen wäre. Nelson schüttelte den Kopf. Unsinn! Ihre Wirklichkeit hatte Bestand. Die Vergangenheit ließ sich nur in Science-Fiction-Filmen verändern.

Schweigend machten sie sich auf den Weg.

Sie orientierten sich am Fluss und folgten der Promenade Richtung Osten. Dunkle Wolken waren aufgezogen und ballten sich über der Stadt zusammen. Den Wind, der sie anblies, empfand Nelson als ungewöhnlich warm. Eine solche Wetterlage hatte er vor Jahren schon einmal in Venezuela erlebt, als sich der heiße Wind schlagartig in einen Tropensturm verwandelt hatte.

Nach einer Weile stießen sie tatsächlich auf eine Sonnenblume – eine riesige begehbare Skulptur, in deren Blütenkelch eine ganze Schulklasse Platz gefunden hätte. Hinter der Plastik spannte sich eine futuristische Brücke über den Rhein. Nelson wunderte sich noch, dass auf ihr keine Autos verkehrten. Doch er musste nicht lange rätseln, warum das so war. Denn als sie sich der anderen Flussseite näherten, registrierten sie erstaunt, dass die Brücke an einer Schranke mündete. Davor stand ein großes Stoppschild. In einem Häuschen saß ein Wärter, der die Ankömmlinge misstrauisch beäugte.

„Was soll das denn?", flüsterte Judith. „Ist das eine Privatbrücke, oder was?"

In der Tat deutete alles darauf hin. Zu beiden Seiten der Schranke schloss sich eine hohe Plexiglaswand an, die die Neubausiedlung dahinter vom Rest der Stadt abschnitt. Da die Brücke vom Fluss aus gesehen die einzige Zufahrt darstellte, schien sie folglich nur für die Bewohner der Kolonie und deren Besucher errichtet worden zu sein.

Kaum waren die Freunde am Glashäuschen angelangt, da kam der Wärter, ein bulliger Uniformträger, auch schon heraus. Aus dem Nichts tauchte ein ebenso breitschultriger Kollege auf, der sich zu ihm gesellte. An ihren Gürteln baumelten Pistolen und Schlagstöcke.

Der Erste hob die Hand. „Bitte bleiben Sie vor der Linie stehen", forderte er die Freunde auf. Seine Stimme klang einschüchternd, dabei aber nicht unfreundlich. „Nennen Sie bitte Ihren Namen und Ihre Adresse und anschließend Ihren Zugangscode."

Die Freunde tauschten verwirrte Blicke. Levent reagierte am schnellsten.

„Unsere Namen und Adressen können Sie natürlich haben", sagte er forsch und machte einen Schritt auf die Schranke zu, „aber das mit dem Zugangs ..."

„Stopp!"

Die Hände des Uniformierten baumelten am Halfter.

„Bevor Sie sich nicht legitimiert haben, treten Sie bitte nicht über die weiße Linie", erklärte er eine Spur frostiger als vorhin.

Levent trat zurück. Ratlos sah er seine Freunde an. Luk

zuckte mit der Schulter, Judiths Augen sprühten Funken. Nelson nickte unmerklich. Nacheinander nannten sie ihre Namen und gaben übereinstimmend Burg Rosenstoltz als ihre Adresse an.

„Ihr Zugangscode, bitte", verlangte der Wärter.

„Einen Zugangscode haben wir nicht", erwiderte Levent. „Aber wir werden erwartet. Und zwar von Miriam und Vincent Hauser, Thomas-Reiter-Straße 6."

„Ohne Zugangscode darf ich Sie nicht passieren lassen", erwiderte der Wärter bestimmt.

„Aber Sie können sich telefonisch vergewissern, dass alles seine Ordnung hat", versuchte es Nelson.

Der Uniformierte reagierte nicht. „Ich muss Sie bitten zu gehen", schnarrte er. „Kommen Sie bitte erst wieder, wenn Sie sich mit dem Zugangscode legitimieren können."

In diesem Moment flippte Judith aus.

„Jetzt blasen Sie sich mal nicht so auf, nur weil Sie eine Knarre haben und eine schlecht sitzende Fantasieuniform! Sie haben doch gehört, dass wir von den Hausers erwartet werden! Es geht um Leben und Tod! Code hin oder her, melden Sie uns einfach an! Dann werden Sie ja sehen, dass wir nicht vorhaben, diese Festung in die Luft zu sprengen!"

Der Wärter zuckte noch nicht einmal mit den Mundwinkeln.

„Zum letzten Mal", entgegnete er mit stoischer Ruhe. „Bitte entfernen Sie sich von dieser Brücke. Sie befinden sich auf Privatgelände. Wenn Sie meiner Aufforderung nicht Folge leisten, sind wir berechtigt, Sie vorübergehend in Gewahrsam zu nehmen, um sie der Polizei zu überantworten."

Nelson wunderte sich über die geschraubte Ausdrucksweise, hegte aber nicht den geringsten Zweifel, dass es der Wärter ernst meinte. Die Hand an der Waffe kam der andere auf die Freunde zu.

„Ihr könnt euch eure Knarren sonst wohin stecken", zischte Judith und trat den Rückzug an. „Aber überlegt euch schon mal, wie ihr euren Freunden von der Polizei erklären wollt, warum ihr Informationen unterdrückt, die für die Familie Hauser überlebenswichtig sind." Fluchend wandte sie sich ab und stapfte davon.

Die Freunde folgten ihr. Nelson kannte Judiths Temperament, konnte sich aber nicht erinnern, sie jemals so außer sich gesehen zu haben. Am anderen Ende der Brücke blieben sie stehen.

Auch Luk schien allmählich aus seinem Tagtraum zu erwachen. „Und jetzt", fragte er und blickte unschlüssig ans andere Ufer des Flusses.

„Diese blöden Wichser!", fauchte Judith, die sich einfach nicht beruhigen wollte. „Wir sollten ihnen ..."

Nelson räusperte sich. „Entweder wir suchen so etwas wie eine Telefonzelle", schlug er vor, „oder wir warten hier und versuchen ein Auto anzuhalten, das zur Siedlung hinüber fährt."

„Und was soll das bringen?", fragte Luk.

„Wir könnten den Fahrer fragen, ob er die Hausers kennt oder wie wir an den Zugangscode herankommen. Oder ihn ganz einfach

bitten, Miriam und Vincent Bescheid zu sagen, dass wir hier auf sie warten."

Da keiner eine bessere Idee hatte, bezogen sie Quartier am Aufgang der Brücke. Da ihnen der Wind inzwischen in Böen um die Ohren pfiff, suchten sie Schutz hinter einem mächtigen Pfeiler, Mit einem klammen Gefühl sah Nelson hinauf zum Himmel, der sich weiter verdüsterte. Nicht mehr lange, dann würde ein Gewitter über sie hereinbrechen.

Sie erschraken, als über ihnen plötzlich Licht aufflammte und die Brücke kurz darauf in schönstem Glanz erstrahlte. Eine gespenstische Stille breitete sich aus. Nelson zwang sich, Ruhe zu bewahren, und nötigte seinen Verstand, die aufkeimende Angst zu unterdrücken. Aber die Ahnung eines drohenden Unheils war größer.

„Wir müssen hier weg", flüsterte er.

„Aber du hast vorhin doch selbst gesagt, dass ..."

Levents Worte gingen in einem ohrenbetäubenden Tosen unter. Von einer Sekunde auf die andere brach der Himmel auf.

Sturzfluten ergossen sich auf die Freunde, ohne dass es eine Möglichkeit gab, irgendwo Schutz zu finden. An den Pfeiler gedrückt nahm Nelson verschwommen wahr, wie unweit von ihnen ein dunkler Lieferwagen hielt. Im Fahrerfenster blitzte eine Taschenlampe auf. Irgendwer rief ihnen etwas zu, das er nicht verstand. Hinter einem Schleier von Regen erkannte er, wie sich Judith plötzlich vom Pfeiler löste und gegen den Sturm gebeugt dem Wagen entgegenlief.

In diesem Moment kroch es ihm kalt den Nacken hoch. Er wusste nicht, warum, aber in seinem Innern kreischte eine Alarmsirene.

„Judith! Nicht!", schrie er und stürmte seiner Freundin hinterher. Doch noch bevor er sie erreichte, packten sie zwei kräftige Arme und zerrten sie ins offene Auto. In der Sekunde, da er das Heck des Lieferwagens erreichte, schlugen die Türen, und das Gefährt raste los. Verzweifelt rannte Nelson ihm nach, gegen den Sturm und den peitschenden Regen ankämpfend, rannte er, wie er noch nie in seinem Leben gerannt war, immer weiter, immer weiter, obwohl er wusste, dass er nicht schnell genug sein würde, um diesen Albtraum zu beenden.

Als ihn die Kraft verließ, seine Muskeln erlahmten und er langsamer und langsamer wurde, brüllte er los, schrie gegen den Wind und gegen die Angst, gegen den Schlund, der sich jählings vor ihm aufgetan und ihm das Liebste geraubt hatte. Nahe der Ohnmacht spürte er, wie ihn jemand festhielt, aber er blickte sich nicht um, weil er verzweifelt dem Wagen nachsah, dessen Rücklicht am Horizont verblasste, bis es endgültig erlosch.

27

Judith wehrte sich bis zur Besinnungslosigkeit. Sie biss und boxte, spuckte, kratzte, strampelte, trat und schrie. Sie wand sich wie eine Schlange, keilte mit dem Hinterkopf nach ihrem Angreifer, trat mit den Fersen, hieb mit ihrem Po nach ihm – vergebens! Die Arme, die sie umklammert hielten, zogen sich, je heftiger sie sich wehrte, nur umso erbarmungsloser zusammen, pressten sie wie ein Schraubstock, bis ihr irgendwann schier die Luft wegblieb und sie in ein tiefes, schwarzes Loch stürzte.

Als sie aufwachte, war das Loch ihr Gefängnis. Die Schwärze schloss sie ein, schnürte ihr die Luft ab, erstickte jedes Geräusch. Selbst ihre Schreie blieben stumm. Erst nach einer Weile nahm sie wahr, dass man sie geknebelt, ihre Augen verbunden und vielleicht sogar Wachs in ihre Ohren gepfropft hatte, auf dass die äußere Welt außen bliebe und ihr die Innenwelt zum Kerker geriete.

Schon bald hatte sie jegliches Gefühl für Raum und Zeit verloren. Sie wusste weder, wie lange sie bewusstlos gewesen war, noch wie viele Stunden sie bereits in ihrem Verlies ausharrte. Sie glaubte zu liegen, jedenfalls spürte sie in ihrem Rücken einen Widerstand; doch völlig blind und jeder Bewegungsfähigkeit beraubt konnte sie nur mutmaßen, dass man sie an ein Bett gefesselt hatte – vielleicht hing sie aber auch kopfüber unter der Decke und klebte an einer gepolsterten Wand.

So wehrlos, ohnmächtig und ausgeliefert wie in den folgenden Stunden hatte sie sich noch nie in ihrem Leben gefühlt. Angst und Wut wechselten einander ab. Dabei hatte sie nicht die leiseste Ahnung, was die Typen von ihr wollten oder mit ihr vorhatten. Schreckliche Wahnbilder waberten durch ihr Gehirn. Visionen von Mädchen, die geraubt, entführt und jahrelang missbraucht wurden. Warum ausgerechnet sie? Warum an diesem Ort, zu dieser Zeit, mitten am Tag und vor den Augen ihrer Freunde?

Oder hing alles miteinander zusammen? Steckten womöglich die Norton-Zwillinge dahinter? Hatten sie sie seit ihrer Ankunft belauert?

Judith verwarf den Gedanken wieder. Im Prinzip traute sie Castor und Pollux alles zu. Am Ende ihrer zweiten Zeitreise hatten sie bewiesen, dass ihnen selbst ein Menschenleben nichts wert war. Aber Judith bezweifelte, dass sie wirklich schlau genug waren, eine solche Entführung zu planen und in die Tat umzusetzen.

Als sie den letzten Gedanken zu Ende gedacht hatte, kroch ihr die Panik vom Nacken her den Rücken herunter. Nun hätte es keiner Fesseln mehr bedurft, um sie zu paralysieren, keines Knebels, um ihre Schreie zu ersticken. Mit den Norton-Zwillingen wäre sie vielleicht sogar fertig geworden – gleich wie. Aber der Feind, mit dem sie es tatsächlich zu tun hatte, war offenbar weit mächtiger als sie. Indem er sie ihrer Sinne beraubte und selbst gesichtslos blieb, zwang er sie in ein schwarzes Loch zu starren, in dem sie nur sich selbst sah: ein zusammengekauertes Häufchen Elend, hilflos und ohnmächtig, ein Baby, das sich, wenn nötig, noch nicht einmal die nasse Windel würde wechseln können.

Stunden vergingen, in denen nichts geschah. Judith fühlte ihr Blut, das durch ihre Adern rauschte. Das dumpfe Pochen ihres Herzens schien ihr wie der ferne Widerhall eines längst verloschenen Lebens. Eine grenzenlose Leere breitete sich in ihr aus. Ein See ohne Grund und Ufer. In den Schatten, die über seine Oberfläche huschten, glaubte sie die Menschen zu erkennen, die ihr nah standen – ihre Freunde, Eltern, Mitschüler und Lehrer. Schemen, deren Konturen sich auflösten und ins schwarze Nichts verschwammen.

Als das Nichts allgegenwärtig war, wurde sie plötzlich ruhig, und die Angst verschwand. Plötzlich besann sie sich darauf, dass man ihr zwar die Freiheit rauben konnte, das Licht und die Sprache, nicht aber ihre Selbstachtung und ihren Willen. Jäh erstarrte der schwarze See und zeigte Risse auf seiner glatten Oberfläche. Die Risse verwandelten sich in Linien, die Linien verbanden sich wieder zu Konturen, und endlich erkannte sie darin ein Gesicht, das sie ansah.

Nelson.

Er sprach zu ihr. Er versicherte ihr, dass er nach ihr suchen und sie finden werde, ganz gleich in welch entlegenem Winkel man sie versteckte. Dass er sie befreien würde. *Vertrau mir*, flüsterte seine Stimme. *Ich bin bei dir. Und wenn ich dich endlich in die Arme schließe, lass ich dich nie wieder allein!*

Irgendwann kam der Hunger. Aber noch größer war der

Durst. Sie überlegte, ob das womöglich Teil ihres Plans war. Vielleicht wollte man sie aushungern und auf diese Weise gefügig machen. Aber um was zu erreichen? Niemand sagte ihr, was man von ihr wollte oder was man mit ihr vorhatte. Man überließ sie der Dunkelheit. Selbst wenn sie an ihrem Knebel erstickte, würde es niemand merken.

Ein anderer Gedanke blitzte auf, so unmittelbar wie einleuchtend. Beobachtete man sie vielleicht? Hatte man in ihrer Nähe eine Kamera postiert, die sie in ihrer Jämmerlichkeit zum Standbild gefror? Am Ende befand sie sich gar in einem Raum voller Leute, die sie in diesem Moment ungeniert anstarrten ...

Als sie den Durst nicht mehr aushielt und glaubte an ihren staubtrockenen Schluckversuchen ersticken zu müssen, spürte sie plötzlich, wie jemand ihre Haare streichelte. Im nächsten Moment wurde ihr das Augenpflaster vom Gesicht gerissen und ein Blitz weißen Lichts stach ihr ins Hirn. Sie bäumte sich auf, doch ihr Körper wurde sogleich von kräftigen Händen niedergedrückt.

Sie kniff die Augen zusammen, blinzelte ins Licht, nahm wahr, wie man sie von ihrem Knebel und den Pfropfen in ihren Ohren befreite. Ein Schatten fiel auf ihr Gesicht. Gleichzeitig stieg ihr ein übler Geruch in die Nase. Als sie die Augen öffnete, zuckte sie zusammen. Nur wenige Zentimeter von ihrem Gesicht entfernt schwebte eine Fratze, die sie mit leblosen Augen ansah.

Judith brauchte einige Sekunden, bis sie erfasste, dass die Fratze die eines Menschen war. Das Gesicht einer alten Frau. Sie war derart hässlich, dass sie Judith unter anderen Umständen womöglich leidgetan hätte. Ihr Haar war schütter, ihre zusammengekniffenen brauenlosen Augen standen weit auseinander, ihre kantige, großporige Nase schien sich vor Scham zu krümmen, und ihr schiefer Mund entblößte eine lückenhafte Reihe gelber Zähne, deren fauliger Gestank Judith an verwesendes Fleisch erinnerte. Ihr Blick jedoch war nicht der Blick einer boshaften Hexe. Im Moment zumindest spiegelte er die entseelte Neugierde eines Kindes, das ein Insekt betrachtet, welches es in einem Einmachglas gefangen hält.

„Wie lieblich", krächzte sie und bleckte ihre gelben Zähne. „Und erst das Gefieder." Sie strich mit ihren langen, splissigen Fingernägeln durch Judiths Haar und über ihr Ohr. „Gebt meinem Vögelchen zu trinken, auf dass es uns die schönsten Lieder trillere."

Ein Bär von einem Mann trat ans Bett und führte einen Becher Wasser an Judiths Mund. In ihrer unter der Angst aufkeimenden Wut hätte sie beinahe nach ihm gespuckt, aber die Vernunft riet ihr zu trinken, um ihre Überlebenschancen zu erhöhen.

„So ist es recht, mein Täubchen", flüsterte die Alte und wartete, bis Judith den Becher geleert hatte. „Wir wollen doch nicht, dass du stumm bleibst. Denn sollte uns dein Liedchen gefallen, lassen wir dich womöglich wieder fliegen."

Als Judith die Fingernägel ihrer Peinigerin auf ihrer Wange spürte, drehte sie angewidert das Gesicht zur Seite. Die Alte packte ihr Kinn und zwang sie, in ihr hässliches Gesicht zu sehen. Judith wollte schreien, aber ihrer Kehle entwich nur ein heiseres Röcheln.

„Na, na, na", machte die Alte, „gehört sich das etwa? Wir wollen uns doch in die Augen blicken, wenn wir miteinander plaudern. Bringt man euch in der Schule denn gar nichts mehr bei?"

Ihre Gefährten grunzten, was wohl ein Lachen sein sollte, aber überaus freudlos klang.

„Was wollt ihr von mir?", stieß Judith hervor.

„Oho, mein Vögelchen kann ja piepsen!", rief die Alte und zeigte ihre schiefen Zähne. Plötzlich presste sie Judiths Kinn zusammen und blies ihr ihren fauligen Atem ins Gesicht. „Denk mal nach, mein Täubchen, und spute dich, sonst pick ich dir am Ende noch deine schönen Augen aus." Ebenso plötzlich ließ sie wieder los und fing mit grauenhafter Stimme an zu singen. *„Like a virgin ... touched for the very first time ... like a viriririrgin ...* Na, wie gefällt dir das?"

Judith lief ein heißer Schauer über den Rücken. Madonna! Sie wussten Bescheid. Sie hatten es auf die Zeitmaschine abgesehen! Wahrscheinlich steckten sie mit den Norton-Zwillingen unter einer Decke.

Instinktiv presste sie die Lippen zusammen. Nein!, schrie es in ihr. Von mir werdet ihr nichts erfahren! Madonna war ihr Rückfahrtticket nach Hause. Aber nicht nur das. Madonna bedeutete mehr! Weit mehr! Geriete die Zeitmaschine in die falschen Hände, wären die Folgen verheerend! Nicht nur für sie und ihre Freunde, sondern für die gesamte Menschheit! Mit Madonnas Hilfe ließ sich die Welt buchstäblich aus den Angeln heben.

Judith schüttelte den Kopf. Sie würde nichts verraten. Niemals! Lieber würde sie sterben.

„Oho, mein Täubchen zeigt sich halsstarrig", zischte die Alte.

Diesmal packte sie Judiths Hals und drückte zu. Judith reagierte instinktiv. Ihr Kopf ruckte hin und her, ohne dass sich der Griff ihrer Peinigerin lockerte. Sie spürte, wie ihr Gesicht anschwoll und ihre Augen hervortraten.

Wie von fern hörte sie die Stimme der Alten. „Mein Täubchen wird ja ganz blau, taubenblau, möchte man meinen. Aber, aber, nicht doch, so leicht stiehlst du dich nicht davon."

Bevor Judith das Bewusstsein verlor, lockerte die Alte ihren Griff. Wie eine warme Welle strömte das Leben in Judith zurück. Wild wummerte das Herz gegen ihre Brust und pumpte das gestaute Blut durch ihren Körper. Gluthitze. Flammen schlugen in ihrem Inneren, die ihren Zorn entzündeten. Mit unbändiger Kraft bäumte sie sich auf, ruckte an ihren Fesseln und schrie ihre Peinigerin an. Doch die lächelte nur stumpf. In ihrem Blick spiegelten sich Kälte und Spott. Judith kochte über. Als ihr vor lauter Wut und Verzweiflung nichts anderes mehr einfiel, spuckte sie der Hexe mitten ins Gesicht!

Augenblicklich erstarb das Lächeln.

Stille fiel herab, dröhnend wie ein Hammerschlag auf ein hohles Metallrohr. In das Gesicht der Alten trat ein Zug von Boshaftigkeit, wie ihn Judith noch nie zuvor an einem Menschen wahrgenommen hatte.

„Du willst also spielen", flüsterte sie und wischte sich mit dem Ärmel Judiths Speichel von der Wange. „Gut, spielen wir also. Ich hoffe, du weißt, mit wem du dich anlegst. Rudolf!"

Aus dem Hintergrund trat einer ihrer Gefährten ins Licht.

Er war nahezu zwei Meter groß, hatte eine Glatze und seine muskulösen Arme waren bis zu den Fingern bunt tätowiert. Mit unbewegtem Ausdruck wartete er auf Instruktionen.

Die Alte schnippte mit den Fingern. „Zeig unserem Täubchen, wie hoch ihr Einsatz ist."

Judiths Muskeln verkrampften sich in Erwartung dessen, was der Riese mit ihr anstellen würde. Aber er starrte sie nur einen Moment lang stumpf an und wandte sich dann abrupt von ihr ab. Judith beobachtete, wie er im dunklen Teil des Kerkers verschwand. Schließlich hörte sie nur noch seine Schritte. In Gedanken zählte sie mit. 23, 24, 25 ... Hielt man sie in einer Halle gefangen? Bei 27 stockte der Schritt. Einen Augenblick war es still. Dann kam der Riese zurück. Jetzt jedoch wirkte sein Schritt weit schwerfälliger als vorhin. Er schien etwas hinter sich herzuziehen. Etwas Schweres, vielleicht einen Sack.

Als er wieder ins Licht trat, stockte Judith der Atem. In seinen beiden Pranken hielt er zwei unförmige, schlaffe Bündel. Es waren keine Säcke, es waren ... Judith schüttelte den Kopf. Sie schloss die Augen. Nein, sie wollte es nicht wissen. Leise begann sie zu wimmern. Sie wollte es nicht wissen. Doch dann ...

Gegen ihren Willen öffnete Judith ihre Augen. In diesem Augenblick riss der Riese die Köpfe in seinen Händen hoch. Judith schluchzte laut auf.

„Sieh nur genau hin, mein Täubchen!", zischte die Alte gehässig. „Denn das ist dein Einsatz: Was wir mit den Mistkäfern angestellt haben, wird auch mit deinen Freunden geschehen. Es sei denn, du befolgst die Regeln. *Meine* Regeln, wohlgemerkt! Haben wir uns verstanden?"

Auf ihren Wink hin ließ der Riese die Leichen los. Ihre Köpfe schlugen dumpf auf dem Boden auf. Es war dieses Geräusch, das Judiths Willen brach. Tränen rannen ihr die Wangen herunter, und sie schluchzte wie ein Kind.

„Ich sehe, wir verstehen uns", flüsterte die Alte. „Dann lass uns nun in die Zeit fliegen, mein Täubchen, und schauen, was wir dort treiben können."

28

Nelson brüllte wie ein angeschossener Tiger, aber niemand hörte seine Schreie oder wollte sie hören. Der Regen peitschte ihm ins Gesicht, doch er schrie, wie er noch nie in seinem Leben geschrien hatte. Panisch suchten seine Augen nach Menschen, die ihm helfen, nach Autos, die er anhalten konnte, jemand musste die Polizei alarmieren, nur eine Großfahndung konnte Judith aus den Klauen ihrer Entführer befreien!

Mit einem Mal stand Levent neben ihm und redete auf ihn ein, hielt ihn mit aller Kraft fest, versuchte ihn zu beruhigen.

„Ich weiß, wie du dich fühlst", keuchte er. „Aber lass uns erst nachdenken. Wir brauchen einen Plan. Uns gibt es hier doch gar nicht! Wir sind nirgendwo registriert. Am Ende sind wir noch die Verdächtigen. Stell dir vor, die buchten uns ein, was dann?"

Sie standen im Regen, beide pitschnass. Blitze zitterten über den Himmel, aber das Donnergrollen wurde allmählich schwächer.

Später, als Nelson zur Besinnung gekommen war, musste er sich eingestehen, dass Levent in allem recht hatte. Natürlich war es unwahrscheinlich, dass ihnen die Polizei tatsächlich helfen würde. Auch als es darum ging, den Erpressern von Miriam und Vincent auf die Spur zu kommen, hatten sie die Hände in den Schoß gelegt,. Wie würden sie dann erst mit drei Jugendlichen ohne Herkunft und Wohnsitz verfahren, die behaupteten, dass man ihre Freundin entführt habe, ein Mädchen, das in ihren Meldeverzeichnissen ebenso wenig existierte?

Durch den allmählich nachlassenden Regen liefen sie zurück.

Auf halbem Weg kam ihnen Luk entgegen. Levent setzte ihn in knappen Sätzen ins Bild. Er drängte zur Eile.

„Wir müssen irgendwie zu Miriam und Vincent", sagte er.

„Bei ihnen werden sich die Wichser als Erstes melden. Und selbst wenn nicht: Sie sind die Einzigen, die uns jetzt helfen können!"

Als sie die Brücke erreichten, hatte der Regen aufgehört. Nelson zitterte. Ob vor Kälte, Verzweiflung oder Erschöpfung, blieb ungewiss. Er kam sich klein und verloren vor und war dankbar, nicht allein zu sein. Levent schien zu wissen, was zu tun war. Auf seine Anweisung hin entledigten sie sich unter der Brücke zunächst ihrer nassen Kleider und tauschten sie gegen die trockenen aus ihren Rucksäcken. Unter keinen Umständen durften sie auffallen. Dann begaben sie sich wieder an den Aufgang zur Brücke.

Als wenig später ein Auto anhielt, konnten sie ihr Glück kaum fassen. Der junge Mann am Steuer kannte die Hausers und bot an, Miriam und Vincent umgehend Bescheid zu sagen. Er entschuldigte sich, dass er die Freunde nicht mitnehmen könne, aber die Vorschriften seien streng und die Leute vom Sicherheitsdienst unerbittlich.

Der junge Mann hielt Wort. Kaum eine viertel Stunde später glitt eine schwarze Limousine über die Brücke. Noch bevor sie vor ihnen stoppte, sprang die Beifahrertür auf. Miriam stürzte ihnen entgegen. Die Wiedersehensfreude währte jedoch nur kurz. Hastig berichteten die Freunde, was geschehen war. Vincent griff gleich zu seinem Smartphone, um die Polizei zu benachrichtigen, doch Levent hinderte ihn daran und erläuterte ihm seine Bedenken.

Schließlich fuhren sie los. An der bewachten Einfahrt gab es diesmal keine Probleme. Der Mann vom Sicherheitsdienst warf einen kurzen Blick auf den von Miriam vorbereiteten Besucherpass und winkte den Wagen kommentarlos durch. Nelson schleuderte ihm hasserfüllte Blicke hinterher, doch der Schrankenwärter sah ihn noch nicht einmal an.

Die Hausers bewohnten eine kleine Villa, die ob ihrer zahllosen Erker und Türmchen wie ein Kastell im Spielzeugformat aussah.

„Ein Spleen von Mama", erklärte Miriam, „sie sagt, so erinnere sie unsere Burg an ihre Jugend."

Im Wohnzimmer dominierte der Pop aus den Flower-Power-Jahren der Siebziger. Jetzt ahnte Nelson, wer der eigentliche Architekt von Madonnas umgestalteter Garage war. Von der

Wand lächelte ihnen Tessa im Brautkleid zu. Auf dem Poster war sie vielleicht Ende zwanzig und lag in den Armen eines blassen, gütig dreinblickenden Mannes.

„Was schlagt ihr vor?", fragte Vincent, noch bevor seine Freunde in den Sofakissen versunken waren.

„Die Entführung war geplant", erklärte Levent bestimmt. „Sie müssen uns irgendwo abgepasst und bis zur Brücke verfolgt haben."

Levent sprach aus, was Nelson dachte. Ihm wurde schlecht bei dem Gedanken, dass er Judiths Verschleppung hätte verhindern können. Hatte er nicht die ganze Zeit über gespürt, dass man sie beobachtete? Warum hatte er die anderen nicht gewarnt?

„Diese hinterhältigen Pisser!" Levent ballte die Faust.

„Wir haben sie unterschätzt", murmelte Nelson.

„Ja, vielleicht", erwiderte Levent. „Aber jetzt müssen wir den Spieß umdrehen."

„Und wie?", warf Luk ein.

Miriam kam aus der Küche und stellte eine Schüssel mit Keksen auf den Tisch.

„Die dunklen sind mit Koffein, die hellen Zahnschutzkekse", murmelte sie. Als sie die irritierten Blicke sah, hob sie entschuldigend die Arme. „Ich dachte, ihr hättet noch nichts gegessen."

„Wie, weiß ich auch nicht", nahm Levent den Faden wieder auf. „Aber es muss einen Weg geben!" Beschwörend sah er seine Freunde an.

Nelson starrte vor sich hin. Von einem Moment auf den anderen war er in eine Art Trance gefallen. Eben noch hatte er alles wie durch eine beschlagene Scheibe wahrgenommen, doch mit einem Mal sah er klar. Ja, es gab einen Weg! Oder besser eine Verbindung, die sie nutzen konnten, um Castor und Pollux aufzuspüren. Hatten die Zwillinge sie nicht selbst vorgegeben? *Hört endlich auf zu raten, die Adressaten eures Entsetzens sind wir, die Weltraumpiraten!* Den Namen hatten sie sich vielleicht selbst ausgedacht. Und die Hinweise kamen auch von ihnen. Aber die Verse hatte mit Sicherheit ein anderer für sie geschmiedet! An den mussten sie herankommen! Oder an den Grafiker, der den Comic gebastelt hatte ...

„Nelson? Was ist?"

Levent stupste ihn ungeduldig an.

Nelson räusperte sich. „Wir sollten den Rap der Weltraumpiraten ins Netz stellen", schlug er vor. „Damit könnten wir die Verfasser hervor locken. Die, die den Text für die Nortons verfasst haben. Mit etwas Glück gelangen wir so an eine Telefonnummer oder eine Adresse oder eine Bankverbindung, egal, die Zwillinge müssen für den Song und den Comic eine Menge Kohle lockergemacht haben. Und für das, was sie Judith angetan haben, werden sie auch bezahlen!"

Levents Miene hellte sich auf. „Jep!" Er drückte Nelson an sich. „Bruder, so lieben wir dich! Wie stellen wir es an?"

In der nächsten viertel Stunde tüftelten sie ihren Plan aus. Vincent schlug vor, die Homepage seiner Eltern zu nutzen. Im Moment verzeichnete sie täglich Zehntausende von Zugriffen. Sie würden vier der fünf Strophen ins Internet stellen und die Songschreiber durch einen Wettbewerb ködern: Wer die fünfte Strophe kannte oder das Begleitvideo, sollte die Gelegenheit bekommen, mit den Mars-Astronauten zu chatten. Und vielleicht gefiele den Astronauten die Hymne der Weltraumpiraten so gut, dass man sogar über eine langfristige Zusammenarbeit nachdenken könne ...

Als sie ihre Nachricht abgesetzt hatten, kehrte die Stille zurück und mit ihr die Angst, sie könnten am Ende zu spät kommen. Jetzt galt es, abzuwarten.

Gegenseitig sprachen sie sich Mut zu: Irgendwer würde sich schon melden. Entweder die Entführer selbst oder die, die sie auf ihre Spur bringen konnten.

Nelson verkroch sich wieder in sein Loch. Die meiste Zeit stand er apathisch am Fenster und starrte in die heran dämmernde Nacht. Die Verzweiflung brannte in ihm wie eine offene Wunde. So groß war der Schmerz, doch noch schwerer lastete die Schuld auf ihm. Er wusste, dass, wenn sie Judith etwas antaten, er nie mehr in sein altes Leben würde zurückkehren können. Er würde ihr folgen. Überallhin!

29

In der Nacht kehrte das Gewitter zurück, heftiger noch als am Nachmittag. Solche Wetterlagen, klärte sie Vincent auf, seien in ihren Breitengraden normal. Aus Erzählungen ihrer Eltern wisse er, dass es in Mitteleuropa früher Frühling und Herbst, Sommer und Winter gegeben habe. Doch die Klimazonen seien nach Norden hin verschoben, was Deutschland bis auf die heißen Sommermonate ganzjährig milde Temperaturen, gleichzeitig jedoch auch wiederkehrende orkanartige Stürme und heftige Gewitter beschere.

Während Blitze über den nachtschwarzen Himmel zuckten und der Gewitterwind den Regen in Böen gegen die Fenster klatschte, hielten die Freunde abwechselnd Wache vor dem Computer. Sie teilten sich in Teams auf, damit jeder zwischendurch etwas schlafen konnte. Vincent bestand darauf, die erste Schicht zu übernehmen. Luk und Miriam wollten die nächsten sein, sie hatten sich sicher jede Menge zu erzählen. Nelson und Levent bildeten die dritte Schicht.

In der Früh zog das Gewitter weiter. Als Nelson von Luk geweckt wurde, blickte er an seinem Freund vorbei auf ein märchenhaftes Firmament. Die Sonne hielt sich zwar noch hinter dem Horizont verborgen, entflammte den leicht bewölkten Morgenhimmel aber schon in den glühendsten Farben, die in Schlieren ineinander liefen, zu neuen Farbtöne mischten und in den erwachenden Tag tropften.

Beim Anblick von so viel Schönheit empfand Nelson die Trauer um Judith nur umso tiefer. Der Schmerz presste sein Herz zusammen, dass ihm für Momente die Luft wegblieb. Luk warf ihm einen fragenden Blick zu, aber Nelson schüttelte nur stumm den Kopf.

Als er wenig später ins Wohnzimmer kam, nippte Levent bereits an einer Tasse Kaffee und starrte gedankenverloren auf den Wandbildschirm. Wortlos pflanzte Nelson sich neben ihn.

„Nichts", sagte Levent. „Bloß ein paar Spinner, die es mal versuchen wollten."

Schweigend betrachtete Nelson den Bildschirm. Dessen rechte Hälfte war in vier Fenster unterteilt, auf denen verschiedene Fernsehprogramme liefen, während die linke Hälfte das Tor zum Internet war. Ständig blitzten neue Bilder auf, sodass man sich auf einen der fünf Ausschnitte konzentrieren musste, um nicht irre zu werden. Im Unterschied zu Levent, der immer mal wieder aufstand und ans Fenster trat, um versonnen ins Nirgendwo zu blicken, setzte sich Nelson der grellen Bilderflut permanent aus, da die bunten Bilder seine eigenen trüben Gedanken vorübergehend vertrieben.

Das Blau des aufblühenden Tages hatte die Morgenröte längst aufgesogen, als die ersehnte E-Mail endlich eintraf. Nelson nahm sie zunächst gar nicht wahr, weil sein Blick zwischen den tonlosen Nachrichten, den Bildern von der *Da-Vinci-7*, einem stummen Fußballmatch und der Pantomime einer Verkaufssendung hin und her flitzte. Erst als ihn Levent anstieß, bemerkte er die Papyrusrolle in der Mitte der linken Bildschirmhälfte.

Vincents Weisungen gemäß deklamierte Levent laut und deutlich „E-Mail, öffne dich!", woraufhin der Papyrus Feuer fing und sich dort, wo ihn die Flammen auffraßen, ein Gesicht herausschälte. Als die letzte Glut erlosch, blickte von der Leinwand ein klebriger Typ mit Klobrillenbart und Baseballkappe auf die Freunde herab. Er hatte sich vor ein Poster postiert, das einen Palmenstrand aus dem Katalog zeigte. Als ihn die Kamera heran zoomte, erkannte Nelson an seinem schwarzen Haaransatz, dass sich der Typ die Haare grau gefärbt hatte. Auch seine gefärbten Koteletten und sein grau melierter Bart wirkten auf alt getrimmt. Einen Moment lang dachte Nelson an die Prophezeiungen ihrer Zeit, in denen die düstere Zukunft einer vergreisenden Gesellschaft beschworen wurde. Anscheinend hatte man die Angst vor dem Alter inzwischen abgelegt. Es sah sogar ganz danach aus, als ob der Jugendwahn ihrer Tage von einem Schönheitsideal verdrängt worden war, das die Merkmale des Alters betonte.

„Sprich!", befahl Levent.

Der junge Mann auf dem Wandbildschirm reagierte postwendend. Während sich sein Mund zu einem lässigen Grinsen verzog, streckte er grüßend drei Finger in die Kamera.

„Hey, yo!", schnarrte er. „Are you ready to rumble?" Er lachte heiser, bevor er im selben Singsang fortfuhr. „God bless me, denn ich bin der, nach dem ihr euch verzehrt. Thanks for your message, Skywalkers! Noch nie war ich so heiß darauf, abzuheben. I promise I won't disappoint you! Gemeinsam werden wir den Äther aufmischen und mit der Hymne des 21. Jahrhunderts sogar die Aliens aus ihren schwarzen Löchern herauslocken!"

Plötzlich verfiel sein Körper in wilde Zuckungen. Auf die Freunde wirkte der Ausbruch wie eine missglückte Choreografie aus Breakdance- und Hip-Hop-Elementen, in die sich ein unerwarteter epileptischer Anfall stahl. Ebenso jäh erstarrte der Typ wieder und grinste wie vorhin in die Kamera.

„Hört endlich auf zu raten, die Adressaten eures Entsetzens sind wir, die Weltraumpiraten! Kommt euch bekannt vor, wie?" Erneut kicherte er heiser. „Ich wollte mich gar nicht klonen, believe me, folks, aber meine clients haben auf dem Plural bestanden. Anyway. Seid ihr bereit für die lyrics? Here we go!" Er nahm die typische Hip-Hopper-Haltung ein und legte los:

„Während ihr wispernd um Hilfe fleht
bei Advokaten und Zinnsoldaten,
bei gönnerhaft lauschenden Aristokraten
des Kapitals, hörn wir euch klagen, hörn wir euch fragen:
Wo sind wir da bloß rein geraten?
Die wir gestern noch traten,
erreichen heut Zuwachsraten an Sympathie,
verteilen Dukaten und Oblaten ans Volk,
gewähren den Bettlern, was diese erbaten.
Drängst du oder hängst du nur ab,
fängst die Zeit und hörst zu?
Schon längst rühmt uns das Sein hinterm Schein
als die adäquaten Hüter geheimer Zahlen und Daten,
weil wir es sind:
die Weltraumpiraten!"

Mit der letzten Silbe gefror das Grinsen unter der Mütze zur Grimasse. Beifall heischend wie ein Zirkusdompteur starrte der Typ von der Leinwand herab. Als der Applaus ausblieb, schien er sich darauf zu besinnen, dass ihm gegenwärtig nur ein virtuelles Dasein vergönnt war. Jedenfalls nahm er die lässige Pose wieder ein und schickte eine letzte Botschaft in den Äther:

„Check! Seht her, ich bin's! Now it's your turn. Ruft an oder blast eure Message ins Netz! God bless you!"

Am Ende löste sich das Gesicht auf, und eine ebenso wie ihr Besitzer auf alt getrimmte Visitenkarte erschien – mit verfremdetem Passfoto, verschnörkeltem Namen, einer Anschrift, drei Telefonnummern, mehreren E-Mail-Adressen und drei verschiedenen Homepages.

30

Als Vincent, Nelson und Levent wenig später losrasten, hatte Luk auf dem Sofa Platz genommen und hörte Miriam in der Küche werkeln. Sie bereitete das Frühstück, während er vor dem Wandbildschirm saß und auf neue Nachrichten wartete. Neben ihm lag Miriams Smartphone. Falls sich Judiths Entführer meldeten, würde er sich sofort bei seinen Freunden melden.

Vorhin hatte Miriam alle überflüssigen Programme gelöscht und stattdessen das Fenster zur *Da-Vinci-7* geöffnet. Staunend starrte Luk auf die riesige Leinwand. Die lautlos dahin schwebende Raumfähre strahlte eine stille Erhabenheit aus, die nur durch die vielen Werbebanner auf seiner Außenhülle beeinträchtigt wurde. Drum herum glänzte tiefstes Schwarz. Weit und breit kein einziger Stern, kein Ziel, auf das das Raumschiff zusteuerte, nichts als die endlose Weite des Raums.

Er erschrak, als Miriam plötzlich neben ihm auftauchte und ein Tablett auf den Tisch stellte.

„Milch und Zucker?", fragte sie, während sie den Kaffee eingoss.

„Schwarz", antwortete Luk.

Sie reichte ihm seine Tasse und setzte sich neben ihn. Ihre Körper berührten sich.

Miriams Nähe verwirrte Luk. Während er ihre Wärme spürte, dachte er an Tessa, Miriams Mutter. Für ihn waren sie wie Geschwister. Zwei Schwestern, zu denen er sich gleichermaßen hingezogen fühlte.

Wie um Luks Verwirrung noch zu steigern, wechselte plötzlich das Bild. Anstelle der Raumfähre war jetzt eine Großeinstellung der Mars-Astronautinnen zu sehen. Beide lächelten in die Kamera.

„Lauter!", befahl Miriam.

Während sich das Bild drittelte und neben dem Monitorfenster zur *Da-Vinci-7* zwei Klassenzimmer voller Kinder zeigte, erklang die Stimme einer Sprecherin aus dem Off:

„... sitzen die Grundschüler der Sonja-Rudorf-Schule in Frankfurt am Main und der École du Jardin in Paris in diesem Augenblick auf glühenden Kohlen und können die unmittelbar bevorstehende Liveschaltung zur *Da-Vinci-7* kaum noch erwarten. Hunderttausende Kilometer von ihnen entfernt freuen sich Dr. Theresa Hauser und Dr. Gwendolyn Edwards auf ein buchstäblich weltumspannendes Experiment, bei dem es um das Gemüsewachstum unter Bedingungen der Schwerkraft im Vergleich zu jenem in der Schwerelosigkeit geht."

Sie machte eine kurze Pause. Als sie nach wenigen Sekunden weitersprach, winkten die beiden Astronautinnen in die Kamera.

„Bevor wir den Countdown starten", fuhr die Sprecherin fort, „laden wir auch unsere Online-Zuschauer dazu ein, all die Fragen zu stellen, die ihnen schon lange auf der Seele brennen. Zugeschaltet sind uns zehn Kinder und Jugendliche, die ihre Fragen nun direkt an Frau Hauser und Frau Edwards richten werden. Unser erster Gast ist Marie. Stellst du dich bitte kurz vor, Marie?"

Ein Mädchen mit blonden Zöpfen, kaum älter als sechs, erschien in einem der Fenster. Die Webcam zeigte sie von oben. Das Mädchen schien auf irgendetwas zu lauschen. Mit einem Mal nickte es und machte ein ernstes Gesicht.

„Also, ich heiße Marie", sagte das Mädchen, „und ich würde gern wissen, was Sie den ganzen Tag so machen."

Es brauchte einige Sekunden, bis die Frage angekommen war. Dr. Gwendolyn Edwards lächelte amüsiert. „Hallo, Marie, das ist eine sehr gute Frage", antwortete sie. „Langeweile kommt bei uns nicht auf. Zwölf bis vierzehn Stunden pro Tag sind wir mit Experimenten, Wartungsarbeiten, unserem täglichen Fitnessprogramm und vielem mehr beschäftigt. Dazwischen essen und trinken wir, ärgern unsere schlafenden Männer, und am Abend sind wir so müde, dass uns die Augen zufallen. Ich habe ein paar Bücher im Gepäck und meine Gitarre, aber ich bin leider noch kein einziges Mal zum Lesen oder Spielen gekommen."

„Gwendolyn hat recht", meldete sich Dr. Theresa Hauser zu Wort. „Unsere Zeit ist wirklich sehr knapp. Wenn ich mal freihabe, höre ich am liebsten Musik."

„Was denn für Musik?", wollte Marie wissen.

„Am liebsten Reggae."

Luk warf Miriam einen verstohlenen Blick zu. Sie lächelte still. In ihrem Auge glitzerte eine Träne.

„Bernadette ist unser nächster Gast", vernahm man die Sprecherin. „Wie alt bist du, Bernadette?"

Ein hübscher Teenager mit Lockenkopf lächelte in die Webkamera. „Ich wüsste gern, wie das mit der Hygiene und Kosmetik im All funktioniert", begann sie, ohne auf die Frage der Moderatorin einzugehen. „Ich meine nur, kann man sich in der Schwerelosigkeit überhaupt duschen?"

Luk beobachtete, wie sich die Frau, in deren Gesichtszügen er seine Tessa erkannte, die Antwort zurechtlegte.

„Mit dem Wasser müssen wir sehr sparsam umgehen", begann sie, wobei sich ihre Stirn in Falten legte. „Wasser ist kostbar. Daher haben wir auch keine Dusche an Bord, sondern halten uns mit imprägnierten Handtüchern sauber. Nach drei Stunden Sport ist das auch bitter nötig." Sie grinste. „Schminken tun wir uns nur, wenn wir ein Rendezvous mit der Erde haben und uns die halbe Menschheit an den Lippen klebt. Allerdings cremen wir uns regelmäßig das Gesicht ein. Gegen die rasante

Hautalterung in der Schwerelosigkeit gibt es zum Glück eine sehr wirksame Feuchtigkeitscreme."

„Was machen Sie denn für Sport?", fragte der nächste Gast im Chatroom, ein blasser Bursche ohne Augenbrauen.

„Das ist Tom", erläuterte die Stimme aus dem Off und verzichtete diesmal darauf, nach dem Alter des Jugendlichen zu fragen.

„Wir haben ein Ergometer, auf dem wir Fahrrad fahren", erwiderte Dr. Edwards. „Und dann stemmen wir noch Gewichte. Wenn wir dies nicht täten, würden sich nach und nach unsere Muskeln zurückbilden und mit ihnen die Knochen. Außerdem verliert man in der Schwerelosigkeit schnell das Gefühl für den eigenen Körper."

Ein kleiner rothaariger Junge erschien und lächelte verlegen in die Kamera.

„Hallo, Stephen", begrüßte ihn die Moderatorin, „was möchtest du wissen?"

„Hallo!" Stephen schrie fast vor Aufregung. „Mama hat gesagt, dass Astronauten überhaupt kein Bett brauchen. Aber das glaube ich nicht. Ihr müsst doch auch schlafen, oder nicht?"

Wieder dauerte es einige Sekunden, bis die Frage die Distanz von der Erde bis zum Raumschiff überwunden hatte. Theresa Hauser übernahm die Antwort.

„Natürlich brauche auch ich Schlaf ...", begann sie.

Im Hintergrund hörte man Stephens trotzige Stimme. „Siehste?"

„... aber dabei liege ich nicht im Bett", fuhr die Astronautin fort. „Ich schwebe in meinem Schlafsack, der in einer Art Schrank hängt, und muss mich noch nicht einmal entscheiden, ob ich auf dem Bauch oder auf dem Rücken liegen will." Sie zwinkerte in die Kamera. „Trotzdem freue ich mich natürlich auf mein eigenes Bett daheim. Aber bis dahin ist es noch lange hin."

„Sophie ist zehn", leitete die Moderatorin zur nächsten Chatterin, einem dunkelhaarigen Mädchen mit Stupsnase, über. „Sie hat eine Frage, die vielleicht etwas ..."

„Stimmt gar nicht", unterbrach sie das Mädchen mit vibrierendem Piepsstimmchen. „Ich wollte nur fragen, ob man da oben nicht Angst kriegt, weil das doch so still ist da. Wenn ich nämlich nachts aufwache, dann habe ich auch immer Angst, dass mich jemand klauen kommt."

„Oh, hier klaut einen bestimmt keiner", erwiderte Dr. Edwards. „Und von wegen Stille! Wenn du wüsstest, wie laut das hier ist! Hunderte von Ventilatoren und Pumpen machen einen Lärm wie auf der Autobahn. Dazu kommt das permanente Summen der Bordgeräte, das Krächzen der Funkanlage, das Zischen der Luft, die aus den Geräten entweicht. Schlafen kann ich dabei nur mit Ohrstöpseln und Augenbinde, denn zu allem Überfluss brennt hier auch noch permanent das Licht."

Ein Junge mit Stirntolle wurde eingeblendet. Die Sprecherin stellte ihn dem Internetpublikum vor. Marcel war vierzehn und Gymnasiast. Seine Frage las er von einem Zettel ab.

„Wenn Sie auf dem Mars landen", begann er, „das muss doch verflucht kalt sein. Was haben Sie dabei, um sich vor der Kälte zu schützen?"

Dr. Hauser nickte. „Da hast du *verflucht* recht", imitierte sie den Teenager und grinste. „Um genau zu sein, schwankt die Temperatur zwischen minus 140 und plus 20 Grad. Wir wissen, es gibt Salz auf dem Mars. Wir werden es mit Chlor binden und daraus Styropor herstellen. Damit isolieren wir dann unsere Hütte, die wir möglichst tief im Boden eingraben. Außerdem gibt es Methan. Wir müssen es bloß aus dem Eis lösen und können das Gas zum Heizen verwenden. Und für die anstehenden Ausflüge haben wir ja noch unsere Raumanzüge, die sogenannten Skaphander, die lassen keine Kälte durch."

„Jetzt heiße ich Patrizia willkommen", hob die Moderatorin aus dem Off an. „Sie hat mir verraten, dass sie sich vor allem für die Gaumenfreuden der Astronauten interessiert."

Die junge Frau, die im Bild erschien, war deutlich älter als ihre Vorgänger. Sie trug eine Igelfrisur, in ihre Augenbrauen hatte sie ein Zickzackmuster rasiert.

„Stimmt genau", bemerkte Patrizia mit rauer Stimme. „Mein

Freund schwallt die ganze Zeit rum, dass euer Food nur aus kleinen bunten Pillen besteht. Die eine Pille 'n Schnitzel, die andere 'ne Salamipizza. Stimmt das oder is das Quatsch?"

Gwendolyn Edwards schüttelte den Kopf. „Ich fürchte, da hat dir dein Freund 'nen Bären aufgebunden, Patrizia", erwiderte die Astronautin. „In der Regel essen wir Tiefkühlkost, die wir uns in der Mikrowelle aufwärmen. Ein bisschen frisches Obst und Gemüse gibt es auch, das bauen wir selbst an. Unsere Pille haben wir im Übrigen auch dabei", ergänzte sie und kniff ihrer Chatpartnerin ein Auge zu. „Allerdings nicht, um davon satt zu werden, sondern eher, um nicht unerwartet zuzunehmen, wenn du verstehst, was ich meine." Sie deutete über ihre Schulter in den hinteren Teil der Raumfähre. „Irgendwann erwachen ja auch unsere Männer wieder zum Leben."

„Unser nächster Chatteilnehmer heißt Martin und ist neun Jahre alt, wenn ich richtig verstanden habe", erklärte die Moderatorin, als ein Junge mit Baseballmütze im Fenster auftauchte. „Martin, was möchtest du wissen?"

Der Junge gluckste verlegen und blickte zur Seite. „Ich würde gern wissen", sagte er kichernd, „wie kann man als Astronaut ..." Er biss sich auf die Unterlippe. „... oder als Astronautin ... Ich meine ja nur, wenn man mal muss."

„Du meinst, wie wir hier oben auf die Toilette gehen?", half ihm Theresa Hauser, als die Frage bei ihr angekommen war. „Oh, das ist ein Kapitel für sich. Nur so viel: Es dauert und ist nicht besonders einfach. Aber glaub mir, Martin, das Drumherum willst du gar nicht so genau wissen."

„Typisch Mama", raunte Miriam und grinste Luk an.

Doch mit Luk ging genau in diesem Moment eine seltsame Veränderung vor. Sein Gesicht erstarrte zur Maske, er öffnete den Mund und bewegte seine Lippen, aber seiner Kehle entschlüpfte nur ein leises Fiepen. Stumm und mit weit aufgerissenen Augen deutete er zur Leinwand. Als Miriam seinem Blick folgte, stieß sie einen erstickten Schrei aus.

„... ist uns nun Judith zugeschaltet", vernahmen sie die Stimme der Moderatorin, „die eine sehr spezielle Frage hat, die nur Dr. Hauser beantworten könne, wie sie sagt. Also, Judith, wo drückt der Schuh?"

Luks Herz raste, während ihn von der Leinwand aus der Geist seiner Freundin anstarrte. Judith schien in den Stunden seit ihrer Entführung um Jahre gealtert zu sein. Ihre Haut war fahl, ihre Lider flatterten und ihre leblosen Pupillen ließen vermuten, dass etwas in ihr zerbrochen war. Als sich ihre Lippen öffneten, war zunächst nur ein Flüstern zu hören.

„Lauter!", befahl Miriam, aber in diesem Moment reagierten auch schon die Techniker der Livesendung und regulierten die Lautstärke nach oben. Judiths Flüstern klang plötzlich wie eine Stimme aus dem Jenseits:

„... soll ich Dr. Hauser fragen, ob sie ihre Kinder so lieb hat, dass sie sich, wenn zum Beispiel ihre Tochter in Gefahr wäre, ohne Beistand auf den Weg machen und um Mitternacht selbst Madonna dafür opfern würde, um ihr Kind zu retten?"

Theresa Hauser erstarrte. „Judith?", fragte sie tonlos und warf einen schnellen Blick auf den Monitor zu ihrer Linken. „Das Bild ... kann ich das größer haben?"

„Eine bizarre Frage, möchte man meinen", griff die Sprecherin ein, ohne den Wunsch der Astronautin zu berücksichtigen. „Zudem eine Frage, die sich wohl von selbst beantwortet. Daher sollten wir nun lieber zu ...", sie stockte eine Sekunde, „... unserem zehnten und letzten Besucher überleiten. Frederik, kannst du mich hören?"

Judiths Geist löste sich auf. An seiner Stelle erschien der blonde Wuschelkopf eines Drei- oder Vierjährigen, der verlegen auf seiner Unterlippe herum kaute.

„Bitte", meldete sich Theresa Hauser zu Wort. Ihre Stimme klang seltsam schrill. „Können wir bitte noch einmal zurückschalten. Die letzte Anruferin ... Ich würde gern wissen, ob ..."

Aber die Sprecherin funkte erneut dazwischen. „Die Verbindung wurde leider unterbrochen, Dr. Hauser", erklärte sie mit kaum zu überhörender Ungeduld in der Stimme. „Außerdem sind wir schon einige Minuten über der Zeit. Also, Frederik, sag uns rasch, was möchtest du wissen?"

Während der Wuschelkopf stammelnd seine Frage formulierte, wechselte Theresa Hausers Ausdruck zwischen Ohnmacht und Fassungslosigkeit. Dem Regisseur schien das nicht verborgen zu bleiben, denn plötzlich schwenkte das Bild von ihr weg und zoomte das Gesicht ihrer Kollegin heran.

„Eigentlich", antwortete Dr. Edwards mit einem besorgten Blick zur Seite, „gehen wir ja nicht davon aus, auf dem Mars von fiesen, schleimigen Monstern angegriffen zu werden, aber natürlich sind wir auch für diesen Fall gewappnet ..."

Miriam schien nicht mehr zuzuhören. Entgeistert starrte sie ins Nichts und sah ihrer Mutter in diesem Augenblick zum Verwechseln ähnlich.

„Wieso tun die das?", flüsterte sie. „Was wollen sie damit erreichen? Konnten sie nicht einfach anrufen? Müssen sie ihr das antun? Hoffentlich glaubt wenigstens Mama, dass das ein mieser Scherz war. Ich will nicht, dass sie sich noch mehr Sorgen macht als ohnehin schon."

Luk sah sie nicht an. Er wusste es besser. An Tessas Reaktion hatte er abgelesen, dass sie in der jungen Chatpartnerin ihre frühere Mitschülerin erkannt hatte und wohl ahnte, dass Judith ganz und gar nicht zum Spaßen zumute gewesen war.

31

Seit dem überstürzten Aufbruch der Freunde war keine viertel Stunde vergangen. Vincent hatte während seiner Höllenfahrt in die Südstadt mindestens drei rote Ampeln überfahren und etliche Autos per Licht- oder Signalhupe zur Seite gedrängt. Wie durch ein Wunder hatte es keinen Unfall gegeben.

Jetzt standen die Freunde vor einem lang gestreckten Fabrikgebäude, an dessen verwitterter Fassade üppige Bougainvillea mit rosa und gelben Blüten emporrankten. In den riesigen Fenstern spiegelte sich der Himmel. Auf einer Bank in der Nähe des Eingangs saßen drei alte Frauen und guckten neugierig herüber. Drinnen schrie ein Baby.

DJ Kaspar wohnte im vierten Stock. Sein Name stand auf einem gelben Blütenblatt. Mit einem Kranz weiterer Blätter formte es die Blüte einer Butterblume.

„Sie selbst nennen ihre Gemeinschaften Menschengärten", erklärte Vincent. „Eine Art Großfamilie für Singles und Witwen, versteht ihr? Solang die Omas rüstig sind, ist alles gut. Aber wehe, wenn einer der anderen für die ganze Sippe kochen oder putzen soll ..."

Da die Tür offen stand, betraten sie das Haus, ohne zu klingeln. Auf dem Fuß der Treppe hockte ein Greis und beäugte sie misstrauisch. Sie grüßten freundlich und eilten an ihm vorbei hinauf.

Die Flügeltür im vierten Stock war nur angelehnt. Drinnen spielte jemand Klavier. Eine holprig vorgetragene Partita von Bach. Sie klopften. Als niemand reagierte, hielten sie nach einer Klingel Ausschau. Ohne Erfolg. Vincent hämmerte gegen die Tür.

„Hallo!", rief er ins Dunkel und schrie, da sich drinnen niemand aus der Ruhe bringen ließ: „IST JEMAND ZU HAUSE?"

Endlich verstummte das Klavier. Am Ende des Flurs sprang eine Tür auf. Ein Mädchen lugte heraus. Hinter ihr tauchte DJ Kaspar auf und blitzte die Freunde wütend an.

„Wer seid ihr, dass euch selbst das Genie des großen J. S. keine Ehrfurcht einflößt?", blaffte er gestelzt.

Das Mädchen grinste.

Nelson trat einen Schritt vor. „Deine Mail. Die Weltraumpiraten. Wir müssen reden."

Kaspars Gesicht verzog sich zu einem Grinsen. Im selben Moment wurden die Freunde Zeugen einer seltsamen Verwandlung. Wo ihnen eben noch ein steifer Klavierlehrer entgegengetreten war, lauerte plötzlich die Karikatur eines Hip-Hoppers und federte weich in den Knien.

„Hey, yo!", tönte er. „So liebe ich das, quick 'n' dirty! Aber wieso fallt ihr gleich mit einer fucking army hier ein? Ist das ein Blitzkrieg, oder was?"

Mit einer lässigen Kopfbewegung bedeutete er dem Mädchen, sich zu verziehen. Als die Kleine protestieren wollte, schnalzte er mit der Zunge und hob halb drohend, halb grinsend den Arm. Das Mädchen streckte ihm die Zunge raus und verschwand in einem der Zimmer.

„Kids", stöhnte Kaspar, der in seiner neuen Rolle selbst wie ein zu groß geratenes Kind aussah. Er deutete zur Tür, hinter der seine Schülerin verschwunden war. „Ich lehre sie den Respekt vor Bach, and she is washing my car. Das ist der Deal", erklärte er, als müsse er sich für seine Begrüßung entschuldigen.

Das Zimmer, in das er die Freunde führte, war bis unter die Decke vollgestopft mit Büchern. Sie standen in Regalen und Vitrinen, stapelten sich auf Fensterbänken, lehnten an Wänden, ruhten auf Sofa und Esstisch und lagen kreuz und quer verstreut auf dem gesamten Boden herum. Nur jener Teil der Wand, den ein riesiger Bildschirm bedeckte, sowie das Klavier am Fenster waren bücherfreie Zone.

Mangels Sitzgelegenheit blieben die Freunde stehen und verfolgten ungeduldig, wie Kaspar in aller Seelenruhe den Klavierhocker mit dem Ärmel abwischte, umständlich darauf Platz nahm, sich kurz zur Seite drehte, um seinen Rotz hochzuziehen, und sie schließlich selbstgefällig anblickte.

„I'm ready, folks", verkündete er, „ihr könnt mit der Krönung beginnen!"

Levent räusperte sich. „Erzähl uns doch erst mal, wie du auf den Song gekommen bist", schlug er vor.

DJ Kaspar verzog sein Gesicht zu einem breiten Grinsen, wobei einer seiner Eckzähne aufblitzte, als zierte ihn ein winziger Diamant.

„Nun", begann er, „that's a long, long story."

„Die Kurzversion bitte", meldete sich Nelson zu Wort.

Kaspars Augen verengten sich. „Wie ihr wollt." Demonstrativ drehte er sich zur Seite und fuhr, zum Fenster hinausblickend, fort: „Die *Weltraumpiraten* waren eine Auftragsarbeit. Just business. Auch Künstler müssen leben, if you know what I mean."

„Für wen?", hakte Levent nach.

Kaspar wandte sich ihm abrupt zu. „Kann euch doch egal

sein, oder?", raunzte er patzig. „Geht es hier um Kunst oder Kommerz?"

Nelson spürte, dass da einer arg umschmeichelt werden wollte.

„Natürlich geht es uns um dein Meisterwerk", änderte er seine Taktik. „Aber um die Verse besser verstehen zu können, wären einige Angaben zur Genese hilfreich."

Über DJ Kaspars Gesicht huschte ein Lächeln. „Oho, ein Gourmet", erklärte er. Seine Züge entspannten sich, und für einen Moment vergaß er sogar seine Pose. „Also, da waren diese beiden Typen, okay? Glichen sich wie ein Arsch dem anderen. Zwillinge eben oder Klone, was weiß ich. Hatten meine Adresse aus 'm Internet, dijaykay, Spitzen-Auftritt, schaut ruhig mal rein, lohnt sich, bin der Master of Ceremony, wenn euch das noch was sagt." Er machte eine kunstvolle Pause, besann sich einen Augenblick und fuhr dann fort. „Also gut. Die beiden kamen sofort zur Sache. Wollten wissen, ob ich auch Rap draufhätte oder Hip-Hop, egal, machten keinen Unterschied, irgendwas in dem Stil. Die waren ziemlich schräg drauf! Hab was von Kurtis Blow aufgelegt, um sie anzufixen, dann noch Run DMC nach-geschoben, aber das war ihnen nicht hip genug. Richtig selig wurden sie erst bei Eminem, weiß nicht, ob ihr den kennt, der Schneemann unter den Hip-Hoppern des neuen Jahrtausends. Anyway ...."

Kaspar sprang vom Stuhl, klaubte sein Smartphone unter einem Buch hervor und tippte irgendetwas ein. Hinter ihnen er-wachte die Leinwand zum Leben. Ein Clubkonzert. Als die Kamera auf die Bühne zufuhr, wurde die Musik lauter, bis Emi-nems aggressive Beats jeden anderen Ton in Kaspars Reich ver-schluckten.

„Das ist *inspiration,* das ist *spirit!*", schrie Kaspar und strahlte. „Dagegen könnt ihr die ganze Retrokacke eintüten!"

„Und dann?", brüllte Levent zurück. „Was geschah dann?"

Kaspar drehte den Sound leiser. „Cool down, Mann, musst hier nicht so rumschreien", nuschelte er. Eminems Bewegungen imitierend nahm er den Faden wieder auf: „Das mit den Weltraumpiraten kam von den Doubleducks. Wollten irgendwelchen Flachwichsern einen reinwürgen. Egal. Hatten 'nen Zettel dabei, vollbeschmiert mit halb verdauten Ideen. Na ja, was soll's, in einer Nacht war die Kiste durch. Die beiden haben mir die Füße geküsst, ihre Euronen auf'n Tisch geschichtet und sind abgerauscht."

„Cash?", hakte Levent nach.

„Nur Bares ist Wahres", grinste sein Gegenüber.

„Und der Trickfilm?", warf Nelson ein.

DJ Kaspar sah ihn verständnislos an. „Trickfilm? Was soll 'n das jetzt?"

Nelson zuckte mit den Achseln. „Nicht so wichtig", antwortete er und pickte aufs Geratewohl ein Buch vom Boden. „Das große Buch der Reime", las er laut.

Kaspar riss ihm den Wälzer aus der Hand. „Kein Künstler schöpft aus dem Vakuum", murmelte er. Dann stierte er herausfordernd in die Runde. „Und? Was ist jetzt mit meinem Preis?"

„Der Zettel, den dir die *Doubleducks* gegeben haben, den hast du doch noch, oder?", fragte Nelson, ohne auf Kaspars Frage einzugehen.

Widerwillig erhob sich der Musiker, schlurfte zum Sofa, wühlte dahinter in einem Haufen Bücher und zog schließlich aus einem ein zerknittertes Blatt hervor, das er glatt strich, bevor er es Nelson reichte.

„Here we are!" Er machte einen Diener. „Darf ich den Herrschaften sonst noch einen Wunsch erfüllen, oder können wir endlich zur Krönungszeremonie überleiten?"

Nelson hielt das Blatt ins Licht. „Sofort", erklärte er, während sich seine Freunde um ihn scharten, um das Gekritzel der Norton-Zwillinge zu entziffern.

Unter der Überschrift *Die Weltraumpiraten* fanden sich eine Reihe von Beschreibungen, die die beabsichtigte Wirkung des Songs betrafen. Da war öfter von *Macht* und *Einfluss* die Rede und von einer *suptilen Bedrohung*, was Nelson, wenn er denn noch gezweifelt hätte, vollends davon überzeugt hätte, mit wem sie es zu tun hatten, sorgte die Legasthenie der Norton-Zwillinge doch unter den Schülern des Internats seit Jahren für große Erheiterung.

Im unteren Teil der Anleitung wurden die Hinweise konkreter. Hier stilisierten sich die Urheber des Textes zu einer Art Robin Hood und skizzierten die Adressaten ihrer Botschaft auf eine Weise, dass sich die Freunde darin ohne Mühe wiedererkannten. Auch gab es Fingerzeige auf einen Flug durch die Zeit, auf Einstein und Stephen Hawking. Womöglich, ging es Nelson durch den Kopf, hatte der belesene DJ Kaspar eigenmächtig Isaac Newton hinzugefügt und war so auf die Dreifaltigkeit der Astrophysik gekommen, eine hübsche Metapher, die sich bestimmt weder Castor noch Pollux ausgedacht hatten.

Nelson beschloss, sich noch etwas weiter vorzuwagen.

„Herzlichen Glückwunsch!", rief er und nickte Kaspar anerkennend zu. „Aus dem Stroh deiner Auftraggeber hast du echtes Gold gesponnen." Kaspar lächelte glückselig. „Allerdings", Nelson zögerte, „das Reglement will es so, dass wir, gleichsam um uns abzusichern, verstehst du, noch die Adresse der *Doubleducks* oder wenigstens ihre Telefonnummer aufnehmen."

Kaspars Siegerlächeln gefror. Von einer Sekunde auf die andere blickte er so trübselig drein wie der wolkenverhangene Himmel.

„Sie haben cash gezahlt", brummte er missmutig und blickte Nelson flehend an. „No address, no number. Sorry. Aber das heißt doch nicht, dass mein Preis ..."

Nelson hob bedauernd die Schultern. „Ich weiß nicht." Rat suchend wandte er sich an seine Freunde. „Was meint ihr?"

Levent mimte den Unnachgiebigen. „Du musst doch eine Idee haben", insistierte er, „vielleicht haben sie eine Bemerkung gemacht, irgendeinen Hinweis ausgespuckt, ganz gleich, was."

Kaspar sah ihn an wie ein Kind. Plötzlich weiteten sich seine Augen. Er sprang von seinem Klavierhocker und riss dem verdutzten Nelson die Notizen der Norton-Zwillinge aus der Hand. „Da!", rief er und wedelte aufgeregt mit dem Blatt. „Da steht's doch!" Er hielt Nelson die Rückseite des Zettels unter die Nase und deutete auf ein Schlangensymbol am linken oberen Rand. „Das Shanghai-Hotel! Sie residieren in der angesagtesten Bettenburg der Stadt. Im noblen Li-Ging-Tower. Direkt unter dem Dach!"

32

Judith zitterte. Ihr war kalt. Sie hatten sie gefesselt, in einen schmalen Stoffschrank gesperrt und jenen auf die Ladefläche eines Autos geschoben. Die Klappe des Wagens war offen geblieben. Durch den Stoff schien etwas Licht. Sie hörte leise Stimmen, dann Schritte, die sich entfernten. Sie lauschte ihnen nach, bis es still wurde. Eine dumpfe, endgültige Stille.

Wie viel Zeit sie so zubrachte? Judith sollte es nie erfahren. Ob sich die Zeit dehnte oder zusammenzog? Sie wusste noch nicht einmal, ob es für sie so etwas wie Zeit überhaupt noch gab.

Bilder flogen sie an. Traumbilder voller Farben, in Schlieren ineinandergelaufen, Farbblasen, die wabernd durch die Zeit quollen, Spuren hinter sich herziehend, durch die bunte Tropfen sickerten, ein fantastisches Kaleidoskop, licht und warm wie eine von Kerzen beleuchtete Wand aus Wachs. Judith wunderte sich. Fühlte sich so der Tod an? Oder hatte man dem Wasser, das man ihr eingeflößt hatte, Drogen beigemischt, halluzinogene Substanzen, um ihr auch das letzte Geheimnis zu entlocken?

Irgendwann erlosch das Licht. Als die Dunkelheit auf sie herabfiel, verschwanden die Farbspiele so plötzlich, wie sie aufgetaucht waren. Nicht lange, da gebar die Finsternis schwarze Träume, Bilder ihrer Vergangenheit, die ihr wie ihre eigentliche Gegenwart erschienen.

Einmal saß sie auf dem Schoß ihres Opas, der ihr aus einem dicken Buch voller rätselhafter Bilder Geschichten vorlas. Ihr Vater kam herein und sagte etwas zum Großvater. Der schüttelte leise den Kopf und las einfach weiter. Woraufhin der Vater mit hochrotem Gesicht auf sie zu rannte und sie von ihrem Opa wegzerrte. Sie ließ sich fallen, doch das kümmerte ihn nicht, rücksichtslos schleifte er sie durchs Zimmer hinter sich her. In einer Ecke stand ihre Mutter und betrachtete sie ernst. Judith wusste, dass wieder sie es war, die einen Fehler gemacht hatte. Nur worin dieser Fehler lag, wollte ihr niemand erklären.

Ein anderes Mal stand sie auf einer Bühne, zu ihren Füßen ein hundertköpfiges Publikum. Sie war zehn oder elf und hatte den ersten Preis im Landeswettbewerb Mathematik errungen. Während ihr ein großer, weißbärtiger Mann eine Medaille um den Hals hängte, suchte sie in der ersten Reihe nach ihren Eltern. Aber die für sie reservierten Plätze waren leer.

Ein Blitz in ihrem Kopf löschte alle Bilder aus. Er zog sich zusammen und schrumpfte zu einem winzigen, hellen Punkt, der ihr wie der einzige Stern in einem unendlich einsamen Universum erschien. Sie fühlte sich plötzlich schwerelos, abgelöst von allem, das ihr vertraut war, gestrandet im Nichts, durch das sie schwebte – gedankenlos, haltlos, willenlos, ein Spielball unsichtbarer Kräfte. Wie lange sie so dahinflog, eine Ewigkeit lang oder bloß einen einzigen Augenblick, blieb ungewiss. Doch sie erkannte, dass es den Blitzstern in der Finsternis noch immer gab. Er bot ihr Orientierung im schwarzen Nichts. Langsam schwebte sie auf ihn zu. Der Stern wurde größer und wechselte die Gestalt. Er nahm Konturen an, bis sie endlich verstand, dass es sich um einen Menschen handelte, der wie sie haltlos im Raum schwebte. Als sie nahe genug war, erkannte sie ihn, und mit einem Mal war ihr wieder warm.

33

Sie hatten die Menschengärten vor wenigen Minuten verlassen, als Vincents Autotelefon klingelte. Es war Miriam. Ihre Stimme überschlug sich fast. Ob er noch ganz bei Trost sei, sein Smartphone auszuschalten, fuhr sie ihren Bruder an. In abgehackten Sätzen berichtete sie von Judiths Auftritt während der Frage-und-Antwort-Show. Als sie Judiths geisterhaftes Aussehen erwähnte, presste es Nelson das Herz zusammen. Abgrundtief war sein Hass auf jene, die ihr das antaten, nur seine Ohnmacht war noch größer.

Vincent erzählte seiner Schwester und Luk von DJ Kaspar, dessen Hinweisen und dass sie gerade auf dem Weg zum Li-Ging-Tower waren. Er versprach, sich bald wieder zu melden.

Geschickt manövrierte er sie durch die Stadt, aber die Straßen waren derart verstopft, dass sie nur im Schneckentempo vorankamen. Irgendwann wurde es Nelson zu bunt. An der nächsten roten Ampel riss er die Tür auf und sprang hinaus.

„Ich laufe!", schrie er. „Wir treffen uns im Hotel!"

Ohne eine Antwort abzuwarten, spurtete er los.

Der Fahrradweg glich jener Tartanbahn, auf der sie sich im Sommer zum Sportunterricht trafen. Nelson rannte, ohne nach links oder rechts zu sehen. An einer Ecke schlitterte er nur knapp an einer Katastrophe vorbei: Einem plötzlich auftauchenden Fahrradfahrer konnte er gerade noch ausweichen. Dadurch geriet er aber auf die Straße, wo ein heran rauschender Bus eine Vollbremsung vollführen musste und nur wenige Zentimeter vor ihm zum Stehen kam. Während der Busfahrer wild hupte und ihm irgendetwas hinterher schrie, rannte Nelson einfach weiter und drehte sich noch nicht einmal um.

Erst als er auf das riesenhafte Gebäude zulief, das sie Li-Ging-Tower nannten, ging ihm auf, dass er nicht die Andeutung eines Plans hatte. Er stoppte ab und schritt langsam auf den Eingang zu. Sollte er einfach hinein marschieren und den Norton-Zwillingen mit der Polizei drohen? Aber das wäre geradezu dämlich! Im besten Fall würden ihn Castor und Pollux bloß auslachen. Er hatte nicht das Geringste gegen sie in der Hand. Oder sie würden ihn, da sie noch eine Rechnung mit ihm offenhatten, verprügeln und danach fortjagen wie einen Hund. In jedem Fall wären sie gewarnt. Und für so blöd, dass sie Judith ausgerechnet in ihrem Hotelzimmer versteckten, hielt Nelson die Zwillinge doch nicht.

Als er die Tür zur Vorhalle aufstieß, wusste er, dass er eine direkte Konfrontation unter allen Umständen vermeiden musste. Denk nach, befahl er sich, während er auf den riesigen Empfangsbereich zuschritt. Unauffällig wischte er sich den Schweiß von der Stirn. Du bist ein Freund, der die Zwillinge an ihrem Geburtstag überraschen will. Er atmete tief ein. Sein Herz hämmerte gegen seine Brust.

„Sie wünschen?"

Der Mann hinter der Glasscheibe blickte ihn ohne echtes Interesse an. Sein Lächeln wirkte maskenhaft.

„Zwei Freunde von mir wohnen hier im Hotel", antwortete Nelson, wobei er sich Mühe gab, das Zittern in seiner Stimme zu unterdrücken. „Sie haben heute Geburtstag, beide gleichzeitig, sie sind nämlich Zwillinge, und da dachte ich ..."

„Das Shanghai-Hotel befindet sich im 60. Stockwerk", unterbrach ihn der Mann am Empfang. „Sie nehmen den Aufzug Nr. 4 bis zur 40. Etage, dort steigen Sie aus, folgen den Hinweisschildern bis zu einem der gekennzeichneten Fahrstühle des Hotels, der Sie direkt in die Lobby fährt, wo sich der Portier Ihres Anliegens annehmen wird. Ich wünsche Ihnen einen schönen Tag." Bei seinem Vortrag blieben seine Augen so starr wie sein Gesicht. Nelson fragte sich, ob er es mit einem Menschen oder einem Roboter zu tun hatte.

Gerade näherte er sich dem ersten Lift, als ihm plötzlich jemand bei der Schulter packte.

„Ich wusste ja, dass du schnell bist", keuchte Levent, „aber da kommt man ja selbst als Windhund kaum hinterher."

Tatsächlich hatte sein Freund in diesem Augenblick Ähnlichkeit mit einem Windhund. Offenen Mundes japste er nach Luft, sein Gesicht glänzte vor Schweiß, und seine langen Haare hingen in Strähnen über seinen Augen. Nie hatte sich Nelson mehr gefreut, Levent zu sehen.

Während sie in den 40. Stock fuhren, weihte er Levent in seine Überlegungen ein. Der hatte eine noch viel bessere Idee: Bevor sie die Lobby des Hotels beträten, würden sie zunächst bei der Rezeption anrufen und sich mit dem Zimmer der Norton-Zwillinge verbinden lassen. So erführen sie, ob Castor und Pollux überhaupt auf ihrem Zimmer waren. Wenn ja, könnten sie einfach auflegen und warten, bis die Zwillinge das Hotel verließen. Heimlich würden sie ihnen folgen und hoffen, dass ihre Widersacher sie dorthin führten, wo sie Judith gefangen hielten.

„Und von welchem Telefon rufen wir an?", warf Nelson ein.

„Wie wär's mit dem hier?", entgegnete Levent und zückte eine Art Scheckkarte, die er seinem Freund unter die Nase hielt. „Vincents Dienstsmartphone", erläuterte er.

Als der Fahrstuhl hielt, folgten sie den Anweisungen des Empfangschefs und fuhren mit dem Lift in den 60. Stock. Ein breiter Flur führte geradewegs auf eine riesige gläserne Front zu, wo zwei Pagen darauf warteten, den Gästen die Tür aufhalten zu dürfen. Die Freunde schlenderten auf einen steinernen Löwenkopf zu, hinter dem sie innehielten. Mit dem Rücken zum Hoteleingang faltete Levent das Smartphone auseinander und hielt es sich ans Ohr. „Shanghai-Hotel", befahl er und fügte, Nelson zugewandt, leise hinzu: „Hat die gesamten Nummern der Stadt gespeichert. Unglaublich, oder? Drück die Daumen, dass sie noch hier wohnen." Er schloss die Augen, bis sich am anderen Ende der Leitung jemand meldete. „Die Gebrüder Norton, bitte", verlangte er. Nelson beobachtete, wie der Portier eine Nummer eintippte, geduldig in den Hörer lauschte, schließlich den Kopf schüttelte und mit einem Ausdruck des Bedauerns Bericht erstattete.

„Zimmer 37", erklärte Levent, nachdem er aufgelegt hatte. „Sie scheinen unterwegs zu sein."

Nelson zögerte keine Sekunde. Entschlossen steuerte er auf die Glasfront zu, Levent in seinem Rücken. Ohne dass sich die beiden bunt livrierten Pagen bewegten, schwang die Tür auf, durch die die Freunde weiter bis zur Rezeption schritten.

„37", sagte Levent mit leicht herrischer Attitüde und hielt seine Hand über den Tresen. Da er sich gleichzeitig Nelson zuwandte, um dem eine belanglose Frage zu stellen, erhaschte der Portier nur einen Blick auf Levents Profil und den jungen Mann dahinter. Ohne weitere Fragen händigte er ihnen die Zimmerkarte aus und wünschte höflich einen schönen Tag.

„Du solltest Schauspieler werden", raunte Nelson seinem

Freund zu, während sie in den Rundgang einschwenkten, der zu den Zimmern führte.

„Übung macht den Meister", erwiderte Levent. „Du siehst, jetzt zahlt es sich aus, dass ich mein Personal daheim nachdrücklich an seine Pflichten erinnere."

Vor Nummer 37 verharrten sie einen Moment und lauschten an der Tür. Als sie dahinter kein Geräusch wahrnahmen, steckte Levent die Karte in den dafür vorgesehenen Schlitz und drückte gegen die Tür. Doch nichts geschah. Er versuchte es erneut, doch wieder vergeblich. Ratlos blickte er seinen Freund an.

In diesem Moment öffnete sich schräg hinter ihnen eine Tür. Rückwärtsgehend rollte ein Zimmermädchen ihren Putzwagen heraus. Sie kam direkt auf die Freunde zu. Als sie sich wenige Zentimeter vor ihnen umwandte, fuhr sie heftig zusammen.

„Jungfrau Maria!", stieß sie hervor. Ihre grauen Haare und die Falten in ihrem Gesicht verrieten, dass sie ihre Mädchenjahre schon lange hinter sich hatte. Verlegen lächelte sie sie an. „Kann ich Ihnen helfen?"

Nelson nahm Levent die Zimmerkarte aus der Hand und hielt sie der Frau wortlos vors Gesicht. Dabei zuckte er die Achseln, um anzudeuten, dass sie nicht wüssten, warum ihnen der Zugang zu ihrem Zimmer verwehrt blieb.

„Immer das Gleiche", murmelte die Hotelangestellte und nahm ihm die Karte aus der Hand. Sie steckte sie in den Schlitz und drückte ihr Auge an eine Linse, die die Freunde fälschlicherweise für einen Türspion gehalten hatten. Offenbar war es ein Irisscanner. Sogleich klickte die Tür auf.

„Bitte schön", sagte die Frau und gab ihnen die Karte zurück. In der Annahme, dass die Freunde kein Deutsch verstanden, fügte sie leiser hinzu: „Und beim nächsten Mal macht ihr euch besser bemerkbar, bevor ihr eine alte Frau zu Tode erschreckt."

34

Judith war so in ihre Gedanken und Träume verloren, dass sie ihre Peiniger nicht kommen hörte. Zuerst glaubte sie, irgendwo sei eine Heizung oder Pumpe angesprungen, so leise schnurrte der Motor. Erst als jemand die Heckklappe zuschlug, begriff sie, dass sie die Traumbilder fortwischen musste, weil es in der Wirklichkeit keinen Platz für sie gab.

Fast lautlos öffnete sich das Tor. Leise surrend setzte sich das Gefährt in Bewegung. Judith nahm wahr, wie sie in den Verkehr einfädelten. Sie fuhren langsam. Anscheinend hatten sie bis zu ihrer Verabredung noch Zeit.

Was in den letzten Stunden geschehen war, konnte sie nur ahnen. Die versteckte Botschaft, zu der man sie gezwungen hatte, musste sich, wie alles, was mit der *Da-Vinci-7*-Mission zusammenhing, tausendfach verbreitet haben: im Fernsehen, im Radio und im Internet. Zweifellos hatte einer ihrer Freunde die Nachricht aufgeschnappt und treffend gedeutet.

In den Katakomben also sollte es zum großen Showdown kommen. Dort hofften ihre Peiniger jenen Schatz zu heben, der ihnen Reichtum und Macht versprach. Vor allem auf letzteres schien es die Alte abgesehen zu haben. Und mit Judith meinte sie den Schlüssel dazu in der Hand zu halten. Wenn sie selbst nicht kooperieren sollte, so hatte ihr die Alte gedroht, würde man einen ihrer Freunde dazu zwingen. Judith wusste, dass mit der Preisgabe ihres Geheimnisses ihr aller Schicksal besiegelt wäre. Wer der Hexe nicht mehr von Nutzen war, wurde entsorgt. Daran ließ der grausame Tod der Norton-Zwillinge keinen Zweifel!

Judith lenkte ihre Gedanken zurück. Sie besann sich auf den Augenblick. Lauschte in den Tag oder in die Nacht. Die Stille irritierte sie. Womöglich hatten sie die Stadt bereits verlassen. Noch immer fuhren sie in gemächlichem Tempo. Eintönig wie ihr gleichförmiger Atem. Dumpf wie ihr Herzschlag.

Noch vor wenigen Stunden wäre sie bei dem Gedanken an

das Unheil, auf das sie und ihre Freunde zusteuerten, in Panik verfallen. Sie wunderte sich, wie gefasst sie war. In Gedanken malte sie sich sogar aus, wie sie und ihre Freunde am Ende doch noch triumphierten.

Unvermittelt kehrte sie zu den Träumen zurück. Etwas in ihnen war sehr real gewesen. Erst der Blitz, dann der Stern. Sie wusste, woher ihre Zuversicht kam, an einen Morgen nach Mitternacht zu glauben. Konzentrier dich auf den Stern. Im Moment mochte sie hilflos sein, eingezwängt in einen Sarg aus Aluminium und Tuch. Und doch war sie keineswegs allein! Sicher hatten sich ihre Freunde der Polizei anvertraut. Oder sie tüftelten an einem Plan, wie sie die Alte und ihre Bulldoggen allein bezwingen konnten. Auf Nelsons Geistesblitze war Verlass. Er gab nie auf!

Judiths Atem ging ruhig. Geleitet von ihrem Stern, würde sie aufstehen und sich wehren. Keinesfalls wollte sie sich wie ein Lamm zur Schlachtbank führen lassen. Gemeinsam würden sie kämpfen! Und wenn es so sein sollte, würden sie gemeinsam sterben!

35

Das Refugium der Norton-Zwillinge war kein gewöhnliches Hotelzimmer, sondern eine modern und großzügig eingerichtete Suite. Staunend verharrten die Freunde auf der Schwelle und ließen ihre Blicke schweifen. Die nach allen Seiten offenen Räume maßen zusammen mindestens hundert Quadratmeter und wirkten noch größer, da sie rundherum von bodentiefen Fenstern eingefasst waren. Der Blick über die Stadt raubte einem den Atem: Aus dieser Höhe sah selbst der Dom wie eine Puppenkirche aus.

„Have a nice evening!"

Erschrocken fuhr Nelson herum. Das Zimmermädchen. Gerade wandte sie sich ab und schlurfte davon, wobei sie leise Verwünschungen ausstieß.

Rasch rannte ihr Nelson hinterher. „Einen Moment noch, bitte."

Er kramte einen 20-Euro-Schein aus seiner Tasche und reichte ihn der Frau.

Die eben noch wütend funkelnden Augen tauchten in ein Meer aus Lachfalten.

„Danke, mein Herr", strahlte die Hotelangestellte. „Und wenn Sie noch etwas benötigen ... Ich bin in der Suite nebenan."

Als Nelson zurückkehrte, saß Levent auf einem der schwarzen Designersofas und schien zu meditieren. Nelson schloss die Tür.

„Wo würdest du in dieser sauber geleckten Schickimicki-Absteige verstecken, was außer dir niemand zu Gesicht bekommen sollte?", fragte er, ohne seine Augen zu öffnen.

Nelson trat einige Schritte ins Zimmer und sah sich um. Erst jetzt fiel ihm auf, dass weit und breit nichts darauf hindeutete, dass die Suite wirklich bewohnt war. An der Garderobe hingen leere Bügel, auf der Anrichte ruhte eine unberührte Schüssel Obst, der gläserne Tisch wie auch die chromverzierten Stühle glänzten wie Ausstellungsstücke, und den Marmorboden hatte das Zimmermädchen so blank gewienert, dass sich sogar das Stuckwerk der Decke in ihm spiegelte.

Wortlos wanderte Nelson zum Schlafzimmer. Hier erwartete ihn das gleiche Bild. Weder auf den Fronten des riesigen Schrankes noch auf den Griffen konnte er Fingerabdrücke erkennen. Die Schränke waren leer. Ebenso die Nachttischchen. Enttäuscht kehrte er zurück.

„Ausgeflogen", erklärte er.

Levent stand am Fenster. „Und warum hat uns der Portier dann so bereitwillig unsere Schlüssel gegeben?" Langsam drehte er sich zu Nelson um. „Außerdem habe ich in der Sofaritze das hier gefunden." In seiner Hand baumelte ein Band mit einem metallenen Plättchen. „Könnte der Schlüssel zu einem Safe sein, findest du nicht?"

Nelson nahm ihm das Plättchen aus der Hand. Am oberen Rand prangte das Hotellogo. Die feine Ziselierung darunter wirkte in der Tat wie ein Schlüsselcode.

„Aber das ergibt keinen Sinn", murmelte er. „Wenn es sich wirklich um den Safe-Schlüssel handelt, wieso tragen sie ihn dann nicht bei sich? Warum verstecken sie ihn in einer Sofaritze? Und weshalb sind alle Schränke leer? Wo sind ihre Klamotten? Oder haben sie hier nur zum Schein gewohnt?"

Levent machte eine wegwerfende Handbewegung. „Was soll's? Auf jeden Fall sollten wir zusehen, dass wir hier schnell wieder wegkommen." Erneut ließ er seine Blicke schweifen. „Meinst du, der Safe ist hier irgendwo versteckt? Oder anderswo? In einem separaten Raum?"

Nelson drehte sich einmal um die eigene Achse. Noch während sein Blick jedes Detail erfasste, maß sein Gehirn schon die Besonderheiten des Raumes, kalkulierte die Abstände der Gegenstände zueinander, setzte die Abmessungen der Suite in Beziehung zu ihrer Lage innerhalb des Gebäudes und ermittelte daraus die jeweilige Wahrscheinlichkeit, dass sich hinter dieser oder jener Wand ein Safe verbergen könnte. Als er die Augen schloss, sah er mit einem Mal alles klar vor sich. Zielsicher steuerte er auf das Badezimmer zu. Levent folgte ihm.

„Die Wände zum Flur hin sind zu dünn", erklärte er. „Das Schlafzimmer grenzt an die Juniorsuite. Wer einen Safe in dieser Wand verankern würde, müsste damit rechnen, dass er von der anderen Seite aufgebohrt und ausgeräumt wird. Boden und Decke scheiden schon aus Bequemlichkeitsgründen aus. Nur dahinter", er wies auf den Badezimmerspiegel und die Kacheln rundherum, „bliebe zwischen Rohren und Leitungen so viel Raum, um einen Safe zu platzieren."

Gemeinsam suchten sie die Wand nach einem Schlitz oder einer Aussparung ab. Levent war es schließlich, der den richtigen Riecher hatte. Als er den Rahmen des Spiegels abtastete, entdeckte er einen kleinen Schieberegler, der dem ersten Anschein nach einem Lichtschalter ähnelte. Nur dass das einzige Licht im Bad bereits brannte ...

Lautlos glitt der Spiegel zur Seite. Dahinter kam eine Leichtmetallfront zum Vorschein. Der Wandtresor war so exakt ins Mauerwerk eingepasst, dass man seine Ränder kaum erkennen konnte. Auch das Kreuz in der Mitte fiel nicht weiter auf. Bei genauerer Betrachtung sah man jedoch, dass der vertikale Strich anders als die ihn kreuzende horizontale Linie nicht aufgemalt, sondern eingelassen war. Nelson steckte die Karte in den Schlitz. Ebenso geräuschlos wie zuvor schon der Wandspiegel öffnete sich jetzt eine geräumige Schublade, die bis zum Rand mit Heften, Büchern und Werkzeugen gefüllt war. Levent pfiff durch die Zähne. Er nahm eine der Kladden heraus und schlug sie auf.

„Wusste gar nicht, dass Castor und Pollux so ordentlich schreiben können", raunte er und grinste.

„Lass uns die Sachen einpacken und verschwinden", drängte Nelson, dem von Minute zu Minute mulmiger zumute wurde.

Sie klaubten den Müllbeutel aus dem Eimer und stopften den gesamten Safe-Inhalt hinein. Levent zog die Karte aus dem Schlitz. Sanft glitt die Schublade wieder zu. In dem Moment, da er den Spiegelschalter betätigte, hörten sie von jenseits der Badezimmertür ein Geräusch. Beide erstarrten. Schritte näherten sich! Instinktiv löschte Nelson das Licht. Beide hielten den Atem an und horchten.

Plötzlich meinte Nelson schlurfende Schritte zu hören, die sich der Tür näherten. Vorsichtig legte er seine Hand auf die Klinke und tastete mit der anderen nach Levents Hand. Nacheinander drückte er dessen Daumen, Zeige- und Mittelfinger. Bei drei würde er die Tür aufreißen. Levent schien zu verstehen. Eins ... Zwei ...

36

Der Wagen hielt. Judith hörte, wie eine Tür geöffnet wurde und kurz darauf wieder ins Schloss fiel. Schritte auf Kies. Sie kamen näher.

Leise Stimmen. Plötzlich öffnete jemand den Kofferraum.

„Pipipause", tönte die Alte.

Im nächsten Moment wurde der Reißverschluss ihres Stoffsargs aufgerissen. Licht stach ihr ins Auge. Offensichtlich eine Taschenlampe. Dahinter die Silhouette der Hexe.

„Wir wollen doch nicht, dass du dein Gefieder einnässt, mein Täubchen", krächzte sie und kicherte.

Zwei kräftige Arme zogen den Sarg ins Freie, hoben Judith heraus, stellten sie auf die Beine und hielten sie von hinten umklammert. Die Alte stand einige Meter von ihr entfernt. Der Strahl ihrer Taschenlampe tastete über Judiths Körper. Der glatzköpfige Komplize der Alten baute sich vor Judith auf. Ungeniert begann er an ihrer Gürtelschnalle zu nesteln. Judith fing an zu strampeln, aber die muskulösen Arme des Mannes hinter ihr pressten sich unerbittlich um ihre Brust. Der Glatzkopf öffnete die Knöpfe ihrer Jeans und riss sie mit einem Ruck herunter. Dann löste der andere ihre Fesseln.

Die Alte schwenkte ihre Taschenlampe und leuchtete ins Gebüsch. „Hock dich da hinten hin!", befahl sie. „Ich rate dir, nicht auf dumme Gedanken zu kommen. Rudolf, zeig ihr doch mal, wie weit dein Arm reicht."

Der Glatzkopf zog einen silbernen Stab aus der Tasche und richtete ihn wie einen Zeigestock in die Nacht. Plötzlich zuckte ein blauer Blitz auf, der laut krachend einen Baum in zehn, zwölf Meter Entfernung traf. Einen Augenblick lang war das Areal rundherum taghell erleuchtet. Der Glatzkopf und sein Kompagnon grinsten dämlich.

Die Alte ließ den Strahl ihrer Taschenlampe erneut über das Gebüsch gleiten.

„Und jetzt husch, husch ins Gebüsch!"

Widerwillig setzte sich Judith in Bewegung. Es hätte nicht der Demonstration des Glatzkopfs bedurft, um ihr klarzumachen, dass jeder Widerstand zwecklos war. Zumindest im Moment. Doch ihre Zeit würde kommen! Sicher spannen ihre Freunde längst ein Netz, in dem sich die Mistkäfer verfangen würden. Sie schritt um den Busch herum, zog ihren Slip runter und ging in die Hocke. Sie musste nicht lange warten, zu viele Stunden lang hatte man sie sich selbst überlassen. Natürlich war ihre Zurschaustellung beabsichtigt. In Psychologie hatten sie jene

Machtinstrumente, die Täter einsetzen, um den Widerstand ihrer Opfer zu ersticken, eingehend analysiert. Erniedrigungen gehörten dazu. Auch die Androhung von Gewalt. Und natürlich Demonstrationen der eigenen Überlegenheit.

Judith spürte, wie die Wut in ihr die Angst verdrängte. Nein, sie würde sich nicht in die Rolle des Opfers fügen. Sie würde nicht vor dem Blick der Schlange erstarren. Sie würde sich wehren! Ihre Freunde brauchten ihre Hilfe!

Im Geiste hörte sie ihren Psychologie-Professor dozieren:

Wehrt euch, wenn ihr bedroht seid! Die Spinne ist nur so lange überlegen, wie ihr Gift das Opfer lähmt.

Sie zog den Slip hoch. Als sie ins Licht trat, war sie wie verwandelt. Erhobenen Hauptes schritt sie ihren Entführern entgegen. Sie steuerte auf den Glatzkopf zu und blickte ihm herausfordernd in die Augen.

„Meine Jeans!"

Der Bulle glotzte blöd. Hilflos blickte er zur Hexe hinüber, die unmerklich nickte. Unwillig reichte er ihr Hose und Schuhe.

Während sich Judith wieder anzog, spürte sie die Blicke ihrer Entführer. Die beiden Bullen wirkten mit ihren Muskelpaketen dumm, aber Furcht einflößend. Wenn man hingegen genauer hinsah, erkannte man hinter der Fassade testosterongesättigter Männlichkeit zwei Jungen, die sich von ihrer Mama sagen ließen, wo es langging. Die Hexe wiederum ließ unter der Hülle aus Boshaftigkeit und Arroganz eine tief sitzende Verzagtheit erkennen, die möglicherweise das Ergebnis jahrelanger Demütigung war.

Ihr kriegt mich nicht klein, dachte Judith. Mit euch nehme ich es schon lange auf!

„Was glotzt du so?", herrschte die Alte sie an. „Geht's noch ein bisschen langsamer?"

Nachdem Judith ihre Schuhe zugebunden hatte, begann der Glatzkopf, sie zu fesseln. Widerstandslos ließ sie es geschehen. Auch als das Plastikband in ihr Fleisch schnitt, gab sie keinen Ton von sich.

Zeig niemals Schwäche! Nur wenn du dich kleinmachst, ist dein Gegenüber groß.

37

„Drei!"

In dem Moment, da Nelson die Tür aufriss, gellte ein spitzer Schrei durchs Appartement. Wenige Meter von ihnen entfernt stand das Zimmermädchen und starrte sie entsetzt an. In der einen Hand hielt sie einen Strauß Gerbera, in der anderen eine Vase.

„Ich ... wollte Ihnen doch nur frische Blumen bringen", stammelte sie.

Wortreich entschuldigten sie sich bei ihr. Nachdem Levent die zitternde Frau zum Sofa geführt hatte, nahm ihr Nelson Vase und Blumen ab, goss Wasser hinein und stellte den Blumenstrauß auf die Kommode. Schließlich holte er eine Flasche Mineralwasser aus der Minibar, füllte ein Glas ab und reichte es ihr. Dankbar trank sie. Allmählich entspannten sich ihre Züge.

„Bereitet es Ihnen etwa Freude, alte Frauen zu Tode zu erschrecken?", fragte sie halb im Spaß, halb ernst.

Levent lächelte verlegen. „Wir haben ein Geräusch gehört und dachten, es wären Einbrecher."

Das Zimmermädchen blickte ihn ungläubig an. „Das ist jetzt nicht Ihr Ernst", kicherte sie. „Wie sollte denn jemand die Iriskontrolle austricksen?"

„Eine Hotelangestellte könnte ihm dabei helfen."

Levent bedauerte seine Bemerkung im selben Moment, da sie ihm herausgerutscht war. Das Lächeln der Frau gefror. Misstrauisch sah sie ihn an. „Eine wie ich, nicht wahr?"

„Kleiner Scherz", versuchte Levent zu beschwichtigen.

„Blöder Scherz", warf Nelson ein.

Aufmerksam blickte sie von einem zum anderen. „Sie sehen nicht gerade wie Zwillinge aus", bemerkte sie mit einem Unterton in der Stimme.

„Wir sind zweieiige Zwillinge", erwiderte Nelson rasch.

„Ich geh dann mal wieder", murmelte das Zimmermädchen und stand auf.

Levent begleitete sie zur Tür. „Tut uns aufrichtig leid, dass wir Sie so erschreckt haben", verabschiedete er sich. „Kommt bestimmt nicht wieder vor."

Mit einem gezwungenen Lächeln schloss er die Tür hinter ihr. „Uff!", stöhnte Nelson.

„Du sagst es", erwiderte Levent.

„Und wenn sie geradewegs zum Hoteldetektiv läuft?"

Die Freunde rafften ihre Sachen zusammen und machten, dass sie fortkamen. Auf dem Gang fiel Nelson auf, dass sie sich mit einem Müllbeutel als Tasche erst recht verdächtig machten, weshalb er seine Jacke auszog und den Beutel hineinwickelte. So verließen sie das Hotel.

Vor dem Li-Ging-Tower hielten sie Ausschau nach Vincent, der längst hätte da sein müssen. Nelson versuchte, erst ihn, dann Miriam anzurufen, doch ohne Erfolg.

Ihnen blieb nichts anderes übrig, als in der Nähe auf Vincent zu warten. In einem Café gegenüber platzierten sie sich so, dass sie das Hochhausportal im Blick hatten. Während Levent den Eingang beobachtete, wickelte Nelson den Müllbeutel aus seiner Jacke und begann die Habseligkeiten der Norton-Zwillinge zu inspizieren. Als erstes nahm er sich ein mit grünem Tuch eingewickeltes Päckchen vor. Als Nelson die Schnur gelöst hatte und das Tuch auseinanderschlug, kippte er fast vom Stuhl: Vor ihm lagen rund ein Dutzend dicke Bündel 100- und 200-Euro-Noten! Hastig verbarg er das Geld wieder und blickte sich um. Keiner der Gäste schien etwas bemerkt zu haben. Er beugte sich zu Levent und berichtete ihm flüsternd, was er entdeckt hatte. Als der einen Blick auf das Geld geworfen hatte, pfiff er leise durch die Zähne.

„Was glaubst du, was sie damit vorhatten?"

In diesem Augenblick wurde Nelsons Aufmerksamkeit durch ein Polizeiauto abgelenkt, das gerade vor dem Li-Ging-Tower stoppte. Zwei Uniformierte stiegen aus. Einer ging um den Wagen herum, öffnete die hintere Tür und beugte sich ins Innere, um einer Person heraus zu helfen. Zwei Hosenbeine wurden sichtbar, dann ein zerrissener Anzugärmel, schließlich ein bandagierter Kopf. Mit einem Mal geschah etwas Merkwürdiges: Die Polizisten umarmten den Verletzten! Schließlich stiegen sie wieder ein und fuhren los. Der Mann blieb allein zurück. Zunächst sah es so aus, als ob er auf den Li-Ging-Tower zusteuern wollte. Doch nach wenigen Schritten zögerte er und wandte sich um. Nelson zuckte zusammen. Der Mann mit der Bandage um den Kopf war niemand anderes als Vincent!

38

Die Stadt erschien ihm wie ein Dschungel, in dem es kein Vorwärtskommen gab. Jede verdammte Ampel hatte sich gegen ihn verschworen, jedes Auto stellte sich ihm in den Weg! Vincent verfluchte das vom Oberbürgermeister so überschäumend gepriesene Verkehrsleitsystem, das Staus nicht verhinderte, sondern im Gegenteil noch begünstigte.

Wie gern wäre er dem Beispiel seiner Freunde gefolgt und hätte den Wagen einfach stehen gelassen! Aber daran war nicht zu denken. Entlang der Straßen gab es schon seit vielen Jahren keine Parkplätze mehr, und das nächste Parkhaus lag direkt unter dem Li-Ging-Tower. Bis dahin musste er es schaffen, egal wie!

Er fuhr auf die nächste Ampel zu, die gerade von Grün auf Gelb wechselte. Die beiden Autos vor ihm kamen noch durch. Aus den Augenwinkeln heraus sah Vincent, wie das Gelb verblasste und die Ampel auf Rot umsprang. Er gab Gas, überquerte die Mitte der Kreuzung und glaubte schon, dass alles gut gegangen sei, da erwischte ihn ein von rechts kommender Lieferwagen mit voller Wucht am Heck. Der Wagen musste sehr schnell gewesen sein, denn Vincents Limousine drehte sich zweimal um die eigene Achse. Als er wieder zum Stehen kam, blickte er in die Richtung, aus der er gekommen war. Zum Wundern blieb ihm keine Zeit. Als er das nächste Auto kommen sah, duckte er sich instinktiv weg. Die Airbags bliesen sich beim Aufprall von allen Seiten gleichzeitig auf, federten den Stoß aber nur unzureichend ab. Vincent spürte einen Schlag gegen den Kopf. Ein

Metallteil bohrte sich durch die Fahrertür und schrappte an seinem Bein vorbei. Eine Sekunde war alles still. Doch schon im nächsten Augenblick ertönte die durchdringende Sirene des Rettungsleitsystems. Vincent tastete nach dem Türgriff. Merkwürdigerweise sprang die Tür gleich auf. Er ließ sich herausfallen. Jemand fing ihn auf. Bettete ihn auf die Straße und legte eine zusammengerollte Jacke unter seinen Kopf. Ein bärtiges Gesicht beugte sich über ihn.

„Kannst du mich hören, Mann?", fragte eine raue Stimme.

Er nickte mühsam. Seine Augen fielen zu. Das Nächste, das er spürte, war, wie er hochgehoben und auf eine Pritsche gelegt wurde. Jemand drückte ihm eine Kompresse gegen die Stirn. Er wollte protestieren, brachte aber nur ein Krächzen zustande. Schon rollten ihn die Sanitäter zu ihrem Fahrzeug. Vincent dachte an Nelson und Levent, die auf ihn warteten, an Judith, die irgendwo verzweifelt um Hilfe schrie. Mit einem Mal jedoch spürte er eine große Müdigkeit, und plötzlich war ihm alles egal. Er ließ sich fallen, fühlte, wie er fortgetragen wurde. Als der Rettungswagen losfuhr, schlief er bereits wieder.

Vincent wachte auf, als ihn die Sanitäter durch einen Flur rollten. Er zählte die Deckenleuchten, die an ihm vorbei glitten. Bei dreizehn hörte er auf, als ihm sein Tun plötzlich absurd vorkam. Schlagartig fielen ihm seine Freunde wieder ein. Als hätte ihn ein Stromstoß getroffen, klappte sein Oberkörper nach oben. Er hörte sich „Halt!" rufen, doch bis auf die Tatsache, dass ihn eine starke Hand zurückdrückte, reagierte niemand auf ihn.

Dann waren sie in der Notaufnahme. Später sollte sich Vincent an seinen Aufenthalt dort wie an einen nicht enden wollenden Albtraum erinnern. Die Sanitäter betteten ihn auf eine andere Pritsche und ließen ihn ohne Abschied zurück. Als er sich aufrichten wollte, bemerkte er zu seinem Entsetzen, dass sie ihn auf der Liege festgeschnallt hatten. Er schrie nach einem Arzt oder einer Schwester, doch niemand beachtete ihn. Erst jetzt wurde ihm bewusst, dass auch alle anderen Patienten in der Notaufnahme schrien, ohne dass sich jemand um sie kümmerte.

Er wartete. Inzwischen hatte er jegliches Zeitgefühl verloren. Irgendwann kam eine Schwester und fragte ihn, ob er sprechen könne. Er lachte hysterisch, da er nicht glauben mochte, dass sie seine Schreie nicht gehört hatte. Er befahl ihr barsch, ihn endlich abzuschnallen, verlegte sich dann aber schnell aufs Bitten, als er sah, das sie Anstalten machte, ihn einfach liegen zu lassen. Schließlich flehte er sie regelrecht an. Zum Glück kam ein Arzt hinzu, der ihr nach einer kurzen Untersuchung bedeutete, Vincent loszuschnallen. Er eröffnete ihm, dass er ihn über Nacht da behalten müsse, da er ein Trauma, vielleicht sogar einen Schock erlitten habe.

Als Vincent daraufhin aufsprang und wieder losschrie, ertönte direkt über ihm eine Sirene. Wie aus dem Nichts tauchten zwei breitschultrige Pfleger auf, die ihn so lange in Schach hielten, bis die Polizei eintraf. Die beiden Beamten machten nicht viel Federlesens, sondern banden ihm mit Plastikfesseln die Hände auf den Rücken und führten ihn wie einen Schwerverbrecher ab.

Auf dem Weg zum Auto verlegte er sich wieder aufs Flehen. Das alles sei doch bloß ein Missverständnis. Aggressiv sei er doch bloß geworden, weil man ihn gegen seinen Willen festhielt.

Er habe eine dringende Verabredung, die keinen Aufschub dulde. Tatsächlich ginge es um Leben und Tod!

Die Beamten schienen ihm nicht zuzuhören, sondern starrten stattdessen stur geradeaus.

Als sie im Auto seine Personalien aufnahmen, seine Identitätskarte überprüften und Vincent erwähnte, dass ihn seine Eltern nicht auslösen könnten, weil sie zufälligerweise gerade auf dem Weg zum Mars seien, veränderten die Polizisten plötzlich ihre Haltung.

„*Die* Hausers?", fragte der eine. „Die Astronauten? Ja, warum haben Sie das denn nicht gleich gesagt?"

Mit einem Mal ging alles ganz schnell. Flugs erlösten sie ihn von seinen Fesseln, schossen mit ihrem Fotokugelschreiber gegenseitig schnell einige Bilder mit ihm und rasten unter Blaulicht zum Li-Ging-Tower. Unterwegs musste ihnen Vincent im

Zeitraffer das Wichtigste über die Da-Vinci-Expedition, insbesondere die Rolle seiner Eltern, erzählen und schließlich – gleichsam stellvertretend für seine berühmten Eltern – Autogramme schreiben, mit persönlicher Widmung an die halbwüchsigen Kinder der Polizisten. Aus Dankbarkeit fügte sich Vincent in das Schicksal. Peinlich war ihm nur, als ihn die Beamten zum Abschied umarmten. Als ob er die gefährliche Reise zum Mars selbst auf sich genommen hätte: zum Wohle der Polizisten, ihrer Kinder und der ganzen Menschheit.

39

Der Glatzkopf hatte Judith die Hände gefesselt, ihren Stoffsarg diesmal jedoch einen Spaltbreit offen gelassen. Ob es eine Geste des guten Willens oder ob er nur nachlässig gewesen war, blieb sein Geheimnis. Jedenfalls war die Öffnung so breit, dass Judith jedes Wort ihrer Entführer deutlich verstand.

„Wie spät?", fragte die Hexe.

„Viertel vor zehn", lautete die prompte Antwort.

„Dann können wir in aller Ruhe unser Netz weiterspinnen, bevor die kleinen Mistkäfer angekrabbelt kommen."

Danach schwiegen sie sich an.

Unterdessen sandte das Radio überdrehte Werbebotschaften und vertraute Songs in die Nacht. Judith wunderte sich, bis der Moderator seine Zuhörer aufforderte, ihn anzurufen und ihm ihre Oldie-Wünsche mitzuteilen.

Als Madonna ihre Version von *American Pie* zum Besten gab, krampfte es Judith für einen Moment das Herz zusammen. Sie dachte an die gemeinsamen Nachmittage bei Levent, daran, wie viel Spaß sie gehabt hatten, den blechernen Loddar zu foppen, und sie dachte an Nelson, den sie über alles vermisste und dem sie noch nicht einmal hatte sagen können, wie gern sie bei ihm war.

Die Gedanken an daheim schnürten Judith die Kehle zu. Schluss!, befahl sie sich schließlich. Unter Aufbietung all ihres

Willens kehrte sie in die Gegenwart zurück. Gerade rechtzeitig, um den Beginn der Zehn-Uhr-Nachrichten mitzubekommen.

„... bei den Störfällen auf der *Da-Vinci-7* könnte es sich nach Informationen des *Global Magazins* um einen Sabotageakt gehandelt haben. Das Magazin beruft sich auf Hinweise eines ESA-Vertrauten, wonach ein Mitarbeiter des medizinischen Kontrollteams vor wenigen Tagen unter mysteriösen Umständen ums Leben gekommen ist. Vieles deute auf einen Suizid des jungen Arztes hin. Auf seinem Bankkonto habe man eine ungewöhnlich hohe Geldsumme unbestimmter Herkunft entdeckt. Ein Sprecher der Europäischen Raumfahrtagentur in Darmstadt wies die Darstellung zurück und sprach von Spekulationen. Die Marsmission verlaufe reibungslos und nach Plan, betonte der Sprecher. Einen Störfall, geschweige denn einen Sabotage-Akt, habe es zu keinem Zeitpunkt gegeben."

„Bender! Dieser Schwächling! Dieser erbärmliche Idiot!", zischte die Alte.

„Und was jetzt?", fragte der Glatzkopf.

„Was meinst du denn?", blaffte die Hexe. „Denkst du, ich bin so blöd, dass ich nicht längst alle Spuren verwischt hätte?"

„Ist ja schon gut", erwiderte ihr Komplize. „Aber schließlich geht es auch um meinen Kopf."

Die Alte lachte hässlich auf. „Ich wusste gar nicht, dass du einen Kopf hast. Ich dachte, dein Hirn säße in deinem Bizeps."

Judiths Herz machte einen Sprung. Allem Anschein nach waren sie und ihre Freunde nicht mehr allein! Irgendwo da draußen gab es einen Menschen, der sich ihres Falles angenommen hatte. Judith hoffte, dass dieser Jemand zäh genug war, das Geheimnis um die wahre Identität der Weltraumpiraten zu lüften. Bis zur Alten und ihren Schergen wäre es dann nur noch ein kleiner Schritt.

40

Nelson hielt Vincent eine Chipkarte unter die Nase, die er bei den Habseligkeiten der Norton-Zwillinge gefunden hatte.

„Was meinst du, was das ist?"

Vincent nahm sie ihm ab. „Ein digitaler Stadtplan", antwortete er und betätigte einen unsichtbaren Schalter. Auf einem winzigen Bildschirm erschien ein Straßensystem. Vincent zeigte mit dem Finger auf den unteren Rand. „Wir befinden uns hier."

Er sprach leise. Doch seit seinem Auftauchen hatte Nelson den Eindruck, dass jeder Gast im Café plötzlich nur noch Augen und Ohren für sie hatte. Allem Anschein nach hoffte man, Einzelheiten jener Tragödie aufzuschnappen, die dem armen Tropf mit dem Turban und den zerrissenen Kleidern widerfahren war.

„Und das?"

In Levents Hand lag ein Aluminiumstift in der Größe eines Kugelschreibers.

„Sieht aus wie eine Stablampe", erwiderte Vincent. „Licht!" Kaum hatte er den Befehl ausgesprochen, leuchtete an der Spitze des Stifts ein helles weißes Licht auf. „Aus!", befahl Vincent, und das Licht erlosch.

„Cool", bemerkte Levent. „Die behalt ich."

Vincent beugte sich vor. „Okay, wenn ich dafür das Geld kriege."

Derweil zog Nelson eine Handvoll Bücher und Hefte aus dem Beutel, die er vor sich aufstapelte. Er betrachtete das oberste Büchlein.

„Ein Reiseführer Köln", raunte er und nahm das nächste zur Hand. Eine Illustrierte. Das Titelbild zeigte einen winzigen Satelliten vor einem gigantischen roten Planeten, darunter lachten die Hausers in die Kamera. *Familie zwischen Mars und Venus*, hieß es mehrdeutig.

Vincent nahm ihm das Magazin aus der Hand. „Wie wir vermutet haben", bemerkte er leise.

Als er es Nelson zurückgab, fiel ein Umschlag heraus. Levent hob ihn auf und öffnete ihn. Er enthielt ein Foto, dessen Anblick ihn schmunzeln ließ. Er reichte es Nelson. Auf dem Bild war ein älterer Herr zu sehen. Er trug einen hellblauen Strampelanzug und wurde von einer ebenso atemberaubenden wie leicht bekleideten Krankenschwester versorgt.

Vincent, der Nelson über die Schulter sah, fielen fast die Augen aus dem Kopf. „Das glaub ich nicht!", schnaufte er. „Wisst ihr, wer das ist?" Er brachte die Antwort kaum heraus, so breit war sein Grinsen. „Kein Geringerer als unser ehrenwerter Herr Oberbürgermeister."

„Der Oberbürgermeister?"

Nelson runzelte die Stirn. Was hatten Castor und Pollux mit dem obersten Repräsentanten der Stadt zu schaffen? Und auf welche Weise waren sie an dieses Foto gelangt?

Wie ein Scanner glich Nelsons Hirn die seltsamen Funde mit dem ab, was er über seine ehemaligen Mitschüler wusste. Schon bald ergaben sich Übereinstimmungen, die am Ende vermuten ließen, dass die Norton-Zwillinge ihren eigenen Vater erpresst hatten! Immerhin wäre das eine schlüssige Erklärung dafür, woher sie das viele Geld hatten.

Nelson wandte sich dem nächsten Buch zu. Es war eine Taschenbuchausgabe von Stephen Hawkings *Eine kurze Geschichte der Zeit.* Nelson wunderte sich. Anspruchsvolle Schriften wie diese passten so gar nicht zu den Zwillingen. Eine jähe Eingebung zwang ihn, das Buch näher zu betrachten. Er schlug es auf. Die Seiten waren leer. Ein Notizbuch? Er blätterte weiter. Nichts. Schließlich drehte er das Buch auf den Kopf und –

„Das gibt's doch nicht!"

Jäh verstummten die letzten Gespräche um sie herum. Wortlos reichte er das Buch an seine Freunde weiter. Vincent klappte die erste Seite auf und erbleichte. Ungläubig starrte er auf das kleine Foto in der Mitte. Er und Miriam! Wange an Wange. Sie sahen aus wie ein Paar. Das Bild gab es zweimal. Beide Fotos waren in jenen Medaillons versteckt gewesen, die die Geschwister auf ihrer Zeitreise ins römische Köln getragen hatten.

Unter dem aufgeklebten Foto stand in eckigen Buchstaben

Wanted!. Sonst nichts. Vincent blätterte um. Vier Totenköpfe grinsten ihn an. Offensichtlich vier weitere Steckbriefe. Die Botschaft ließ keinen Raum für Interpretationen:

Das werdet Ihr büßen!

41

Wir werden es diesen jämmerlichen Klugscheißern heimzahlen! Sie sollen vor uns niederknien und unsere Stiefel lecken. Sie werden bluten! Sie werden um Gnade winseln! Und wenn wir mit ihnen fertig sind, werden sie sich wünschen, nie geboren worden zu sein!

Aus den Aufzeichnungen und Tondokumenten der Norton-Zwillinge troffen Hass und Gewalt. Wem ihr Hass galt, wurde nur allzu deutlich: allen voran Nelson und Levent, denen sie die eigentliche Verantwortung für ihr Schicksal zuschrieben. In Luk und Judith sahen sie zwei Mitläufer, denen man zwar eine Lektion erteilen sollte, die aber nicht das ganze Ausmaß ihrer Rache spüren müssten. Vincent wiederum sollte ebenso bluten wie Nelson und Levent: In ihren Augen hatte auch er sie im römischen Köln ihrem Schicksal überlassen, wofür er nun bezahlen müsse.

Während Nelson die Dokumente sichtete, legte sich die Bedrohung wie ein eisiger Film um sein Herz. Immer wieder sah er zur Tür, als könnten Castor und Pollux jeden Moment in das Café spazieren und ihren düsteren Fantasien Taten folgen lassen.

Die Norton-Zwillinge hatten ein ganzes Sammelsurium aus Notizen, Droh- und Brandbriefen, selbstgerechten Erinnerungen und pathetischen Aufsätzen hinterlassen, aus denen sich Nelson den Verlauf ihrer kleinen Odyssee zusammenreimen konnte. Die Aufzeichnungen reichten zurück bis zu jenem Tag, da sie das erste Mal von dem Geheimnis der Zeitmaschine erfahren hatten, und endeten mit dem Hinweis auf eine geheimnisvolle Person, die ihnen bei ihren Machenschaften offenbar zur Seite stand.

Castor und Pollux waren den Freunden am Tag ihres Aufbruchs gefolgt, hatten sich in der Nähe des Doms auf die Lauer gelegt und Levent auf brutale Weise überwältigt. Dass sie kurz darauf mit Madonna in die Zeit gereist waren, hatten sie keineswegs geplant. Levent hatte die Zeitmaschine so programmiert, dass sie zwischen dem Jahr 168 nach Christus und der eigenen Gegenwart hin und her gependelt war, damit er, der nicht mitreisen wollte, seinen Freunden im Notfall von daheim aus beistehen konnte. Als ihn die Zwillinge im Schlaf erwischten, kehrte Madonna gerade zum ersten Mal aus der Römerzeit zurück. Das mysteriöse Gefährt, von dem Castor und Pollux bis dahin nur andeutungsweise gehört hatten, hatte eine solch große Faszination auf sie ausgeübt, dass sie es trotz Levents Warnung geentert hatten. Kurz darauf hatte sich Madonna erneut auf den Weg gemacht, und so waren die Zwillinge in der Hölle gelandet ...

Erst jetzt, da Nelson die Aufzeichnungen seiner Widersacher las, begriff er, was es für sie bedeutet haben musste, einer Zeit ausgesetzt zu sein, auf die sie in keiner Weise vorbereitet gewesen waren.

Allein der Schock ihrer Ankunft!

Als sie aus den Katakomben ins Freie traten, ruderte auf dem Rhein eine vollbesetzte Galeere vorbei. Ihren Notizen zufolge kamen sich die Zwillinge vor wie in einem Film, doch die Legionäre auf dem Boot waren keine Schauspieler, sondern echte Soldaten, die beidrehten und auf sie zusteuerten. Zu allem Überfluss tauchte von irgendwoher eine Gruppe fliegender Händler auf, von denen einige laut schreiend wegrannten, andere aber mit Steinen nach ihnen warfen.

In Panik waren die Zwillinge in die Höhle zurückgerannt. Doch als sie die den Dom im Zentrum der Katakomben endlich wiedergefunden hatten, war Madonna längst fort.

Immerhin hatten sie bei ihrem Ausstieg das, was sie tragen konnten, mitgenommen. Nun, da sie ahnten, in welche Zeit sie geraten waren, packten sie alles aus und streiften sich die Ersatztuniken über, die ihnen zwar viel zu eng waren, in denen sie jedoch weniger auffielen als in ihren Jogginganzügen aus Ballontuch.

Genau darum war es in der Folgezeit gegangen: nicht aufzu-
fallen, sich unsichtbar zu machen, in einer fremden, feindlichen
Welt zu überleben. Immerhin waren sie fast 2000 Jahre von
daheim entfernt und ganz auf sich allein gestellt, wie sie in ihren
Aufzeichnungen mehrfach in weinerlichem Tonfall kundtaten.

Auf die Spur der Freunde waren sie aus Zufall gestoßen. Ein
Menschenauflauf auf dem Markt hatte sie neugierig gemacht.
Wie erstaunt waren sie gewesen, als sie in den angeblichen Kauf-
leuten ihre verhassten Mitschüler erkannt hatten!

Von diesem Augenblick an hatten sie sich an ihre Fersen
geheftet und sie offenbar nicht eine Sekunde aus den Augen gelassen. Als Nelson und die anderen die Sonnenfinsternis genutzt
hatten, um die Gladiatoren zu befreien, und der dadurch verursachte Aufruhr für alle Fremden, also auch für die Zwillinge,
gefährlich zu werden drohte, hatten sie spontan beschlossen, sich
ihren einstigen Widersachern zu offenbaren, um mit ihrer Hilfe
nach Hause zurückzukehren. Doch Nelson, Vincent und die
anderen hatten sie ihrem Schicksal überlassen! Ohne Mitleid und
Skrupel verweigerten sie ihnen einen Platz in ihrem Boot, mit
dem sie selbst im Begriff waren zu fliehen! Castor und Pollux hatten sich dadurch gerächt, dass sie den römischen Legionären das
Versteck verrieten, wo die Flüchtenden aller Voraussicht nach landen würden. Zumindest der schwarze Gladiator war den Soldaten
ins Netz gegangen. Durch einen schmutzigen Trick jedoch war
es ihm gelungen, die Zwillinge in seine Intrigen zu verstricken.
Sie wurden gefangen genommen, mit den Füßen aneinanderge-
fesselt und gemeinsam mit dem Gladiator verschleppt.

Dass sie kurz darauf völlig unerwartet ihre Freiheit zurück-
erlangten, verdankten sie offenbar einer göttlichen Fügung! Sie
waren nicht weit gekommen, als plötzlich mehrere Baumstämme
den Hügel herunterrollten – mitten in die Formation der Legionäre hinein! Das verursachte einen derartigen Tumult, dass ihre
Bewacher kurzzeitig abgelenkt waren und Castor und Pollux fliehen konnten.

Hier hielt Nelson inne. Er und seine Freunde wussten, dass
die Baumstämme keineswegs einer göttlichen Fügung wegen den

Hügel herunter gerollt waren. Sie selbst hatten sie auf den Weg geschickt, um Niger, den schwarzen Gladiator, aus der Gefangenschaft der Römer zu befreien. In die Hände der Legionäre hatte er sich freiwillig begeben, um die Schergen und ihre Helfer auf eine falsche Spur und damit von den Freunden fortzulocken. Was wohl aus Niger geworden war? Nelson hoffte, dass er seine zäh errungene Freiheit behalten und in seiner afrikanischen Heimat endlich sein Glück gefunden hatte.

Offenbar waren die Norton-Zwillinge anschließend in die Katakomben geflohen und hatten sich im Dom versteckt, wo irgendwann vor ihren Augen plötzlich die Zeitmaschine aufgetaucht war. Natürlich hatten sie keine Sekunde gezögert und waren eingestiegen! Doch Madonna war inzwischen für Vincent und Miriam umprogrammiert worden. Auf diese Weise waren Castor und Pollux in der Zukunft gelandet.

Detailverliebt erzählten sie, wie sie Leuten mit Denkkappen begegneten, herrenlosen Gefährten ausweichen mussten und von durchsichtigen Wesen verfolgt wurden, die sich als Hologramm-Haustiere kleiner Kinder entpuppten. Sie hatten mitbekommen, dass die gestressten Großstädter der nächsten Generation statt nach Mallorca oder Teneriffa zur Erholung ins All reisten und dass sie, sobald sie krank wurden, keine Pillen schluckten, sondern ihre Medikamente einatmeten. Ihre Autotüren öffneten sie allein durch die Berührung ihrer Hand. Und in der allgegenwärtigen Werbung liefen Clips, in denen Silikonbrüste mit integriertem Musikchip angepriesen wurden, die sich die Frau von morgen implantieren ließ!

Aus einem Zeitungsartikel, den Castor und Pollux in ihre Kladde geklebt hatten, erfuhr Nelson, dass Alexander Norton, der Vater der Zwillinge, in der Zwischenzeit zum Oberbürgermeister Kölns aufgestiegen war. Ein Foto zeigte ihn bei der Einweihung einer chinesischen Bank im Herzen der Stadt; von dem Wort *Geldinstitut* hatten Castor und Pollux die erste Silbe dreimal unterstrichen.

Das auf der gegenüberliegenden Seite eingeklebte Titelblatt einer Illustrierten präsentierte Vincent und Miriam im Schoß ihrer Eltern, den Marspionieren Dr. Theresa und Dr. Torwald Hauser. Vincents Gesicht hatten die Zwillinge mit schwarzem Filzstift in einen Totenkopf verwandelt.

Nelson merkte auf, als die Zwillinge im letzten Drittel ihrer Aufzeichnungen plötzlich eine Kontaktperson erwähnten, von der – anders als bei DJ Kaspar oder den Trickfilmern – weder Name noch Telefonnummer genannt wurde. Allem Anschein nach handelte es sich um eine Frau im Rentenalter. Die Zwillinge sprachen von ihr zunächst mit Hochachtung, später voller Abscheu und Hass. Wie sie sie kennengelernt hatten, erwähnten sie nicht. Doch Nelson spürte, dass ihr bei den Manipulationen rund um die *Da-Vinci-7* eine Schlüsselrolle zufiel. Keinen Zweifel ließen Castor und Pollux daran, dass es sich bei den Störungen nicht um Systemschwankungen, sondern um gezielte Sabotageakte handelte. Ob die Kontaktperson selbst oder einer ihre Mittelsmänner in der ESA-Zentrale saß, blieb im Dunkeln. Auch, ob ihr Tun allein vom Geld der Zwillinge oder von anderen Interessen geleitet wurde. Eines aber wurde zwischen den Zeilen deutlich: Die mysteriöse Alte schien skrupellos genug zu sein, um ihren Plänen alles andere unterzuordnen, und im Unterschied zu Castor und Pollux verfügte sie wohl auch über die Macht, ihre Ziele zu erreichen.

„Was jetzt?", wandte sich Nelson an seine Freunde, nachdem er ihnen die wesentlichen Punkte der Aufzeichnungen dargelegt hatte.

Levent zuckte mit den Schultern. Er stand auf, um zu bezahlen, während Vincent nur stumm den Kopf schüttelte. Gedankenverloren drehte er sein Smartphone von einer Seite auf die andere. Plötzlich blinkte das Display auf, und eine liebliche Stimme erklang.

„Hey Süßer, ein Anruf für dich."

Vincent grinste verlegen. Er nahm ab. Eine Weile lauschte er in den Hörer. „Nein, leider nicht", sagte er schließlich. „Wir wissen nur, dass sie offenbar Verbündete haben, die mächtiger sind als sie."

Er legte auf.

„Das war Miriam", erklärte er. „Wir treffen uns in einer halben Stunde bei uns daheim. Wir brauchen Waffen. Mal sehen, was wir auftreiben können."

42

Das letzte Stück führte sie über einen holprigen Weg. Judith wurde durchgeschüttelt und hörte an den Flüchen ihrer Entführer, dass es ihnen ähnlich erging. Als der Motor verstummte, ahnte sie, dass sie am Ziel angekommen waren. Hier endlich würde sich ihr Schicksal entscheiden. Judith hoffte, dass sich ihre Freunde Hilfe gesucht hatten, dass die Polizei in den Katakomben längst auf der Lauer lag, dass Nelson irgendetwas eingefallen war, um die Hexe und ihre Helfershelfer unschädlich zu machen, ohne sich und die anderen zu gefährden.

Noch während sie von den beiden Bullen aus dem Sarg gehoben wurde, erkannte sie, dass sie unmittelbar bis zum Fluss gefahren waren und den Wagen hinter einer Böschung versteckt hatten. Am Himmel glitzerten Myriaden von Sternen. In der Ferne stach die blau leuchtende Spitze des Li-Ging-Towers in die Nacht.

Die Alte trat auf sie zu und grinse hämisch. „Damit du nicht auf falsche Gedanken kommst, mein Täubchen", zischte sie und legte ihr eine Drahtschlinge um den Hals. Mit einem bösen Funkeln in den Augen zog sie die Schlinge so weit zu, dass sich das kalte Metall eng um Judiths Hals schloss. Das andere Ende behielt sie in der Hand. „Ein Ruck, und unser Täubchen verwandelt sich in ein Rotkehlchen", flüsterte sie, wobei sie Judith ihren fauligen Atem ins Gesicht blies. „Wir haben uns doch verstanden, nicht wahr?"

Judith zwang sich, dem Blick ihrer Peinigerin standzuhalten.

„Los jetzt!", befahl die Alte, und sie setzten sich in Bewegung.

In ihrer größten Panik hatte Judith auch das Geheimnis um den verborgenen Höhlenzugang preisgegeben. Jetzt hätte sie sich dafür ihre Zunge abbeißen können!

Sie schlichen entlang der Uferböschung. Es gab keinen Pfad. Ihre Bewacher bildeten die Vorhut und leuchteten mit ihren Taschenlampen die Gegend aus. Hin und wieder drehte sich einer von ihnen um und fragte, wie weit es noch sei. Judith antwortete einsilbig und gab sich Mühe, ihre wachsende Unruhe vor ihnen zu verbergen.

Konzentrier dich! Denk nach!

Als der Mondzipfel hinter einer Wolke hervor lugte, konnte Judith auf der Kuppe des Hügels die schemenhaften Umrisse von Burg Rosenstoltz erkennen. Der Anblick versetzte ihr einen Stich. Ihr eigentliches Zuhause schien so weit weg und war doch zum Greifen nah.

Während sie ihren Bewachern folgte, wanderte ihr Blick immer wieder zu den Elektroschockern, die wie Schlagstöcke an ihren Gürteln baumelten. Ihre Freunde hatten keine Chance. Entweder würden sie geröstet oder von den Bullen im Nahkampf zerquetscht.

Sie musste sie warnen!

Oder besser noch einen der Elektroschocker entwenden.

Plötzlich stolperte sie. Noch im Fallen spürte sie, wie sich die Schlinge um ihren Hals zog. Der jähe Ruck presste ihr das Blut in den Kopf. Vergeblich schnappte sie nach Luft. Ihre Beine begannen zu zappeln. Einer ihrer Bewacher bückte sich, um die Schlinge zu lockern, während die Alte unbeteiligt stehen blieb und die Szene neugierig beobachtete. Endlich fühlte Judith, wie sich die Schlinge lockerte. Sie öffnete den Mund, um Sauerstoff in ihre Lungen zu pumpen, doch die Schleuse zwischen Mund und Lungen blieb verschlossen. Sie strampelte, ihre Adern schwollen an, ihr Kopf barst, ihr wurde schwarz vor Augen, ein letzter Blitz, ein Sternenblinken –

Erst als ihr der Glatzkopf mit Wucht gegen die Brust schlug, begann sie zu röcheln, und das Leben strömte in ihren Körper zurück. Ihre Lungen füllten, ihre Adern weiteten sich, der Druck ließ nach. Sie spürte ein irrsinniges Kribbeln unter der Haut, ihr hämmerndes Herz, das das Blut wie verrückt durch ihre Adern pumpte.

Der Glatzkopf half ihr hoch. Röchelnd griff sie sich mit ihren weiterhin gefesselten Händen an den Hals.

„Du musst schon besser aufpassen, mein Täubchen, sonst brichst du dir am Ende noch das Genick", hörte sie die Alte sagen. Als sie sich umdrehte, schwang die Alte den Draht wie eine Hundeleine. „Können wir endlich weiter?"

In diesem Moment explodierte ihr Hass. Mit einem tierischen Schrei stürzte sich Judith auf die Alte. Ihre Hände umklammerten den dürren Hals und drückten zu. Beide taumelten und fielen übereinander in ein Gebüsch. Selbst im Fallen ließ Judith nicht los. Die Alte starrte sie nur an. Ihre Augen quollen hervor. Doch in ihrem Blick las Judith weniger Angst als grenzenloses Erstaunen!

Zwei Arme schlangen sich um Judith. Finger schoben sich unter ihre, um sie vom Hals der Alten zu lösen. Gemeinsam zerrten die Männer ihren zuckenden Körper von der Alten fort. Judith trat um sich, ihre Zähne gruben sich in Muskelfleisch, einer der Männer jaulte auf, während der andere nur noch kräftiger zudrückte, bis ihr die Luft wegblieb und ihr Widerstand erlahmte.

Indessen blieb die Alte wie hypnotisiert im Gebüsch liegen, von wo aus sie Judith neugierig betrachtete. Nach einer Ewigkeit schien sie sich bewusst zu werden, welches Bild sie in ihrem buschigen Bett abgab. Mit einer Behändigkeit, die ihr Judith nicht zugetraut hätte, sprang sie hoch, klopfte sich den Staub von den Kleidern und kam auf ihr Opfer zu.

„So, so, in meinem Täubchen schlummert ein Falke", krächzte sie. Sie pflückte das Ende der Drahtschlinge vom Boden und ließ es vor Judiths Augen hin und her pendeln. „Hast du eine Ahnung, wie man Falken zähmt?" Sie zog an der Schlinge, sodass sie sich wieder fest um Judiths Hals schloss. Im selben Moment spürte sie, wie der Glatzkopf, der sie noch immer umklammert hielt, seinen Griff lockerte. Judith zögerte keine Sekunde! Sie sprang vor und rammte der Alten mit voller Wucht ihre Stirn ins Gesicht. Ein hässliches Knirschen, der staunende Blick der Hexe, dann sackte sie zu Boden.

Die Bullen starrten ungläubig auf die verrenkten Glieder ihrer Chefin. Sie regte sich nicht. Leise rauschte der Wind durch die Blätter. Judith spürte ihn auf ihrer Haut. Einen ewigen Augenblick lang kostete sie ihren Triumph aus und weidete sich ebenso am Zustand der Hexe wie am Entsetzen ihrer Bewacher. Der Glatzkopf hatte sie wieder gepackt. Etwas Hartes drückte gegen ihren Schenkel. Vermutlich der Elektroschocker. Sie fasste einen Entschluss. Sie würde es hier und jetzt zu Ende bringen. Wenn es ihr gelänge, den Schocker am Gurt des Glatzkopfs zu betätigen, würde es sie zwar beide zerreißen. Aber damit hätte sie zwei ihrer drei Angreifer außer Gefecht gesetzt. Und mit dem dritten würden ihre Freunde sicher fertig.

Ihre Finger tasteten nach unten. Vorsichtig glitten sie über das glatte Metall. Der Knauf. Sie fühlte eine Wölbung, unter der sie den Auslöser vermutet.

Judith hielt die Luft an.

Jetzt oder nie, dachte sie und presste den Schalter.

43

Als Nelson Judiths Schrei vernahm, rannte er los. Wie von Sinnen brach er ins Dunkel, schrammte gegen einen tief hängenden Ast und hätte sich womöglich ins Unglück gestürzt, wenn Vincent und Levent ihn nicht mit aller Kraft zurückgehalten hätten.

Noch während sie auf ihn einredeten und ihn zu beruhigen versuchten, hörten sie einen zweiten Schrei. Ein hässlicher Schrei, wie das Krächzen eines sterbenden Vogels.

„Los!", drängte Nelson. „Weiter!"

Sie waren zu viert. Nelson, Levent, Luk und Vincent. Miriam wartete beim Auto. Nicht länger als zwei Stunden, hatten sie vereinbart. Danach würde sie die Polizei alarmieren.

In der Trutzburg der Hausers hatten sie alles zusammen geklaubt, was als Waffe taugte – Küchenmesser, einen Baseballschläger, Reizgas, eine Signalpistole, zwei Feuerhaken und ein Fangnetz, das Vincent in Erinnerung an seine Zeit als Gladiator eigenhändig geknüpft hatte.

Nelson wusste, dass sie, wenn es hart auf hart kam, gegen bewaffnete Gangster kaum eine Chance hätten. Was seine Entschlossenheit, es mit jedem aufzunehmen, der zwischen ihm und Judith stünde, jedoch nicht schmälerte.

Plötzlich zuckte einige hundert Meter von ihnen entfernt ein blauer Blitz in den nachtschwarzen Himmel! Die Freunde erstarrten.

„Was war das?", flüsterte Luk.

„Hoffentlich nicht das, wonach es aussah", murmelte Vincent.

Sie beschlossen, sich zu trennen. Während sich Vincent und Luk aus den Flussniederungen heraus heran pirschen wollten, wählten Levent und Nelson den oberen Pfad, wo es zwar kaum Deckung gab, über den sie jedoch schneller vorankamen.

Als die Wolken den Mond freigaben, ergoss sich sein milchiges Licht für Sekunden über den Burghügel, bevor das Land vom Schatten der Nacht wieder aufgesogen wurde. Einen winzigen Augenblick lang hatte Nelson den Höhleneingang gesehen. Möglicherweise hielten sich die Entführer in der Nähe versteckt. Vielleicht lauerten sie ihnen aber auch in den verschlungenen Gängen der Katakomben auf.

Sie schlichen weiter. Levent deckte Nelsons Flanke. Bald hatten sie den Berg erreicht. Sie drückten sich gegen den kalten Fels und harrten reglos aus. Nicht das leiseste Geräusch drang an ihr Ohr. Sie krochen weiter durchs Gebüsch. Nelson umklammerte den Griff seines Küchenmessers, als sie ins Dunkel der Höhle tauchten. Wieder hielten sie inne. Nelsons Glieder schmerzten vor Anspannung. Neben sich hörte er Levent atmen. Luk und Vincent sollten jeden Moment hier sein. Nelsons Hand tastete über den Boden. Plötzlich berührten seine Finger etwas Weiches. Ein dünner Stoff. Er roch daran. Rosenöl. Judiths Parfüm! Ihre Bluse? Nelson begann zu zittern. Der Stoff war nass. Und klebrig. Wie von Blut!

44

Genau in dem Moment, da Judith ihren Daumen auf den Schalter drückte, bog sich der Glatzkopf zurück, und der Blitz schoss, ohne einen von beiden zu treffen, in den mondlosen Himmel. Im nächsten Moment stieß der Bulle sie mit solcher Wucht gegen die Brust, dass sie einige Meter taumelte und dann auf den lehmigen Boden fiel. Schon war er über ihr, riss sie herum und schlug ihr mit der flachen Hand links und rechts ins Gesicht.

„So hast du dir das also gedacht", keuchte er und holte erneut aus. Judith fühlte keinen Schmerz. Auch nicht, als er sie hochriss und ein weiteres Mal zuschlug. In ihr breitete sich eine eisige Kälte aus. Sie hatte alles auf eine Karte gesetzt und verloren.

„Du willst es auf die harte Tour?", fauchte der Glatzkopf. „Das kannst du haben." Mit einem Ruck riss er ihr die Bluse vom Leib. In diesem Augenblick jedoch erhielt Judith Hilfe von unerwarteter Seite.

„Lass den Scheiß!", zischte der andere und drängte sich zwischen sie.

Der Glatzkopf stieß seinen Kumpel zur Seite und schnappte erneut nach Judith.

„Hör auf!", schnaubte der andere. „Dafür wird dich die Alte köpfen!"

Der Glatzkopf warf einen Blick auf deren leblosen Körper und grinste böse.

„Bestimmt kommt sie gleich zu sich", beharrte sein Kompagnon. „Und wenn du die Kleine zerlegst, wird sie uns kaum zum Versteck führen. Mann, komm schon runter!"

Der Glatzkopf stierte ihn an. Sein Arm zuckte. Mit funkelnden Augen trat er ganz nahe an Judith heran. Sie roch seinen Schweiß. Seine Hand glitt über ihren Arm. Am Gelenk drückte er brutal zu.

„Du weißt, was du zu erwarten hast", zischte er leise.

Ohne sie aus den Augen zu lassen, trat er zur Alten, bückte

sich und wischte ihr mit Judiths Bluse das Blut aus dem Gesicht. Dann warf er ihr das besudelte Kleidungsstück vor die Füße.

Der andere begann wortlos Judiths Hände und Füße zu fesseln, wobei er ihr die Hände auf den Bauch band. Dann drückte er ihr die Bluse in die Hand und warf sich seine Gefangene wie einen Sack über die Schulter.

„Du nimmst die da", befahl er dem Glatzkopf und deutete auf die Hexe.

Der glotzte ihn ungläubig an. „Bist du übergeschnappt? Was fällt dir ein, mir Befehle zu erteilen?"

Sein Komplize antwortete nicht, sondern stapfte einfach los.

„Hey! Spinnst du?", rief der Glatzkopf. Als sein Gefährte wieder nicht reagierte, fluchte er laut, hob widerwillig die Alte hoch und folgte ihm.

Judith lauschte in die Nacht, aber bis auf die Klage eines Kauzes war nichts zu hören. Wenn sich ihre Freunde in der Nähe versteckt hielten, hatte ihnen der blaue Blitz den Weg gewiesen, und sie wussten nun, was zu tun war.

Als sie das Gebüsch am Eingang der Höhle erreichten und sie von ihrem Bewacher auf die Füße gestellt wurde, bemerkte Judith, dass sie noch immer die blutverschmierte Bluse in der Hand hielt. Obwohl sie fror, ekelte sie sich davor, das Teil wieder anzuziehen.

„Du zuerst", flüsterte ihr Bewacher. „Eine falsche Bewegung, ein falsches Wort, und du weißt, was dir blüht."

Er schubste sie vor sich her und schlüpfte dicht hinter ihr durchs Gebüsch. Dann befahl er ihr, sich auf den Bauch zu legen, und leuchtete mit einer winzigen Stablampe den Höhleneingang aus. Hinter ihm mühte sich der Glatzkopf, die Alte herüber zu hieven. Judith hörte ihn fluchen. Vorsichtig hob sie den Kopf. Das Bonanza-Rad stand noch da, wo sie es am Vortag abgestellt hatten.

Plötzlich kam ihr eine Idee. Ohne aufzusehen, schob sie die blutige Bluse von sich fort an den Rand des Gesteins. Hoffentlich würden ihre Freunde das Kleidungsstück entdecken. Dann wüssten sie immerhin, dass die Entführer schon da waren, und konnten sich entsprechend wappnen.

„Weiter", zischte ihr Bewacher.

Judith roch seinen Schweiß. Moschus und Ziegenkäse. Sie drückte sich hoch und versuchte, die Bluse vor seinen Blicken zu verdecken. Sie wandte sich um. Der Glatzkopf funkelte sie an. Die Alte lag wie ein Sack neben ihm.

„Du hilfst mir tragen", befahl er.

Judith gehorchte. Sie bückte sich nach den Beinen der Hexe, während der Glatzkopf seine mächtigen Arme unter ihr dürren Schultern schob.

Hintereinander tauchten sie ins Dunkel der Höhlengänge. Von Zeit zu Zeit hielten sie an, um den Weg auszuleuchten. Judith hoffte inständig, dass ihre Freunde bereits hinter ihnen waren und vom Licht gewarnt wurden. Sie hatte es vermasselt. Der Glatzkopf lauerte förmlich darauf, es ihr heimzuzahlen. Und sein Gefährte war so auf der Hut, dass er seinen Elektroschocker nicht einen Moment losließ.

Sie konnte es immer noch zu Ende bringen. Wenn sie floh, würden sie sie umbringen. Dann wäre der Deal geplatzt. Keine Geisel, keine Zeitmaschine.

Sie spannte ihren Körper. Ihre gefesselten Hände gruben sich in die starren Knöchel der Alten.

Was aber, wenn die Entführer ihren Freunden weismachten, dass sie ihre Geisel an einer anderen Stelle versteckt hielten? Woher sollten ihre Freunde wissen, dass sie längst tot war?

Sie verwarf ihren Plan. Vor lauter Zorn und Verzweiflung krallte sie ihre Fingernägel in die Wade der Alten. Mit einem Mal begann sich die Hexe zu regen. Ihr linkes Bein zuckte, das andere streckte sie durch.

„Halt!", zischte der Glatzkopf.

Sie legten die Hexe auf den Felsboden. Judith glaubte zu wissen, wo sie waren. Offenbar war der Dom nicht mehr fern.

„Du heckst doch schon wieder etwas aus", fauchte der Glatzkopf, bückte sich und umwickelte Judiths Beine mit Klebeband. Sie spürte einen Schlag in die Kniekehlen, der sie einknicken ließ. „Setz dich!", zischte der Glatzkopf. „Und rühr dich nicht!"

Unterdessen richtete der andere seine Taschenlampe auf das Gesicht der Alten. Ihre Augen zuckten. Sie wimmerte leise. Der Glatzkopf fühlte ihren Puls. Als Judiths Blick über die Hexe hinweg in den hinteren Teil der Katakomben glitt, erstarrte sie! In der Finsternis hatte sich etwas bewegt! Ein heller Schatten, der gleich wieder verschwunden war.

Der Glatzkopf sah auf. „Was ist?", blaffte er und musterte sie misstrauisch.

Judith hielt seinem Blick stand. „Ich hab einen Krampf", bemerkte sie trotzig. „Vom Tragen dieser ..."

Der andere leuchtete ihr mit seiner Stablampe ins Gesicht. „Wie weit ist es noch?"

Judith beugte sich vor. „Nicht mehr weit."

Der Glatzkopf erhob sich. Sein Komplize stand bei ihm. Hinter ihnen schoben sich die Schatten heran. Judith spannte sich. Sie spürte, wie das Adrenalin durch ihre Adern schoss. Genauso hatte sie es sich ausgemalt! Der Glatzkopf gaffte sie an. Sie grinste. Nur noch wenige Meter.

In diesem Moment schrie die Alte los!

45

„Beruhig dich", flüsterte Levent. „Kann doch sein, dass sie Nasenbluten hatte oder dass das Blut von einem anderen stammt."

Nelson sah ihn nicht an.

„Und sie hat die Bluse bloß ausgezogen, um uns mitzuteilen, dass die Entführer uns in den Katakomben auflauern", versuchte es Luk.

Nelson schwieg noch immer.

„Oder *sie* haben die Bluse dorthin gelegt, um uns auf eine falsche Fährte zu locken", gab Vincent zu bedenken.

Nelson wippte ungeduldig mit dem Fuß. „Wir müssen weiter", drängte er. „So oder so."

Also zogen sie los. Nelson übernahm die Führung. Levent

und Luk deckten die Flanken, während Vincent von hinten absicherte.

Die Finsternis im Höhlengang war vollkommen. Sie tasteten sich an der Wand entlang. Jetzt zahlte sich Nelsons fotografisches Gedächtnis aus. Er kannte jede Biegung, jeden Vorsprung, jede Unebenheit des Bodens. Er flüsterte seinen Freunden zu, sobald sie sich ducken mussten, und warnte sie, wenn der Boden feuchter wurde, sodass sie leichter ausrutschen konnten. Auf diese Weise bewegten sie sich nahezu lautlos und erstaunlich schnell durch die Gänge.

Nelson ging es dennoch nicht schnell genug. Seine Freunde kamen kaum nach. Einmal meinte er, am Ende des Gangs einen schwachen Lichtschein zu erkennen, der jedoch gleich wieder verglomm. Als das Licht unweit des Doms plötzlich wieder aufschien, blieb Nelson abrupt stehen.

„Da vorn", flüsterte er.

Lautlos schlichen sie näher heran. Nelson umklammerte den Griff seines Messers. Er wusste nicht, ob er wirklich fähig sein würde, zuzustechen, doch er war zu allem entschlossen.

Der Leichtsinn der Entführer weckte seinen Argwohn. Fühlten sie sich wirklich so sicher? Oder tappten er und seine Freunde geradewegs in eine Falle?

Das Licht wurde heller. Vorsichtig robbte sich Nelson an den Felsvorsprung heran und spähte um die Ecke. Als er Judith sah, setzte sein Herz aus. Sie kniete auf dem Boden, den Kopf nach vorn gebeugt. Neben ihr lag eine reglose Gestalt. Auf Nelson wirkte die Szenerie wie eine Hinrichtung. Der Mann hinter ihr, ein bulliger Typ mit Glatze und Tatoos, richtete das Wort an sie. Sie schüttelte den Kopf. Er erhob sich. Trat einen Schritt auf Judith zu …

In diesem Moment rannte Nelson los. Während er auf die Gruppe zu huschte, spürte er seine Freunde dicht hinter ihm. Noch wandten ihnen die Entführer den Rücken zu. Judiths Kopf hob sich. Noch wenige Meter …

Plötzlich regte sich die Gestalt zu Judiths Füßen. Im selben Moment stieß sie einen markerschütternden Schrei aus!

Eine Sekunde stand die Zeit still. Wie in Zeitlupe wandten sich die Entführer um. Nelson sprang den ersten an. Der wankte kurz, kippte aber nicht, sondern schüttelte Nelson ab, der rücklings auf dem harten Felsen landete. Levent, der gleich hinter ihm war, verpasste dem Riesen einen Schlag mit dem Baseballschläger, der an dem muskulösen Arm jedoch abprallte wie an einem Gummiball. Luk erging es kaum besser. Er setzte gerade an, dem tätowierten Glatzkopf eine Ladung Reizgas ins Gesicht zu sprühen, als ihm der einen wuchtigen Schlag mit der Faust verpasste, der ihn gegen die Felswand schleuderte, wo er benommen liegen blieb.

Trotz des stechenden Schmerzes rappelte sich Nelson auf und wankte auf den Riesen zu. Der hatte plötzlich einen silbernen Stab in der Hand. Ein Blitz zuckte auf. Nelson duckte sich und der Blitz schoss über ihn hinweg ins Gestein. Der Riese zielte erneut. Doch in diesem Augenblick traf ihn Levents Keule, sodass auch der zweite Schuss ins Leere ging. Der Riese jaulte auf. Offenbar hatte ihm Levent die Hand zertrümmert. Er stürzte auf Levent zu und versetzte ihm einen wütenden Tritt in den Bauch, der Levent zu Boden sacken ließ. Judith schrie, die Gestalt am Boden kreischte, der Glatzkopf brüllte wie ein Stier. Nelson tastete nach seinem Messer, fand es jedoch nicht. Der Riese wandte sich von Levent ab und kam auf ihn zu. In der Hand hielt er plötzlich selbst ein Messer. Nelson riss die Signalpistole aus der Hosentasche und drückte ohne zu zielen ab. Die Leuchtmunition traf den Riesen genau zwischen die Beine. Er knickte ein, stöhnte dumpf und kippte nach vorn. Nelson versuchte noch zur Seite zu rollen, doch der Muskelberg fiel so unglücklich auf sein Knie, dass ein höllischer Schmerz hindurch schoss.

Nicht weit von ihm war zwischen Vincent und dem Glatzkopf ein Kampf auf Leben und Tod entbrannt. Wie Ringkämpfer umklammerten die beiden einander, wälzten sich über den Höhlenboden und quetschten sich gegen den scharfkantigen Fels. Der Glatzkopf brüllte noch immer. Seine Halsschlagader war fingerdick geschwollen und seine Oberarmmuskeln drohten zu platzen. Seine Kraft schien gewaltig. Aber Vincent gelang es ein ums andere Mal, den furchtbaren Hieben durch jähe Schlingen und Wendungen auszuweichen, was seinen Gegner noch mehr aufstachelte und zunehmend zur Weißglut trieb.

Vincent wäre wohl gleich zu Beginn des Kampfes gestorben, wenn nicht Oceanus statt seiner gerungen hätte. Jäh hatte er sich in den Gladiator verwandelt, jetzt waren die Katakomben seine Arena. Es war, als ob er nie ein anderes Leben gelebt hätte! Wie damals, als er versklavt worden war, fühlte er die eisige Kälte in sich, aber auch den unbändigen Willen und die kribbelnde Anspannung unter der Haut. Still stand die Welt. Die Erde würde sich erst wieder drehen, wenn eine weitere Seele erloschen war ...

In der Gladiatorenschule hatte Oceanus zu überleben gelernt. Niger hatte es ihm beigebracht.

Duck dich! Tanz ihn aus! Du musst ihn zermürben!

Nimm seinen Angriffen die Wucht, lass ihn ins Leere laufen! Irgendwann wird er es büßen.

Der Glatzkopf drang mit wilder Wut auf ihn ein. Oceanus ließ ihn toben. Übte sich in Geduld. Schonte die eigenen Kräfte, indem er sich darauf verlegte, den Angriffen seines Gegners auszuweichen oder sie so zu parieren, dass es nicht weh tat. Dennoch steckte er Hiebe ein, von denen ihm manche die Luft raubten, doch seine Konzentration ließ nicht eine Sekunde nach. Er fühlte die stählerne Kraft seines Gegners, gab aber nicht nach. Sein Körper brannte, doch sein Geist verhinderte, dass ihn das Feuer verzehrte. Selbst als ihm der Glatzkopf eine Rippe brach und ihm ein Stück seines Ohrs abbiss, hielt Oceanus ihm stand, ignorierte den Schmerz und wartete auf seine Chance.

Sobald du spürst, dass die Kraft deines Gegners erlahmt, geh zum Angriff über und bring es zu Ende!

Oceanus sah seine Chance gekommen, als ihn immer weniger Schläge trafen. Offenbar ließ die Konzentration des Glatzkopfs nach. Oceanus nahm all seine Kraft zusammen und trieb seinen Gegner zu jener Stelle, an der er den Elektroschocker hatte aufblitzen sehen. Er kickte ihn in Nelsons Richtung, der jedoch nicht reagierte, sondern mit schmerzverzerrtem Gesicht durch ihn hindurch starrte. Seinen Gegner umklammernd, drängte er weiter. Als sein Fuß gegen seinen Rucksack stieß, sah er seine Chance gekommen. Unerwartet ließ er sich fallen, zog die Knie an und schleuderte den Glatzkopf über sich hinweg. Schon war er wieder auf Beinen. Er ergriff den Rucksack und riss einen der Feuerhaken heraus. Der Glatzkopf stand bereits wieder und schwang den Baseballschläger. Als er auf Oceanus zustürzte, hechtete Vincent zur Seite, doch der Schläger erwischte ihn dennoch. Ein stechender Schmerz schoss ihm in die Seite. Im Fallen jedoch hatte er das Ende seines Netzes zu fassen bekommen. Er rollte sich ab, sprang auf die Füße und stand seinem Gegner mit einem Mal als *retiarius* mit Netz und Dreizack gegenüber. Der Glatzkopf glotzte ihn blöde an. Plötzlich verzog sich sein Mund zu einem überheblichen Grinsen. In seiner Hand blitzte ein Messer.

„Hasta la vista!", schrie er und hob das Messer zum Wurf.

Instinktiv drehte sich Oceanus zur Seite und schleuderte sein Netz. Die Klinge bohrte sich in seine Schulter. Trotzdem stürzte er los. Ungläubig starrte ihm der Glatzkopf entgegen. Er versuchte noch die Arme zu heben, zappelte aber wie ein unförmiges Tier im Netz. Ungebremst rammte ihm Oceanus den Feuerhaken in den Leib. Der Glatzkopf kippte vornüber. Ein gurgelndes Geräusch, dann war Stille.

Judith weinte. Ohnmächtig hatte sie dabei zuschauen müssen, wie ihre Freunde um ihr Leben kämpften. Auf ihren Knien hockend, an Händen und Füßen gefesselt, hatte sie erst Luk und gleich darauf Levent zu Boden gehen sehen. Verzweifelt hatte sie aufgeschrien, als Nelson von einem der beiden Riesen attackiert wurde, und erleichtert gejauchzt, als er seinen Gegner mit der Leuchtmunition niederstreckte.

Inzwischen hatte sie ihre Handfessel so weit gelockert, dass sie ihre Linke hindurch zwängen konnte.

Sie hatte es beinahe geschafft, als sie Nelsons Schrei hörte. Als sie den Kopf wandte, sah sie ihn auf sich zurobben. Sein rechtes Bein war seltsam verdreht, und in seinem Gesicht stand das blanke Entsetzen. Wenige Meter von ihm entfernt kauerte die Alte. Ihre Hand tastete nach dem Elektroschocker. Judith zerrte an ihrer Fessel und zog so fest daran, bis sie riss. Sie hechtete los. Sah, wie die Alte widerlich grinsend den Stab auf Nelson richtete und –

„NEIN!!!"

Die Hexe zögerte eine Sekunde zu lang. Wie in Zeitlupe wandte sie sich um. Als sie Judith erblickte, riss sie den Arm hoch. Zu spät! Judith stürzte sich genau in dem Augenblick auf sie, als aus der Spitze des Zauberstabs ein blauer Blitz zuckte. Beide purzelten übereinander. Judith spürte einen brennenden Schmerz am Bein. Die Alte rammte ihr das Knie in den Leib und wälzte sich auf sie. Schon presste sie ihre knochigen Hände um Judiths Hals, die nach Luft schnappte, als es plötzlich einen einen dumpfen Schlag tat und die Hexe zur Seite kippte. Vincent beugte sich über sie und half ihr hoch.

„Geht doch", sagte er und schwang seinen Baseballschläger. Dann sackte er zusammen.

46

Sie lagen im Gras zwischen endlosen Reihen von Weinstöcken, die sich unterhalb des Hügels in der Nacht verloren. Ein leiser Wind rauschte durch die Reben. Über ihrem grünen Bett wölbte sich ein kohlrabenschwarzer Himmel, mondlos und sternenklar.

„Wie schwarzer Samt", flüsterte Judith.

„Wie der schwarze Bettbezug eines Fakirs, der nach dem Waschen zum Trocknen an einem sonnenbeschienenen Fenster hängt", erwiderte Nelson.

„Blödmann!"

Sie lachten.

Selten zuvor hatte Nelson die eigene Gegenwart so intensiv empfunden wie in diesem Moment. Ewigkeiten schienen vergangen seit jenen Stunden, da er in den Abgrund geblickt und verzweifelte Angst gehabt hatte, für immer darin zu versinken.

Seit einer Woche waren sie zurück. Mit kaum verheilten Wunden, aber glücklich, dem Schicksal entronnen zu sein. Ihre Erleichterung war umso größer, da sie nicht nur Vincent und Miriam, sondern auch Tessa und deren Crew endlich in Sicherheit wussten. Niemand war ernsthaft zu Schaden gekommen. Auch ihre Entführer hatten überlebt. Die Freunde hatten sie, wie Pakete verschnürt, am Höhleneingang abgelegt und die Polizei alarmiert. In einer anonymen E-Mail hatten sie die Ermittler am nächsten Morgen mit ausführlichen Informationen versorgt: über die Sabotage der *Da-Vinci-7*, über die Verbindungen der Hexe zu Dr. Bender, ihre Erpressungsversuche und nicht zuletzt über jene zwei Leichen, die die Bande wahrscheinlich in einer Halle oder einem leer stehenden Fabrikgebäude versteckt hielten.

Die Freunde waren noch einige Tage bei Miriam und Vincent geblieben, um sich von ihren Strapazen und ihren Blessuren zu erholen. Vincents Verletzung war glücklicherweise weniger ernst als angenommen. Das Messer war nicht allzu tief eingedrungen, der Blutverlust hielt sich in Grenzen. Miriam kümmerte sich rührend um ihn und um die anderen Patienten. Ganz besonders um Luk, der sich bei seinem kurzen Kampf mit dem glatzköpfigen Goliath eine Prellung am Steiß zugezogen hatte.

Nelsons Knie war dick geschwollen. Doch größer als seine Schmerzen war die Erleichterung darüber, dass sein Gegner lebte. Judiths Wade brannte wie Feuer. Der Blitz der Alten hatte ein schreckliches Muster hinein gebrannt. Miriam versorgte die Wunde mit einer speziellen Salbe, die das Hautgewebe schneller wachsen ließ, sodass Judith ein Krankenhausaufenthalt erspart blieb.

Der Einzige, der die Begegnung mit Judiths Entführern nahezu unbeschadet überstanden hatte, war Levent. Der Tritt des Riesen hatte ihm zwar kurzzeitig das Bewusstsein geraubt. Doch nachdem er eine Weile friedlich geschlummert hatte, war er wieder aufgewacht, als die anderen bereits ihren Sieg feierten — verdutzt, aber ohne Schmerzen.

Die Gräueltaten der Alten und ihrer Bodyguards brachten es in ganz Europa auf die Titelseiten der Boulevardblätter. Wie erhofft spürten die Ermittler die Leichen der Norton-Zwillinge schon bald auf und konnten anhand von DNA-Spuren die Hexe samt ihren Schergen als Mörder überführen.

Bei ihrem Abschied versprachen Nelson, Judith, Luk und Levent möglichst bald zurückzukehren. Die schrecklichen Ereignisse, die sie gemeinsam erlebt hatten, sollten nicht die einzige Erinnerung an die Gegenwart ihrer Freunde bleiben. Außerdem würde die *Da-Vinci-7* kurz vor Weihnachten den Mars erreichen. Natürlich wollten die Freunde Zeugen jener Sternstunde werden, da der erste Mensch seinen Fuß auf den Roten Planeten setzte. Inständig hofften sie, dass das Tessa sein würde. Miriam und Vincent gegenüber hüteten sie sich, das Geheimnis ihrer Freundschaft zu lüften.

Judith schoss hoch.

„Hast du gesehen?", rief sie aufgeregt und deutete zum Himmel. „Zwei Sternschnuppen gleichzeitig!"

Nelson setzte sich auf. „Klar", erwiderte er grinsend. „Du willst dir bloß zwei Wünsche auf einmal erfüllen."

„Und wenn ich mir grad nur das eine wünsche?", bemerkte Judith.

Nelson blieb keine Zeit, darüber nachzudenken, ob er richtig gehört hatte. Plötzlich war ihr Gesicht ganz nah an seinem. Er roch ihre Haut. Fühlte ihre Hitze. Und spürte ihren Kuss, noch bevor sich ihre Lippen berührten.

„Autsch!"

Als er die Augen aufriss, grinste ihn Judith an. Wenig zärtlich hatte sie ihm gerade ins Ohr gebissen.

„Was hast du dir eigentlich dabei gedacht, mich so lange zappeln zu lassen?", flüsterte sie. Im nächsten Moment hockte sie auf ihm und hielt mit ihren Knien seine Arme fest. „Ich verzeih dir", erklärte sie und spitzte die Lippen. „Aber nur, weil du so verdammt süß rot wirst."

EPILOG

Lautlos glitt die Landekapsel durch die Wolken. Noch vor wenigen Minuten waren sie kräftig durchgeschüttelt worden, als ihr Boot, vom Hitzeschild geschützt, durch die dünne Atmosphäre aus Dunst und Wolken gestoßen war. Nachdem sich die Fallschirme geöffnet hatten, war es stiller geworden. Jetzt schwebte die zylindrische Kapsel majestätisch auf die rostbraune Landschaft herab.

In der Ferne ragte der gigantische Olympus Mons in den Himmel. Dahinter, unsichtbar für das Auge, erstreckte sich die weite Einöde des Amazonis Planitia. An dessen Rand, nahe des Vulkans Albor Tholus, würden sie landen.

Dr. Theresa Hause blickte hinaus. Seitdem sie vom Mutterschiff in die Landeeinheit umgestiegen waren, fühlte sie sich wie in einem Traum! Einer, den sie lange geträumt hatte. Im Grunde ihr ganzes Leben lang. Und jetzt glitt sie geradewegs darauf zu!

Sie sah an sich herunter. Ihr Raumanzug leuchtete in den Farben Rot, Gelb und Grün. Rot stand für das Blut, Gelb für die Leben spendende Sonne und Grün für Mutter Erde. In ihrer Hand hielt sie ein Foto. Ihre Kinder lächelten ihr zu. Sie waren Teil ihres Traums.

Gerade schwebten sie zwischen Olympus Mons und Acheron Fossae hindurch. Sie hielt die Luft an. Ein unglaublicher Anblick! Auf der einen Seite stemmte sich der gigantische, 27 Kilometer hohe Olymp in den karamellfarbenen Himmel. Auf der anderen Seite erstreckte sich ein wie von Götterhand geschaffenes Relief aus treppenförmigen Verwerfungen, dessen äußerer Rahmen der Rand des Tharsis-Plateaus formte!

Dr. Theresa Hauser spürte, wie ihr eine Hand durchs Haar strich. Sie vollführte einen gestreckten Salto und landete rücklings in den Armen ihres Mannes.

„Unglaublich, nicht?", flüsterte er.

Arm in Arm verharrten sie an der Panoramaluke und ließen

die unwirtliche Landschaft an sich vorüberziehen. Wo sich keine Berge erhoben und keine Schluchten auftaten, gab es nur Sand, Fels und Geröll. Leichte Windböen wirbelten den roten Staub auf und bliesen ihn in Wolken vor sich her. Einmal meinte sie einen der Roboter aufscheinen zu sehen, aber eigentlich war ihre Kapsel noch zu weit entfernt.

Vor 26 Monaten hatte die ESA gut 1000 tennisballförmige Miniroboter zum Mars gesandt, um den am besten geeigneten Landeplatz für die *Da-Vinci-7* zu erkunden. Die kleinen Helfer waren ausgeschwärmt, hatten den Boden analysiert und das Gebiet vermessen. Insgesamt hatten sie ein Areal von 400 Quadratkilometern bis in die verborgensten Winkel und Ritzen untersucht. Aufgrund der Messdaten hatten die Experten das Gebiet um den erloschenen Vulkan Albor Tholus ausgewählt, wo die Astronauten landen und idealerweise auch ihr Camp aufschlagen konnten.

Als sie jetzt darüber hinweg glitten, bot sich ihnen ein weiteres, nie gesehenes Naturspektakel: Am Rande der Kaldera, jenes kesselförmigen Kraters, den der Vulkan einst geformt hatte, ergoss sich der von einem Sturm vor sich hergetriebene Sand wie ein Wasserfall in die Tiefe. Ihr Pilot lenkte das Modul im großen Bogen daran vorbei, um dem hochwirbelnden Sand und Staub zu entgehen. Die tief stehende Sonne wirkte dabei wie ein Scheinwerfer, der das Spektakel für die fremden Besucher ausleuchtete.

Sie kreisten noch eine Weile, bis sich der Sturm gelegt hatte. Dann leitete der Pilot den Landeanflug ein.

Das Funkgerät knackte. Kurz darauf vernahmen sie die vertraute, leicht verzerrte Stimme des Flight Directors:

„Comm check, comm check. We hope you are an the line, Star Sailor. People an earth are with you right now. Good luck!"

Dr. Theresa Hauser kniff ihrem Mann ein Auge zu. „Gutes Timing", raunte sie.

Das Funksignal von der Erde zum Mars war 40 Minuten unterwegs gewesen und hatte sie im rechten Moment erreicht.

Unter ihnen tauchte wie vorausberechnet ihr Lastschiff auf.

Der Transporter mit ihrer Ausrüstung und den 1000 Roboter-kugeln war vor gut zwei Jahren auf dem Mars gelandet. Um die Flugkosten zu minimieren, hatte man das Zeitfenster genutzt, in dem Mars und Erde im besten Winkel zueinander standen. Theresa Hauser hoffte, dass die Materialien die Zeit gut über-standen hatten. Denn im Lastschiff ruhte all das, was für ein Überleben auf dem Roten Planeten unentbehrlich war. Nicht zuletzt auch jenes Raumtaxi, das sie nach ihrem 500-tägigen Auf-enthalt zurück zum Crew Transfer Vehicle, ihrem Mutterschiff, bringen sollte, das den Mars bis dahin wie ein Mond umkreiste.

Sie holte tief Luft. Gerade fuhren die Beine der Landekapsel aus. Sie machte sich bereit. Ihr Mann küsste sie.

„Ich bin sehr stolz auf dich", flüsterte er.

Als kurz darauf die Bremsraketen starteten, wusste sie, dass die Erfüllung ihres Traums unmittelbar bevorstand. Die Kapsel vollzog eine Schleife und schwebte auf die rostbraune Ebene zu. Rechts von ihr stemmte sich Elysium Mons in den Marshimmel, links erstreckte sich das Ma'adim Vallis. Ganz in dessen Nähe, auf dem Grunde des Kraters Gusev, waren im Januar 2004 die Marsrover *Spirit* und *Opportunity* gelandet. Wie so viele Roboter vor und nach ihnen hatten sie das Terrain für die ihnen fol-genden Menschen erkundet. Jetzt erfüllte sich ihre Mission. Und ausgerechnet ihr, die vor 30 Jahren noch im Rollstuhl gesessen hatte, fiel die Ehre zu, als erster Mensch den Roten Planeten zu betreten.

Sanft setzte die Kapsel auf. Dr. Theresa Hauser stand im Kreis ihrer Kollegen, die sich an der Ausstiegsluke versammelt hatten, um ihr nah zu sein. Nacheinander drückten sie sie und wünschten ihr viel Glück.

Zischend öffnete sich die Luke. Im selben Augenblick fuhr die Treppe aus. Als sie eingerastet war, blieb es einen Moment lang still. Von draußen hörte man plötzlich Wind rauschen. Unmittelbar unter ihnen wirbelte roter Staub auf.

Das träume ich nur, dachte sie, als sie ihren Fuß auf die erste Stufe setzte, das bin nicht ich, das ist ...

Scheinwerfer tauchten sie in gleißendes Licht. Dutzende an

der Kapsel angebrachte Kameraaugen richteten sich auf sie.

Noch zwei Stufen ...

Sie schwankte. Die ungewohnte Schwerkraft verwirrte sie. Fast ein halbes Jahr lang war sie durch ihr Raumschiff geschwebt, ohne zwischen oben und unten zu unterscheiden.

Erst vor einer Woche hatten sie, während sie wie ein Satellit um den Mars gekreist waren, damit begonnen, die Schwerkraft des Roten Planeten zu simulieren.

Sie fühlte sich leicht! Viel leichter als auf der Erde! Es war, als ob sie von irgendwoher Auftrieb erhielte, einen luftigen Schub, der ihr jede Last nahm.

In dem Augenblick, da ihr Fuß weichen Marsboden berührte, traten Tränen in ihre Augen. Sie drehte sich einmal um die eigene Achse und nahm jedes Detail auf. Den karamellfarbenen Himmel, die Berge am Horizont, das Geröll rundherum und den rostbraunen Staub. Sie wunderte sich. Millionen Kilometer von der Erde entfernt sah die Welt nicht wesentlich anders aus als daheim. Sie breitete die Arme aus. Drehte sich erneut. Und noch einmal. Spontan bückte sie sich, nahm etwas von dem roten Sand auf und ließ ihn durch ihren Handschuh rieseln. Aus den Augenwinkeln heraus bemerkte sie, dass ihr die Schwenkarme der Kameras folgten.

Mit einem Mal legte sich der Wind. Die Stille wuchs. Sie ging einige Schritte umher. Sie sollte etwas sagen. Tatsächlich hatte sie sich einige Worte zurechtgelegt, aber jetzt fielen sie ihr nicht mehr ein. Sie blickte auf. An der Außenwand der Kapsel imitierte ihr Schatten jede ihrer Bewegungen.

„260 Tage bin ich unterwegs gewesen, der längste Trip meines Lebens." Sie vernahm ihre Stimme über Kopfhörer wie die einer Fremden. „60 Millionen Kilometer sind wir gereist. Doch die Sonne hier ist dieselbe, die mir letztes Jahr auf Jamaika den Bauch verbrannt hat. Ist das zu glauben?"

EDITION GEGENWIND

Unter dem 2010 gegründeten Label **Edition Gegenwind** erscheinen vor allem Neuausgaben vergriffener Bücher, aber auch Originalausgaben renommierter Autoren und Illustratoren.

Bislang unter anderem erschienen in der ...

... Reihe Belletristik:

Pete Smith
1227 – Verschollen im Mittelalter. Zeitreise-Trilogie, 1. Teil. 2017
168 – Verschollen in der Römerzeit. Zeitreise-Trilogie, 2. Teil. 2017

Gabriele Beyerlein
Die Göttin im Stein. Steinzeit-Roman. 2013
In Berlin vielleicht. Historischer Roman. 2013
Berlin, Bülowstraße 80 a. Historischer Roman. 2014
Es war in Berlin. Historischer Roman. 2015

Thomas Fuchs
Malcolm Das Lächeln Afrikas. Roman. 2012
Bj. 66, männlich, renovierungsbedürftig. Roman. 2013
Eine unglaubliche Geschichte. Roman. 2013

Ulrich Karger
Herr Wolf kam nie nach Berchtesgaden. Gedankenspiel in Wort und Bild. Zusammen mit Peter Karger. 2012
Kindskopf – Eine Heimsuchung. Novelle. 2012
Verquer. Roman-Collage. 2013
Vom Uhrsprung und anderen Merkwürdigkeiten. Moderne Märchen und Parabeln. 2010, 2015

Manfred Schlüter
Das Perpezudum oder Wie der alte Morawitz das Perpetuum mobile erfand. Erzählung. 2013

... Reihe Sachbuch:

Ulrich Karger (Hrsg.)
Briefe von Kemal Kurt (1947-2002) – mit Briefen, Nachrufen und Rezensionen. 2013

... Reihe Kinderbuch (Vor- und Selberlesen):

Beyerlein, Fuchs, Karger (Hrsg.), Schlüter, Zeuch
Bücherwurm trifft Leseratte. Ab 5 Jahre. Illustrationen von Manfred Schlüter. 2013

Pete Smith
Mein Freund Jeremias. Ab 8 Jahre. Illus.: Hans-Jürgen Feldhaus, 2015
Tausche Giraffe gegen Freund. Ab 8 Jahre. Illus.: Rooobert Bayer. 2015

Thomas Fuchs
Neles Block. Ab 5 Jahre. Mit Illustrationen zum Weitermalen. 2014
Drei Freunde und der schwarze Hund. Ab 8 Jahre. Illustrationen von Imke Sönnichsen. 2014

Ulrich Karger
Dicke Luft in Halbundhalb. Ab 5 Jahre. Illustrationen von Hans-Günther Döring. 2011

Sylvia Schopf
Peppi Pepperoni. Ab 6 Jahre. Illus.: Susanne Schwandt. 2015

Manfred Schlüter
SimsalaSurium. Ab 5 Jahre. Illustrationen: Manfred Schlüter. 2014

Gabriele Beyerlein
Lara und das Geheimnis der Mühle. Ab 6 Jahre. Illustrationen von Susanne Smajic. 2011
Bea am anderen Ende der Welt. Ab 8 Jahre. Illustrationen von Iris Hardt. 2012
Ilo und die Keltenfürsten. Ab 8 Jahre. Illustrationen von Tilman Michalski. 2012

Christa Zeuch
Der Frosch hat einen Frosch im Hals. Ab 6 Jahre. Illustrationen von Gabriele Elsler. 2013
Prinz MeMo. Illustrationen von Christa Zeuch. Ab 9 Jahre. 2013
Warwar und der Feuervogel. Ab 8 Jahre. Illustrationen von Gabriele Elsler. 2014
Mein Zauberschloss hat viele Türen. Ab 6 Jahre. Illustrationen von Christa Zeuch. 2014
Affenkopp liebt Zottelbär. Ab 6 Jahre. Illustr. von Christa Zeuch. 2015

... Reihe Kinder- und Jugendromane:

Pete Smith
1227 – Verschollen im Mittelalter. Ab 14 Jahre. Zeitreise-Trilogie, 1. Teil. 2017
168 – Verschollen in der Römerzeit. Ab 14 Jahre. Zeitreise-Trilogie, 2. Teil. 2017
Das Geheimnis von Schloss Gramsee. Ab 10 Jahre. 2015

Gabriele Beyerlein

Der schwarze Mond. Ab 11 Jahre. Fantasy-Roman. 2013

Die Kette der Dragomira. Ab 12 Jahre. Historischer Roman. 2015

Sylvia Schopf

MALINCHE Prinzessin der Azteken. Ab 10 Jahre. 2015

Christa Zeuch

Moonskaters Traum vom Fliegen. Ab 12 Jahre. 2013

Mein Sommer mit Oma und Finn. Ab 11 Jahre. 2015

Thomas Fuchs

Nullnummer. Ab 11 Jahre. Jugendroman. 2013

Leben 2.0. Ab 13 Jahre. Jugendroman. 2013

Die Welt ist ein Fahrrad. Ab 13 Jahre. Jugendroman. 2013

Wanted! – Plötzlich gesetzlos. Ab 10 Jahre. Jugendroman. 2013

Unter Freunden. Ab 12 Jahre. Jugendroman. 2014

Manfred Schlüter

SINA und das Kaff am Ende der Welt. Ab 12 Jahre. Illustrationen
   von Manfred Schlüter. 2013

Dagmar Chidolue

Sugar. Ab 12 Jahre. 2015

Aktuelle und ausführliche Informationen
zum Programm der Edition Gegenwind
finden Sie im Internet unter:

www.edition-gegenwind.de